CONN
Die Kaufmanr

GOLDMANN
Lesen erleben

Buch

Die junge Johanna von Dören, Tochter eines einflussreichen Lübecker Schonenfahrers, begleitet ihren Vater zum Hansetag nach Köln. Dort soll ein Bündnis gegen den dänischen König Waldemar IV. geschlossen werden. Waldemar hat ein paar Jahre zuvor den für die Hanse so wichtigen südschwedischen Landstrich Schonen erobert und behindert nun mit Zöllen für die Durchfahrt wichtige Handelsinteressen. Johanna, die als Kind die Pest überlebte, ist entschlossen, ins Kloster einzutreten. Als sie in Köln den charismatischen Frederik von Blekinge kennenlernt, einen jungen Adeligen aus Schonen, ist sie vom ersten Moment an in dessen Bann gezogen. Zwischen den beiden entwickelt sich eine große Liebe, und in einem Moment der Leidenschaft gibt sich Johanna Frederik hin. Erschrocken über sich selbst vertraut sie sich einem Priester an. Ein verhängnisvoller Fehler – denn damit tritt eine dramatische Wende ein. Die Liebenden schweben bald in höchster Gefahr und müssen um ihr Leben bangen ...

Weitere Informationen zu Conny Walden
sowie zu lieferbaren Titeln
finden Sie am Ende des Buches.

Conny Walden
Die Kaufmannstochter von Lübeck

Historischer Roman

GOLDMANN

Dieses Buch ist auch als E-Book erhältlich.

Verlagsgruppe Random House FSC® N001967
Das FSC®-zertifizierte Papier *München Super* für dieses Buch
liefert Arctic Paper Mochenwangen GmbH.

1. Auflage
Originalausgabe Februar 2014
Copyright © 2013 by Conny Walden
Copyright dieser Ausgabe © 2014
by Wilhelm Goldmann Verlag, München,
in der Verlagsgruppe Random House GmbH
Umschlaggestaltung: UNO Werbeagentur, München
Umschlagbild: Collaboration JS/ARCANGEL IMAGES;
View of Lubeck (engraving) (b/w photo),
Merian, Matthaus, the Elder (1593–1650)/
Bibliotheque Nationale, Paris, France/Giraudon/
The Bridgeman Art Library
Redaktion: Martina Czekalla
LT · Herstellung: Str.
Satz: omnisatz GmbH, Berlin
Druck und Bindung: GGP Media GmbH, Pößneck
Printed in Germany
ISBN: 978-3-442-47973-3
www.goldmann-verlag.de

Besuchen Sie den Goldmann Verlag im Netz:

Erstes Kapitel

Eine süße Medizin

Lübeck, anno 1367

»Johanna! Schau es dir an! Und koste ein bisschen von der göttlichen Speise! So schnell wird man uns das nicht noch einmal erlauben!«

Johanna von Dören kniete auf der Gebetsbank, die in ihrem Zimmer im Patrizierhaus ihrer Eltern stand. Auch wenn die Kaufmänner von Lübeck gewiss fromme Leute waren und dies für Johannas Vater in besonderer Weise galt, so war eine so einfache Gebetsbank doch ein eher ungewöhnlicher Einrichtungsgegenstand in den herrschaftlichen Häusern jener Fernhändler, die durch den Ostseehandel so reich geworden waren, dass manch ein Adeliger sie beneidete.

»Johanna! Marzipan, so viel, wie du noch nie auf einmal gesehen hast!«

Die junge Frau beendete ihr Gebet und bekreuzigte sich. Dann blickte sie zur halb geöffneten Tür. Ihre Schwester Grete stand dort, drei Jahre älter als Johanna und im Gegensatz zu ihr in standesgemäße Pracht gewandet. Das mit Brokat besetzte Kleid reichte bis zum Boden. Der Pelzbesatz am Kragen war genau so breit, wie er gemäß den in Lübeck geltenden Bestimmungen für eine Frau ihres Standes sein durfte. Die Kette mit dem fein gearbeiteten goldenen Kreuz konnte niemand übersehen.

Johanna erhob sich ohne ein äußeres Zeichen der Eile. Das

brünette Haar war zu einem einfachen Zopf geflochten. Wenn sie erst einmal ins Kloster eingetreten war, wie sie es sich vorgenommen hatte, würde sie diese Haarpracht einbüßen. Sie konnte sich an den Gedanken zwar nur schwer gewöhnen, aber ihr Entschluss stand seit langem fest. Als kleines Mädchen war sie an der Pest erkrankt – und hatte entgegen allen Erwartungen überlebt. Gott hatte sie gerettet, obwohl sie sich das meist tödliche Übel eingefangen hatte, das mit den Ratten von den Schiffen immer wieder nach Lübeck gekommen war. Grund genug, dem Herrn dankbar zu sein. Damals hatte Johanna sich geschworen, ihr Leben Jesus zu widmen. Ein Leben, das ihr vom Gefühl her eigentlich schon gar nicht mehr gehört hatte. Immer noch stand ihr das entsetzte Gesicht ihrer Mutter vor Augen, als man auf die ersten Beulen bei Johanna aufmerksam geworden war, die sich unter den Achselhöhlen gebildet hatten. Ihre Mutter war der Seuche erlegen – wie so viele andere. Aber wie durch ein Wunder hatte der Tod Johanna verschont. Wie ein einsamer Halm, den die Sense des Schnitters stehen gelassen hatte. Es mussten die Gebete gewesen sein, mit denen sie damals den Herrn Jesus darum angefleht hatte, weiterleben zu dürfen. Die Ärzte hatten sie längst aufgegeben, und der Priester, der bei ihr schon die Letzte Ölung durchgeführt hatte, war ebenso von der Pest dahingerafft worden, die Lübeck innerhalb der letzten zwanzig Jahre gleich mehrfach heimgesucht hatte. So furchtbar in all ihrer unaussprechlichen Grausamkeit war diese Geißel Gottes gewesen, dass in jenen Jahren nicht wenige den Herrn schließlich selbst verflucht und sich von ihm abgewandt hatten. Bei Johanna war das Gegenteil geschehen. Tiefe Dankbarkeit erfüllte sie seitdem – und das Bedürfnis, ihr Leben dem zu widmen, der es ihr geschenkt hatte.

»Nun komm schon«, lachte Grete. »Und sieh mich nicht so an, als hätte ich dich bei einer heiligen Handlung gestört, Schwester!«

»Ist die Zwiesprache mit unserem Herrn etwa keine heilige Sache?«, gab Johanna zurück.

Grete lächelte. »Bei jedem anderen Menschen mag das zutreffen.«

»Und bei mir nicht?«

»Johanna! Du hältst so oft Zwiesprache mit dem Herrn, wie du mit mir oder Vater redest.«

»Ja, und?«

»Was soll daran noch heilig sein? Dich dabei nicht zu unterbrechen hieße ja, dich gar nicht mehr ansprechen zu können. Und nun komm schon und genieße, was es so schnell nicht wieder zu genießen gibt.«

»In der Bibel steht ...«

»Bist du eine arme Sünderin, die so viel Unzucht getrieben hat wie die angemalten Huren beim städtischen Frauenwirt und dafür eigentlich den ganzen Rest ihres Lebens in grauen Büßerhemden herumlaufen und sich Asche auf das Haupt streuen müssten? Davon kann bei dir ja wohl keine Rede sein! Und ich wüsste auch nicht, dass Jesus irgendwann gesagt hast, du sollst keine Freude haben.«

»Grete, was redest du da alles?«

Grete nahm Johanna bei der Hand und zog sie mit sich.

Und Johanna folgte ihr. Sie gingen durch den breiten, hohen Flur. Eine Freitreppe führte hinab in die große Empfangsdiele. Schon so manches Festmahl hatte in diesem hohen hallenartigen Raum stattgefunden – für die Mitglieder der Kaufmannsbruderschaft der Schonenfahrer, für die Mitglieder des Stadtrates, dessen langjähriges Mitglied Moritz von Dören war, für die Geschäftspartner und Angestellten des Handelshauses der Familie von Dören und hin und wieder auch eine Speisung für die Armen. Es war nicht nur gute Christenpflicht, sondern gehörte unter den Patriziern der Stadt auch einfach zum guten

Ton. Durch eine Tür aus dunklem Holz, in die das geschnitzte Relief einer Kogge eingearbeitet war, gelangten die beiden Schwestern in einen Raum, der von jeher das Buchzimmer genannt worden war. Hier wurden die Geschäftsbücher geführt und aufbewahrt. Einen oder zwei Schreiber hatte Moritz von Dören zumeist angestellt, die ihm bei dieser wichtigen Arbeit halfen. Am meisten aber verließ sich der vor allem durch den Handel mit dem südschwedischen Schonen reich gewordene Fernhandelskaufmann auf seine Tochter Johanna. Sie hatte das Talent ihres Vaters für die Kunst des Rechnens anscheinend geerbt und war außerdem äußerst begabt im Lesen und Schreiben; und das sogar in mehreren Sprachen. Auch wenn das platte Niederdeutsch der Hanseaten fast überall um Nord- und Ostsee herum verstanden wurde, hatte es doch immer wieder Gelegenheiten gegeben, bei denen die Kenntnisse, die Johanna sich in der Lateinschule erworben hatte, von Nutzen gewesen waren.

Die Wände des Buchzimmers waren bis unter die Decke mit Regalen versehen, in denen die dicken, ledergebundenen Folianten standen, auf deren Seiten jeder Geschäftsvorgang seit fast zweihundert Jahren aufgezeichnet worden war. Eine Chronik des ehrbaren Kaufmannstums, so hatte Johanna ihren Vater oft voller Stolz sagen hören.

Es gab mehrere Schreibpulte, an denen gearbeitet werden konnte. Und in der Mitte befand sich eine breite Tafel aus dunklem Holz. Die Lehnen der dazugehörigen Stühle waren durch Schnitzereien reich verziert. Kaufmänner aus aller Herren Länder hatten an diesem Tisch schon gesessen und mit Generationen von Kaufleuten der Familie von Dören Geschäfte verhandelt. Stockfisch aus Schonen, Pelze aus Nowgorod, Bernstein aus dem Baltikum – darum wurde hier gefeilscht. Und dabei ging es zumeist nicht um Kleinigkeiten. Ganze Schiffsladungen wechselten an diesem Tisch den Besitzer.

Und jetzt Marzipan. Allerdings ging es da um wesentlich kleinere Mengen. Ein halbes Dutzend kleiner Krüge stand auf dem Tisch. Und deren Inhalt war mehr wert als eine ganze Kogge voller Stockfisch.

»Essbares Gold, Nektar der Könige, über unseren Freund Brugsma in Antwerpen frisch aus Venedig angeliefert«, sagte Moritz von Dören mit einem Glanz in den Augen, wie Johanna ihn nur noch sehr selten sah, seit ihre Mutter gestorben war.

Einer der versiegelten Krüge war geöffnet worden. Die grauweiße Masse darin verbreitete einen angenehm süßlichen Duft. Mit einem Messer hatte Moritz von Dören etwas davon auf einen Teller gestrichen. Die Portionen waren jeweils kaum größer als eine Messerspitze.

Grete strich über eines dieser kleinen Häufchen mit dem Zeigefinger ihrer rechten Hand. Das Marzipan blieb daran kleben und verschwand im nächsten Moment in ihrem Mund. Sie schloss die Augen.

»Und?«, fragte Moritz seine ältere Tochter. »Hält die Ware, was sie verspricht?«

Aber Grete ließ die Augen geschlossen und war einen Moment durch den süßen Wohlgeschmack offenbar derart entrückt, dass sie noch gar nicht in der Lage war, eine angemessene Antwort zu geben.

Etwas zögernd strich sich auch Johanna eine Fingerspitze dieser klebrigen Masse in den Mund. Sie schmeckte köstlich. Mit nichts anderem war dieser Geschmack vergleichbar.

»Zerriebene Mandeln und Zucker sollen die Hauptbestandteile sein«, fuhr Moritz fort, der es sich nicht nehmen ließ, noch eine weitere Messerspitze zu probieren. »Aber die venezianischen Apotheker vermeiden es tunlichst, die Feinheiten der Herstellung zu verraten.«

»Dann sollte man vielleicht eine Reise in die Länder der Araber unternehmen, von denen diese Köstlichkeit ja ursprünglich stammen soll«, mischte sich nun Wolfgang Prebendonk ein. Wolfgang war Prokurist des Handelshauses von Dören. Moritz vertraute dem etwa fünfunddreißigjährigen Mann mit dem ernsten Gesichtsausdruck und den aschblonden Haaren wie sonst kaum jemand anderem. Oft war er in wichtiger Mission und mit großer Entscheidungsbefugnis in Moritz' Auftrag unterwegs. Egal, ob es darum ging, mit südschwedischen Kaufleuten in Schonen zu verhandeln oder Geschäfte in Antwerpen, London oder Nowgorod im Sinne des Hauses zu erledigen, schickte Moritz von Dören zumeist seinen Vertrauten Wolfgang Prebendonk. Selbst in Venedig war er schon in Moritz' Auftrag gewesen, und ein spätes Ergebnis seiner dortigen Verhandlungen war unter anderem der Erhalt dieser Krüge. Marzipan, die süße Verführung der Reichen und Edlen, die bereit waren, nahezu jeden Preis zu zahlen, gegen haltbaren Stockfisch, der über Lübeck, Nürnberg und die Alpen schließlich bis nach Italien gebracht wurde, wo in der Fastenzeit so viel Bedarf an Fisch bestand, dass der Papst in Rom bereits mehrere mit dem Wasser in Beziehung stehende Tierarten wie zum Beispiel den Biber kurzerhand zu Fischen erklärt hatte. Andernfalls hätte man entweder eine Hungersnot oder einen massenhaften Verstoß der Gläubigen gegen die Fastenregeln in Kauf nehmen müssen.

»Nicht, dass hier jemand glaubt, dass solche Köstlichkeiten in Zukunft häufiger auf den Tisch kämen«, sagte Moritz von Dören unterdessen, während er sich noch eine Messerspitze Marzipan genehmigte und sie für einen langen Moment schweigend und mit geschlossenen Augen genoss. Erst dann sprach er weiter. »Aber eine gewisse Überprüfung der Qualität muss schon sein. Unsere Kunden sind schließlich hohe und einflussreiche Herrschaften.«

»So, an wen soll denn dieser Inbegriff des sündhaften Luxus

verkauft werden?«, fragte Johanna, nachdem sie ihre Fingerspitze Marzipan, solange es irgend möglich war, zwischen Zunge und Gaumen hatte zergehen lassen, ehe sie sie dann doch herunterschluckte.

»Wir haben Anfragen des Herzogs von Lüneburg-Braunschweig«, erklärte Moritz von Dören. Dabei straffte sich seine Haltung, und ein zufriedenes Lächeln spielte um seine Lippen. Er schien den zu erwartenden geschäftlichen Erfolg noch weitaus intensiver zu genießen als die Süße dieser unvergleichlichen Speise. »Außerdem hat der Kurfürst von Brandenburg sein Interesse bekundet, und wie mir Joop Bartelsen von den Rigafahrern ganz offiziell schon vor längerer Zeit mitgeteilt hat, wäre offenbar auch der Hochmeister des Deutschordens daran interessiert, größere Mengen davon einzuführen.«

»Haben die Ordensritter nicht Armut und Keuschheit gelobt?«, wandte Grete ein, während sie noch etwas von der Köstlichkeit naschte.

Dabei tauschte sie einen Blick mit Wolfgang Prebendonk.

»Man sagt, dass viele der Ordensritter sich weder an das eine noch an das andere halten«, grinste Wolfgang.

Grete errötete leicht, während Wolfgang sie auf eine Weise ansah, die die Grenze des Schicklichen beinahe überschritt. Sie wandte sich in ihrer Verlegenheit Johanna zu, die diese Szene aufmerksam beobachtet hatte.

»Wenn du demnächst dein Gelübde ablegst und ins Kloster gehst, dann kannst du es ja genauso halten wie die Ordensritter«, meinte sie.

»Grete!«, ermahnte Moritz von Dören seine ältere Tochter streng. Zumindest so streng, wie ihm dies möglich war. Gegenüber seinen Töchtern war er nämlich nie wirklich streng gewesen. Sosehr er auch darauf achtete, dass innerhalb seines Handelshauses alles exakt so erledigt wurde, wie er sich das vorstellte, so nachgiebig war er andererseits immer gegenüber Grete und Johanna gewesen.

Nur in einer Frage hatte er sich durchgesetzt, und das betraf die Wahl von Gretes zukünftigem Ehegatten.

Dass Wolfgang Prebendonk sich zu Grete hingezogen fühlte, war unübersehbar, und lange Zeit hatte der Prokurist und Vertraute des Hausherrn die besten Chancen gehabt, eines Tages die Geschäfte ganz zu übernehmen und der Vater einer zukünftigen Generation von Kaufleuten der Familie von Dören zu werden. Grete war gegenüber einer Verbindung mit Wolfgang auch gar nicht abgeneigt gewesen, alles hätte gepasst.

Aber dann war das Angebot aus Antwerpen gekommen. Die Verbindung zur Antwerpener Familie van Brugsma war für Moritz von Dören zuvor schon immer wichtiger geworden. Beide Handelshäuser waren Partner eines sehr einträglichen Fernhandels. Marzipan war dabei noch nicht einmal das wichtigste Gut. Das Haus von Dören lieferte vor allem Pelze aus Nowgorod und importierte dafür Tuchwaren aus England und Flandern. Dass sich nun durch eine Heirat zwischen Grete von Dören und Pieter van Brugsma dem Jüngeren die Gelegenheit ergab, beide Handelshäuser noch enger miteinander zu verbinden, musste Moritz wie eine glückliche Fügung erscheinen, zumal er keinen männlichen Erben besaß, der seine Geschäfte hätte weiterführen können. Und von seinen Töchtern hatte sich ausgerechnet diejenige, die dazu eine gewisse Begabung hatte, dazu entschlossen, ins Kloster zu gehen und ein Leben in gelehrter Enthaltsamkeit zu führen.

Für Wolfgang war diese Fügung der Dinge natürlich weitaus weniger glücklich, denn er war nun als potenzieller Schwiegersohn des großen Moritz von Dören ausgeschieden, obwohl er sich doch über einige Jahre berechtigte Hoffnungen hatte machen können. Eigentlich hatte es ja schon so ausgesehen, als würde alles auf ihn hinauslaufen. Doch dieser Traum hatte sich nun zerschlagen, und er würde bleiben, was er war – Prokurist, Vertrauter und Ratgeber seines Herrn.

Grete war mit der bevorstehenden Vermählung einverstanden, obwohl sie Pieter van Brugsma den Jüngeren kaum kannte. Auf einer Reise nach Flandern hatte sie ihn flüchtig kennengelernt. Grete war 22, Pieter gut zwölf Jahre älter. Ein freundlicher, blassgesichtiger Mann mit tiefliegenden blauen Augen und hellblondem, sich an der Stirn bereits deutlich lichtendem Haar. Er galt als gewiefter Händler und begnadeter Rechenkünstler, der den Abakus wie kaum ein zweiter zu verwenden wusste, was in den letzten Jahren nicht unerheblich zum geschäftlichen Erfolg des Hauses van Brugsma beigetragen hatte. Man sprach sogar davon, dass Pieter nach Art der Araber zu rechnen verstand, die die Mathematik zu einer Kunst entwickelt hatten, die für Unkundige beinahe wie Magie wirkte. Die große Liebe erwartete Grete wohl nicht bei diesem eher kühlen Mann, dem abgesehen von Verhandlungen schon ein einfaches, belangloses Gespräch schwerzufallen schien. Es schien unmöglich zu sein, mit ihm unbeschwert herumzuscherzen – geschweige denn, Gedanken und Empfindungen allein durch Blicke zu übertragen, wie es ihr oft genug mit Wolfgang geschehen war.

Aber das würde sich ja vielleicht noch einstellen, so sagte sich Grete. Und davon abgesehen wäre es ihr auch niemals in den Sinn gekommen, sich gegen eine arrangierte Heirat aufzulehnen, zumal es dafür auch keinen stichhaltigen Grund gegeben hätte.

Wolfgang war zwar ein netter Kerl, aber mit dem Erben des Hauses van Brugsma eben doch nicht zu vergleichen. Wolfgang stammte aus Dören, einem westfälischen Dorf, aus dem einst ihr Urahn Jacob nach Lübeck aufgebrochen war, kurz nachdem

Herzog Heinrich der Löwe in der Nähe einer alten Slawensiedlung auf einer Halbinsel an der Trave Lübeck gegründet und zum ersten Ostseehafen des Reiches erhoben hatte. Einer von vielen Händlern und Handwerkern, die aus Westfalen gekommen waren wie auch die Familie von Brun Warendorp, dem derzeitigen Bürgermeister.

Ein Mann, der aus Dören stammte, so war Moritz' Überzeugung, war in besonderer Weise vertrauenswürdig. Wolfgang war von Moritz schon als Halbwüchsiger ausgesucht und mit nach Lübeck genommen worden. Dort war er ausgebildet und in die Geschäfte eingeführt worden. Einen eigenen Sohn hätte Moritz von Dören nicht stärker prägen können als Wolfgang Prebendonk.

Und vielleicht war auch das ein Grund dafür, weshalb Grete Wolfgang zwar immer zugetan gewesen war, sich aber nie Gefühle entwickelt hatten, die stark genug gewesen wären, um dafür einen Bruch mit ihrem Vater in Kauf zu nehmen.

Und davon abgesehen reizte es Grete durchaus, die Herrin eines so bedeutenden Hauses zu werden – denn auch wenn die Familie von Dören innerhalb der Kaufmannsbruderschaft der lübischen Schonenfahrer eine bedeutende Rolle spielte, seit Moritz dort das Amt des Ältermanns innehatte, so waren die van Brugsmas aus Antwerpen, was Reichtum und Einfluss anging, noch um einiges bedeutender. Ihre Stimme wurde auf den Hansetagen gehört, und das van Brugsma'sche Haus war für seine unvergleichliche Pracht und Erhabenheit bekannt. Dort zu leben und – so stellte sich Grete das vor – auch zu herrschen war ganz nach ihrem Geschmack.

Johanna hingegen konnte so eine Haltung nicht nachvollziehen. Aber ihre Schwester war schon immer etwas mehr an den diesseitigen Dingen interessiert gewesen. Oberflächlicher Schein, wie Johanna ihr oft gesagt hatte. Denn was bedeutete schon ein großes Haus und Wohlstand, wenn man nicht das Wohlwollen des Herrn hatte. Pest und Unglück verschonten niemanden, nur weil er einen Sack voll Silber hinter der Tür stehen hatte. Hatte Jesus nicht gesagt, dass eher ein Kamel durch ein Nadelöhr ginge, als ein Reicher ins Himmelreich käme? Sie war der festen Überzeugung, dass es auf die inneren Werte eines Menschen ankam. Nur das Gold, das jemand im Herzen hatte, war wichtig, denn all die anderen Reichtümer, die man in seinem Leben ansammelte, konnte man weder mit in die andere Welt nehmen, noch halfen sie einem, wenn man wirklich in höchster Seelennot war. Zu dieser festen Überzeugung war Johanna während der Zeit gekommen, als sie als kleines Mädchen mit dem Pestdämon gerungen hatte. Einem Dämon, der ihre Mutter dahingerafft, ihren Vater und ihre Schwester jedoch gar nicht erst angegriffen hatte. Warum das so war, das wusste nur Gott allein. Es hatte keinen Sinn, solche Dinge zu hinterfragen – und ebenso wenig hatte es Sinn, sich gegen die Schläge des Schicksals mit Reichtum, Macht, guter Herkunft, einer standesgemäßen Heirat oder anderem diesseitigen Schein wappnen zu wollen.

Grete hatte aus jenen dunklen Tagen, in denen sie in einem Pesthaus gelebt hatten, offenbar ganz andere Schlussfolgerungen für sich und ihr Leben gezogen.

»Für die Gesundheit«, sagte Grete, während sie sich noch eine Fingerspitze Marzipan nahm und die Augen schloss, um sich diesem Genuss für ein paar Augenblicke vollkommen hinzugeben.

»Marzipan soll ja tatsächlich gegen alle möglichen Leiden helfen«, meinte Wolfgang Prebendonk. »Von unerfülltem Kinderwunsch bis zur Behebung von Verdauungsproblemen.«

»Bestimmt sind das nur Behauptungen der Apotheker«, glaubte hingegen Johanna. »Sie wollen Gründe dafür schaffen, dass man das Marzipan nur bei ihnen kauft.«

»Das nenne ich ein gut begründetes Handelsmonopol«, meinte Wolfgang, aber ein Teil seiner Aufmerksamkeit galt nach wie vor Grete. Er sah ihr zu, wie sie ihr Marzipan genoss, und als sie ihre Augen wieder öffnete, trafen sich die Blicke der beiden.

Tatsächlich verkaufte auch Moritz von Dören sein Marzipan nicht direkt an interessierte Kunden. Bruder Emmerhart, ein Alchemist und Mönch, der in Lübeck eine Apotheke betrieb, die für sich in Anspruch nahm, dass noch niemand an den dort gemischten Arzneien gestorben oder ernstlich erkrankt war, fungierte offiziell als Zwischenhändler.

Auch wenn Moritz den Anteil, der an Bruder Emmerhart ging, natürlich am liebsten selbst eingestrichen hätte, wäre es doch äußerst unklug gewesen, die Apotheker Lübecks gegen sich aufzubringen. Und zudem arbeitete das Haus von Dören ja auch beim Verkauf von Zucker mit Bruder Emmerhart zusammen – und der ging in unvergleichlich größeren Mengen über den Tresen seiner Apotheke als das viel kostbarere Marzipan.

»Man sollte diese Köstlichkeit selbst verkaufen und veredeln«, wiederholte Wolfgang Prebendonk einen Vorschlag, von dem er eigentlich im Voraus wusste, dass der traditionsbewusste und den Regeln einer ehrbaren Kaufmannschaft zutiefst verhaftete Moritz niemals darauf eingehen würde. Wolfgang lächelte, und sein Blick streifte dabei abermals Grete auf eine Weise, die diese erröten ließ. »Ganze Schiffsladungen voller Köstlichkeiten, angeboten an jeder Straßenecke! Ihr würdet nicht nur an ein paar Reichen verdienen, werter Herr Moritz, sondern auch an all den anderen, denn es gibt Speisen, denen man beim besten Willen nicht zu widerstehen vermag. Und wenn man einen letzten Taler in der Tasche hat, dann wird man selbst ihn noch opfern, nur um dieses köstlichen Geschmacks teilhaftig zu werden.«

»Wenn Schiffsladungen davon lieferbar wären, dann wären sie auch nicht mehr wert als Stockfisch«, erwiderte Moritz, dem die Blicke zwischen Wolfgang und Grete offenbar völlig entgingen. »Nur die Knappheit macht aus einem Gut etwas Wertvolles. Wenn wir Gold auf der Straße fänden und jedermann Gold hätte, dann schenkte niemand ihm Beachtung.« Moritz verschloss nun wieder den Krug – gerade noch rechtzeitig, bevor Grete ein weiteres Mal hineingreifen konnte. »Und im Übrigen ist etwas, was in einer Apotheke verkauft wird, weil es einige wundersame Eigenschaften hat und der Verabreichung durch heilkundige Personen bedarf, die über den fulminanten Geschmack weit hinausgehen, wertvoller als irgendeine Mixtur, die jeder Küchenmeister und jede Hausfrau selbst herzustellen vermag.« Moritz schüttelte langsam und sehr nachdenklich wirkend den Kopf. »Nein, wir müssen alles tun, um den Preis unserer Waren hoch zu halten. Nur dann ist der Gewinn groß genug, um die erheblichen Aufwendungen zu rechtfertigen, die lange Transportwege bedeuten.«

Zweites Kapitel

Gespräch unter Schwestern

Der Hausherr, seine beiden Töchter und sein Prokurist waren noch im Buchzimmer versammelt, als die Tür aufsprang. Hintz, ein Laufbursche, den Moritz von Dören zur Erledigung diverser Botengänge und Besorgungen angestellt hatte, kam herein. Sein Kopf war hochrot, er musste tatsächlich ein ganzes Stück gerannt sein. »Herr, die *Seehundsbraut* liegt bei Kopenhagen fest. König Waldemar lässt sie nicht passieren und verlangt einen unverschämt hohen Zoll für die Öresund-Durchfahrt ...« Hintz rang nach Luft.

»Damit war leider zu rechnen«, murmelte Wolfgang.

»Die *Seehundsbraut* war nicht allein unterwegs«, stellte Moritz fest. »Was ist mit den anderen Koggen des Verbandes?«

»Dasselbe«, keuchte Hintz. »In Kopenhagen festgesetzt, bis bezahlt ist. Der Bote kam gerade vorhin in die Stadt und ist jetzt noch beim Bürgermeister.«

Moritz von Dören ballte die Hände zu Fäusten, und in sein ansonsten eher weich und freundlich wirkendes Gesicht trat ein harter Zug, wie Johanna ihn nur sehr selten bei ihrem Vater bemerkt hatte. »Waldemar, dieser dänische Räuber«, entfuhr es ihm. »Es wird Zeit, dass ihm jemand das Handwerk legt! Höchste Zeit wird es!«

Waldemar IV., König von Dänemark, hatte vor kurzem die südschwedische Provinz Schonen erobert und kontrollierte jetzt beide Seiten des Öresunds. Nur ein paar Meilen breit war diese

Wasserstraße an der schmalsten Stelle. Es hing jetzt von König Waldemars Gnaden ab, ob und zu welchem Preis er die Schiffe der Hanse dieses Nadelöhr zwischen Nord- und Ostsee passieren ließ. Nicht genug, dass der wichtige Handel mit der Küste von Schonen jetzt vollständig unter seiner Kontrolle stand, auch die Schiffe, die Stockfisch in Bergen luden, und der überaus wichtige Schiffsverkehr mit Flandern und England waren davon betroffen.

»Hintz!«, sagte Moritz plötzlich auf sehr energisch wirkende Weise.

»Ja, Herr.«

»Ruf alle Mitglieder unserer Bruderschaft zusammen. Wir treffen uns in zwei Stunden im großen Saal des Rathauses. Und lasst auch unseren Bürgermeister von unserer Zusammenkunft wissen und ihm ausrichten, dass er ein herzlich willkommener Gast sei.«

Hintz musste jetzt erst einmal tief durchatmen. Einige Dutzend Handelsherren in so kurzer Zeit zusammenzurufen war auch für einen robusten Laufburschen eine anspruchsvolle Aufgabe, auch wenn Lübeck kein besonders ausgedehntes Stadtgebiet besaß. Seine Lage hatte eine ungehemmte Erweiterung verhindert. Nur ein kurzes Stück verband die Stadt mit dem Land, ansonsten wurde sie von allen Seiten durch die in einem Bogen ins Meer fließende Trave begrenzt, weshalb man relativ kurze Wege hatte: eine ideale Voraussetzung für den Handel.

»Ich werde tun, was ich kann, Herr«, versprach Hintz.

»Beeil dich!«, verlangte Moritz mit einer drängenden Ungeduld, die ansonsten nicht zu den typischen Eigenschaften des Ältermanns der Schonenfahrer-Bruderschaft gehörte. »Und der Bote aus Kopenhagen – er soll im Kreis der Bruderschaft wiederholen, was er gesagt hat!«

»Jawohl, Herr.«

Hintz verneigte sich leicht. Dann drehte er sich um und brach sofort auf.

Moritz wandte sich an Johanna. »Sorg dafür, dass dieser Schatz gut verschlossen und sicher verwahrt wird, Johanna.«

»Das werde ich«, versprach sie.

»Ich werde jetzt einiges zu tun haben. Sucht mich im Rathaus, wenn irgendetwas sein sollte!« Mit diesen Worten verließ er den Raum. Wolfgang Prebendonk folgte ihm, allerdings nicht, ohne Grete zuvor noch einen Blick zuzuwerfen, den man gegenüber einer verlobten Frau wohl nur als unverschämt bewerten konnte.

Grete errötete leicht, aber es war unübersehbar, dass ihr die Aufmerksamkeit gefiel, die Wolfgang ihr nach wie vor zuteil werden ließ.

Sie wischte sich mit einer schnellen Bewegung über die erröteten Wangen und sagte dann: »Es scheint, als seist du die Einzige, der unser Vater die innere Stärke zugetraut hat, der Versuchung zu widerstehen und tatsächlich dafür zu sorgen, dass der *Schatz*, wie er ihn nennt, sicher verwahrt wird.« Sie lächelte breit und richtete ihre Frisur, um die Verlegenheit zu überspielen.

»Hättest du diese innere Stärke denn nicht, Schwester?«, fragte Johanna.

»Du hast doch gesehen, wie sehr ich dieser klebrigen, zuckersüßen Masse verfallen bin, Johanna.«

»Und was ist mit den anderen Versuchungen?«

Grete sah Johanna geradewegs in die Augen.

»Ich habe keine Ahnung, wovon du sprichst«, behauptete sie schmunzelnd.

»Ich hatte das Gefühl, Wolfgang wusste das sehr genau.«

»Denkst du, wir sind wirklich so verschieden, wie du manchmal tust, Johanna?«

»Sind wir nicht?«

Grete schüttelte zögernd den Kopf. »Nein, ich denke nicht. Ich glaube, tief hinter deinem gottgefälligen Äußeren verbirgt sich ein Vulkan der Sünde, stets in der Gefahr auszubrechen.«

»Ach ...«

»Als ich in Antwerpen war, hat Pieter mir vom Vesuv erzählt, einem Vulkan in Neapel. Weißt du, er ist schon einige Male dorthin gereist, um die Handelsinteressen seines Hauses zu vertreten, und träumt davon, eines Tages den Venezianern und Genuesen ein Schnippchen schlagen und den Handel mit Konstantinopel und den Ländern der Muslime direkt abwickeln zu können – ohne dass die Zwischenhändler in Italien den größten Teil des Gewinns einstreichen.«

»Es scheint, als hätte dein zukünftiger Gemahl ehrgeizige Pläne«, stellte Johanna fest.

»Ja, das hat er. Aber darauf will ich jetzt nicht hinaus.«

Johanna hob die Augenbrauen. »Und worauf dann?«

»Niemand weiß, wann der Vesuv das nächste Mal ausbrechen wird. Er hat in der Vergangenheit schon mehrfach seine feurige Masse emporsteigen lassen und ganze Städte unter Asche und geschmolzenem Gestein begraben. Nur Gott allein weiß, ob und wann das wieder geschehen wird. Pieter sagt, dass die Gegend jetzt ruhig und friedlich aussieht. Manchmal steigt etwas Rauch auf, aber ansonsten ließe sich nicht einmal erahnen, welche Gewalt unter dem Krater schlummert.«

»Ich habe ehrlich gesagt keine Ahnung, was ein Vulkan in Italien mit mir zu tun haben sollte.«

»Könnte es nicht sein, dass du genauso bist, Schwester? Äußerlich scheint alles ruhig und friedlich, aber unter der Oberfläche brodelt es, und niemand ahnt, was sich da tief unter der Oberfläche zusammenbraut.«

Johanna lächelte verlegen. »Du redest Unsinn«, sagte sie.

Grete zuckte mit den Schultern. »Da bin ich mir gar nicht so sicher … Auf jeden Fall wärst du nicht die Erste, die nach außen hin so heilig tut und in deren Innerem es in Wahrheit ganz anders aussieht.«

Johannas Gesicht wurde jetzt sehr ernst. Gretes Worte hatten sie bis ins Mark getroffen. Die Worte ihrer Schwester ärgerten sie über die Maßen. »Wie kannst du wissen, wie es in meinem Inneren aussieht!«, empörte sie sich. »Und überhaupt! Die einzige Macht, der ich gehorchen will, ist die Macht Gottes. Ihm habe ich mich ganz und gar unterworfen.«

»Wirklich?«, fragte Grete, und in ihren ansonsten so weich wirkenden Gesichtszügen zeigte sich nun ein hintergründiges, durchtriebenes Lächeln. »Dann bist du ja vielleicht tatsächlich eine Heilige, Johanna!«

Auch wenn die Schwestern sich meistens gut verstanden und einander sehr nahe waren, blieb doch immer eine gewisse Rivalität zwischen ihnen, die ab und zu in Form von spitzen Bemerkungen hervorbrach.

Für Grete war es immer schwierig gewesen zu akzeptieren, dass Johanna für ihren Vater eine so herausragende Rolle als Vertraute und Gehilfin in Geschäftsdingen spielte. Die Begabung für die Rechenkunst war Grete nun einmal nicht gegeben, und sie besaß auch nicht den Heiligenschein einer von der Pest Genesenen. Allein wegen der Pestheilung schien Moritz von Dören seine zweite Tochter mit anderen Augen zu sehen als seine erste. Doch nun, da Grete sich anschickte, die Frau eines der bedeutendsten Fernhändler der ganzen Hanse zu werden, gerieten die Waagschalen noch einmal gehörig in Bewegung. Eine gute Heirat fiel mehr ins Gewicht als selbst alles Geschick in geschäftlichen Dingen oder die Fähigkeit, große Zahlen zu überblicken und den Profit frühzeitig zu erkennen, den ein Handel einbrachte.

Königreiche waren durch Hochzeiten schneller erobert worden als durch irgendeinen Feldzug – und Ähnliches galt wohl auch für Handelshäuser und Märkte.

»Eine Woche noch, dann brechen wir zum Hansetag in Köln auf«, sagte Johanna. »Dann wird sich dein Leben ziemlich verändern, glaube ich ...«

»Du kommst mit?«

»Ich habe Vater versprochen, meinen Klostereintritt noch um ein paar Monate zu verschieben. Gerade jetzt braucht er mich dringend. Die Schwierigkeiten mit König Waldemar haben sich ja seit geraumer Zeit angekündigt, und Vater hat so lange darauf hingewirkt, dass sich die Hansestädte endlich zusammentun und angemessen auf Waldemars Angriffe reagieren können.«

»Es ist das dritte Mal, dass du deinen Klostereintritt verschiebst, Johanna.«

Johanna zuckte mit den Schultern. »Ja, ich weiß.«

»Und jedes Mal wird Vater dir einen Grund nennen können, weshalb du für ihn unabkömmlich bist.«

»So ist er nun einmal.«

»Mir scheint, er hätte es am liebsten, wenn du deine Pläne vollkommen aufgeben würdest.«

»Das wird nicht geschehen«, versicherte Johanna, und ihre Stimme hatte einen sehr entschiedenen Tonfall. »Wer dem Herrn sein Wort gibt, kann es nicht so einfach brechen. Dazu ist mir mein Glaube zu heilig und das Geschenk des Lebens, das ich erhielt, als Er mich die Pest überleben ließ, zu kostbar.«

Grete seufzte. »Wie auch immer. Ich bin schon gespannt auf die Reise nach Köln – und vor allem natürlich darauf, meinen zukünftigen Ehemann dort zu treffen.« Sie sah sich um, und ein nachdenklicher Zug trat in ihr Gesicht. »Ich werde nicht mit Vater und dir zurückkehren, Johanna. Und wahrscheinlich werde ich all das hier so schnell nicht wiedersehen.« Ihr Blick verweilte bei den Marzipankrügen, und sie musste unwillkürlich schmunzeln. »Immerhin werde ich, was diese Köstlichkeit angeht, näher an der Quelle sitzen als bisher – es sei denn, irgendwann kommt doch ein listiger lübischer Apotheker oder Alchemist darauf, wie man dieses Heilmittel gegen alles Mögliche selbst herstellen kann, dann wird Lübeck vielleicht eines Tages die Hauptstadt der süßen Versuchung sein und nicht mehr Venedig.«

»Traumgespinste von Bruder Emmerhart«, lächelte Johanna. »Aber mit der Wirklichkeit wird das alles nichts zu tun haben, glaub mir.«

Drittes Kapitel

Die Versammlung der Schonenfahrer

Auf der eilig einberufenen Versammlung der lübischen Schonenfahrer ging es hoch her. Ältermann Moritz von Dören schaffte es nur mir großer Mühe, für die nötige Ruhe zu sorgen.

Der Bote hatte seine deprimierende Kunde aus Kopenhagen überbracht, und jetzt wartete er draußen vor den schweren Holztüren des Versammlungssaals, um eine Antwort zurück zum Hof von König Waldemar zu bringen.

Bürgermeister Brun Warendorp war ebenfalls eingetroffen und demonstrierte damit, dass er den Konflikt um die Öresund-Durchfahrt nicht allein als ein Problem der davon besonders hart getroffenen Mitglieder der Schonenfahrer-Bruderschaft ansah, sondern als etwas, das ganz Lübeck und darüber hinaus den gesamten Hansehandel in der Ostsee betraf.

»Ruhe! Ich darf um Ruhe bitten, damit wir die Dinge in aller gebotenen Form besprechen können!«, dröhnte Moritz' Stimme durch den Raum, und wer den Ältermann der Schonenfahrer nur aus dem täglichen Umgang kannte, der konnte kaum glauben, es mit demselben Mann zu tun zu haben, so energisch wirkte er in diesen Momenten.

Das Geraune und Gerede im Saal verstummte, und für einige Augenblicke herrschte eine bedrückte Stille. Zwar waren diesmal nur eine Handvoll Kauffahrer von dem Erpressungsversuch des Dänenkönigs direkt betroffen, aber jeder der Anwesenden wusste nur zu gut, dass sein Schiff das nächste sein konnte, das im Öresund festgehalten und mit vollkommen willkürlichen Zöllen für die Durchfahrt Richtung Lübeck belegt wurde.

Breno Lührsen meldete sich zu Wort, ein in Ehren ergrauter ehemaliger Ältermann, dessen Geschäfte inzwischen längst sein Sohn, Breno der Jüngere, führte. Gleich zwei Schiffe, die im Auftrag des Sohnes unterwegs waren, wurden gegenwärtig im Öresund festgehalten. Und an Bord der größeren Kogge befand sich Breno der Jüngere selbst, der auf der Rückreise von Bergen war.

»Wie ich euch ja bereits im Verlauf dieser Sitzung berichtet habe, bin ich diesmal in besonderer Weise von der Willkür des Dänenkönigs betroffen und habe viel zu verlieren. Aber beim nächsten Mal, wenn dieser Räuber am Öresund zuschlägt, kann das für einen anderen von euch gelten.« Der alte Breno Lührsen hob die Hand und ballte sie so heftig zur Faust, dass seine Knöchel weiß hervortraten. »Wir werden diesem gierigen Hund irgendwann das Handwerk legen müssen, denn auch wenn er eine Krone trägt, ist er doch nichts anderes als ein gemeiner Straßenräuber, der sich auf die Lauer legt und ehrbare Kaufleute um den verdienten Lohn ihrer Mühen zu bringen versucht!«

Ein Raunen erhob sich im Saal, und hier und da waren zustimmende Äußerungen einiger Mitglieder der Bruderschaft zu hören. Bis aufs Blut hatte Waldemar die lübischen Kaufleute schon gereizt, und offenbar teilten viele Breno Lührsens Ansicht, dass man dem möglichst bald ein Ende setzen sollte.

Breno Lührsen wartete, bis wieder Ruhe eingekehrt war, ehe er weitersprach. »Vorerst wird uns nichts anderes übrig bleiben, als die Bedingungen zu akzeptieren und die Zölle zu zahlen, die Waldemar fordert. Aber ein Dauerzustand kann es nicht sein, dass wir zu Geiseln dieses Piraten werden, der nach Gutdünken unseren Warenstrom unterbrechen kann.«

Wieder kamen zustimmende Worte aus der Menge der Anwesenden.

»Ich kann den Worten meines Vorredners nur zustimmen«, sagte nun Moritz von Dören, woraufhin sich das Stimmengewirr wieder legte. »König Waldemar will uns offenbar spüren lassen, wozu er im Stande ist. Wahrscheinlich haben wir ihm schon viel zu lange tatenlos zugesehen. Allein, dass er sich ungestraft Schonen aneignen konnte, scheint ihn in einer Weise zu weiteren Schandtaten ermutigt zu haben, die wir auf Dauer nicht hinnehmen können. Aber vielleicht möchte sich unser Bürgermeister, den in unserem Kreis zu begrüßen ich die Ehre habe, näher zu diesem Thema äußern.«

Moritz von Dören deutete auf Brun Warendorp. Der blassgesichtige, schmale Mann umfasste den Griff des kurzen Zierschwertes, wie es Männer aus dem Stand ehrbarer Händler immer häufiger an der Seite trugen, um sich damit den Rittern und Adeligen gleichzusetzen. Das Haar reichte ihm bis zum Kinn, die blassblauen Augen wirkten aufmerksam. Schon sein Vater Gottschalk und sein Großvater Bruno waren Ratsherren und zeitweilig Bürgermeister von Lübeck gewesen. »Jeder hier im Saal kann sicher sein, dass wir mit unseren diplomatischen Bemühungen nicht nachgelassen haben. Aber fest steht, dass wir allein nicht dafür gerüstet sind, gegen König Waldemar vorzugehen. Vom Kaiser können wir kaum Schutz erwarten, wobei unsere Emissäre auch hier versuchen, etwas in unserem Sinn zu bewegen.«

»Man soll Waldemar Helsingborg und das Schonener Land wieder wegnehmen!«, rief einer der Kaufleute. Weder Moritz noch der Bürgermeister hatten erkennen können, wer das war. Aber das anschließend kurz aufbrandende Stimmengewirr ließ keinen Zweifel daran, dass dieser Sprecher die Stimmung der Anwesenden genau getroffen hatte.

Moritz hob die Hände und bemühte sich darum, dass wieder Ruhe einkehrte, was nicht so einfach war. Zu aufgebracht waren die Mitglieder der Schonenfahrer-Bruderschaft. Für manchen von ihnen stand mittlerweile die Existenz auf dem Spiel.

»Im Moment kann ich nur empfehlen, die geforderten Beträge für die Öresund-Durchfahrt zu bezahlen«, stellte Brun Warendorp unmissverständlich klar.

»Und was ist mit der Kriegsflotte, die der Rat mit unseren Steuertalern ausrüstet?«, war der Rufer von eben noch einmal zu hören.

»Wer spricht da?«, wollte Brun Warendorp wissen, und für einen kurzen Moment herrschte eine Stille, in der das Fallen einer Schneidernadel zu hören gewesen wäre. Dann bildete sich eine Gasse, und ein kleiner, beleibter Mann mit hoher Stirn und grauschwarzem Spitzbart trat hervor. Magnus Bredels vom Unterwerder, so lautete sein Name. Ein Mann, der als Koggenkapitän angefangen und sich inzwischen in den Kreis der lübischen Patrizier hochgearbeitet hatte, auch wenn man ihm hier eher mit Skepsis begegnete und es Gerüchte gab, sein schneller Aufstieg habe nicht allein mit erfolgreichen Geschäften zu tun. Es war von Betrug die Rede, aber auch von Hexerei. Allerdings war keiner dieser Vorwürfe je vor Gericht gekommen, was von manchen wiederum als Anzeichen unlauterer Machenschaften gewertet wurde. Schließlich waren einige Zeugen auf nie ganz geklärte Weise gerade rechtzeitig gestorben, um die Eröffnung eines Verfahrens zu verhindern.

Magnus hatte schon oft das große Wort in der Versammlung der Schonenfahrer geführt, und einmal war er in einer Wahl um das Amt des Ältermanns sogar gegen Moritz angetreten – allerdings vergeblich. Seitdem er bei der Abstimmung eine deutliche Niederlage hatte einstecken müssen, waren seine Wortmeldungen merklich zurückgegangen. Moritz hatte trotzdem immer das Gefühl, dass Magnus klammheimlich daran arbeitete, ihn eines Tages doch noch als Ältermann abzulösen – auch wenn seine Chancen dafür schlecht standen, da er nicht aus einer der traditionsreichen Händlerfamilien kam, die schon seit den Zeiten von Heinrich dem Löwen hier angesiedelt waren.

»Es bedarf für einen Magnus Bredels wohl keiner Vorstellung«, sagte der rundliche Mann nun, der zwar kleiner als Brun Warendorp und Moritz von Dören war, aber viel kräftiger wirkte. »Und ich wiederhole gerne meine Frage an den Bürgermeister: Was ist mit der Flotte, die mit unserem Geld ausgerüstet wird? Was mit den Seeleuten und Söldnern, um die in ganz Holstein und Mecklenburg und wahrscheinlich noch weit darüber hinaus so eifrig geworben wird, und zwar mit einem Lohn, der sich sehen lassen kann und der es uns Händlern schwer macht, noch Männer für unsere Schiffe zu finden?«

»Alles zu seiner Zeit«, antwortete Brun Warendorp mit einem Tonfall, der ruhig und gelassen wirkte. Wer den Bürgermeister jedoch besser kannte – und auf Moritz traf das zu –, der wusste, dass es in ihm ganz anders aussah. Denn Brun Warendorp war alles andere als der geborene Anführer, der sich gern an die Spitze stellte und eine Menge mit großen Reden mitzureißen vermochte. Er war vielmehr ein zurückhaltender, emsig in der Stille wirkender Mann, der seine Pflichten als Bürgermeister sehr genau nahm und mit großer Geduld und Beharrlichkeit die Interessen der Stadt zu vertreten versuchte.

»Was soll das heißen?«, eiferte sich Magnus. »Die Koggen lübischer Händler werden mit ungerechten Zöllen belegt und in der Durchfahrt des Öresunds auf eine Weise behindert, die jedem Rechtsverständnis spottet, und gleichzeitig wird mit unserem Geld eine Flotte ausgestattet, die aber nicht einmal die Travemündung verlässt, geschweige denn dafür sorgt, dass Helsingborg zurückerobert wird und die dortigen Besitztümer den hanseatischen Händlern wieder zurückgegeben werden!«

Lauter Beifall brandete jetzt auf. Moritz begriff, dass dies nicht nur gegen den Bürgermeister gerichtet war, sondern auch gegen ihn. Mit diesen Worten hatte sich Magnus Bredels als der bessere Ältermann darzustellen gewusst. Als einer, der die Interessen der arg gebeutelten Schonenfahrer energischer zu vertreten wusste als der vergleichsweise zurückhaltende und stets zur Mäßigung neigende Moritz von Dören.

»So lasst den Bürgermeister sich doch erklären!«, rief Moritz und versuchte erneut, für Ruhe zu sorgen.

»Seid Ihr der Büttel des Bürgermeisters oder der Ältermann unserer Bruderschaft?«, rief Magnus daraufhin und brachte damit wohl die Ansicht einer erheblichen Anzahl von Mitgliedern in diesem ehrenwerten Kreis von Kaufleuten auf den Punkt.

So dauerte es noch einige quälend lange Augenblicke, bis Brun Warendorp schließlich wieder zu Wort kam, um seine Sicht der Dinge erklären zu können.

»Wir brauchen noch Zeit«, sagte er. »Zeit, um genügend Schiffe und Männer unter Waffen aufzubieten, die Waldemar entgegentreten können. Und allein werden wir das nicht schaffen. Wie ich schon einmal gesagt habe, wir brauchen Verbündete. Sonst ist jegliche Aktion gegen Waldemar von vornherein zum Scheitern verurteilt.«

»Soweit ich gehört habe, habt Ihr kein Schiff, das gegenwärtig bei Helsingborg festsitzt«, sagte Magnus und stemmte dabei die Hände in die Hüften. Sein abschätziger Blick maß Brun Warendorp von Kopf bis Fuß. »Da wartet es sich wohl etwas leichter, nehme ich an.«

Gelächter brach aus.

»Ruhe!«, schimpfte Moritz energisch dazwischen und fand zu seiner eigenen Überraschung damit sogar Gehör. »Solange ich Ältermann dieser Bruderschaft bin, wird hier ein freies Wort gesprochen. Und das gilt für jeden – ganz besonders aber für den Bürgermeister von Lübeck. Die Gastfreundschaft und der

Anstand eines ehrbaren Kaufmanns gebieten das, und ich kann mir nicht vorstellen, dass Ihr allen Ernstes der Erste sein wollt, der diese Grundsätze verletzen will, Magnus!«

Einige Augenblicke sagte niemand ein Wort. Magnus war sich wohl auch nicht ganz sicher, wie groß sein Rückhalt unter den Anwesenden tatsächlich war. Um offen den Aufstand gegen den amtierenden Ältermann zu wagen, schien ihm noch nicht der richtige Zeitpunkt gekommen zu sein, zumal es die anderen Schonenfahrer wahrscheinlich als äußerst unfein angesehen hätten, wenn Magnus in dieser äußerst schwierigen Situation einen Wechsel verlangt hätte. So biss er sich auf die Lippe und schwieg.

»Bezahlt einstweilen die Zölle, kann ich euch nur raten«, ergriff wieder Brun Warendorp das Wort. »Glaubt mir, ich weiß, wie weh euch jeder Taler tut und dass dadurch eure ganzen Unternehmungen in Gefahr geraten können. Und mir ist durchaus auch klar, was die Entwicklung der letzten Zeit für diejenigen bedeutet, die sogar Lagerhäuser und Kontore in Helsingborg betrieben haben, deren Warenlager vielleicht sogar noch prall gefüllt waren.«

»Fürwahr! Die Dänen können über das Geschäft nicht klagen, das sie durch die Eroberung von Helsingborg gemacht haben!«, rief einer der Anwesenden laut dazwischen, und die anderen stimmten ihm knurrend zu.

Magnus war allerdings nicht darunter. Er hielt sich nun vollkommen zurück und sagte kein einziges Wort. Seine Stunde würde noch kommen! Zumindest hatte er sich das vorgenommen.

»Wir haben hier und jetzt nur darüber zu entscheiden, mit welcher Botschaft wir den Emissär zurück in Waldemars Reich schicken«, erklärte Moritz nun, und obwohl er diesmal weder die Stimme hob noch besonders laut sprach, fand er Gehör bei den Schonenfahrern. »Aber für die Zukunft wollen wir darauf hinwirken, dass dieser unerträgliche Zustand nicht einen Tag länger anhält als unbedingt notwendig!«

Als Moritz von Dören sehr spät in der Nacht von der Versammlung der Schonenfahrer nach Hause kam, fand er Johanna in der Eingangshalle. Im Kamin brannte Feuer. Es war später August, und in diesem Jahr schien der Sommer ungewöhnlich früh sein Ende zu finden. In den letzten Nächten war es schon empfindlich kalt geworden, und ein unangenehm scharfer Wind wehte von Nordwesten über die Stadt und zwischen den engen Gassen hindurch.

Johanna las in einem handgeschriebenen Gebetbuch, einer Sammlung, die von Bruder Emmerhart zusammengestellt und aufgeschrieben worden war. Sie enthielt einige Psalmen, Gebete und Liedtexte, deren ursprüngliche Quellen wohl höchst unterschiedlich waren. Aber Johanna hatte darin immer viel Trost gefunden. Bruder Emmerhart verkaufte solche handgeschriebenen Bände mit nicht mehr als jeweils vierzig bis fünfzig Seiten aus gelbbraunem Pergament neben seinen Arzneien und Heilmitteln in seiner Apotheke. Zwischen übelriechenden Tinkturen, Marzipan, Zucker und einigen Gewürzen hatte auch dieses sorgfältig in Leder gebundene Bändchen seinen Platz gehabt. Erbauung für die Seele, den Geist und den Körper, das alles diente der Gesundheit, so hatte der geschäftstüchtige Mönch ihr erklärt und es daher auch als völlig selbstverständlich angesehen, diese Dinge zusammen anzubieten. »Die Heilmittel für die Reichen finanzieren diejenigen für die Armen«, hatte Johanna Bruder Emmerharts Worte noch im Ohr. »Ihr braucht also kein schlechtes Gewissen zu haben, wenn Ihr so ein Buch kauft, denn für eine einzige Abschrift dieser Gebete und Psalmen verlange ich einen Preis, von dem ich Wundsalben für ganz Lübeck und jeden Bauern in Holstein und Lauenburg mischen könnte!«

Johanna musste gerade jetzt daran denken, da sich immer mehr herauskristallisierte, dass sich ihr Ordenseintritt länger verzögern würde, als sie gedacht hatte. Der Hansetag war für den Herbst in Köln angesetzt. Gesandte aus allen Hansestädten und dem mit der Hanse verbündeten deutschen Orden würden dort erscheinen. Johanna wusste natürlich, wie wichtig es für ihren Vater war, dass sie ihn begleitete und unterstützte – gerade jetzt, da es um so viel ging. Und danach, dachte sie. Wird es sich danach ändern?

»Du bist noch auf?«, fragte Moritz von Dören seine Tochter.

»Ich finde keinen Schlaf, Vater.«

»Und was raubt ihn dir, Johanna?«

»Meine Gedanken kreisen immer wieder um dieselbe Frage. Kann man ein Versprechen, das man dem Herrn gegeben hat, so einfach brechen?«

»Du brichst dein Versprechen nicht, wenn du es im nächsten Jahr erfüllst, Johanna.«

»Meinst du wirklich?«

»Ich bin kein Priester und bin ganz sicher auch nicht gelehrt genug, um dir solche Fragen erschöpfend beantworten zu können. Aber ich kann mir nicht vorstellen, dass unser Vater im Himmel in dieser Hinsicht derart kleinmütig ist, dass er es dir nicht verzeihen könnte.«

»Wenn du das sagst, beruhigt mich das«, antwortete Johanna.

»Ich weiß das Geschenk, das dein Leben für mich ist, sehr wohl zu würdigen und danke Gott jeden Tag dafür, dass er dich die Pestilenz hat besiegen lassen. Aber ich glaube nicht, dass Gott dafür verlangt, dass du ihm sein Leben widmest.«

»Aber …«

»Das, meine Tochter, verlangt er nur von denen, die dazu die Berufung spüren, und ob das bei dir der Fall ist, kannst nur du allein wissen. Niemand sonst.«

Viertes Kapitel

Eine schicksalhafte Begegnung

Zu Köln – Monate später …

Die Hammerschläge der Steinmetze mischten sich mit dem Gemurmel der Betenden. Seit mehr als einem Jahrhundert wurde schon am Dom zu Köln gearbeitet. Eigentlich hatten die neu errichteten Teile dieses bereits in seiner noch unvollendeten Gestalt gewaltigen Gotteshauses nach und nach den alten Dom ersetzen sollen, der für den Ansturm der Pilger einfach nicht mehr ausgereicht hatte. Doch ein verheerendes Feuer war schuld daran, dass davon nichts mehr erhalten war und der Bau zügiger vorangetrieben werden musste, wobei man immer darauf geachtet hatte, dass trotz aller Bautätigkeit die Feier der Heiligen Messe möglich blieb.

Johanna schmerzten die Knie. Schon viel zu lange verharrte sie in ihrer wenig komfortablen Haltung, völlig auf ihr Gebet konzentriert, sodass sie zeitweilig das Gefühl für ihren Körper vollkommen verloren hatte. Die schwach gewordene Herbstsonne schien durch die vierundzwanzig Fenster des Oberchores. Vierundzwanzig Könige waren in diesen Fenstern dargestellt – allesamt bärtig: *die vierundzwanzig Ältesten der Apokalypse.* Darüber hinaus gab es zwölf weitere Fenster, in denen ebenfalls Könige dargestellt waren – allesamt ohne Bart.

Das waren die zwölf Könige von Juda, die als Vorgänger Jesu galten.

Sie alle gemahnten an die Endlichkeit von Macht, Reichtum und allen irdischen Dingen. Ja, sogar an die Endlichkeit der Zeit selbst.

Seit zwei Wochen weilte Johanna nun schon in Köln und unterstützte ihren Vater nach Kräften in schriftlichen Dingen. Und davon fiel während der Beratungen des Hansetages reichlich an. Immer wieder mussten Briefe an einzelne Gesandte verfasst und mit Formulierungsvorschlägen für die schließlich zu treffenden Abmachungen unter den höchst ungleichen Teilnehmern aufgesetzt werden. Es hatte sich schon deutlich gezeigt, dass die Interessen ganz verschieden waren. Für Lübeck, Stralsund, Danzig und den Deutschen Orden war die Expansion des dänischen Königs eine akute, lebensbedrohliche Gefahr, Bremen, Hamburg, die westlichen Hansestädte waren weit weniger davon betroffen. Aber Bürgermeister Brun Warendorp hatte unter den lübischen Gesandten die Devise ausgegeben, dass die Koalition gegen Waldemar möglichst breit sein und man unbedingt auch Münster und die niederländischen Städte zur Unterstützung gewinnen musste.

Es waren die vielen kleinen Zusammenkünfte am Rande der großen Verhandlungen, die schließlich die Standpunkte einander annäherten.

Noch waren gar nicht alle Delegierten des Hansetages eingetroffen. Allein dies zog sich über Wochen hin, denn die Anfahrtswege waren sehr unterschiedlich beschwerlich. Unter jenen, die bislang noch nicht nach Köln gefunden hatten, war auch Pieter van Brugsma der Jüngere, der hier in Köln mit Grete von Dören vermählt werden sollte. Auch um die Vorbereitungen dieses Festes hatte Johanna sich mit zu kümmern. Da auf dem Hansetag ohnehin viele Mitglieder beider Familien anwesend sein würden, bot sich hier eine einmalige und günstige Gelegenheit für ein solches Fest.

Trotz aller Geschäftigkeit ließ es sich Johanna jedoch nicht nehmen, mindestens einmal am Tag in den Dom zu gehen, um zu beten. Manchmal suchte sie auch eine der kleineren Kapellen und Kirchen der Stadt auf, aber der Dom war ihr am liebsten.

Die Glocke schlug, schreckte sie aus ihren Gedanken hoch und machte ihr bewusst, wie spät es war. Es fand heute noch eine große Vollversammlung der Städtevertreter im großen Saal des Rathauses zu Köln statt, und ihr Vater hatte sie gebeten, unbedingt dabei zu sein, um mitzuschreiben, was gesagt und beschlossen wurde. Es war wichtig, dass neben den offiziell bestellten Schreibern jede Seite auch ihre eigenen Protokolle anfertigte.

So erhob sie sich und machte nur ein paar Schritte, als ihr ein Schatten auffiel. Im nächsten Moment prallte sie gegen etwas Hartes, Metallisches. Ein Harnisch, erkannte sie sofort. Dicht vor ihr stand ein Mann in den Kleidern eines Edelmanns. Harnisch, Wams, Mantel, hohe Stiefel, ein Schwert an der Seite, dessen Lederscheide kunstvoll verziert war. Zwei blaue Augen sahen sie an. Der Bart war der eines Mannes, der einige Zeit auf Reisen gewesen war und keine Gelegenheit gehabt hatte, ihn zu scheren. Das Haar war blond und dicht, die Augenbrauen so hell, dass man sie wohl kaum gesehen hätte, wäre sein Gesicht nicht von der Sonne gebräunt gewesen.

»Entschuldigt ...«, murmelte sie.

»Es gibt nichts zu entschuldigen, da nichts geschehen ist«, sagte der Mann. Sein Niederdeutsch hatte einen eigenartigen Akzent, wie Johanna ihn bereits hin und wieder gehört hatte, wenn Gäste aus Dänemark oder Schweden im Haus ihres Vaters zu Besuch gewesen waren.

Der Mann lächelte auf eine Weise, die Johanna unwillkürlich erröten ließ. »Ich hoffe, Euch ist nichts passiert«, sagte er und schlug mit der Faust gegen seinen Harnisch. »Wie Ihr ja hört und, wie ich vermute, auch zu spüren bekommen habt, bin ich ja im Gegensatz zu Euch gut geschützt.«

»Der Herr ist mein Schild«, sagte sie.

»Ein hübsches Wort – gesprochen von hübschen Lippen.«

»Nicht nur ein Wort, fremder Herr.«

»So?«

»Gott ließ mich als Kind die Pest überleben – warum sollte ich annehmen, dass mir ein rempelnder Waffenknecht gefährlich werden könnte.«

Ihre Unterhaltung währte bereits zu lang und war trotz des Hämmerns und der anderen Baustellengeräusche, die immer wieder die Stimmen der Betenden übertönten, einem Pater des Domkapitels aufgefallen. Ein grauhaariger Mann mit falkenhaften Augen, deren stechendem Blick nichts zu entgehen schien.

»Ich glaube, Ihr habt die Aufmerksamkeit der Geistlichkeit erregt«, sagte der Edelmann, bei dem sich Johanna inzwischen ganz sicher war, dass er aus Skandinavien stammte.

»Das ist Pater Martinus vom Domkapitel – und ehrlich gesagt glaube ich eher, dass Ihr seine Aufmerksamkeit erregt habt.«

»Frederik.«

»Wie?«

»Mein Name. Ich bin Frederik von Blekinge. Und wie darf ich Euch nennen?«

»Wer sagt Euch, dass ich mich länger mit Euch unterhalten möchte, Frederik von Blekinge?«, erwiderte Johanna und versuchte, ihre Stimme kühl und abweisend klingen zu lassen. Aus irgendeinem Grund misslang ihr das gründlich. Sie nickte Pater Martinus zu, mit dem sie sich an einem der vergangenen Tage etwas ausführlicher unterhalten hatte. Ein geistvoller Gesprächspartner, belesen und gebildet wie sie es selbst werden wollte, sobald sie ihr Gelübde abgelegt und in einer klösterlichen Gemeinschaft Aufnahme gefunden hatte.

Johanna beschleunigte ihren Schritt. Harte Schläge drangen an ihr Ohr. Der Stahl eines Fäustlings traf auf einen Meißel, und das Geräusch, das dabei entstand, war so durchdringend, dass es für ein paar Augenblicke unmöglich war, irgendeinen vernünftigen Gedanken zu fassen.

Johanna drehte sich nicht um. Erst, als sie das Hauptschiff des Doms bereits verlassen hatte, holte Frederik von Blekinge sie ein.

»Wartet, schöne Unbekannte. Ihr sollt wissen, dass ich Euch nicht in Eurer Andacht stören wollte.«

»Das habt Ihr auch nicht. Vielmehr habe ich Euch durch meine Unachtsamkeit angerempelt und Euch gestört. Allerdings ...« Johanna blieb stehen und musterte ihn von oben bis unten. Der Klang seiner Stimme löste irgendetwas in ihr aus, was sie im Moment nicht näher hätte beschreiben können. Ein Gefühl, das ihr unbekannt war und sie vielleicht gerade deswegen auch ängstigte. Die Gedanken rasten in diesem Moment nur so durch ihren Kopf.

»Allerdings was?«, fragte er.

»Ihr hattet doch sicherlich vor, Euch Eurer eigenen Andacht zu widmen. Ich weiß nicht, was Euch jetzt davon abgehalten haben mag, aber ich will nicht der Grund dafür sein.«

»Meine Andacht kann warten, und davon abgesehen war ich hier, weil ich von den Fensterbildern der Könige gehört habe. Bei uns in Blekinge gibt es so etwas nicht.«

»Blekinge? Liegt das nicht in Schonen?«, bemerkte Johanna, und sie wusste in diesem Augenblick selbst nicht, warum sie überhaupt noch ein Wort mit ihm sprach. Aber irgendetwas an ihm zog sie auf eine Weise an, die sie nicht zu erklären vermochte. Vielleicht war es der Klang seiner angenehm tief klingenden Stimme, vielleicht die Besonderheit seines Akzents oder der intensive Blick seiner Augen. Sie war viel zu verwirrt, um das genauer ergründen zu können.

»Blekinge ist eine eigene Provinz, aber für Leute von außerhalb gehört es oft zu Schonen, da beide seit langem gemeinsam regiert werden.«

»Das wusste ich nicht.«

»Die meisten haben sowieso noch nie etwas von den beiden Ländern gehört. Aber seit König Waldemar sie gewaltsam seinem Reich zugefügt hat, interessiert man sich anscheinend auch andernorts für die Küste am Öresund.«

»So seid Ihr wegen der Beratungen des Hansetages hier in Köln?«

Frederik von Blekinge lächelte. »Wer nicht?«, fragte er. »Die Stadt ist voll von Delegierten aus aller Herren Städten. Auf dem Marktplatz von Helsingborg hört man jedenfalls nicht einmal halb so viele Sprachen, da bin ich mir sicher. Und ein Gasthaus zu finden ist fast unmöglich. Das Siegel des schwedischen Königs macht hier anscheinend auf niemanden Eindruck, und so werde ich die nächsten Nächte wohl in einem Pferdestall schlafen.« Er zuckte die Schultern. »Aber es gibt wahrlich Schlimmeres.«

Inzwischen hatten sie den Dom verlassen und waren ins Freie getreten. Bettler umringten sie. Lahme, Blinde, Verkrüppelte und in Lumpen gehüllte Gestalten, die vor einem Gotteshaus am ehesten auf die Barmherzigkeit der Menschen hofften. Ein Fuhrwerk, beladen mit so gewaltigen Steinbrocken, dass die Ochsen es kam zu ziehen vermochten, weshalb es von hinten noch von einem halben Dutzend kräftiger Männer geschoben werden musste, quälte sich über den Vorplatz des Doms.

Einige Begleiter dieses Transports scheuchten die Bettler fort. »Aus dem Weg mit euch!« Etwa zwanzig Schritt entfernt wurden Steine behauen oder zersägt. Gleich daneben loderten Schmiedefeuer, und Drahtzieher gingen ihrer anstrengenden Arbeit nach, wobei sie das meiste von Ochsen oder Eseln verrichten ließen. Immer wieder musste der Stahl zwischen harten Flintsteinen hindurchgezogen und geschält werden, bis er so dünn war, dass man Ringe aus ihm biegen konnte, aus denen normalerweise Kettenhemden gemacht wurden. Aber hier dienten die Drähte einem anderen Zweck. Man zersägte mit ihrer Hilfe große Steine und erhielt Blöcke mit geraden Kanten, die sich problemlos vermauern ließen. Die Laute der Esel, die die über den Stein geführten Drahtseile immer wieder vor- und zurückziehen mussten, mischten sich mit den lauten Rufen der Vorarbeiter und den Hammerschlägen der Steinmetze, die die Feinarbeit zu machen hatten.

»Ich bin Johanna von Dören, Tochter des Moritz von Dören, der zu den Gesandten aus Lübeck gehört«, sagte Johanna, denn auf einmal interessierte es sie doch, mit wem sie da im Dom zusammengestoßen war. Und ihr war klar, dass sie wohl kaum erwarten konnte, noch etwas zu erfahren, wenn sie nicht auch selbst etwas preisgab.

»Von Dören? Der Name kommt mir bekannt vor. Habt Ihr nicht auch in Helsingborg eine Niederlassung betrieben? Allerdings ist es schon ein paar Jahre her, dass ich dort war.«

»Es gibt ein Kontor der Schonenfahrer in Helsingborg, und mein Vater ist der Ältermann der Schonenfahrer-Bruderschaft.«

»Insofern ist es also durchaus möglich, dass ich den Namen Eurer Familie schon gehört habe«, fühlte sich Frederik von Blekinge bestätigt. »Ich selbst kann mich leider nicht mehr an der Öresund-Küste blicken lassen, seit König Waldemar den ganzen Landstrich an sich gerissen hat. Die Besitzungen unserer Familie wurden eingezogen und der dänischen Krone übereignet. Mein älterer Bruder fiel im Kampf mit den Dänen …« Er seufzte, und zum ersten Mal wirkte der sonst so intensive Blick seiner blauen Augen nicht durchdringend, sondern eher in sich gekehrt. »Immerhin ist es gelungen, das Gehör des schwedischen Königs zu finden, dem unser Geschlecht immer treu gedient hat.«

»Nun, vielleicht wendet sich hier in Köln Euer Geschick ja zum Guten, falls das große Bündnis gegen Waldemar zustande kommen sollte.«

Frederik wog den Kopf zur Seite und wirkte äußerst skeptisch. »Das wäre mehr, als ich zu hoffen wage. Auf jeden Fall wird es mein König mit Sicherheit nicht noch einmal wagen, sich mit Waldemar anzulegen. Es sei denn, er findet so mächtige Verbündete, dass er damit rechnen kann, diesmal als Gewinner aus dem Krieg hervorzugehen.«

»Niemand will etwas einsetzen, alle wollen etwas gewinnen«, sagte Johanna. »Und jeder versucht, den anderen auszunutzen, wie er kann.«

»So ist die Hanse eben«, lachte Frederik. »Ein Haufen von Krämern und Händlern.«

»Ein ehrbarer Kaufmann versucht immer, einen Handel zu beiderseitigem Vorteil abzuschließen, Frederik von Blekinge. Denn man weiß nie, ob man seinem Handelspartner nicht ein zweites Mal begegnet.«

»Hehre Grundsätze«, gab Frederik nicht ohne einen spöttischen Unterton zurück. »Ich kann allerdings nicht sagen, dass alle lübischen Händler, die ich in Blekinge oder Schonen kennenlernte, danach verfahren wären.«

»So habt Ihr die Falschen kennengelernt, wie ich Euch versichern kann.«

Sie gingen weiter, gelangten schließlich in eine etwas breitere Gasse; als diese sich gabelte, blieb Johanna stehen. »Unsere Wege trennen sich jetzt«, sagte sie.

»Ich hoffe, nicht zu lang.«

»Das weiß der Herr.«

»Nun, es könnte sein, dass wir uns in Zukunft öfter begegnen. Die Verhandlungen zum Hansetag haben ja erst begonnen, und so wie wir sind auch andere Delegationen gerade erst angekommen ...«

»... oder noch gar nicht eingetroffen.«

Johanna spürte, wie ihr das Herz bis zum Hals schlug. Eigentlich wäre jetzt längst der Zeitpunkt gewesen, diesem enteigneten Edelmann zu sagen, dass es keinerlei Sinn hatte, sich weiter um sie zu bemühen, da sie bereits dem Herrn versprochen war und ihr Leben in Armut und Keuschheit zu verbringen gedachte. Sie hätte ihm sagen sollen, dass all die Galanterie, die er an den Tag legte, bei ihr vollkommen verschwendet war und er besser daran tat, sich um irgendeine der anderen Delegiertentöchter zu bemühen. Davon gab es in Köln nämlich derzeit nicht wenige. Schließlich war so ein Hansetag nicht nur eine Möglichkeit, Einigkeit über handelspolitische Fragen unter den in der Hanse verbundenen Städten zu erzielen. Eine derartige Zusammenkunft war auch ein Heiratsmarkt. So viele standesgemäße Partien gab es selten an einem Ort. Auch wenn sich die reichen Stadtbürger in vielerlei Hinsicht von den adeligen Herrschaften unterscheiden mochten, in einem verfuhren sie ähnlich. Sie pflegten ihre Macht und ihren Einfluss gegebenenfalls durch Hochzeiten auszudehnen.

»Möglicherweise sollte ich mich einmal bei Eurem Vater vorstellen«, sagte Frederik. »Lübeck ist die wichtigste Stadt der Hanse und die unbestrittene Führungsmacht. Es wäre für uns sicher interessant zu erfahren, welche Ziele die Vertreter Eurer Stadt hier in Köln verfolgen. Vielleicht ließen sich gemeinsame Interessen zwischen Schweden und Lübeck ausloten.«

»Mein Vater ist nur Ältermann der Schonenfahrer, nicht der Bürgermeister.«

»Aber ein Ältermann der Schonenfahrer besitzt großen Einfluss, und auch der Bürgermeister wird sich anhören, was er zu sagen hat.«

»Ich werde mit meinem Vater über Euer Anliegen sprechen«, versprach Johanna.

»In welchem Gasthof residiert Ihr?«

»Das Gasthaus heißt ›Großer Hahn‹ und gehört einem Mann, der Peter vom Großen Hahn genannt wird. Fragt danach, wenn es Euch ernst ist.«

»Das werde ich«, versprach Frederik. Dann trennten sie sich. Aber Johanna blieb nach ungefähr zwei Dutzend Schritten noch einmal stehen und drehte sich um.

Von Frederik war allerdings nirgends etwas zu sehen. Er war in der Menge der Passanten, Bettler und Handwerker verschwunden. Ein großer Ochsenkarren verstellte ohnehin die Sicht. Er war mit langen Balken für das Gerüst beladen, das sich schon teilweise am Domgemäuer emporrankte.

Fünftes Kapitel

Eine wichtige Nachricht trifft ein

Am Abend fertigte Johanna noch die fünffache Abschrift eines Briefes an, den Moritz von Dören an befreundete Ratsherren aus Danzig, Stralsund und Riga aushändigen wollte. Die Verhandlungen unter den Hansestädten hatten kaum begonnen, da zeichnete sich bereits ab, was der schwierigste Punkt sein würde. Wie so oft ging es ums Geld – in diesem Fall darum, wer letztlich wie viel beizutragen hatte, wenn man sich tatsächlich entschloss, gegen Waldemars Eroberungspolitik vorzugehen. Da Moritz von Dören gute Beziehungen zu maßgeblichen Ratsherren der Ostseestädte besaß, war ihm die Aufgabe zugefallen, sie auf einen gemeinsamen Nenner zu bringen.

Grete hatte versucht, Johanna bei den Abschriften zu helfen, aber die Schrift der älteren Tochter war einfach zu ungelenk. Und abgesehen davon hatten die Briefe absolut gleichlautend zu sein. Es durfte sich kein Fehler einschleichen, der möglicherweise Anlass zu Missverständnissen geboten hätte.

»Ja, du warst schon immer die bessere Schreiberin von uns beiden«, gab Grete zu. »Obwohl du jünger bist, hast du es früher gelernt, und wenn man dir dabei zusieht, hat man den Eindruck, dass die Buchstaben sich ganz von selber formen, wenn du die Feder führst! Bei mir hingegen kommt immer etwas dabei heraus, was …« Sie zuckte mit den Schultern. »Nur ungefähr so aussieht, wie es eigentlich aussehen sollte. Um diese Fähigkeit habe ich dich immer beneidet, Johanna, weißt du das?«

»Es ist kein besonderes Talent«, erwiderte Johanna. »Ich habe einfach nur viel mehr Übung darin als du, das ist der einzige Unterschied.«

»Und für diese provozierende Bescheidenheit könnte ich dich ohrfeigen, Schwesterherz.«

»Wie?«

»Du kannst nicht nur besser schreiben, du bist auch so heilig, dass man kaum glauben kann, dass es so etwas gibt.« Grete lachte. »Selbst dem Marzipan konntest du widerstehen, das habe ich nicht vergessen. Erinnerst du dich?«

»Aber erst, nachdem ich schon einiges davon gegessen hatte«, schränkte Johanna ein. Sie sah von ihrer Arbeit auf.

Die beiden Schwestern befanden sich in einem engen Dachzimmer des »Großen Hahn«, das eigentlich eine Abstellkammer war. Der Wirt hatte die Kammer ausräumen lassen, denn zur Zeit des Hansetages konnte man jeden noch so kleinen überdachten Winkel teuer vermieten. Jedes Gasthaus war ausgebucht, und überall in der Stadt kampierten Mitglieder der verschiedenen Delegationen und die sie begleitenden Söldner: manchmal in Hausnischen oder an Brunnen unter freiem Himmel, andere wie Frederik von Blekinge im Pferdestall. Für manchen Handwerker war es einträglicher, die Arbeit für die Dauer der Zusammenkunft einzustellen und die Werkstatträume zu vermieten, anstatt seiner Arbeit nachzugehen. Im Raum neben der Abstellkammer war Moritz von Dören selbst einquartiert, zusammen mit Bruder Emmerhart. Der Mönch war der Familie nicht nur durch den Marzipan- und Zuckerverkauf in seiner Lübecker Apotheke eng verbunden, er war auch seit jeher geistlicher Ratgeber und Hauskaplan der Familie. Emmerhart hatte nicht nur das Mönchsgelübde abgelegt, sondern auch die Priesterweihe empfangen. Er hatte einige Jahre in Rom, Venedig und Trier gelebt und exzellente Verbindungen innerhalb der

Kirchenhierarchie. Und ganz zu Anfang seines Werdegangs war er drei Jahre Schreiber in den Diensten des Bischofs von Köln gewesen. Dass er die von Dörens auf den Hansetag begleitete, hatte allerdings eher private und geschäftliche, aber keine politischen Gründe. Emmerhart stammte aus der Gegend und nahm die Gelegenheit wahr, einige Verwandte zu besuchen. Außerdem wollte er Gretes Hochzeit zum willkommenen Anlass nehmen, sich mit Pieter van Brugsma dem Jüngeren darüber zu unterhalten, ob es nicht möglich wäre, an die Rezepturen zur Herstellung und Veredelung des Marzipans heranzukommen. Im »Großen Hahn« waren noch einige andere Ratsherrn aus Lübeck samt ihrem Gefolge untergebracht, darunter auch Bürgermeister Brun Warendorp selbst.

Johanna ertappte sich dabei, wie ihre Gedanken immer wieder abschweiften. Es fiel ihr schwerer als sonst, sich auf ihre Schreibarbeiten zu konzentrieren, und das hatte nichts damit zu tun, dass ihre Schwester unablässig redete. Der Fremde, der Johanna im Dom begegnet war, ging ihr einfach nicht aus dem Kopf. Immer wieder musste sie an Frederik von Blekinge denken. An den Klang seiner Stimme, an den Blick, mit dem er sie angesehen hatte, an die Art, wie er ging. Sie konnte es einfach nicht verhindern, dass dieser Mann sich immer wieder in ihre Gedanken stahl, obwohl sie das nicht wollte. Schließlich war sie eine zukünftige Braut Christi und wollte Keuschheit geloben. Aber seit der Begegnung mit Frederik stand ihr Inneres dazu in einem Gegensatz, der immer schwerer zu leugnen war. Liebe, ein Mann, eine Familie, Kinder – das hatte sie sehr frühzeitig für ihren Lebensweg ausgeschlossen, denn wie hätte sie sonst die Schuld abtragen können, in der sie zweifellos stand, da sie doch dem Schrecken der Pest auf so wundersame Weise entgangen war. *Der Wille entscheidet*, dachte sie. *Immer. Und meinen Willen habe ich einmal gefasst und werde ihn nicht wieder ändern.*

Die Tatsache, dass ihre Schwester hier in Köln heiraten würde und sie sich seit ihrer Ankunft in der größten Stadt des Heiligen Römischen Reiches beinahe täglich auch mit den Vorbereitungen zu diesem Ereignis beschäftigen musste, hatte vielleicht auch dazu beigetragen, dass ihre Gedanken in diese Richtung gingen.

»Es wird dunkel«, stellte Grete fest. »Soll ich eine Kerze entzünden?«

»Gerne«, sagte Johanna. Das Fenster des Zimmers, das sie bewohnten, war nicht verglast, sondern nur mit einem Vorhang verhängt, durch den das Tageslicht nun kaum noch hereindrang. Johanna hatte gar nicht weiter darauf geachtet, dass es immer dunkler geworden war. Die Tage wurden jetzt schon deutlich kürzer. Die finstere Zeit des Jahres kündigte sich an, und auch wenn das Klima hier am Rhein deutlich milder als im heimatlichen Lübeck war, so zog es doch inzwischen ziemlich unangenehm. »Ich werde den Fensterladen schließen«, kündigte Johanna daher an.

Wenig später saßen sie bei Kerzenlicht in dem engen Zimmer.

»Pieter hätte schon vor Tagen eintreffen sollen«, sagte Grete plötzlich unvermittelt. Johanna hatte schon die ganze Zeit über das Gefühl gehabt, dass auch Grete von irgendetwas beunruhigt wurde, was sie bisher jedoch nicht offen geäußert hatte. Und jetzt zeigte sich, dass es mehr war als nur eine allgemeine Aufgewühltheit wegen ihrer bevorstehenden Hochzeit. »Ich mache mir langsam ernsthafte Sorgen.«

»Du glaubst doch nicht, dass er es sich noch anders überlegt hat«, meinte Johanna und lächelte. Zu absurd erschien ihr dieser Gedanke. Schließlich war diese Hochzeit von langer Hand eingefädelt worden. Und ganz offensichtlich hatte beiden beteiligten Familien sehr viel am Zustandekommen dieser Verbindung gelegen, denn es waren keine Kosten und Mühen gescheut worden. »Dieser Pieter weiß doch genau, was er an dir hat, und wird kaum einen Rückzieher machen, Schwester! Du machst dir vollkommen umsonst Sorgen.«

»Kommt drauf an, welchen Pieter du meinst«, gab Grete zurück. »Mein zukünftiger Schwiegervater Pieter der Ältere gilt als ziemlich unberechenbar und sprunghaft.«

»Er hat die Geschäfte doch längst seinem Sohn übertragen und sich zurückgezogen, Grete.«

»Mag sein. Aber ich weiß, dass sein Einfluss sehr groß ist, was die Familienangelegenheiten betrifft. Und ich weiß auch, dass er anfangs nicht vollkommen überzeugt davon war, dass die Verbindung zwischen den van Brugsmas und unserem Haus wirklich eine gute Sache sei.«

»Du wirst sehen, deine Sorgen sind ganz unbegründet. Pieter van Brugsma wird sein Wort halten. Er könnte sich gar nicht leisten, das nicht zu tun, denn das würde sich überall herumsprechen und den Ruf seiner Familie erheblich beschädigen.«

Grete seufzte. »Tatsache ist, dass er immer noch nicht hier ist.«

»Es wird sicher einen Grund für die Verzögerung geben, Grete. Einen ganz harmlosen Grund. Die Landwege Richtung Köln sollen nach dem letzten Unwetter in einem beklagenswerten Zustand sein. Und dasselbe gilt für die Flussfähren und Brücken. Es heißt, dass vielerorts das Land so entvölkert ist, dass niemand für die Erhaltung der Wege sorgen könnte.«

Vor gut siebzehn Jahren hatte die Pest überall so furchtbar gewütet, dass jeder dritte Einwohner daran zu Grunde gegangen war. Und in den folgenden Jahren hatte es immer wieder kleinere Ausbrüche der Seuche gegeben, die noch einmal Unzählige dahingerafft hatten. So war es tatsächlich in manchen Gegenden nicht möglich, die Felder zu bestellen und das Vieh zu hüten, weil es kaum noch Bauern gab. Ganze Landstriche lagen verlassen da. Dörfer verfielen, und Wege wucherten zu.

»Und wenn ihm etwas zugestoßen ist?« Grete rieb die Hände gegeneinander. »Wir haben alles dafür getan, dass es zu dieser Hochzeit kommt, und jetzt mache ich mir einfach Sorgen, dass all die Mühen sich noch im letzten Moment als vergeblich herausstellen könnten.«

»Du sprichst viel von Mühen«, fiel Johanna auf. »Aber wenig davon, was für ein Mann dein Pieter nun eigentlich ist. Ich habe ihn ja leider noch nicht kennengelernt, weil …«

»… du mal wieder für unser Geschäft und unseren Vater in Lübeck unabkömmlich warst«, vollendete Grete den Satz ihrer Schwester. Der Unterton, mit dem sie das sagte, war etwas anklagend. »Aber du bist ja eh eine Heilige«, fügte sie dann mit einem etwas gezwungen wirkenden Lächeln hinzu.

»Du weichst meiner Frage aus, Schwester.«

»Eine unerbittliche Heilige bist du anscheinend auch noch. Du wärst ein guter Inquisitor geworden, glaube ich.«

Darüber mussten sie dann beide lachen.

Schließlich sagte Johanna ernst: »Du wirst mir fehlen, wenn du nicht mehr mit uns zusammen in unserem Haus in Lübeck lebst, Grete. Allerdings werde ich dort ja wohl auch in Kürze nicht mehr wohnen und nur ein Gast sein, der ab und zu mal zu Besuch kommt.«

»Glaubst du wirklich, unser Vater wird es je zulassen, dass du deinen Entschluss wahr machst und ins Kloster gehst, Johanna? Jetzt ist es der Hansetag und all diese komplizierten Verhandlungen, die zu einer Konföderation gegen Waldemar führen sollen. Im nächsten Jahr wird es etwas anderes sein, weswegen Vater nicht auf dich verzichten kann. Glaub mir.«

»Diesmal ist es das letzte Mal«, versicherte Johanna.

»Auf das dann ein allerletztes und ein allerallerletztes Mal folgen wird, Johanna. Es würde mich nicht wundern, wenn du dein Gelübde erst als alte Frau ablegen kannst.«

Diese Möglichkeit sah Johanna durchaus auch. Aber irgendwann würde sie sich für eine der beiden Verpflichtungen entscheiden müssen, die ihr Leben bestimmten.

Am nächsten Morgen klopfte es in aller Frühe an der Tür des Gasthofs »Großer Hahn«. Ein Reiter hatte sein Pferd an einem der Pflöcke vor dem Gasthaus festgemacht. Der Reiter schlug seinen Mantel zurück und klopfte noch einmal. »Aufmachen! Ich komme mit einer dringenden Botschaft!«

Die Sonne ging gerade auf, aber Johanna war bereits angekleidet und saß wieder an ihrer Schreibarbeit, denn der Tag war mit anderen Verpflichtungen gefüllt. Sie hatte den Fensterladen geöffnet, um das Tageslicht nutzen zu können. Da es durch den Alabastervorhang nun empfindlich kühl hereinzog, hatte sich ihre Schwester in ihre Decke eingerollt. Nun drängte Johanna den Alabastervorhang etwas zur Seite, sodass sie den Reiter sehen konnte.

Eine Botschaft so früh am Morgen – da muss es um etwas wirklich Wichtiges gehen, überlegte sie. Dieser Mann sah aus, als wäre er die ganze Nacht geritten, und das offenbar querfeldein durch unwegsames Gelände. Morast war bis hinauf zum Halsansatz des Pferdes gespritzt.

Inzwischen war zu hören, dass nach und nach die Riegel zur Seite geschoben wurden, die in der Nacht die Eingangstür des »Großen Hahn« verschlossen hatten. »Bin ja schon da! Nicht so ungeduldig!«, war aus dem Schankraum dumpf die Stimme von Peter dem Wirt zu hören. Ungeduld konnte Peter schon bei seinen Gästen nicht ausstehen, wenn er mit dem Nachschenken der Bierkrüge mal nicht hinterherkam. Dann konnte er ziemlich garstig werden und hatte dann auch vor hohen Herrschaften wenig Respekt. Selbst der durchaus standesbewusste Brun Warendorp hatte sich ihm gefügt. Schließlich war auch dem Bürgermeister von Lübeck sehr wohl bewusst, dass sich ein Wirt angesichts der knappen Quartierlage im Moment einiges herausnehmen konnte, ohne dadurch irgendeinen Schaden befürchten zu müssen.

»Ich muss die Nachricht persönlich übergeben«, erklärte der Reiter.

»An wen?«, fragte der Wirt.

»An Moritz von Dören, den Ratssendboten aus Lübeck.«

»Der spricht wie die Leute in Flandern!«, war jetzt Grete zu hören, die inzwischen wach geworden war und aufrecht in ihrem Bett saß. »Geh doch bitte und weck unseren Vater! Das muss eine Nachricht von Pieter sein! Aber ich müsste mich erst fertig machen!«

Johanna ging hinaus auf den Flur und klopfte an der Tür ihres Vaters. »Geh schon mal hinunter und empfang den Boten«, rief dieser durch die Tür. »Ich komme sofort.«

Johanna ließ sich das nicht zweimal sagen. Sie eilte die Treppe hinunter, die in den Schankraum führte.

Der Fremde hielt ein versiegeltes Dokument in der Hand. »Ihr solltet diesem Mann etwas zu essen und zu trinken machen. Er hat offenbar einen langen schweren Weg hinter sich«, sagte Johanna zum Wirt.

»Wenn Eure Familie dafür aufkommt, soll er das Bier fassweise trinken«, gab der Wirt zurück.

»Darüber macht Euch keine Sorgen.« Johanna wandte sich an den Boten und streckte die Hand aus: »Ich bin Johanna von Dören, mein Vater wird hier gleich erscheinen, aber Ihr könnt Eure Botschaft auch mir übergeben. Ich bin nicht nur seine Tochter, sondern auch seine Schreiberin, und gleichgültig, worum es sich handeln mag, so werde ich es am Ende doch zu lesen bekommen!«

»Ich habe strikte Anweisungen meiner Herrschaft, der Familie van Brugsma«, erklärte der Fremde.

»Das verstehe ich«, sagte Johanna. »Aber wenn Ihr in den Diensten der Familie van Brugsma hierher gekommen seid, könnt Ihr mir ja vielleicht wenigstens sagen, ob es Pieter dem Jüngeren gut geht. Er wird hier in Köln nämlich schon sehnsüchtig zu seiner eigenen Hochzeit erwartet.«

»Wie ich schon sagte, ich habe meine Anweisungen. Und man ist es gewohnt, dass ich die peinlich genau einhalte.«

Inzwischen kam nun auch Moritz von Dören die Treppe herunter, die vom Obergeschoss in den Schankraum führte.

Ihm folgten Bruder Emmerhart und Grete. Moritz hatte offenbar zumindest einen Teil der Unterhaltung zwischen Johanna und dem Boten noch mitbekommen.

Wenig später hatte Moritz das Dokument in den Händen und brach das Siegel. Ein verschnörkeltes B wies unzweifelhaft auf die Herkunft des Dokuments hin.

»Es ist eine Nachricht von Pieter dem Älteren, der aus gesundheitlichen Gründen nicht nach Köln kommen wird.«

»Und wo bleibt mein zukünftiger Gemahl?«, fragte Grete.

Moritz reichte seiner älteren Tochter das Pergament. »Lies selbst. Er wird erst mit deutlicher Verspätung eintreffen, weil sein Vater ihn zuvor auf eine kurzfristig notwendig gewordene diplomatische Mission geschickt hat.«

Moritz faltete das Pergament wieder zusammen.

»Ich werde mich heute noch auf den Rückweg machen«, erklärte der Bote. »Wenn Ihr bis Mittag eine Nachricht für mich habt, nehme ich sie gerne mit nach Antwerpen.«

»Davon werde ich ebenso gerne Gebrauch machen«, erklärte Moritz von Dören. »Hauptsache, Pieter dem Jüngeren ist nichts zugestoßen, und die Hochzeit kann wie geplant stattfinden.«

»Ihr habt nicht erwähnt, was es für eine Mission ist, auf die Pieter von seinem Vater geschickt wurde«, wandte sich Johanna später an ihren Vater, als sie gemeinsam vom »Großen Hahn« aus zu dem im Judenviertel gelegenen prachtvollen Rathaus der Stadt Köln unterwegs waren. Johanna nahm an, dass auch darüber etwas in der Nachricht gestanden hatte und ihr Vater es nur nicht in Gegenwart anderer hatte offenbaren wollen.

Moritz von Dören lächelte hintergründig, während er mit seiner Tochter einen kurzen Blick austauschte. Sie verstanden sich manchmal ohne Worte, und Johanna hatte einmal ein Gespräch zwischen ihrem Vater und Bruder Emmerhart mitbekommen, in dem Moritz bedauerte, dass Johanna erstens kein Sohn war und zweitens ein Leben im Kloster ins Auge gefasst hatte und sich davon auch anscheinend durch nichts abbringen lassen würde. Es gebe nämlich niemanden, mit dem er sich in geschäftlichen Dingen besser verständigen könnte als mit ihr, und es graue ihm schon vor dem Tag, da er auf diese Unterstützung würde verzichten müssen.

»Dein zukünftiger Schwager versucht, weitere potenzielle Verbündete ins Boot zu holen«, erklärte Moritz. »Wie du weißt, haben es bisher noch nicht einmal Bremen und Hamburg für nötig erachtet, ihre Ratssendboten nach Köln zu schicken, obwohl sie sonst immer unsere treuesten Verbündeten waren.«

»Wahrscheinlich denken sie, dass die freie Ostseeeinfahrt sie nicht betrifft.«

»Ja, bis Waldemar vielleicht eines Tages darüber nachdenkt, sich auch Holstein einzuverleiben, und die Dänen dann direkt vor den hamburgischen Toren stehen!« Moritz atmete tief durch. »Aber so weit denken diese Narren nicht. Oder diese Pfeffersäcke scheuen einfach nur das Risiko und fürchten, dass sie sehr tief in die Tasche greifen müssten, um Waldemar zu besiegen! Ich hoffe nur, dass es Pieter gelingt, noch ein paar niederländische

Städte auf unsere Seite zu bekommen, sonst stehen wir mit dem Deutschen Orden und den Städten an der Ostsee allein da. Aber wenigstens haben die Schweden eine Delegation geschickt, wie mir unser Bürgermeister berichtet hat.«

»Ja, ich weiß«, sagte Johanna. »Ich habe gestern beim Gebet im Dom einen Mann getroffen, der so sprach.«

»Er gehörte sicher zu ihrer Delegation oder war sogar einer ihrer Sendboten. Wir werden vermutlich heute im Rathaus auf einige von ihnen treffen. Und auch wenn weder der König von Schweden noch die schwedischen Adeligen, die Waldemar aus Schonen und Blekinge verjagt hat, Verbündete sind, vor denen Waldemar zittern muss, brauchen wir im Moment jede Unterstützung.« Plötzlich hielt Moritz inne. Er sah seine Tochter fragend an, und auf seiner Stirn bildete sich eine tiefe Furche. »Was ist los, mein Kind, ist dir nicht gut?«

»Es ist alles in Ordnung«, behauptete Johanna.

»So habe ich dich nicht gesehen, seit ...« Moritz von Dören sprach nicht weiter. Aber das brauchte er auch nicht. Johanna wusste genau, was er sagen wollte. *Es erinnert ihn an damals, als mich die Pest befallen hat*, wusste Johanna. Aber über diese Zeit sprach Moritz von Dören nicht. Niemals. All die Schrecken jener Tage waren in seinem Herzen eingeschlossen, und er schien zu fürchten, dass diese Dämonen der Vergangenheit ihn zerrissen, wenn er es je wagen sollte, sie noch einmal hervorkommen zu lassen. Der Tod seiner Frau hatte ihn mit unendlicher Trauer erfüllt und innerhalb kurzer Zeit stark altern lassen. Seine Haare waren in dieser Zeit grau geworden, und sein Gesicht hatte wie versteinert gewirkt.

»Vielleicht habe ich die letzte Mahlzeit bei unserem Wirt nicht vertragen«, sagte Johanna. »Das Bier, das er uns schon zum Frühstück einschenkt, hat einen eigenartigen Geschmack, und ich bin mir ehrlich gesagt nicht sicher, ob es mir wirklich bekommt.«

Sechstes Kapitel

Auf dem Hansetag

Nach einem kurzen Weg erreichten Moritz von Dören und Johanna das Rathaus. Die Ratssendboten aus Danzig und Stralsund standen am Eingangsportal herum und unterhielten sich mit Brun Warendorp. Der Bürgermeister von Lübeck hörte sich geduldig an, was die anderen ihm zu sagen hatten, und nickte leicht. Aber Bruns Gesicht blieb unbewegt. Niemand hätte ahnen können, was in seinem Inneren vor sich ging.

»Gerade ihr in Lübeck solltet doch wissen, was es bedeutet, gegen Waldemar Krieg zu führen«, behauptete ein Mann, den Johanna als den Ratssendboten von Stralsund erkannte. Berthold Metzger war sein Name, dabei war nur sein Vater tatsächlich Metzger gewesen. Berthold war Tuchhändler, hatte aber den Namen seines Vaters behalten, wie es inzwischen mehr und mehr üblich wurde – auch dann, wenn man den Beruf wechselte. »Der erste Krieg, den Lübeck gegen die Dänen geführt hat, endete auch in einer Katastrophe«, insistierte Berthold Metzger und wandte sich dann direkt an Brun Warendorp. »Wenn ihr Lübischen euch unbedingt noch einmal eine blutige Nase holen wollt, dann solltet ihr das auf eigene Rechnung tun.«

»Dann wollt Ihr lieber hinnehmen, dass Euer Handel in Zukunft von Waldemars Gnaden abhängt und er Euch am Öresund von Eurem Gewinn so viel abzapfen kann, wie es ihm beliebt?«

»Oder wie es seine marode Hofkasse gerade nötig hat«, ergänzte Moritz von Dören, der nun zusammen mit seiner Tochter von den anderen durch höfliches Nicken begrüßt wurde.

»Und die wird Waldemar nach jedem Krieg, den er oben im Norden noch plant, erneut kräftig auffüllen müssen. So finanzieren am Ende die Narren aus Hamburg, Wismar oder Stralsund ihre eigene Eroberung durch die Dänenschlächter!«

»Harte Worte, die Ihr da sprecht«, sagte Berthold Metzger. Moritz und Berthold kannten sich durch verschiedene Begegnungen auf Hansetagen und wegen ihrer geschäftlichen Beziehungen recht gut, und auch Johanna war ihm bereits mehrfach begegnet. Während des letzten Hansetages, der in Lübeck abgehalten worden war, hatte Berthold sogar im Haus der Familie von Dören gewohnt, denn ganz gleich, wo ein Hansetag auch immer einberufen wurde, die Unterkünfte waren dort in jedem Fall knapp.

»Was macht eigentlich Euer begabter Schreiber?«, fragte Berthold.

Moritz hob die Augenbrauen. »Ihr sprecht von Wolfgang Prebendonk?«

»Genau!«

»Er sorgt hoffentlich zuverlässig dafür, dass in Lübeck alles Geschäftliche seinen gewohnten Gang geht. Woher das Interesse?«

Berthold lächelte breit. »Nun kann ich es Euch ja sagen, werter Moritz: Als ich zuletzt in Eurem Haus Gast war, habe ich mich mit Wolfgang eingehend unterhalten und ihn bei verschiedenen Gelegenheiten gut kennengelernt.«

»Das ist mir seinerzeit nicht entgangen«, entgegnete Moritz einsilbig.

»Um der Wahrheit die Ehre zu erweisen: Ich habe ihm ein Angebot gemacht.«

»Ein Angebot? Welchen Inhalts?«

»Mit mir nach Stralsund zu kommen und mein Teilhaber zu werden. Fähige Köpfe sind rar, und dieser Wolfgang ist einer, da bin ich mir sicher.«

»Darum ist er ja auch mein Prokurist geworden.«

Johanna spürte sehr deutlich, wie sehr ihrem Vater dieser Verlauf des Gesprächs missfiel.

»Leider hat Wolfgang mein Angebot seinerzeit abgelehnt«, erklärte Berthold nun. Er drehte sich zu Johanna um und musterte sie kurz. »Ich glaube, das hing wohl damit zusammen, dass er sich Hoffnungen machte, eine Eurer Töchter dereinst zu heiraten und auf diese Weise in eine Position zu gelangen, die so komfortabel ist, wie nicht einmal ich ihm eine bieten könnte …«

»Was seht Ihr mich dabei an?«, fragte Johanna etwas irritiert.

Berthold hob die Augenbrauen. »Nun, da Eure Schwester ja – wie jeder hier in Köln inzwischen weiß – Pieter van Brugsma den Jüngeren ehelichen wird, kann er damit wohl nur Euch gemeint haben, werte Johanna«, brummte Berthold.

»Das halte ich für ausgeschlossen«, sagte Johanna bestimmt.

»So?«

»Meine jüngere Tochter hat schon vor langer Zeit den Entschluss gefasst, ihr Leben eines Tages Jesus Christus zu widmen und in ein Kloster einzutreten«, erklärte Moritz von Dören.

»Dann scheint es, dass Euer Schreiber und Prokurist seinerzeit einem groben Irrtum erlegen ist«, erwiderte Berthold. »Wer weiß, vielleicht sollte ich mein Angebot erneuern.«

»Untersteht Euch!«, protestierte Moritz. »Denn wie schon gesagt: Wolfgang Prebendonk ist ein guter Mann, und ich brauche ihn.«

In diesem Augenblick sah Johanna an Berthold vorbei. Frederik von Blekinge war zusammen mit einer Gruppe von Männern eingetroffen, die sich untereinander in der Sprache der Schweden unterhielten.

Kurz traf sich ihr Blick mit dem Frederiks, und sie musste unwillkürlich schlucken. Sie hatte im ersten Moment zur Seite sehen wollen, aber irgendetwas sehr schwer Fassbares bewog sie dazu, seinem Blick standzuhalten und ihn sogar offen zu erwidern.

Er begegnete ihr mit einem freundlichen Lächeln. Das Herz schlug ihr auf einmal bis zum Hals. Ein Gewirr aus Gedanken und übermächtigen Wünschen wirbelte in ihrem Kopf. Für Augenblicke war sie vollkommen davon beherrscht. *Jesus, Maria und alle Heiligen – helft mir, dass ich bei Verstand bleibe,* durchfuhr es sie. Für einen Moment stellte sie sich vor, wie starke Arme sie umfingen, Hände ihre Haut berührten, und ein Schauder durchfuhr ihren ganzen Körper. *Diesen Wünschen hast du unwiderruflich entsagt,* musste Johanna sich ins Gedächtnis rufen. Wie konnte es sein, dass sie, obwohl sie doch so fest im Glauben war, dermaßen leicht zum Spielball solch bedrängenden Begehrens werden konnte? Hatte Gott ihr diesen Mann geschickt, um sie zu prüfen?

Vielleicht war es so.

Die Schweden näherten sich und wurden von den beisammenstehenden Ratsgesandten und Bürgermeistern freundlich begrüßt. Die Gruppe wurde durch einen beleibten Mann mit weißblondem Spitzbart angeführt, dessen Umhang selbst für den Herbst viel zu warm war. Es war nicht zu übersehen, dass er für ein viel weniger mildes Wetter eingekleidet war. Frederik von Blekinge übernahm es, ihn vorzustellen. »Dies ist Gustav Bjarnesson, der Gesandte Seiner Majestät, des Königs der Schweden«, erklärte er. Offenbar war Gustav Bjarnesson des Niederdeutschen nicht so ganz mächtig. Die Sprache der Hanse wurde zwar an den Küsten Skandinaviens gut verstanden, aber im Binnenland, wohin sich kein Händler aus Lübeck oder Danzig für gewöhnlich verirrte, sah das natürlich anders aus.

Gustav Bjarnesson schien die Aufmerksamkeit der anwesenden Ratssendboten sehr zu genießen. Ein Wichtigtuer, dachte Johanna. Wahrscheinlich ein Höfling, der sein ganzes Leben lang kaum mehr gesehen hatte als den Hof des Königs, dem er diente. Aber offenkundig besaß er das Vertrauen des schwedischen Königs, denn sonst hätte dieser Gustav Bjarnesson nicht mit einer Mission betraut, bei der es unter Umständen um die Existenz des Königreichs ging. Im letzten Krieg hatte Waldemar den Schweden nur den Süden ihres Landes weggenommen – aber es galt als offenes Geheimnis, dass er davon träumte, auch den Rest an sich zu bringen. Und wenn man sich jetzt an einer Koalition mit der Hanse beteiligte, dann könnte das ein willkommener Vorwand für Waldemar sein, diesen Plan zu vollenden.

»Es freut mich, Euch wiederzusehen, edle Dame«, wandte sich Frederik schließlich an Johanna.

»Ihr irrt Euch. Eine edle Dame bin ich keineswegs, und ich habe das auch nie vorgegeben«, erwiderte Johanna verlegen. »Wir sind freie Bürger und ehrbare Kaufleute, aber ohne Adel und Lehen.«

Frederik lächelte. »Ihr seid so ernst, Johanna. Muss man die Worte so auf die Goldwaage legen?«

»Meine Tochter hat vor, in absehbarer Zeit allem irdischen Gut zu entsagen und ins Kloster zu gehen«, mischte sich nun Moritz von Dören in das Gespräch ein. »Dort wird es dann keinen großen Unterschied mehr machen, woher man kommt und als was man geboren ist.«

»Vater, ich darf dir Frederik von Blekinge vorstellen – einen der Sendboten des schwedischen Königs. Wir trafen uns beim Gebet.« Und während sie dies sagte, trafen sich ihre Blicke erneut. Aber diesmal bot Johanna all ihre Willenskraft auf und wich seinem Blick schon nach einem kurzen Moment aus.

»Es ist mir eine Ehre, Euch kennenzulernen, Moritz von Dören«, sagte Frederik. »Meine Aufgabe hier in Köln ist gewiss nicht einmal halb so bedeutungsvoll wie die Eure. Ich bin zur Unterstützung von Gustav Bjarnesson hier. Meine Familie hat alte Beziehungen ins Rheinland.«

»So?«, fragte Moritz.

»Meine Mutter ist die Tochter eines Grafen von Berg, mit dem mein Großvater zusammen auf Kreuzzug gegen die Preußen ging.«

»So ist unsere Sprache also genau genommen Eure Muttersprache«, sagte Johanna.

Frederik sah sie auf eine Weise an, die sie unwillkürlich schlucken ließ, und nickte dann. »Ja, so könnte man es ausdrücken.«

Eine Glocke ertönte und hieß alle Anwesenden, sich im Langen Saal einzufinden. Der Beginn des Hansetages war mit einer Messe im Dom eröffnet worden. Aber Johanna, ihr Vater und Bürgermeister Brun Warendorp hatten diese Eröffnungsmesse verpasst. Weil das Zugseil einer Rheinfähre gerissen war, hatten sie anderthalb Tage in Deutz am Westufer des Rheins ausharren müssen, bis sie übersetzen konnten.

»Ein böses Omen, die Eingangsmesse zu versäumen«, hatte Johanna noch die finsteren Worte von Bruder Emmerhart im Ohr. »Ein wirklich böses Zeichen. Wir sollten auf Unheil aller Art gefasst sein.«

Während sie an der Seite ihres Vaters den Langen Saal des Rathauses betrat, wollten Johanna diese Worte einfach nicht aus dem Sinn gehen.

In der Mitte des Langen Saals stand eine Tafel, die einem Teil der Ratssendboten Platz bot. Alle anderen mussten stehend an der Zusammenkunft teilnehmen. Wer einen Platz bekam und wer nicht, richtete sich in erster Linie nach dem Rang, den jemand einnahm. Den Bürgermeistern standen selbstverständlich Plätze zu, aber auch den Vertretern sehr wichtiger Städte, selbst wenn diese nur einfache, allerdings in der Regel mit weitreichenden Vollmachten ausgestattete Ratsmitglieder waren. In den Wochen, seit Johanna und ihr Vater nun inzwischen schon in Köln weilten und an den regelmäßig stattfindenden Beratungen teilnahmen, hatte sich ein gewisses Gewohnheitsrecht im Hinblick auf die Sitzordnung herauskristallisiert. Für die Vertreter Lübecks, der offiziellen Vormacht der Hanse, waren natürlich stets Plätze vorhanden, und zwar für sämtliche Mitglieder der Delegation, zu der neben den Ratssendboten auch die Schreiber gehörten. Johanna nahm diese Rolle für ihren Vater ein, für Bürgermeister Brun Warendorp protokollierte ein junger Schreiber namens Jan Godecke, und manchmal war auch Bruder Emmerhart zugegen, der offiziell ebenfalls als Protokollant fungierte.

Allerdings nahm der umtriebige Priester und Mönch längst nicht immer an den Beratungen teil. Vor allem dann nicht, wenn er glaubte, dass ohnehin nichts Wesentliches besprochen würde oder die für bestimmte Belange wichtigen Ratssendboten einiger Städte noch gar nicht angereist waren. An solchen Tagen widmete sich der Mönch seinen Apotheker-Geschäften. So hatte sich Bruder Emmerhart in letzter Zeit mehrfach mit einem im Marzipanhandel aktiven Venezianer getroffen, der gegenwärtig in Köln weilte.

An diesem Tag wollte Bruder Emmerhart jedoch unbedingt an den Beratungen des Hansetags teilnehmen. Er vermutete wohl, dass die Anwesenheit der Sendboten des schwedischen Königs die Verhandlungen entscheidend beeinflussen könnte.

Aus einer Tasche, die sie bei sich trug, packte Johanna Pergamentbogen und Schreibzeug aus. Zumindest alle Beschlüsse mussten erfasst werden, damit es bei eventuellen späteren

Unstimmigkeiten einen schriftlichen Beweis darüber gab, was denn eigentlich beschlossen und verkündet worden war.

Bei diesen Beratungen ging es längst nicht immer um große Politik oder Krieg und Frieden. Oft standen die vermeintlich kleinen Probleme des Fernhandels im Vordergrund. Behinderungen durch Zölle, die gegenseitige Verrechnung von Maßen, Gewichten und Münzen und unterschiedliche Auslegungen der auf den vorherigen Hansetagen getroffenen Beschlüsse wurden mit großer Ausführlichkeit besprochen. Aber im Hintergrund, das wusste jeder, wurde derweil schon darum gerungen, doch noch ein Bündnis gegen die Dänen zustande zu bringen.

Am Kopf der Tafel nahmen die beiden gleichberechtigten Kölner Bürgermeister Mathias Overstolz und Heinrich von der Ehren Platz; als Gastgeber dieses Hansetages oblag ihnen auch die Aufgabe, die Zusammenkunft zu leiten. Dass Köln sicherlich mehr Einwohner hatte als Lübeck, war kein hinreichender Grund dafür, zwei Bürgermeister zu wählen. Doch niemals wieder sollte jemand mit so machtvoller Hand über die Stadt herrschen, wie es früher die Kölner Bischöfe getan hatten, gegen die man sich mühsam die Freiheit erkämpft hatte. Aus diesem Grund vergab man das Amt doppelt, sodass jeder der beiden Amtsträger den jeweils anderen notfalls in die Schranken weisen konnte.

Abwechselnd eröffneten die beiden Bürgermeister die Beratungen, heute war Mathias Overstolz an der Reihe. Der gut genährte Mann in den mittleren Jahren, der sein Geld unter anderem durch den Weinhandel verdiente, hatte eine heisere, brüchige Stimme, die es ihm manchmal schwer machte, sich durchzusetzen. Das war nun umso schlimmer, als es bereits nach kurzer Zeit laut im Saal wurde.

Es war Reginald Schreyer, der Ratssendbote aus Soest, der

sich schon wiederholt energisch zu Wort gemeldet hatte. Sein Nachname machte ihm alle Ehre. »Es war immer die Art ehrbarer Kaufleute zu verhandeln, anstatt mit Kriegskoggen und Landsknechten gegen fremde Festungen zu ziehen«, rief er. »Und wenn hier ein Bündnis gegen König Waldemar geschlossen werden soll, dann müssten die Befürworter bitte schön auch sagen, was sie das im Ganzen kosten wird und wem durch diese Pläne genutzt wird! Haben wir in Soest oder Dortmund etwas davon, wenn eine teure Streitmacht aufgestellt wird, nur weil die Lübischen und ein paar andere ihre satten Gewinne nicht durch einen kleinen Durchfahrtszoll des Dänenkönigs geschmälert sehen wollen?«

»*Ihr* braucht diesen Zoll ja auch nicht zu entrichten«, entgegnete Brun Warendorp in einem ziemlich galligen Tonfall. In Wahrheit ging es auch gar nicht um ein paar Zolltaler, sondern darum, dass die Hanse erpressbar geworden war. Allerdings hatte es wenig Sinn, so gegenüber dem Soester zu argumentieren. Für den war das alles ohnehin ein rein lübisches Problem. Und so fuhr Brun Warendorp fort: »Allerdings werdet auch ihr Soester damit rechnen müssen, dass viele Waren in Zukunft teurer werden und vielleicht sogar gar nicht mehr bis zu den Mauern eurer Stadt gelangen.«

»Teuer! Ein gutes Stichwort!«, lobte Reginald Schreyer mit so durchdringender Lautstärke, dass ein Teil von Brun Warendorps Worten überdeckt wurde. Er wandte sich an die beiden Kölner Bürgermeister. »Wissen die Bürger Eurer Stadt, dass sie mehr für den Wein bezahlen müssen, weil Ihr den Lübischen einen Krieg bezahlen wollt?«

»Das ist unerhört!«, rief Heinrich von der Ehren. Ihn hielt es nicht länger auf seinem Stuhl. Er sprang auf und rief: »Kein Wort davon ist wahr!«

»Dann plant Ihr also nicht insgeheim, dem Weinhandel unserer Klöster und der Klöster des Domkapitels in Zukunft keine Steuerbefreiung mehr zu gewähren?«, fragte der Ratsgesandte aus Soest mit schneidender Stimme.

»Wir verhandeln hier nicht den Weinhandel der Geistlichkeit«, erklärte Heinrich von der Ehren ärgerlich und schlug mit der flachen Hand laut auf den Tisch. Zornesröte hatte das Gesicht des Bürgermeisters überzogen. Der Blick, den er mit seinem Amtskollegen Mathias Overstolz tauschte, sah allerdings ziemlich ratlos aus.

»Darüber redetet man bereits seit Längerem«, flüsterte unterdessen Moritz von Dören seiner Tochter zu. »Die Pfaffen sollen für den Wein, den sie verkaufen, Steuern bezahlen, wie jeder andere Händler auch; bezahlen werden das aber natürlich nicht nur die Männer der Kirche, sondern jeder, der Wein trinkt. Und das sind hier viele, mein Kind ...«

Im Saal brach jetzt ein regelrechter Tumult los.

»Wollt Ihr einen Bürgerkrieg entfachen, Reginald aus Soest, den man nicht umsonst den Schreyer nennt?«, rief jemand von den hinteren Stehplätzen. Weder Johanna noch Moritz konnten den Rufer sehen, aber das daraufhin aufbrausende Stimmengewirr zeigte, dass dessen Worte hier und da auf Resonanz stießen, und zwar nicht nur bei den anwesenden Kölnern, sondern auch bei zahlreichen Vertretern der kleineren Städte an Rhein und Ruhr, die ihren Bedarf allesamt überwiegend bei den geistlichen Weinhändlern aus Köln stillten.

»Ihr braucht doch nur zu sagen, dass ich die Unwahrheit spreche!«, rief Reginald Schreyer nun. »Aber das könnt Ihr nicht, denn spätestens, wenn Ihr Euch anschickt, Eure Pläne in die Tat umzusetzen, wird jeder sehen, was für ein Lügner Ihr schon jetzt gewesen seid! Jawohl: Lügner! Und dann wird sich nämlich erweisen, was es kostet, gegen die Dänen Krieg zu führen! Jeder wird das in seiner eigenen Tasche spüren, auch wenn wir froh sein können, dass niemand von uns erwartet, selbst tätig zu werden und zur Waffe zu greifen!«

»Gegen wen auch immer«, murmelte Moritz von Dören vor sich hin.

Johanna hatte ihren Vater selten so angespannt erlebt. Aber sie konnte ihn gut verstehen. Hier auf diesem Hansetag entschied sich nicht nur das Schicksal des Städte- und Kaufmannsbruderbundes. Hier entschied sich vielleicht auch die Zukunft des Hauses von Dören.

Nicht zum ersten Mal waren die Beratungen schon nach kurzer Zeit vollkommen festgefahren. Es wurde nur noch gestritten, und die beiden Bürgermeister von Köln bemühten sich zwar redlich, aber letztendlich vergeblich darum, die Ordnung einigermaßen aufrechtzuerhalten. Wüste Beschimpfungen wechselten zwischen den Ratssendboten hin und her, und manchmal schien der eine oder andere kurz davor, zu seinem Zierschwert zu greifen.

»Vater, das wird in einer Katastrophe enden«, glaubte Johanna, als sich die Gemüter immer mehr aufheizten.

Aber auch ein so erfahrener Ratsherr wie Moritz von Dören wirkte in dieser Situation hilflos. Brun Warendorp versuchte, durch Stimmgewalt das Wort zu erringen – erfolglos! Und Bruder Emmerhart appellierte ebenso vergeblich an die Brüderlichkeit unter Christen.

Schließlich war es Mathias Overstolz, der die Lage entschärfte. »Für hungrige Mägen ist gesorgt!«, rief er mit einer so durchdringenden Stimme, die ihm zuvor wohl niemand zugetraut hätte. »Es werden Brot und Wein und gebratenes Rebhuhn im Saal nebenan aufgetragen, und die Zeit für eine Pause in den Beratungen sollte jetzt gekommen sein!«

Die Ratssendboten waren an allen bisherigen Beratungstagen im Rathaus bewirtet worden, allerdings zu einer deutlich späteren Stunde. Aber es war zweifellos ein kluger Schachzug, heute nicht damit zu warten, bis allen die Mägen hörbar knurrten.

»Das war das Beste, was man jetzt tun konnte«, raunte Moritz von Dören seiner Tochter zu. Schon strömten die ersten Teilnehmer aus dem Saal. Es waren vornehmlich Steher, denen ohnehin die Beine wehtaten und die ihren bisherigen Nachteil wenigstens dadurch in einen Vorteil ummünzen wollten, indem sie beim Bankett die ersten waren.

Johanna packte ihre Tasche mit den Pergamenten zusammen und hängte sie sich um. Diese Tasche würde sie nicht einen Augenblick aus den Augen lassen. Die schriftlichen Aufzeichnungen konnten am Ende mehr wert sein als ein Beutel voller Gold. Je länger die Verhandlungen währten, desto häufiger würde man sich nämlich auf das beziehen, was schon beschlossen worden war, und dann war es häufig entscheidend, welche Partei den eifrigsten Schreiber gehabt hatte.

»Wir sollten geduldig warten«, schlug Bruder Emmerhart vor. »Oder wollen wir uns mit diesen gierigen Wölfen um die Rebhühner balgen?«

»Gott bewahre uns davor«, sagte Johanna.

»Überlassen wir diesen streitlustigen Hungerleidern die Rebhühner«, schlug Bruder Emmerhart vor. »Vielleicht gibt es später die Möglichkeit, dass wir uns mit Süßem entschädigen.« Das volle Gesicht des Mönchs verzog sich zu einem Lächeln, das Johanna schon immer etwas merkwürdig, ja unheimlich gefunden hatte. Vielleicht lag es an der Narbe, durch die der Geistliche am linken Mundwinkel gezeichnet war. Angeblich stammte sie von einem Überfall auf seine Apotheke. Mehrere Männer waren in das Gebäude eingedrungen und hatten versucht, sich an den Zuckervorräten zu vergreifen. Bruder Emmerhart war dabei von einem der Täter mit dem Messer verletzt worden, als er versucht hatte, die Eindringlinge daran zu hindern.

Der Pater hatte diese Geschichte mehrfach erzählt, wobei Johanna schon als Kind aufgefallen war, dass sich die Einzelheiten dabei jedes Mal geringfügig unterschieden hatten.

»Von was für Süßigkeiten sprecht Ihr, Bruder Emmerhart?«, fragte Moritz.

»Von der Königin aller Süßspeisen natürlich – dem Marzipan. Es ist jemand in der Stadt, der behauptet, es mit ebenso zauberhafter Geschmacksnote herstellen zu können wie die Venezianer. Und ich finde, wir sollten ihn beim Wort nehmen, meint Ihr nicht?« Bruder Emmerhart wandte sich an Johanna. »Ihr seht mich so verwundert an, junge Frau.«

»Nun, es ist nichts weiter.«

»Sie wundert sich vermutlich, dass ein Mann, der den Weg der Enthaltsamkeit gewählt hat, so sehr dem Genuss verfallen kann, wie es bei Euch den Anschein hat, Bruder Emmerhart«, lachte Moritz.

»Marzipan ist ein Heilmittel«, verteidigte sich Emmerhart, und sein eigenartiges Lächeln verwandelte sich in einen sehr ernsten Gesichtsausdruck.

»Wohl eher ein Heilmittel für die Seele als für den Leib«, lachte Moritz.

»Wollt Ihr behaupten, dass nur der Leib Heilung benötigt?«, gab Bruder Emmerhart zurück. »Und davon abgesehen sagt die kaiserliche Apothekenordnung, was in solchen Häusern verkauft werden darf.«

»Um Euresgleichen die Pfründe zu sichern.«

»Um die Heilsuchenden vor Schaden zu bewahren.«

Das war ein alter Streit zwischen Moritz und Emmerhart, der immer wieder einmal aufflammte. Johanna konnte beinahe auswendig vorhersagen, welche Argumente als Nächstes kamen. Es war ein sich wiederholendes Ritual zwischen den beiden und wohl auch nicht wirklich ernst gemeint. Sowohl Emmerhart als auch Moritz war durchaus bewusst, dass sie beide bei den Geschäften mit Apothekenwaren prächtig voneinander profitierten und daher eigentlich keinen Grund hatten, sich zu beklagen.

»Redet nur weiter so!«, hörte Johanna ihren Vater sagen. »Dann begreift meine Tochter vielleicht, dass Mönche, Nonnen und Priester nicht ganz so heilige Leute sind, wie es scheint, und sie wird ihren Entschluss, ins Kloster einzutreten, vielleicht noch einmal überdenken.«

»Um Eurem Eigennutz zu dienen, werter Moritz von Dören?«, fragte Emmerhart schlagfertig zurück. Dann wandte er sich an Johanna und bedachte sie mit einem durchdringenden Blick, der die junge Frau unwillkürlich schaudern ließ. »Ich denke, Eure Tochter wird sowohl Gott als auch sich selbst gründlich befragt haben, bevor sie sich entschlossen hatte, ein Gelübde abzulegen, das sie vielleicht irgendwann bereuen könnte, verehrter Moritz!«

»Worauf Ihr Euch verlassen könnt, Emmerhart«, erwiderte Johanna. »Aber sagt selbst: Ich wurde von der Pest geheilt. Hat nicht auch der Herr Jesus seine Jünger immer wieder durch Heiltaten davon überzeugt, dass er der Sohn Gottes ist?«

»Fürwahr. So habt Ihr anscheinend doch einiges von dem behalten, was ich Euch im Unterricht beigebracht habe, Johanna.«

»Ich war immer eine aufmerksame Zuhörerin.«

»Das stimmt. Aber was ich gesagt habe, trifft ebenfalls zu, und ich hoffe, dass Ihr auch diesmal aufmerksam wart, Johanna!«

In diesem Augenblick bemerkte Johanna ein Augenpaar, das auf sie gerichtet war. Es gehörte Frederik von Blekinge, der sich in der Menge derer befand, die gerade aus dem Saal strömten. Auf Grund seiner Größe überragte er die meisten anderen, und so konnte sein Blick sie ungehindert erreichen.

Johanna schluckte unwillkürlich. Tief in ihrem Inneren begann sie zu ahnen, dass sie vielleicht weder den Herrn noch sich selbst ausreichend befragt hatte, um sich ihrer Berufung wirklich sicher sein zu können. Oder war das vielleicht nur eine momentane flüchtige Stimmung?

In jedem Fall war es sehr verwirrend.

Ich sollte nicht an meinem Entschluss zweifeln, dachte sie. *Er ist richtig. Die einzig angemessene Antwort auf die Gnade des Lebens, das mir geschenkt wurde, ist es, dieses dem Dienst am Herrn zu widmen. Vollkommen. Und ohne Wenn und Aber.*

Siebtes Kapitel

Hochzeitsvorbereitungen und eine Versuchung

Moritz von Dören und Bruder Emmerhart wurden von einem Ratsgesandten aus dem kleinen Hansestädtchen Attendorn in den Bergen des Sauerlandes angesprochen. Es handelte sich um einen freundlich aussehenden, rundlichen Mann mit blond gelocktem Haar, das ihm bis auf die Schultern fiel, während auf seinem Haupt bereits eine Glatze im Licht der durch die Fenster des Saals hereinscheinenden Sonne glänzte. Moritz und Emmerhart schienen ihn gut zu kennen. Sein Name war Jakob, er hatte es erst am vorhergehenden Abend bis nach Köln geschafft und dann in einem Stall übernachtet. Johanna wurde ihm kurz vorgestellt.

Und wie schon einige Male zuvor musste sie auch diesmal versichern, nicht jene Tochter des Moritz von Dören zu sein, die in Kürze heiraten würde.

Die Männer hatten sich offenbar viel zu erzählen. Johanna konnte sich dunkel daran erinnern, dass Jakob aus Attendorn vor Jahren auch einmal nach Lübeck gereist war und im Haus der von Dörens übernachtet hatte.

»Ich habe inzwischen doch etwas Hunger und werde mich bemühen, nicht ganz leer auszugehen«, sagte sie zur Entschuldigung, um sich entfernen zu können. Und mit Blick auf Bruder Emmerhart fügte sie hinzu: »Den späteren Genuss von Heilmitteln zum Zweck der Prüfung schließt das natürlich keineswegs aus.«

»Das freut mich zu hören«, sagte Emmerhart. »Wir werden alle einen feinen Geschmackssinn beweisen müssen. Und darüber hinaus ergeben sich vielleicht ganz neue geschäftliche Möglichkeiten.«

Johanna konnte ihr Erstaunen darüber, wie dieser Mönch mit einer weltlichen Selbstverständlichkeit über Geschäfte sprach, kaum verbergen.

»Wir werden sehen«, sagte Johanna, während sie sich aus dem Saal begab. Das Gedränge hatte sich inzwischen zwar etwas verlaufen, aber in den weiten Fluren des Rathauses herrschte Hochbetrieb. Einige Bettler hatten es bis hierher geschafft und versuchten nun, die hohen Herrschaften davon zu überzeugen, dass sie ihrer Christenpflicht zur Mildtätigkeit gegenüber Armen am besten gleich hier und jetzt nachkamen. Mancher hoffte wohl auch, etwas von dem Mahl abzubekommen, das für die Ratssendboten aufgetischt war. In dem unübersichtlichen Durcheinander war es gar keine Schwierigkeit, sich unter die angereisten Vertreter der Städte und das zur Ausrichtung des Mahls angestellte Gesinde zu mischen. Die Wächter am Rathauseingang hatten zwar die Weisung, keine Unbefugten hereinzulassen, aber die drückten oft ein Auge zu, und ihre Wachsamkeit ließ manchmal auch zu wünschen übrig.

»Ich habe schon gedacht, Ihr verlasst den Saal gar nicht mehr«, hörte Johanna plötzlich eine Stimme, die sie regelrecht zusammenzucken ließ.

Es war niemand anderes als Frederik von Blekinge, der sie angesprochen hatte.

»Ich hatte nicht damit gerechnet, Euch zu treffen«, behauptete sie. *Eine Lüge! Der Herr hat es hoffentlich nicht gehört,* ging es ihr gleichzeitig durch den Kopf. *Bist du nicht seinetwegen hier? Oder wirklich nur, um ein Stück von den vermeintlich wieder völlig überwürzten Rebhühnern zu ergattern?*

Frederik trat näher. Die Hand schloss sich um den Griff des Schwertes, das er an der Seite trug. Es wirkte beinahe so, als müsse er sich in diesem Moment an irgendetwas festhalten. »Es war keineswegs meine Absicht, Euch zu beunruhigen, Johanna«, erklärte er.

»Ach, wirklich?«

Er lächelte. »Mein Ehrenwort darauf.« Dann wurde sein Blick ernst, und er sah sie auf eine fordernde Weise an, die sie im ersten Moment zurückschrecken ließ, ihr aber gleichzeitig einen wohligen Schauder über den Rücken jagte. Eine Empfindung, die sie sich eigentlich nicht hatte erlauben wollen.

»Also gut«, sagte er dann in gedämpftem Tonfall. »Ich will ehrlich sein, Johanna, und ich hoffe, Ihr seid es dann auch.«

»Ich habe nicht die geringste Ahnung, wovon Ihr sprecht.«

»Das bezweifle ich!«

»Aber ...«

»Euer Antlitz geht mir nicht mehr aus dem Kopf, seit ich Euch im Dom begegnet bin. Meine Gedanken kreisen ständig um Euch und ... Ich sehe es in Euren Augen, Johanna. Denn im Gegensatz zu Eurem Mund lügen die nicht.«

»Ich gehe jetzt wohl besser.«

Er fasste sie am Arm, und ihr Versuch fortzugehen blieb mehr als halbherzig. Sie sahen sich an. Eine Welle von völlig ungeordneten Empfindungen und Gedanken überkam Johanna.

»Du willst mich ebenso wie ich dich«, sagte Frederik und gab sich nicht einmal mehr die Mühe, die förmliche Redeweise zu benutzen. Er zog sie zu sich heran. Nur eine Handbreit war jetzt noch zwischen ihnen, zweifellos standen sie sich in diesem Moment viel näher, als dass man es auch beim besten Willen noch als schicklich hätte bezeichnen können. Einerseits hätte Johanna sich am liebsten losgerissen – aber da war eine andere Kraft in ihr, die stärker war und das Gegenteil wollte, sich vielleicht sogar wünschte, dass er sie vollkommen an sich heranzog und sich ihre Körper berührten. Ihre Brust hob und senkte sich, ihr Atem ging schneller als gewöhnlich, und sosehr sie auch das Gefühl hatte, jetzt etwas sagen zu müssen, so wenig wollten ihr die passenden Worte einfallen. *Wäre ich ihm nur nie begegnet*, dachte sie. *Und dann war es auch noch ein Gotteshaus, in dem wir uns das erste Mal sahen!*

Wenn das nur kein Zeichen war.

Er ließ ihren Unterarm los. In dem Moment, als sich sein Griff lockerte, bedauerte sie das schon beinahe.

»Du suchst den Beistand Gottes für dich und erhoffst dir Hilfe im Gebet?«, hörte sie ihn sagen. »Das tue ich auch.«

»Bei mir sind es reine Dankgebete«, erklärte sie. »Ich habe einst die Pest überlebt, und seitdem stehe ich in der Schuld des Herrn.«

»Und ich stehe in der Schuld des Herrn, weil er mich mit einer Frau wie dir zusammengeführt hat.«

»Redet nicht so einen Unsinn«, wehrte sich Johanna, und schon während sie seinem Blick begegnete, wurde ihr klar, wie lächerlich ihre vornehme Redeweise in diesem Moment klingen musste.

»Ich werde am frühen Abend wieder im Dom sein«, kündigte Frederik an. »Und ich bete dafür, dass du auch dort erscheinst.« Er lächelte, drehte sich um und ging. Einer seiner Begleiter aus dem Trupp des schwedischen Königs rief nach ihm. Da er die Sprache seiner Heimat benutzte, verstand Johanna kein Wort. Aber der Mann hielt zwei Rebhuhnschenkel in den Händen, von denen er Frederik einen weiterreichte.

Johanna sah ihm nach.

Verwirrung war gar kein Ausdruck für das, was sich im Moment in ihrem Inneren abspielte.

Die Beratungen wurden am Nachmittag nicht mehr aufgenommen. Nach dem reichhaltigen Essen waren die Gemüter zwar etwas abgekühlt, aber die Kölner Bürgermeister verkündeten als Vorsitzende des Hansetages, dass erst am nächsten Morgen weiter konferiert werden sollte. Moritz vermutete zunächst irgendeine ausgeklügelte Taktik dahinter, aber Johanna bekam später mit, wie Mathias Overstolz zu einem anderen der Ratssendboten sagte, dass er einer geschäftlichen Sache wegen am Nachmittag verhindert sei.

Johanna musste danach die ganze Zeit an Frederiks Worte denken – und daran, dass er sie am Abend im Dom erwartete. Sie war sich nicht darüber im Klaren, was sie tun sollte. Die Verwirrung in ihr war so groß, dass sie kaum einen klaren Gedanken zu fassen vermochte. *Ich sollte darauf vertrauen, dass der Herr mir ein Zeichen schickt und mich lenkt,* dachte sie.

Am Nachmittag, der jetzt ja unerwartet frei war, ging sie zusammen mit ihrem Vater, ihrer Schwester und Bruder Emmerhart zum Haus eines Kölner Bürgers namens Baltus Kernbrink. Kernbrink war ein guter Geschäftsfreund der von Dörens und besaß eines der größten und prächtigsten Patrizierhäuser in ganz Köln. Fast alle Fenster waren nach venezianischer Art verglast, und im Erdgeschoss gab es einen großen Festsaal, in dem regelmäßig festliche Bankette abgehalten wurden – nicht selten auch mit Armenspeisung, was Baltus einen guten Ruf als barmherziger Christenmensch verschafft hatte. Manche sagten ihm Ambitionen auf das Amt des Bürgermeisters nach, andere behaupteten wiederum, dass es ihm in Wahrheit nur darum ging, seinen florierenden Wollhandel weiter erblühen zu lassen, und er ein öffentliches Amt nur als kraft- und geldraubende Last empfunden hätte. Und wieder andere meinten, dass Baltus dies nur deswegen verbreitete, um sich eines Tages bitten zu lassen, doch die Führung des Rates zu übernehmen, dessen langjähriges Mitglied er ja bereits war.

Die Wahrheit darüber kannte wohl nur Baltus Kernbrink selbst. Dessen helles, rotbäckiges und mondrundes Gesicht wirkte zwar stets freundlich, aber es war unmöglich, aus seinen Zügen irgendetwas über seine Absichten herauszulesen. Im Festsaal von Baltus Kernbrink sollte die Hochzeit zwischen Grete von Dören und Pieter van Brugsma stattfinden. Und bereits jetzt waren dafür Vorbereitungen zu treffen.

»Ihr seht, dass dies der geeignete Ort für Eure Feier sein dürfte«, hörte Johanna ihn sagen, während ihre Gedanken immer wieder abschweiften.

»Fürwahr, Ihr scheint eine kleine Kathedrale aus Fachwerk Euer Eigen zu nennen«, gab Bruder Emmerhart seiner Bewunderung Ausdruck. Moritz von Dören hingegen lächelte nur, denn er war der Einzige, der diese Räumlichkeiten zuvor gesehen hatte. Mächtige Balken trugen die Decke. Tische standen bereit, mit Speisen gedeckt zu werden – und es war nicht zu befürchten, dass die Lichter und Kerzen durch Zugluft ausgeblasen wurden, denn die Glasscheiben hielten jeden unerwünschten Hauch fern. Diese Scheiben waren anscheinend der ganze Stolz von Baltus Kernbrink, denn er redete ausführlich darüber und berichtete, dass er eigens Handwerker aus Venezien habe anreisen lassen, um die Fenster fachgerecht einzusetzen.

»Das muss ein Vermögen gekostet haben«, meinte Moritz von Dören anerkennend.

Welch ein Prahlhans, dachte Johanna nur, während ihre Schwester Grete sich an dem prächtigen Raum erfreute und sich bereits in allen Einzelheiten vorstellte, wie die Feier vonstattengehen würde.

»Wir können nichts ins Grab mitnehmen«, sagte Baltus Kernbrink an Moritz gerichtet. »Warum sollte ich mein schwer verdientes Geld nicht für ein paar Fenster ausgeben? Und ich will Euch noch etwas sagen, werter Moritz: Meine Knochen tun mir bei weitem nicht mehr so weh, seit es kein Alabaster mehr in meinem Haus gibt. Ihr solltet Euch ansehen, mit welcher Sorgfalt das Erdpech von den Venezianern verteilt wurde, damit das Glas richtig hält!«

»Herrlich!«, entfuhr es Grete. »Aber ist eine Kapelle in der Nähe, wo die Trauung stattfinden könnte?«

»Zwei Straßen weiter«, erklärte Baltus. »Ich denke, die Kapelle wird für die Zahl Eurer Gäste ausreichen, und wie ich annehme, werdet Ihr auch kaum Wert darauf legen, dass allzu viel einfaches Volk bei der Zeremonie erscheint, das nur auf Eure Almosen aus ist!«

»Nein, natürlich nicht«, gab Grete etwas irritiert zurück.

Baltus lachte laut und durchdringend, dann bemerkte er Johannas eher ernsten, etwas abwesenden Blick, den er offenbar als Kritik missdeutete. »Ihr seid so ernst, Johanna? Habe ich etwas gesagt, was Euch erzürnt?«

»Sie beabsichtigt, ins Kloster zu gehen, und hatte schon immer etwas strengere Ansichten zu vielen Dingen«, antwortete Grete anstelle ihrer Schwester, noch bevor diese Gelegenheit hatte, auch nur ein Wort herauszubringen.

»Davon habe ich gehört«, meinte Baltus. »Aber auch Nonnen brauchen ja nicht unbedingt den ganzen Tag Trübsal zu blasen, findet Ihr nicht?«

»Ich finde, dass es die Pflicht jedes Christen ist, Almosen zu geben«, sagte Johanna, und ihr Blick drückte jetzt die ganze Kraft ihrer tief empfundenen Überzeugung aus.

»Nun, es ist natürlich nicht meine Entscheidung, wie bei diesem Fest mit den Bettlern und Hungerleidern verfahren werden soll«, lenkte Baltus ein, während sein Lächeln so breit wurde, dass es fast von einem Ohr zum anderen reichte. »Aber Lübeck ist ja eine vergleichsweise kleine Stadt, vielleicht gibt es dort dieses Problem nicht in derselben Ausprägung wie hier zu Köln.«

»Eigentlich hatte ich gehofft, dass die Hochzeit im Dom stattfinden könnte, wenn ich schon fernab der Heimat heirate«, sagte Grete seufzend und warf ihrem Vater einen bittenden Blick zu.

Aber dieser Punkt war bereits oft genug besprochen worden, wie Moritz von Dören fand. »Für die Zahl der Gäste wäre das nicht angemessen«, sagte er. »Und davon abgesehen wäre der Fußmarsch durch die halbe Stadt zu weit. Alle Eingeladenen hätten ihre Festgewänder bereits mit dem Dreck der Straße besudelt.«

»Ja, die kölnischen Pferde scheißen mehr als andere«, sagte Baltus, merkte aber schon im nächsten Moment, dass niemand unter den anwesenden Lübeckern dies als eine lustige Bemerkung ansah.

»Grete, ich habe vorgestern noch einmal mit einem Vertreter des Domkapitels gesprochen. Die Reliquien, die dieser Dom beherbergt, machen es sehr teuer, wenn wir ihn für unsere Zeremonie beanspruchen wollten. Und davon abgesehen gab es in der Vergangenheit wohl auch gewisse bisher nicht ausgeräumte Differenzen zwischen dem Haus von Brugsma und den Domherren.«

»Da ging es sicher um den Weinhandel«, vermutete Baltus.

»So ist es«, bestätigte Moritz, ohne den Blick von seiner Tochter zu wenden. »Die Kapelle wird dir gefallen. Johanna und ich haben sie vor ein paar Tagen schon besichtigt.«

Grete wandte sich an Johanna. »Davon hast du mir gar nichts erzählt.«

»Ich dachte, du siehst dir erst den prächtigen Festsaal an und anschließend die Kapelle.«

»Du wolltest mich nicht enttäuschen.«

»Du solltest auf gar keinen Fall enttäuscht sein«, sagte Johanna. »Schließlich bekommst du einen Mann aus gutem Haus und hast ein gesichertes, standesgemäßes Leben vor dir.«

»Natürlich.«

»Und das ist es doch, wovon du immer geträumt hast, oder?«

Die beiden Schwestern wechselten einen kurzen Blick. Dann nickte Grete. »Du hast recht«, sagte sie. »Gut, dass wir jemanden in der Familie haben, der so fromm ist wie du und einem ab und zu mal sagt, wenn man sich allzu sehr der Weltlichkeit hingibt.«

»So war das nicht gemeint, Grete«, versuchte Johanna, im Nachhinein ihren Worten die Schärfe zu nehmen, die von ihr in dieser Form gar nicht beabsichtigt gewesen war.

Gretes Lächeln wirkte etwas angestrengt.

»Nein, nein, ich verstehe schon, wie das gemeint war«, versicherte sie. »Aber vielleicht ist es auch nicht nur heiliger Eifer, der dich so reden lässt, Schwester.«

»Was soll das denn nun heißen?«, fragte Johanna und musste unwillkürlich schlucken. Sie kannte Grete nämlich gut genug, um vorauszuahnen, worauf ihre Schwester anspielen wollte.

»Hört jetzt auf«, schritt nun Moritz von Dören ein, allerdings eher halbherzig. Das Temperament seiner Töchter zu dämpfen hatte er auch früher schon nicht vermocht. Dazu war seine eigene Art wohl zu bedächtig.

»Ist Neid nicht auch eine Sünde, Johanna?«, fragte Grete. »Und könnte es nicht sein, dass es nur der blanke Neid und nicht frommer Eifer ist, der dich so reden lässt?«

»Grete, das ist Unsinn!«, erwiderte Johanna.

»Wenn du deinen Entschluss wahr machst und in ein Kloster eintrittst, dann wird niemand jemals für dich eine Hochzeit ausrichten. Vielleicht ist dir das erst jetzt richtig klar geworden.«

»Nein, Grete, es würde mir niemals einfallen, aus diesem Grund Neid zu empfinden.«

»Schluss jetzt«, schritt Moritz von Dören ein. Es war nicht oft vorgekommen, dass er gegenüber seinen Töchtern einen wirklich energischen Ton angeschlagen hatte. Umso größer war daher die Wirkung. Obwohl beiden Schwestern noch so manches auf der Zunge gelegen hatte, was seit langem unausgesprochen zwischen ihnen stand, sagte jetzt keine von ihnen ein Wort.

Als Johanna sah, dass Baltus verlegen den Blick abwandte und so zu tun versuchte, als hätte er das alles nicht gehört, stieg Scham in ihr auf. *Es war wohl wirklich nicht der richtige Augenblick, um diese Dinge zu sagen,* ging es ihr durch den Kopf. Und die dunkle Röte, die inzwischen Gretes Gesicht überzogen hatte, sprach wohl dafür, dass sie ähnlich empfand.

»Wir sind uns also einig«, stellte Moritz von Dören dann mit seiner ruhigen, sonoren Stimme fest. Es war derselbe Tonfall, der bei ihm auch nach jedem zu seiner Zufriedenheit abgeschlossenen Handel zu hören war.

»Wir beide sind uns gewiss einig«, gab Baltus Kernbrink mit einem Blitzen in den Augen zurück. *Ob das für deine Tochter gilt, weiß ich allerdings nicht*, schien sein Blick stumm hinzuzufügen. »Ihr findet in ganz Köln keinen Ort, der besser für Euer Fest geeignet wäre, Moritz. Glaubt mir.«

»Das glauben wir gerne. Wir haben nämlich schon mit verschiedenen anderen Leuten gesprochen und unterschiedliche Angebote erwogen.«

»Ihr hättet gleich zu mir kommen sollen, Moritz.«

»Mag sein.«

»Ich meine es ernst, werter Moritz. Vermutlich waren die anderen Räumlichkeiten, die Ihr in Augenschein genommen habt, nichts als bessere Pferdeställe.«

»Durchaus nicht. Wir waren uns sogar mit dem einen oder anderen schon handelseinig, aber anstatt zu ihrem Wort zu stehen, haben diese Ehrlosen es vorgezogen, ihr Haus in der Zwischenzeit an eintreffende Ratsgesandte und ihr Gefolge zu vermieten. Und ja, es mag wohl sein, dass inzwischen manche Festhalle deshalb als Pferdestall dient.«

Baltus' Augen wurden schmal.

»Wann wird denn Euer Schwiegersohn mit seinem Gefolge erwartet?«, fragte er. »Es dürfte nicht ganz einfach sein, zurzeit noch Unterkünfte zu bekommen, und wenn ich Euch auch in dieser Sache ein Angebot unterbreiten dürfte …«

»Darauf werde ich gerne zurückkommen«, nickte Moritz.

Baltus setzte wieder sein breites Lächeln auf, das Johanna inzwischen als falsch empfand. »Nicht, dass es sich Euer zukünftiger Gemahl in der Zwischenzeit anders überlegt hat und Euch schmählich versetzt«, wandte er sich an Grete.

Diese musste unwillkürlich schlucken. Ihre Stimmung war im Moment wegen des vorhergehenden Streits ohnehin nicht die beste, und so hatte sie auch keinen Sinn für Baltus' eigenartigen Humor.

»Keine Sorge, das wird schon nicht geschehen«, murmelte sie in einem spitzen Tonfall.

Achtes Kapitel

Der falsche Venezianer

Nach der Besichtigung des Festsaals im Haus von Baltus Kernbrink ging Moritz van Dören zusammen mit seinen beiden Töchtern und Bruder Emmerhart zur Schenke »Zum kleinen Sünder«.

»Hier wohnt Andrea Maldini aus Venedig«, sagte Emmerhart. »So nennt er sich jedenfalls, seit er einige Jahre in Italien verbracht hat. Sein früherer Name lautet Joop van Cleve, und er kommt hier aus diesen Landen. Aber er hat es gelernt, die süßeste Medizin so herzustellen, wie man es sonst nur in Venedig vermag.«

»Das ist also der Mann, von dem Ihr gesprochen habt?«, fragte Johanna.

»Ihr werdet sehen, dass ich nicht übertrieben habe, als ich seine Kunst rühmte!«

»Das klingt wahrhaft vielversprechend«, meinte Moritz. »Und wenn er wirklich etwas taugt, dieser Marzipanmacher, dann wird sich daraus sicher Gewinn schlagen lassen.«

»Dann sollte sich niemand von uns die Gier nach Süßem zu sehr anmerken lassen«, empfahl Johanna.

Bruder Emmerhart lächelte wissend. »Auch wenn ein so frommes Kind, wir Ihr es seid, sich diese Schwäche nicht so leicht verzeiht – der Herr wird es gewiss tun!«

Aus dem Inneren der Schenke war lautes Lärmen zu hören. Ein angetrunkener Zecher taumelte aus der Tür heraus, glotzte zuerst Bruder Emmerhart mit großen Augen an, bekreuzigte sich anschließend und stierte dann die beiden Töchter des Hauses von Dören auf eine Weise an, die mehr als schamlos war. Dann rülpste er laut und wankte davon.

Ich muss mich doch sehr wundern, an was für verrufenen Orten Bruder Emmerhart Bekanntschaften schließt, ging es Johanna durch den Kopf, ohne dass sie auch nur im Traum daran gedacht hätte, dies offen auszusprechen.

Aber der Geistliche schien ihre Gedanken auch so erraten zu haben.

»Ja, ich weiß, dass dies alles andere als ein vornehmer Ort ist, Johanna«, erklärte er. »Aber niemand kann zur Zeit eines Hansetages bei der Auswahl seiner Unterkunft besonders wählerisch sein, und wir können uns glücklich schätzen, nicht selbst hier übernachten zu müssen.«

»Ich möchte diesen Joop kennenlernen«, sagte Johanna.

»Nennt ihn bitte niemals so«, sagte Bruder Emmerhart. »Er nennt sich Andrea, und auch wenn das aus ihm noch lange keinen Venezianer macht und Plattdeutsch wohl die einzige Sprache ist, die er richtig versteht, sollten wir ihm diesen Gefallen tun!«

Sie folgten Bruder Emmerhart in das Innere der Schenke. Der Mönch bewegte sich dort mit einer erstaunlichen Selbstverständlichkeit. Die weltlichen Dinge schienen ihm sehr viel vertrauter zu sein, als man hätte erwarten können. An den Tischen herrschte ausgelassenes Stimmengewirr. Man prostete sich zu, lachte, hier und da hatten die Gespräche aber auch einen eher zänkischen Tonfall. Schrilles Frauenlachen stach manchmal aus diesem Geräuschchor heraus. Grell angemalte Huren gafften verwirrt auf Johanna und Grete, die schon an ihrer Kleidung als Frauen von Stand zu erkennen waren. Und normalerweise verirrten sich solche Frauen nicht an einen Ort wie diesen.

Einige der Gäste wiederum schienen die beiden jungen Frauen für Huren zu halten. Vielleicht hatten das viele Bier und der Wein, den sie in großen Mengen tranken, dafür gesorgt, dass ihre Sinne zu vernebelt waren, um zu erkennen, dass Kleider aus Brokat und Schmuck aus Gold und Silber nun wirklich nicht unter den Frauen üblich waren, die hier ansonsten ein- und ausgingen.

»He, habt ihr Hübschen denn keine Farbe, um euch herzurichten?«, dröhnte ein offenbar ziemlich betrunkener Gast und verschüttete bei dem Versuch, den nächsten Schluck hinunterzukippen, die Hälfte dessen, was noch in seinem Krug gewesen war, woraufhin am ganzen Tisch schallendes Gelächter ausbrach.

»Beachtet diesen Unsinn nicht«, wandte sich Moritz an seine beiden Töchter.

»Der Herr hat gehört, was dieser Mann gesagt hat«, gab Johanna zurück, und zwar so laut, dass der unhöfliche Zecher es auf jeden Fall mitbekommen musste.

Dieser wirkte nun ziemlich ernüchtert – einerseits wohl wegen Johannas klaren Worten, aber andererseits auch, weil er sich den halben Krug mit Wein über die Hose geschüttet hatte.

In einer hinteren Ecke fand Bruder Emmerhart schließlich den Mann, den er gesucht hatte.

Andrea Maldini, früher bekannt als Joop van Cleve, war klein und schmächtig. Sein Haar war so hellblond, dass es an Stroh erinnerte. »Seid gegrüßt, Meister Andrea!«, rief ihm Emmerhart überschwänglich zu.

Der Angesprochene kaute gerade an den letzten Resten eines Hähnchenschenkels herum. Mit der freien Hand hob er seinen Krug und prostete Emmerhart zu. »Auf Euch, Mönch! Denn ich hätte nicht geglaubt, dass Ihr mich tatsächlich noch einmal aufsucht.«

»Seid vorsichtig mit dem Zuprosten«, sagte Emmerhart. »Der Stadtrat hat es seit kurzem verboten.«

Andrea runzelte die Stirn. »Ich sehe hier niemanden, der sich daran halten würde!«

»So wie sich auch gewisse grell geschminkte Frauen nicht daran halten, ihrem Gewerbe ausschließlich im Haus eines zugelassenen kommunalen Frauenwirts nachzugehen, anstatt unschuldige Schankgäste zu belästigen«, erwiderte Emmerhart. »Und trotzdem kann man auch wegen des Verstoßes gegen ein Gesetz, das nicht beachtet wird, verhaftet werden, Meister Andrea! Und das wäre doch bedauerlich!«

Meister Andrea hörte zu kauen auf. Der Appetit schien ihm etwas verdorben zu sein. Er legte den halb abgenagten Schenkel auf den Teller. »Dagegen sollte der Rat Gesetze erlassen: gegen Fleisch, das so stark gewürzt ist, dass man nicht mehr schmecken kann, ob es noch gut ist.«

»Ihr seid noch nicht lange genug in der Stadt, um die emsige Arbeit des hiesigen Rates würdigen zu können«, sagte Emmerhart daraufhin. Er deutete auf seine Begleitung. »Dies ist Moritz von Dören aus Lübeck, Ältermann der Schonenfahrer und Herr eines wichtigen Handelshauses, mit seinen Töchtern Johanna und Grete, von denen Letztere in Kürze Pieter van Brugsma aus Antwerpen heiraten wird.«

»Oh, das hört sich nach wichtigen Leuten an«, sagte Meister Andrea. »So setzt Euch doch!«, beeilte er sich, noch hinzuzufügen, aber Emmerhart schüttelte den Kopf. »Das ist keine gute Idee.«

»Stimmt. Ihr seid ja wegen des süßen Heilmittels hier …«

»Hattet Ihr nicht versprochen, dass Ihr etwas von der Köstlichkeit bereitliegen hättet, wenn ich Euch das nächste Mal aufsuche?«, fragte Emmerhart.

»Ich habe mein Versprechen durchaus erfüllt und die Münzen, die Ihr mir gabt, dazu verwendet, die richtigen Zutaten zu besorgen«, versicherte Meister Andrea. »Die Herstellung selbst erwies sich als gar nicht so einfach, denn ich musste den Koch dieser zweifelhaften Schenke dafür bezahlen, dass er mir für einige Zeit die Herrschaft über seine Küche überließ.«

»Hauptsache, er hat nicht Eure Geheimnisse erfahren«, meinte Emmerhart.

»Keine Sorge, das hat er nicht. Ich war sehr vorsichtig. Und davon abgesehen hätte er einige wichtige Schritte der Methode, die ich anwende, sicherlich nicht richtig verstehen können. Bei Maria und Jesus, auch ich habe einige Zeit gebraucht, bis ich solche Angaben einigermaßen zutreffend einzuschätzen wusste.«

»Zeigt uns, was Ihr zu bieten habt«, verlangte Grete nun lächelnd. Dann wandte sie kurz den Blick in Johannas Richtung. »Meine Schwester vermag der süßen Versuchung nämlich kaum noch zu widerstehen!«

»Du brauchst dich nicht über mich lustig zu machen«, erwiderte Johanna leicht gekränkt.

»Du weißt doch, dass ich das niemals wagen würde.«

»Fangt nicht wieder damit an!«, schritt Moritz sehr viel früher ein als beim letzten Streit seiner Töchter. Offensichtlich wollte er diesmal auf gar keinen Fall zulassen, dass aus einem kleinen Funkenschlag gleich wieder ein ausgewachsener Flächenbrand wurde.

Meister Andrea erhob sich von seinem Platz, warf noch einen Blick auf den Hähnchenschenkel und schien zu erwägen, ihn trotz Überwürzung und ungewisser Qualität doch noch zu Ende zu essen, entschied sich dann aber dagegen. »Folgt mir in meine Kammer!«, sagte er an die anderen gewandt und grinste. »Erwartet allerdings nicht, dass ihr alle dort Platz finden werdet.«

Meister Andrea führte sie die Treppe hinauf. Von unten her schwoll das Gelächter im Schankraum zu einer solchen Lautstärke an, dass man für Augenblicke sein eigenes Wort nicht verstehen konnte.

Die Kammer, in der man Meister Andrea einquartiert hatte, war eigentlich kaum mehr als ein etwas größerer Alkoven, der wohl ursprünglich zum Abstellen von Möbeln und Geräten gedient hatte. Sie war so winzig, dass er sich auf den Strohsäcken, die sein Bett darstellten, wohl noch nicht einmal hatte ausstrecken können. Ein paar Decken und ein Bündel lagen in einer Ecke. Das schien der ganze Besitz zu sein, den Meister Andrea mit sich führte. Er zog eine der Decken fort, und darunter kam ein Krug zum Vorschein, der mit einer Gravur versehen war, die man auf sämtlichen Krügen, Bechern und Tellern dieser Schenke zu sehen bekam. Vielleicht hatte der Wirt die Hoffnung, auf diese Weise Diebstähle eindämmen oder sie zumindest leichter beweisen zu können.

Meister Andrea hob den Krug hoch. Darin waren ein paar unscheinbare, daumendicke Kugeln zu sehen, deren Färbung einer enthäuteten Mandel ähnelte.

Marzipan, erkannte Johanna.

»Nehmt Euch von dieser göttlichen Speise«, forderte Meister Andrea die Anwesenden auf. Ein leicht verlegenes Lächeln spielte um seine Lippen, ehe er in seinem breiten plattdeutschen Tonfall weitersprach. »Ich weiß, dass meine Präsentation deutlich zu wünschen übrig lässt, und ich habe weder Blattgold noch irgendetwas anderes Edles, womit ich diese Kugeln verzieren könnte.«

Es war Bruder Emmerhart, der zuerst in den Krug griff und sich auch keineswegs nur mit einer dieser Kugeln zufriedengab.

Sein Gesicht veränderte sich schon kurz danach, als er die süße Medizin an seinem Gaumen spürte. So zufrieden und gelöst hatte Johanna ihn selten gesehen. Sie nahm sich lediglich eine Kugel, aber als sie sie im Mund zergehen ließ, glaubte sie für einen Augenblick, ihren Sinnen nicht trauen zu können. Die kostbaren Marzipanproben, die sie in Lübeck genossen hatte, waren zwar schon ein überaus köstlicher Genuss gewesen. Ein Geschmackseindruck, der mit kaum etwas anderem zu vergleichen war. Aber dieses Marzipan war zweifellos nach einem noch viel edleren Rezept hergestellt worden. Der charakteristische Geschmack war zwar deutlich zu erkennen, doch es gab einen Unterschied in der Feinheit des Aromas, den Johanna zuvor nicht für möglich gehalten hatte.

Ihrem Vater schien es ebenso zu gehen. Moritz verharrte einen Moment regungslos, nachdem er eine der Kugeln in den Mund geschoben hatte. Er kaute nicht und schluckte auch nicht, so als befürchtete er, der momentane Genuss würde sich dadurch schneller verflüchtigen. Seinen Zügen war allerdings deutlich anzusehen, welch nachhaltigen Eindruck dieses Marzipan auf ihn machte.

Und Grete ging es nicht anders. Sie hatte sich ebenso wie Bruder Emmerhart gleich mehrere der kleinen Kugeln herausgenommen und steckte nun etwas verstohlen die zweite in den Mund. Ihre Kaubewegungen waren langsam und bedächtig, und als sie das Hinunterschlucken schließlich nicht mehr aufhalten konnte, schien sie das geradezu zu bedauern.

Für eine ganze Weile sagte keiner der Anwesenden ein Wort.

Es war Meister Andrea, der schließlich das Schweigen brach. Ein überlegenes Lächeln stand in seinem Gesicht, denn er wusste anscheinend genau, welche Wirkung von diesem besonderen Heilmittel auszugehen pflegte. »Ich kann Euch sagen, dass es nicht einfach war, die Zutaten zu besorgen. Es ist nicht einfach damit getan, Mandeln und Zucker zu nehmen und irgendwie zu mischen. Da gibt es noch ein paar Feinheiten, die nur wenige kennen und die doch den Unterschied ausmachen.«

»Könige würden Euch reich belohnen«, stellte Johanna fest. »Warum tretet Ihr nicht in die Dienste einer hohen Herrschaft, um sie mit dieser süßen Speise zu mästen, von der man nur schwer wieder lassen kann ...« Während Johanna diese Worte sprach, hatte Grete bereits erneut die Hand in Richtung des Krugs ausgestreckt, den Meister Andrea immer noch im Arm hielt. Doch sie zog ihre Hand gleich wieder zurück. Allzu sehr wollte sie dann doch nicht als die begehrlichere dastehen.

»Nun, ich würde meine Dienste jedem anbieten, der mich dafür angemessen bezahlt«, sagte Meister Andrea. »Aber das ist nicht ganz ungefährlich. So mancher Alchemist wurde schon in dunklen Kellergewölben auf irgendeiner Burg eingesperrt, um dort aus Dreck Gold zu machen. Warum sollte es mir da besser gehen?« Meister Andrea schüttelte energisch den Kopf. »Nein, nein, das zahme Haustier eines adeligen Burgherrn zu sein, das würde mir nicht gefallen. Ich brauche die Stadtluft. Venedig, Prag, Köln ...«

»Und vielleicht auch Lübeck?«, fragte Bruder Emmerhart.

»Wenn der Preis stimmt«, lächelte Meister Andrea. Dann griff er in den Krug und nahm eine der letzten Marzipankugeln heraus. »Gebt mir eine Küche und die Zutaten, die ich benötige! Es müssen gute Zutaten ein. Viel Zucker und Mandeln aus Frankreich ... Dann bin ich in der Lage, solche Wunder zu erschaffen, wie Ihr sie gerade an Euren Gaumen gespürt habt!«

»Ihr versündigt Euch«, sagte Johanna. »Wunder tut nur der Herr – alles andere wäre eine Lästerung seines Namens.«

»Er hat es nicht so gemeint«, meinte Moritz.

»O doch, das hat er«, widersprach Johanna. »Und ich denke, er will durch seine Reden den Preis in die Höhe treiben, den er für seine Dienste verlangen kann.«

Meister Andrea lächelte. »Ihr könnt Euch sicher sein, dass ich jeden Taler, den Ihr mir zahlt, wert sein werde.«

Nachdem sie die Schenke verlassen hatten, brach ziemlich bald ein Streit zwischen Bruder Emmerhart und Moritz aus.

»Die Zeiten sind unsicher, wir stehen vor einem Krieg mit Dänemark – ob wir ihn nun hier auf dem Hansetag erklären oder darauf warten, dass König Waldemar ihn beginnt, ist dabei einerlei. Da sollte man mit Investitionen vorsichtig sein und das Geld zusammenhalten ...«

»Die Dienste dieses Mannes sind jetzt noch preiswert zu haben, aber das wird sich gewiss noch ändern«, glaubte Bruder Emmerhart. »Also müssen wir uns seiner jetzt versichern. Ich würde es auf eigene Faust tun, wenn ich die nötigen Mittel dazu hätte. Aber ich fürchte, dass ich da auf Eure Hilfe angewiesen bin. Dabei ist dieser dahergelaufene Streuner, der offenbar schon an vielen Orten sein Glück versucht hat, nicht einmal der teuerste Faktor, sondern ...«

»... die Zutaten, ich weiß«, gab Moritz zurück. »Zumindest, wenn man es auf die Dauer rechnet.«

»Es wird unser beider Schaden nicht sein, Moritz.«

Johanna und Grete gingen ein paar Schritte hinter den Männern her, und keine von ihnen schien besonderen Wert darauf zu legen, dass sich der Abstand zu ihnen verkleinerte. Stattdessen wurde er mit der Zeit sogar größer. Eigentlich hätten sie sich aussprechen sollen, aber anscheinend erwartete jede von der anderen, dass sie den ersten Schritt tat.

»Ich neide dir nichts, Grete«, sagte Johanna schließlich. »Das kannst du mir glauben oder auch nicht, ganz wie du willst.«

»Johanna, ich ...«

»Ich gönne dir jedes Glück und hoffe, dass du so viel davon finden wirst, wie es nur irgend geht – aber wie du auf den Gedanken kommen kannst, dass ich dir etwas davon neide, das verstehe ich nun wirklich nicht.«

»Wir sind sehr unterschiedlich, Johanna«, sagte Grete nach

einer Pause des Schweigens, und nachdem Bruder Emmerhart ein paar Bettler und fliegende Händler mit sehr barschen Worten davongejagt hatte.

»Ja, wir sind unterschiedlich«, nahm Grete schließlich den Gesprächsfaden wieder auf. »Ich zum Beispiel bewundere, wie überlegt du handelst – und mit welcher Klarheit du alles durchdenkst. Und ich kenne niemanden, der die Gebete Gottes so ernst nimmt und auf vergleichbar ernsthafte Weise nach dem Wort des Herrn zu leben versucht wie du.« Grete hob die Schultern und seufzte. »Du hast anscheinend die nötige Kraft dazu, das zu tun.«

»Diese Kraft hat jeder, so schwach er auch zu sein scheint«, behauptete Johanna.

»Nein, Johanna. Die meisten Menschen sind innerlich schwach, und selbst die Androhung, dass sie dafür in die Hölle kommen, kann sie nicht davon abhalten, ihren Leidenschaften zu folgen.« Sie zuckte mit den Schultern. »Dich hat die Pest nicht umgebracht, obwohl du von dieser Seuche befallen warst. So hast du ein Wunder erfahren, das dich für immer Gott gehorsam machen wird.«

»Ja, du hast recht.«

»Aber für die meisten Menschen trifft das nicht zu. Die Wunder werden anscheinend sehr ungerecht unter den Gläubigen verteilt. Aber das werden wir wohl so hinnehmen müssen, wie es ist.«

»Wäre es dir vielleicht lieber gewesen, ich hätte die Gnade dieses Wunders nicht erfahren und wäre von der Pest dahingerafft worden?«

Johanna hatte mit glasklarer Stimme gesprochen.

»Nein, natürlich nicht.«

»Ich hatte fast den Eindruck.«

»Wie kannst du so etwas sagen!«

»Hör zu, ich neide niemandem etwas. Unsere Leben werden sehr unterschiedlich verlaufen, aber es ist der Herr, der das für uns so gewählt hat.«

»Du hast recht«, stimmte Grete zu. »Ich glaube, ich habe ziemlich töricht dahergeredet.«

»Das haben wir wohl beide.« Johanna zwang sich zu einem Lächeln, obwohl ihr die Vorwürfe ihrer Schwester wirklich nahegegangen und sie im tiefsten Innern angefasst hatten. »Du kannst mir glauben, ich wünsche dir alles Glück dieser Welt, wenn du mit Pieter van Brugsma nach Antwerpen gehst.«

»Danke«, murmelte Grete.

Die beiden Schwestern waren inzwischen stehen geblieben, während Moritz von Dören und Bruder Emmerhart weitergegangen waren und sich intensiv über das Für und Wider unterhielten, Meister Andrea mit nach Lübeck und teuer in Dienst zu nehmen. »Rate unserem Vater zu, diesen falschen italienischen Süßkrämer mit nach Lübeck zu nehmen«, sagte Grete.

»Jemand, der schon betrügt, wenn er seinen Namen sagt?«, lächelte Johanna.

»Aber die Sinne lassen sich nicht betrügen, Johanna. Und ganz gleich, wie er das hinbekommt und ob er dafür mit dem Teufel im Bunde ist: Sein Marzipan schmeckt einfach himmlisch. Man wird es ihm aus der Hand reißen, und man wird jeden Preis dafür verlangen können.« Sie zuckte mit den Schultern. »Auf dich wird er hören, denn dich hält er für klug – mich nur für gut zu verheiraten.«

»Worauf wartet ihr?«, fragte Moritz von Dören. »Ihr wisst doch: Wer in der Stadt stehen bleibt, zieht nur die Aufmerksamkeit der Bettler auf sich!«

Neuntes Kapitel

Eine Sünde im Dom

Am frühen Abend ging Johanna zum Dom. Sie trug einen schlichten Umhang, dessen Kapuze einen Schatten auf ihr Antlitz warf. Ihr Herz klopfte, und ihre Gedanken waren keineswegs so sehr bei ihren täglichen Dankgebeten, wie es sich geziemt hätte.

Johanna betrat das ehrfurchtgebietende Gewölbe. Ihre Schritte hallten darin wider. Gesänge eines Mönchschores erfüllten den Dom. *Du tust etwas Falsches*, dachte sie und ließ suchend den Blick schweifen. Frederik von Blekinge war nirgends zu sehen. Beinahe fühlte sie sich erleichtert. Sie murmelte ein kurzes Gebet, und dann stockte ihr der Atem. Im Schatten einer Säule sah sie ihn. Sein Blick traf sie; er schien sie bereits eine ganze Weile beobachtet zu haben, ohne dass sie ihn bemerkt hatte.

Johanna erwiderte seinen Blick und stand wie zur Salzsäule erstarrt da. *Nichts wird sein wie zuvor, wenn du diesen Weg weitergehst,* wurde ihr plötzlich klar. Aber da war etwas, was sie unwiderstehlich anzog. Etwas, das ihr keine andere Wahl ließ, als schließlich doch auf Frederik zuzugehen.

Der Mönchschor im Hintergrund wirkte wie eine Mahnung.

»Johanna«, sagte Frederik, und ihr eigener Name hatte plötzlich einen ganz eigenartigen Klang, da er ihn mit seiner samtenen, dunklen Stimme auf eine Weise aussprach, die sie tief berührte.

Sie wollte etwas sagen, aber ein dicker Kloß steckte ihr im Hals, und ihre Zunge schien wie gelähmt zu sein. Sie öffnete nur halb den Mund. Er näherte sich einen Schritt, fasste sie bei den Schultern, und im nächsten Moment spürte sie seine Lippen auf den ihren.

Atemlos wich sie vor ihm zurück.

»Ich ...«

»Sag jetzt nicht, dass du nicht deswegen hierhergekommen bist, Johanna!«

»Nein ... Doch ...«

Sie wollte davonlaufen, aber ihre Beine verweigerten den Gehorsam. Sie fühlte ein Begehren, wie sie es nie zuvor gekannt hatte. Nichts schien ihr im Moment dringender zu sein, als dass dieser Mann seine Arme um sie legte, sie berührte. Konnte es denn wirklich Sünde sein, so zu empfinden? Hatte der Herr die Menschen nicht als Mann und Frau erschaffen?

Vorsichtig näherte sich Frederik ihr wieder. Und sie wich nicht weiter zurück.

»Ich wollte keineswegs zudringlich sein«, sagte er. Seine Worte mischten sich mit dem Gesang der Mönche, sodass sie kaum zu verstehen waren. Johanna musste seine Lippen lesen, um zu erfassen, was er gesagt hatte.

»Das bist du auch nicht, Frederik von Blekinge. Aber ...« Sie stockte. Was hätte sie sagen sollen? Gegen den Aufruhr ungezügelter Leidenschaft in ihr gab es keine vernünftigen Argumente. Niemandem war das klarer als Johanna selbst. Erneut berührte er sie an den Schultern. Diesmal war er vorsichtiger, langsamer. Er streifte ihre Kapuze zurück, sodass ihr Haar sichtbar wurde. Johanna war nicht mehr dazu gekommen, sich noch einmal zu frisieren, bevor sie aufgebrochen war. Ein paar Haare hatten sich aus der Frisur hervorgestohlen. Zärtlich strich Frederik sie ihr aus dem Gesicht.

»Wenn zwei Menschen aneinander vorbeigehen, die der Herr füreinander bestimmt hat, dann kann das doch keine Sünde sein, meinst du nicht, Johanna?«

»Ja, gewiss«, murmelte sie.

Seine Hände glitten tiefer. Über ihre Schultern, über die Rundungen ihrer Brüste, die sich deutlich unter dem Kleid hervorhoben, wenn sie atmete. Er sprach zu ihr, aber der Chor der Mönche schwoll so laut an, dass sie nicht ein Wort verstand. Er sprach weiter, und das unverwechselbare Timbre seiner Stimme war nur noch eine ganz leicht hervorgehobene Nuance im Chor der sonoren Stimmen. Gewiss waren es die Stimmen von nicht mehr als einem Dutzend Männern, aber durch den Widerhall des Domgewölbes klangen sie wie tausend.

Johanna zögerte noch einmal einen kurzen Moment. Aber irgendwie schienen all die Zweifel, die sie gerade noch gehabt hatte, nicht mehr wesentlich zu sein.

Dann riss es sie einfach fort. Sie wand ihre Arme um seinen Hals und zog ihn zu sich herab. Ihrer beider Lippen fanden sich, verschmolzen zu einem leidenschaftlichen Kuss, während sie gemeinsam bis in den Schatten der nächsten Säule taumelten. Niemand war in der Nähe, und die Mönche waren in diesem gewaltigen, wahrhaft die himmlische Herrlichkeit verkörpernden Domgebäude weiter weg als die Nachbarschaft vom Ehebett eines Patrizierhauses in Lübeck. Jetzt gab es nur sie beide – Frederik und Johanna. Alles andere hatte in diesem Augenblick keine Bedeutung. An der Säule sanken sie zu Boden. Sie küssten sich weiter. Ihre Hände zogen ihn näher zu sich heran. Die Schnürung ihres Kleides löste sich plötzlich. Sie spürte seine Hände auf ihrer Haut. Er schob ihr Kleid hoch, seine Hand glitt einen ihrer Schenkel empor. Frederiks Umhang lag bereits auf dem Boden, und als auch der ihre herabglitt, hatten sie ein Lager, das die Härte und Kälte des Steinbodens abmilderte.

»Ich will es«, murmelte sie, ohne sicher zu sein, dass er es überhaupt mitbekommen hatte. Es war der letzte klare Gedanke, den sie fasste. Sie nestelte an seinem breiten Gürtel herum. Als das Schwert auf den Steinboden fiel, gab es ein metallisches Geräusch, das sich kurz aus dem weich klingenden Mönchschor hervorhob. Sie schlang ihre Beine um seine Hüften, zog ihn zu sich heran und spürte wenig später, wie er in sie eindrang. Ein wilder kurzer Sturm einer schier unwiderstehlichen Lust riss sie beide mit sich. Ihr Herz hämmerte, und ihr Atem beschleunigte sich, als sie einen überraschenden Gipfel der Leidenschaft erreichten.

Ihre Lippen murmelten undeutlich ein Stoßgebet. »Vergib mir, Herr!«

Plötzlich war es still im Dom.

Der Chor der Mönche war verklungen, und Johanna hatte das Gefühl, dass ihr keuchender Atem das einzige Geräusch war – vielfach verstärkt durch den Widerhall des Gewölbes. Ein eisiger Schrecken durchfuhr sie. *Was habe ich getan?* Wie hatte sie sich nur dazu hinreißen lassen? Und dann auch noch hier, im Haus des Herrn! War sie von Sinnen gewesen? Wie konnte sie jemals Vergebung dafür erwarten? Und doch ... Sie hatte auf der anderen Seite nicht das Gefühl, irgendetwas Falsches getan zu haben. Und das überraschte sie am meisten.

Johanna ordnete ihre Kleidung und Frederik die seinige. Er hob schließlich ihren Umhang auf und legte ihn ihr um die Schultern. Eine Geste voller Zärtlichkeit. Weiches Kerzenlicht erhellte sein Gesicht. Ein gleichermaßen liebevoller wie begehrender Blick traf sie. »Du bist eine Frau, wie es sie wohl kein zweites Mal gibt«, flüsterte er.

Johanna konnte nur schlucken. Sie hätte ihm gerne etwas erwidert. Etwas, das ihm sagte, dass sie ähnlich empfand und dass sie das eigentlich auch schon vom ersten Augenblick an, da sie ihm begegnet war, gewusst hatte. Das alles aber mischte sich mit einer Flut anderer Gedanken. Gedanken daran, dass sie doch ein Gelübde hatte ablegen wollen. Dass sie auf die Freuden der Liebe verzichten und sich dem Dienst am Herrn widmen wollte. Dass sie ihr Leben in aussichtsloser Lage geschenkt bekommen hatte und deshalb den Schwur nicht brechen durfte, den sie sich selbst und Gott gegenüber abgelegt hatte.

Schritte von einem Dutzend Männern hallten jetzt durch das Domgewölbe. Es mussten die Mönche sein. Ein Geräusch ließ Johanna herumfahren. War da nicht ein Schatten zwischen den Säulen gewesen? Für einen kurzen Moment hatte sie geglaubt, dass da jemand wäre. Aber vielleicht war das auch nur ihr schlechtes Gewissen, das ihr einen Streich gespielt hatte.

Frederik schien es aber auch bemerkt zu haben. Er hielt in der Bewegung inne, als er seinen Gürtel schloss.

»Ich werde jetzt gehen«, sagte sie.

»Dann werde ich dich begleiten.«

»Um alles noch schlimmer zu machen?«

»Ist denn irgendetwas *Schlimmes* geschehen?«

Die Schritte der Mönche verklangen unterdessen. Sie gingen durch das Hauptschiff, schweigend und jeder für sich still betend. Schließlich waren sie nicht mehr zu sehen. Das Geräusch einer knarrenden Tür zeigte an, dass sie den Dom verließen.

Johanna atmete tief durch. In ihrem Inneren herrschte ein einziges wirres Chaos an unterschiedlichsten Gedanken und Empfindungen. Das meiste davon ließ sich kaum in Worte fassen. Sie wusste nur eins: Was geschehen war, hatte für sie alles verändert. Es würde immer ein Davor und ein Danach geben. Von nun an war nichts mehr, wie es gewesen war. Und ein Zurück gab es nicht. Geschehenes konnte man nicht ungeschehen machen. Man konnte allenfalls auf Vergebung und Gnade hoffen.

Hinter einer der Säulen tauchte wie aus dem Nichts eine Gestalt auf. Das Gewand war so dunkel, dass es von dem umgebenden Schatten kaum zu unterscheiden war. Doch dann fiel Licht auf falkengraue Augen in einem hageren Gesicht.

Es war Pater Martinus vom Domkapitel, dessen strenges Regiment dafür sorgte, dass kein Pilger in seinem heiligen Eifer den Reliquien zu nahe kam oder sich gar daran vergriff.

Diese Augen musterten sowohl Johanna als auch Frederik auf eine so durchdringende Weise, dass Johanna erschrak. Hatte Pater Martinus etwas gesehen? Hatte er etwa bemerkt, dass sie sich im Haus des Herrn so hemmungslos ihrer Begierde hingegeben hatten? *Der Herr sieht ohnehin alles*, dachte Johanna. *Und er wird dich strafen, wenn er es für richtig befindet.*

»Ihr habt Eure Gebete schon verrichtet, Johanna von Dören?«, fragte Pater Martinus. Seine Stimme klang so kalt wie das Eis, das in kalten Wintern die Trave gefrieren ließ.

»Ja, Pater«, sagte Johanna tonlos.

Dass er sich an ihren Namen erinnerte, war nicht weiter ungewöhnlich. Schließlich hatte sie sich zusammen mit ihrem Vater mehrfach mit Pater Martinus und anderen Vertretern des Domkapitels getroffen. Als Tochter eines lübischen Ratssendboten war sie durchaus bekannt. Und auch wenn sie hin und wieder mit ihrer heiratswilligen Schwester verwechselt wurde, hatte durch Bruder Emmerhart längst auch die Geschichte ihrer wunderbaren Errettung vor der Pest die Runde gemacht.

Frederik verneigte sich leicht.

Pater Martinus bedachte ihn lediglich mit einem geringschätzigen, letztlich aber undurchdringlichen Blick.

»Der Herr sieht die Sünde im Herzen eines jeden Menschen«, sagte er dann.

»Ich soll Euch die Grüße meines Vaters ausrichten«, gab Johanna zurück.

»Dann richtet ihm meinen Dank aus.«

Mit diesen Worten ging der Mönch davon. Nach ein paar Schritten drehte er sich noch einmal kurz um und ging zu den Kerzen, die ein plötzlicher Luftzug gelöscht hatte, und entzündete sie erneut. *Er hat etwas gemerkt*, dachte Johanna. Was diesen Punkt betraf, war sie sich plötzlich vollkommen sicher.

»Ich sollte dich zu deinem Quartier begleiten«, sagte Frederik, nachdem sie den Dom verlassen hatten. Dämmerung hatte sich inzwischen wie ein graues Tuch über die Stadt gelegt. Nebelschwaden zogen vom nahen Rhein hervor und waberten durch die Straßen. Die Bettler kauerten sich an Feuerstellen zusammen. Hier und da machte noch ein Gaukler seine Späße, oder ein Händler pries die Ware in seinem Bauchladen an.

»Untersteht Euch, mir zu folgen!«, gab Johanna zurück.

»Du sprichst wieder auf förmliche Weise mit mir!«

»Ich hätte nie damit aufhören sollen!«

»Johanna!«

Sie sah ihn an. »Wir sehen uns bei der nächsten Zusammenkunft der Ratsgesandten.«

»Wann sehen *wir* uns wieder?«

»Gar nicht!«

»Das kann unmöglich dein Ernst sein!«

»Ihr werdet Euch damit abfinden müssen, dass es mein voller Ernst ist, Frederik von Blekinge!«

Er schüttelte den Kopf, während sie sich umwandte und auf den Weg machte. Sie zog ihren Umhang enger um die Schultern und setzte die Kapuze auf. Frederik hätte sie wohl am liebsten bei den Schultern gefasst und zurückgehalten, um sie zur Rede zu stellen, aber das wagte selbst dieser kühne Mann nicht in aller Öffentlichkeit. Johanna hörte seine Schritte auf dem glatten Pflaster. Er folgte ihr.

»Warte doch!«

Sie blieb stehen. »Wir dürfen uns nicht wiedersehen, Frederik.«

»Ich kann nicht glauben, dass du das wirklich sagst!«

»Ich bin keinem irdischen Herrn versprochen. Gott hat mich von der Pest heilen lassen, und ich werde mich von meinem Schwur, ins Kloster zu gehen und mich dem Dienst am Heiligen zu widmen, nicht abbringen lassen.«

»Du hast noch kein Gelübde geleistet.«

»Nein, natürlich nicht.«

»Also bist du frei zu tun, was du willst.«

»Ich habe es mir geschworen. Mir, Jesus und der Mutter Maria. Und was gerade war ...«

»Ich glaube nicht, dass du wirklich berufen bist, ins Kloster zu gehen«, schnitt Frederik ihr das Wort ab. »Denn wärst du es, hättest du dich mir nicht gerade hingegeben.«

»Das war ...« Sie stockte.

»Was?«

»Eine Verirrung.«

Er schüttelte den Kopf. »Es war deine innerste Natur. Sie hat sich gegen das aufgelehnt, was du dir einredest.«

»Ich muss meiner Berufung folgen.«

»Es ist eine falsche Berufung. Und der soll man nicht folgen!«

Sie atmete tief durch. Ihr Herz fühlte sich schwer wie ein Stein an. Sie trat einen Schritt auf ihn zu. Am liebsten hätte sie jetzt seine Hände genommen, aber daran war gar nicht zu denken. Eine klumpfüßige Bettlerin beobachtete sie beide ziemlich ungeniert und wartete geradezu darauf, dass sich irgendetwas Interessantes vor ihren Augen abspielte, etwas, das ihr diesen kalten Abend vertrieb und sie weniger daran denken ließ, dass ihr der Magen knurrte.

Die Bettlerin lächelte schief und entblößte dabei einen vollkommen zahnlosen Mund. Ein verwachsener Zwerg gesellte sich zu ihr, der bis dahin intensiv damit beschäftigt gewesen war, die Kupfermünzen zu zählen, die er sich während des Tages erbettelt hatte. Doch damit hatte er jetzt aufgehört und stierte stattdessen erst Johanna und dann Frederik an.

»Wir werden beobachtet«, sagte Johanna.

»Meinetwegen muss unsere Liebe kein Geheimnis bleiben.«

»Ihr bildet Euch etwas ein, Frederik von Blekinge.«

»Nein. Du bist es, die die Wirklichkeit nicht zur Kenntnis nehmen will.«

Johanna sah zu der zahnlosen Bettlerin hin und sagte: »Wir sollten uns hier nicht weiter unterhalten.«

»Dann gehen wir woanders hin – und am besten wird es sein, ich begleite dich auf dem Weg, der ohnehin vor dir liegt.«

»Mein Vater ...«

»Dein Vater wird sich darüber freuen, etwas mehr über die Ansichten zu erfahren, die der Gesandte des schwedischen Königs zu den Fragen hat, die zurzeit auf dem Hansetag zur Entscheidung anstehen. Und umgekehrt würde Gustav Bjarnesson sicher auch gerne erfahren, mit welcher Ernsthaftigkeit sich die lübische Ratsgesandtschaft für einen Krieg gegen Waldemar einzusetzen bereit ist oder ob es am Ende gar lohnender erscheint, sich anderswo Verbündete zu suchen.«

Die zahnlose Bettlerin und der Zwerg folgten Frederik und Johanna nicht weiter, nachdem sie in eine Gasse eingebogen waren. Frederik schenkte ihr ein Lächeln, das sie unwillkürlich erwidern musste. »Ihr seht, ich habe gute Gründe, Euch zu begleiten, Johanna von Dören. Wenn man also einen Vorwand braucht, so bin ich bereit, ihn zu liefern, obwohl ich nichts dagegen hätte, mit offenen Karten zu spielen und Euren Vater gleich um Eure Hand anzuhalten.«

Johanna hatte wohl bemerkt, dass Frederik wieder begonnen

hatte, sie in förmlicherer Anrede anzusprechen. Und obwohl es für sie einerseits ein Zeichen dafür war, dass er ihren Wunsch respektierte, so kam es ihr auf der anderen Seite doch ziemlich eigenartig vor. Die Erinnerung an das, was im Dom geschehen war, durchströmte noch immer ihre Gedanken und ihren Körper. Sie waren sich in diesen wenigen Momenten so nahe gewesen, dass es jetzt einfach absurd erschien, sich mit der Förmlichkeit von Fremden oder Geschäftspartnern zu begegnen.

»Ihr müsst wahnsinnig sein«, meinte Johanna.

»Warum? Jeden Tag halten irgendwo in dieser Stadt Männer um die Hand von Frauen an. Und in diesem Fall könnte Euer Vater nicht einmal einwenden, dass es keine Verbindung von Stand wäre, denn die Familie von Blekinge ist schließlich von Adel.«

»Frederik, wir kennen uns kaum!«

»Vorhin im Dom hatte ich einen anderen Eindruck.«

Sie blieb stehen und sah ihn an. Ihre Blicke verschmolzen miteinander, und Johanna wünschte sich jetzt nichts sehnlicher, als ihren so heftig aufgeflammten Gefühlen nachzugeben. Jemand wie Frederik mochte das tun. Jemand, der sich selbst keine größeren Verpflichtungen auferlegt hatte. Oder irrte sie sich? Hatte Frederik recht, wenn er sagte, dass sie sich ihm niemals hingegeben hätte, wenn es wirklich ihre Berufung gewesen wäre, ein Leben als Nonne zu führen und sich ganz dem Dienst für den Herrn zu widmen.

Nein, dachte sie, *das ist zu einfach. So leicht kannst du dich nicht von deinem eigenen Versprechen befreien.* Und die Tatsache, dass sie noch kein Gelübde abgelegt hatte, änderte daran zunächst einmal kaum etwas.

»Ihr habt recht, Frederik von Blekinge«, sagte sie dann mit belegter Stimme. »Ich würde nichts lieber tun, als einfach diesen machtvollen Empfindungen nachzugeben. Mein Leib sehnt sich schon wieder nach dem Euren, obwohl sich unsere Körper doch vorhin erst voneinander getrennt haben.«

»Dann hört auf Euer Herz. Und obwohl ich kein gelehrter Priester bin, kann ich mir nicht vorstellen, dass Gott von Euch verlangen würde, unglücklich zu sein.«

»Ach, Frederik ...«

»Unter den zehn Geboten ist das jedenfalls nicht zu finden.«

Sie wich einen Schritt vor ihm zurück, und er respektierte das und näherte sich ihr nicht weiter.

»Ich glaube, dass Gott mich prüfen wollte«, sagte sie. »Dafür hat er mir Euch gesandt. So wie Jesus in der Wüste vom Satan versucht wurde ...«

»So bin ich der Satan? Ich muss sagen, dass ich mir erhofft hatte, einen deutlich freundlicheren Eindruck auf Euch gemacht zu haben, Johanna!«

»So habe ich das nicht gemeint!«

»Dann erklärt es mir.«

»Es hat ausschließlich etwas mit mir zu tun, Frederik. An Euch ist nichts falsch und nichts sündhaft, außer dass wir alle der Sünde verfallen sind und den Herrn um Vergebung bitten müssen. Es geht um mich! Ich hätte der Versuchung widerstehen müssen, so wie es Jesus in der Wüste tat – aber ich tat es nicht. Anscheinend ist mein Glaube zu schwach, um der Verlockung des weltlichen Sinnesrausches zu widerstehen. Jetzt kann ich nur den Herrn um Verzeihung bitten und darum, dass er mir die Stärke gibt, auf den Weg zurückzukehren, der für mich bestimmt ist.«

»Und wenn Gott etwas ganz anderes für Euch bestimmt hat?«

»Folgt mir jetzt nicht weiter. Was geschehen ist, ist geschehen – und jeder von uns mag seine Sünden allein verantworten.«

»Wir werden uns im Rathaus sehen.«

»Lebt wohl, Frederik. Und macht es mir nicht noch schwerer, als es ohnehin schon ist.«

»Ich werde zu Eurer gewohnten Gebetszeit im Dom sein. Und wenn Ihr auch dort seid, ist das ein Zeichen, denn es gibt so viele Kirchen und Kapellen in Köln, in denen Ihr ebenso gut beten könntet, wenn es wirklich Eure Absicht wäre, meine Gesellschaft zu meiden.«

Johanna schluckte, sah ihn an und schüttelte dann den Kopf. »Nein«, sagte sie. »Das könnte nie meine Absicht sein. Ich hoffe, Ihr versteht mich ...«

Dann drehte sie sich um und lief davon. Sie raffte ihre Kleidung zusammen und wurde immer schneller. Ein Teil von ihr wünschte sich, dass er ihr folgte, sie einholte, sie zwang, das zu tun, was sie eigentlich auch wollte. Doch ein anderer Teil ihrer Seele nahm einfach nur erschrocken Reißaus wie ein aufgescheuchtes Wild, kopflos und ohne jeden klaren Gedanken.

Als Johanna das Gasthaus erreichte, in dem die lübischen Ratsgesandten übernachteten, traf sie im Schankraum ihren Vater und Brun Warendorp, die bei einem Krug Bier zusammensaßen.

»Du bist lange fort gewesen«, sagte Moritz von Dören stirnrunzelnd. »Deine Gebete scheinen heute sehr intensiv gewesen zu sein.«

»Ja, das waren sie.«

Sie nahm die Kapuze vom Kopf. Ihr Haar war ziemlich zerzaust. Eine ganze Reihe von Strähnen hatte sich gelöst. Aber das konnte man auch der Kapuze zuschreiben.

»Ist alles in Ordnung?«, fragte Moritz von Dören.

»Es gibt keinen Grund zur Klage«, antwortete Johanna. »Aber ich bin müde und möchte jetzt hinauf in die Kammer gehen.«

»Du willst nichts mehr essen?«

»Der Braten, den der Wirt auf den Spieß gesetzt hat, riecht jedenfalls vielversprechend«, mischte sich Brun Warendorp ein.

Aber Johanna schüttelte den Kopf. »Das Rebhuhn im Rathaus war schon mehr als genug für mich und liegt mir noch immer schwer im Magen.«

Zehntes Kapitel

Ein Treffen in der Hurengasse

Es war weit nach Mitternacht. Bruder Emmerhart trat taumelnd aus dem Haus von Georg dem Ehrlosen. Der war als Scharfrichter und kommunaler Frauenwirt zwar einer der vermögendsten Männer Kölns, aber auf Grund seiner ehrlosen, wenn auch einträglichen Geschäfte galten auch er selbst und seine Familie als ehrlos. Und auch wenn Georg allein durch die Pacht, die er der Stadt für die Häuser entrichtete, in denen er dann seinerseits Hübschlerinnen ihre Dienste anbieten ließ, mehr zum Haushalt des Rates beitrug, als die zehn wichtigsten Kaufleute Kölns zusammengenommen an Steuern zahlten, war ihm das Bürgerrecht ebenso verwehrt wie die Teilnahme an Festen und der Besuch der Heiligen Messe. Von einem Sitz im Rat, der seinem Vermögen eigentlich angemessen gewesen wäre, ganz zu schweigen.

»War es der viele Wein, der Euer Gleichgewicht stört, oder habe ich Euch zu sehr beansprucht, Bruder Emmerhart?«, fragte die dunkelhaarige, grell geschminkte Frau, die ihn hinausbegleitet hatte und ihn jetzt stützte.

Emmerhart wischte sich mit der Hand über das Gesicht.

»Danke«, sagte er und lächelte mild. »Ich glaube eher, dass es wohl doch zu viel des Guten war – vom Wein, meine ich natürlich.«

»Von dem anderen könnt Ihr ja auch nie genug bekommen. Da seid Ihr unersättlich!«

»Jedenfalls brauchst du dir um meine Standhaftigkeit keine Sorgen zu machen«, gab Emmerhart grinsend zurück. »Und deswegen lass mich jetzt besser los, bevor mich jemand hier in einer Lage sieht, die meiner Würde schadet!«

»Wenn Ihr in den Dreck fallt, ist das auch würdelos«, gab die Dunkelhaarige zurück. »Und manchmal scheint es mir, als ob die Pferde vor dieses Haus besonders gerne scheißen! Also achtet darauf, wo Ihr hintretet.«

Sie ließ ihn los, und Bruder Emmerhart machte einen etwas unsicher wirkenden Schritt. »Es geht schon«, behauptete er.

»Man sollte sich für eine Sünde entscheiden, Emmerhart! Trinken oder …«

»Ach, halt deinen Mund!«

»Und Ihr werdet auch nicht jünger!« Sie lachte. »Aber ich freue mich jedes Mal, wenn Ihr nach Köln kommt. Ich frage mich nur, wer es Euch noch glauben soll, dass Ihr nur hier seid, um dem Ehrlosen Georg die Beichte abzunehmen – jede zweite Nacht.«

»Jemand wie der Ehrlose Georg hat so viele Sünden zu beichten, dass ich mir hier für ein Jahr ununterbrochen einquartieren könnte – und wir wären immer noch nicht fertig.« Emmerhart drehte sich noch einmal halb herum, hob kurz die Hand und begann dann, rudernde Bewegungen auszuführen, um das Gleichgewicht zu halten.

»Ich sagte ja: Aufpassen!«, rief die Hübschlerin und wandte sich zur Tür.

Bruder Emmerhart ging die Gasse entlang. Es war ziemlich dunkel. Es brannten kaum Lichter. Selbst im Frauenhaus herrschte größtenteils Ruhe. Irgendwo kläffte ein Hund. Eine streunende Katze huschte über das Pflaster, und plötzlich erschrak Emmerhart bis ins Mark, als ein dunkler Schatten vor ihm auftauchte.

»Ich sehe, Eure Vorlieben haben sich nicht geändert«, sagte eine schneidende Stimme.

»Na, die Euren offensichtlich auch nicht, Pater Martinus«, gab Emmerhart erleichtert zurück, nachdem er sein Gegenüber an der unverkennbaren Stimme erkannt hatte.

»Ihr seid vermutlich nur hier, um dem Ehrlosen Georg und seinen Hübschlerinnen die Beichte abzunehmen, die man schließlich auch den schlimmsten Sündern nicht verwehren kann.«

»Ihr sagt es, Pater Martinus! Aber wie ich sehe, ist man in dieser verrufenen Straße mit priesterlichem Beistand bestens versorgt ...«

»Ich bin einzig und allein Euretwegen hier, Emmerhart.«

»Meinetwegen?«

Emmerhart war überrascht und wirkte plötzlich sehr viel nüchterner als zuvor. Er wischte sich zum wiederholten Mal über das Gesicht, so als ließe sich auf diese Weise die Wirkung des Weins zurückdrängen. Was um alles in der Welt konnte der Priester des Domkapitels von ihm wollen? Da sie sich bei anderer Gelegenheit oft genug getroffen hatten, war davon auszugehen, dass es sich um irgendetwas handeln musste, das niemand sonst zu hören bekommen sollte.

»Ihr seid ein Mann mit festen Gewohnheiten, Bruder Emmerhart«, sagte Martinus. »Gewohnheiten, die Ihr im Laufe der Jahre bei all Euren Aufenthalten in Köln kaum variiert habt.«

»Meine Gewohnheiten sollten Euch einen Dreck angehen, Martinus. Und im Übrigen denke ich, dass sie sich von den Euren wohl kaum unterscheiden, denn wenn ich die Hübschlerinnen so reden höre, dann würden die Geschäfte bei der großen Konkurrenz schlecht gehen, wenn nicht gerade Hansetag wäre. Aber wenn kein Hansetag ist, dann retten die Angehörigen des Domkapitels die armen Frauen vor dem Verhungern und stopfen dem Ehrlosen Georg die Taschen voll, wie man so hört!«

»Schließt nicht von Euch auf andere«, sagte Martinus, und seine Stimme hatte einen Klang von so durchdringender Kälte, dass es selbst Emmerhart unwillkürlich zu frösteln begann.

»Was wollt Ihr?«

»Vielleicht will ich Euch die Beichte abnehmen, denn Ihr hättet es gewiss nötiger als manch anderer Eures Standes.«

»Was Ihr nicht sagt ...«

»Aber eigentlich bin ich hier, um Euch etwas mitzuteilen. Etwas, das an einem Ort wie diesem besprochen werden kann, wo es niemand hören wird, dem man später glauben könnte.«

»Wovon sprecht Ihr?«

»Von der Tochter des lübischen Ratsgesandten Moritz von Dören.«

Emmerhart runzelte die Stirn.

»Er hat zwei Töchter.«

»Ich meine nicht diejenige, über deren bevorstehende Hochzeit bereits überall geredet wird, sondern die andere.«

»Johanna?«

»Die angeblich die Pest besiegte und der deshalb ein heiliges Wesen innewohnen soll.«

»Was ist mit ihr?«

»Ich wurde im Dom Zeuge einer sehr eigenartigen Begebenheit, von der ich denke, dass Ihr davon wissen solltet.«

Emmerhart schaute weg und wirkte fast wie ein Dieb, der fürchtet, ertappt worden zu sein. »Ihr habt mein Ohr, Pater Martinus«, sagte er dann.

Elftes Kapitel

Ein Blutbad in den Auen

Ein Dutzend schwer bewaffnete Reiter preschte durch die feuchten, nebelverhangenen Wiesen. Raben krächzten und kreisten über ihnen wie die Vorboten kommenden Unheils, bevor sie sich auf die Äste der wenigen Bäume setzten, die es hier gab.

Die Reiter waren überwiegend gut bewaffnet. Schwerter hingen an ihrer Seite oder über ihren Rücken, darunter auch mächtige Beidhänderklingen. Einige der Reiter hatten auch Armbrüste bei sich. Söldner, angeheuert, um das sichere Geleit einiger Gesandter zu gewährleisten, die sich darum bemüht hatten, das Hansebündnis gegen Waldemar so weit zu vergrößern, wie dies irgend möglich erschien.

An der Spitze der Gruppe ritt Pieter van Brugsma aus Antwerpen. Der hochgewachsene, breitschultrige Mann konnte es kaum erwarten, nach Köln zu kommen. Und das nicht nur, weil er die schriftlichen Zusagen einiger wichtiger niederländischer und flandrischer Städte in der Ledertasche an seinem Sattel trug, sich an einem Kriegszug gegen Waldemar von Dänemark zumindest finanziell zu beteiligen. Insofern hatte er zumindest einen teilweisen Erfolg zu vermelden.

Davon abgesehen wartete in Köln seine zukünftige Gemahlin darauf, dass er ihr das Jawort gab und so die beiden Handelshäuser von Dören und van Brugsma dauerhaft verband. Besonders hingezogen fühlte er sich zu Grete von Dören nicht. Aber andererseits war es auch für das Haus van Brugsma wichtig, eine so enge Verbindung mit der hanseatischen Vormacht Lübeck zu haben, und es war davon auszugehen, dass diese Vermählung es den van Brugmas erheblich erleichtern würde, ihren Einfluss auch auf den Ostseehandel auszudehnen und vielleicht in Zukunft so manchen Zwischenhändler auszuschalten.

Tiefe Sehnsucht war es also nicht, die Pieter van Brugsma den Jüngeren zu Grete von Dören hinzog. Aber immerhin hätte es auch schlimmer kommen können. Bei den Gelegenheiten, zu denen sich Pieter und Grete bisher getroffen hatten, hatte sie zumindest gesund gewirkt. Soweit er sehen konnte, hatte sie noch alle Zähne, und sie besaß ein breites Becken. Und da ihre Gestalt im Ganzen anmutig wirkte, würde es wohl auch keine allzu große Überwindung bedeuten, für den nötigen Nachwuchs des Hauses von Brugsma zu sorgen. Das, so fand Pieter, war schon mehr, als die meisten von einer Ehe erwarten konnten, deshalb sah Pieter die zukünftige Verbindung mit Grete alles in allem positiv.

Für die Stillung weitergehender Gefühlsstürme gab es schließlich Hausmägde und Frauenhäuser.

Die Reitergruppe erreichte nun einen Wasserlauf, der nach den letzten Regenfällen leicht über die Ufer getreten war. Es musste sich um irgendeinen der zahlreichen Zuflüsse des Rheins handeln, die ständig ihr Bett änderten und sich mal diesen und mal jenen Weg durch die Auen bahnten.

»Die Pferde brauchen eine Pause«, sagte jetzt einer der anderen Männer mahnend. Schon der Pelzbesatz an seinem Mantel machte deutlich, dass er nicht zu den einfachen Söldnern gehörte, die in den Diensten des Hauses van Brugsma standen. Und dass der Schwertgriff, der ab und zu unter dem Überhang hervorschaute, mit sehr kostbaren Metallarbeiten verziert war, verriet ebenfalls, dass es sich um einen Mann von Stand und Vermögen handeln musste. »Und die Tiere müssen saufen, Pieter! Also lasst uns hier eine Pause machen.«

»Ausgerechnet hier?«, fragte Pieter etwas stirnrunzelnd. Er ließ den Blick schweifen, sah einige Augenblicke den Krähen zu, die sich auf den Bäumen aufreihten und zu ihnen blickten, und fuhr dann fort: »Es können doch nur noch ein paar Meilen bis Köln sein, Freund Herward!«

Herward von Ranneberg hatte Pieter van Brugsma auf seiner schwierigen diplomatischen Mission begleitet. Er war Mitglied des Kölner Rates, besaß einen florierenden Handel für Wein- und Wollwaren und gehörte zu den reichsten und einflussreichsten Bürgern der Stadt.

»Was habt Ihr gegen diesen Ort, Pieter? Die Pferde sind schon ganz verrückt danach, sich vollzusaufen, und ob wir nun einen Tag früher oder später nach Köln kommen, dürfte nicht entscheidend sein.«

»Entscheidend kann jeder Moment der Verzögerung sein«, glaubte Pieter. »Wir wissen doch, dass Waldemar die Zeit nutzt, um ebenfalls Verbündete um sich zu scharen. Wer seine Reihen früher geschlossen hat, wird nun mal als Sieger vom Platz gehen.«

»Nun, einmal hat sich die Hanse schon eine blutige Nase gegen Waldemar geholt«, gab Herward zu bedenken, während er von seinem Pferd abstieg. Die anderen folgten seinem Beispiel, und auch Pieter fügte sich in das Unvermeidliche. Aber vielleicht hatte Herward sogar recht. Bei aller Ungeduld war es ja nun wirklich nicht nötig, dass auch noch ein paar Pferde zuschanden geritten wurden. Ein paar Tage mussten sie schließlich noch durchhalten. Die Tiere waren ohnehin während der letzten Gewaltritte, die Pieter und seine Begleiter hinter sich gebracht hatten, so stark beansprucht worden, dass man ständig befürchten musste, eins von ihnen zu verlieren. Mehrere Packpferde hatte die Gruppe schon zurücklassen und das Gepäck auf die Reittiere verteilen müssen. Und sie hatten sogar zwei Tiere dazukaufen und gegen lahmende Gäule austauschen müssen. Langsame und schlecht genährte Bauernpferde waren das allerdings gewesen, die die Gruppe doch ziemlich aufgehalten hatten.

Pieter ließ einen der Söldner sein Pferd tränken und streckte sich. Der tagelange Ritt hatte ihm ebenso zugesetzt wie die aufreibenden Verhandlungen, die hinter ihm lagen.

Herward von Ranneberg holte sich ein Stück Stockfisch aus der Satteltasche, brach sich etwas davon ab und steckte es sich in den Mund. Er verzog daraufhin das Gesicht.

»Scheint ja kein Hochgenuss zu sein, Eure Mahlzeit, werter Herward«, sagte Pieter van Brugsma.

Herward reichte Pieter auch ein Stück. »Hier, nehmt das und würgt es hinunter, mein Freund.«

»Besser nicht.«

»Dann knurrt Euch nicht so der Magen, Pieter, Eure Laune wird besser, und Ihr riecht nicht mehr aus dem Mund, dass man befürchten muss, Euer Ross würde gleich tot umfallen, wenn Ihr Euch im Sattel zu tief niederbeugt!«

Pieter nahm das angebotene Stück Stockfisch und biss etwas ab. Es war hart wie ein Brett. Aber Herward hatte recht. Pieter hatte schon lange nichts mehr gegessen. Es war einfach keine Gelegenheit dazu gewesen. »Und wie, glaubt Ihr, wird mein Gaul reagieren, wenn ich nach Fisch rieche?«, fragte er dann grinsend.

Herward lachte. »Euer Gaul wird sich schnell daran gewöhnen, genau wie meiner.«

»Was Ihr nicht sagt ...«

In diesem Moment stoben die Krähen empor. Ein ganzer Schwarm flog auf und verdunkelte für einen Augenblick den hellgrauen, diesigen Himmel. Ihr Krächzen mischte sich mit dem Hufschlag galoppierender Pferde. Eine Gruppe von Reitern kam rasch näher. Zwanzig Mann waren es, alle gut bewaffnet, besser sogar als die Söldner, die Pieter van Brugsma begleiteten, denn hier und da sah man ein Kettenhemd oder einen Harnisch unter den Umhängen hervorschauen.

»Wer ist das?«, fragte Pieter van Brugsma leicht nervös.

»Warten wir es einfach ab«, riet Herward von Ranneberg mit einer Gelassenheit, die Pieter nicht nachvollziehen konnte. »Ich vermute, dass die Männer von einem der Rittergüter oder einer der Burgen in der Nähe kommen.«

Doch jetzt drangen wilde Kampfschreie von den Reitern herüber, und es konnte kein Zweifel mehr daran bestehen, dass sie nicht in friedlicher Absicht gekommen waren.

»Wir müssen hier weg!«, rief Pieter aufgeregt. »Ich wette, das sind Mörder, die Waldemar und seine Anhänger gedungen haben, um zu verhindern, dass ich Köln erreiche!«

Aber zur Flucht war es längst zu spät, und davon abgesehen waren die Angreifer in der Übermacht. Ein Speer flog durch die Luft, fuhr einem der Söldner in den Leib, der daraufhin stöhnend zu Boden ging. Eines der Pferde richtete sich wiehernd auf.

Die Armbrustschützen unter Pieters Söldnern luden hastig ihre Waffen mit Bolzen und spannten sie. Einer von ihnen bekam eine Wurfaxt in die Stirn, die einer der heranstürmenden Reiter geschleudert hatte. Aber schon im nächsten Augenblick holte ihn der Schwertstreich eines der van Brugsma'schen Söldner vom Pferd. Ein zweiter Hieb tötete den am Boden Liegenden.

Pieter wollte sich auf sein Pferd schwingen, aber das stob davon und wieherte laut auf, als es von einer Lanze, die eigentlich für Pieter bestimmt gewesen war, in den hinteren Schenkel getroffen wurde. Überall wurde jetzt gekämpft. Zwei der Angreifer wurden durch Armbrustbolzen getroffen und aus den Sätteln gerissen. Aber die Verluste unter den Söldnern waren höher. Die Übermacht der Angreifer machte sich sehr schnell bemerkbar. Schwerter spalteten Schädel, Blut floss in Strömen, und Todesschreie gellten.

Pieter van Brugsma war alles andere als ein geübter Schwertkämpfer. Er trug die Waffe, um sich bei einem Angriff wehren zu können – und zur Zierde. Seine Ausbildung im Schwertkampf war nicht besonders intensiv gewesen, und Pieter hatte sich immer schon lieber den Geschäften gewidmet. Jetzt rächte sich das.

Er wirbelte das Schwert durch die Luft, verlor dabei fast das Gleichgewicht und spürte im nächsten Moment einen furchtbaren Schmerz an der Schulter. Die Klinge eines heranpreschenden Reiters hatte ihn gestreift. Blut rann über sein Wams. Er taumelte zu Boden, während die Pferdehufe dicht neben ihm die Erde aufwühlten. Die unbekannten Angreifer verstanden ihr Kriegshandwerk. Erbarmungslos schlachteten sie einen der van Brugsma'schen Söldner nach dem anderen ab. Einer, der sich auf seinen Gaul geschwungen hatte und davonpreschte, wurde durch einen Wurfdolch getroffen und rutschte aus dem Sattel.

Pieter rappelte sich auf. Er musste sich auf sein Schwert stützen, um wieder auf die Beine zu kommen.

Einer der Angreifer stieg vom Pferd, fasste seinen Beidhänder und näherte sich.

»Halt still, dann wird es kurz und schmerzlos für dich!«, knurrte er. Aber Pieter van Brugsma dachte gar nicht daran, so einfach aufzugeben. Auch er fasste sein Schwert, schwang es durch die Luft, taumelte dem Angreifer entgegen und versuchte, diesem einen Schlag zu versetzen.

Aber den wehrte der Mann mit dem Beidhänder mit Leichtigkeit ab. Pieter konnte die Klinge kaum festhalten, als Stahl auf Stahl schlug und Funken sprühten.

Der Angreifer holte zu einem Schlag aus, den Pieter nur mit allergrößter Mühe parieren konnte. Er schwankte. Mit dem nächsten Schwertstreich hieb der Angreifer ihm die Klinge aus der Hand, dann setzte er zum tödlichen Schlag an. Mit der Präzision eines Henkers schlug er Pieter von Brugsma den Kopf von den Schultern.

Sein Körper fiel der Länge nach auf den Boden, und sein Kopf rollte durch das feuchte Auengras, wobei sich ein Strom von Blut aus dem Halsstumpf ergoss.

»Schade um den Mantel«, sagte einer der anderen Angreifer vom Sattel herab. »Der hat Pelzbesatz.«

»Du hättest es ja machen können«, gab der Mann zurück, der Pieter van Brugsma geköpft hatte, während er den Beidhänder im Auengras abwischte.

Der Mann im Sattel warf einen letzten Blick auf den Mantel des Toten. »Welch eine Verschwendung.«

Herward von Ranneberg stand beinahe regungslos da. Keiner der Männer, mit denen er die vorigen Tage geritten war, lebte noch. Dem letzten Söldner wurde gerade mit dem Dolch der Garaus gemacht. Mit einem gurgelnden Laut ging es mit ihm zu Ende, und der Mörder bediente sich gleich an den Waffen des Getöteten.

Der Mann, der Pieter van Brugsma getötet hatte, schnürte sich den gereinigten Beidhänder auf den Rücken. Dann klemmte er die Daumen hinter die breiten Riemen, die sich über seiner Brust kreuzten. Es war deutlich zu sehen, dass ihm sowohl rechts als auch links jeweils der kleine Finger fehlte.

Er trat auf Herward zu. »Na, was schaut Ihr so bleich, mein Herr?«

»Ich hatte schon gedacht, dass du und deine Spießgesellen gar nicht mehr auftaucht«, gab Herward zurück.

»Auf mich ist Verlass«, sagte der Angesprochene. »Und auf meine Männer auch. Ihr wart es, der sich nicht so genau an den Weg gehalten hat – und an die abgemachte Zeit schon mal gar nicht!«

»Manche Dinge sind eben nicht vorhersehbar.«

»Ich weiß.«

»Pieter van Brugsma ist ein eigenwilliger Kerl oder besser: Er war es. Da konnte es schon mal sein, dass ihm plötzlich ein Weg einfiel, der angeblich sicherer war, obwohl er sich gerade in dieser Gegend nun wirklich nicht besonders gut auskannte.«

»Ihr habt noch etwas sehr Wichtiges vergessen«, mahnte der Mann mit dem Beidhänder und streckte eine seiner vierfingrigen Hände aus.

Herward von Ranneberg griff unter seinen Mantel und holte einen Beutel hervor, in dem es metallisch klimperte. Den warf er dem Vierfingrigen zu. »So, wie es abgemacht war«, sagte Herward. »Und wenn du nichts dagegen hast, dann kaufe ich dir jetzt noch eines eurer Pferde zu einem guten Preis und im Tausch gegen meinen Gaul ab, denn ich muss so schnell wie möglich nach Köln, ehe dort die Würfel gefallen sind.«

Zwölftes Kapitel

Herwards Rückkehr

Johanna kniete auf der harten Kirchenbank und sprach immer wieder ihre Gebete vor sich hin, so als wäre es dadurch möglich, den inneren Aufruhr zu zähmen, in dem sie sich nach wie vor befand.

»Der Herr wird Euch erhören, Johanna«, vernahm sie plötzlich eine Stimme hinter ihr. »So wie Ihr mich erhört habt!«

Es war Frederik, der ihr diese Worte ins Ohr wisperte. Ein Schauer durchlief sie.

»Dreht Euch nicht um, Johanna«, sagte die Stimme anschließend, noch ehe sie genau das getan hatte. »Nicht dass Ihr mir nachher vorwerft, ich hätte Euren Blick vom Herrn abgelenkt.«

»Verspottet mich und meinen Glauben nicht«, entgegnete Johanna. Aber sie stellte fest, dass sie Frederik nicht wirklich gram sein konnte. Es war ihr einfach nicht möglich, so gerne sie jetzt auch etwas mehr Zorn empfunden hätte, um ihm nicht gefühlsmäßig völlig ausgeliefert zu sein.

»Ich würde weder Euch noch Euren Glauben je verspotten«, behauptete Frederik.

»Und warum tut Ihr es dann gerade?«

»Ich bin einfach nur der Meinung, dass Gott nichts dagegen einzuwenden hat, wenn ein Mann eine Frau von ganzem Herzen liebt und sich wünscht, sie mit nach Hause zu führen …«

»Ach, Frederik …«

»Auch wenn ich zugeben muss, dass der letzte Teil dessen,

was ich gerade gesagt habe, im Moment nicht gerade leicht zu verwirklichen wäre, da die Besitzungen der Familie von Blekinge ein Raub des Dänenkönigs wurden und wir wohl nicht hoffen können, dass man uns auf absehbare Zeit wieder in unsere alten Rechte einsetzt.«

»Es ist nicht richtig, dass Ihr hier seid, Frederik.« Mit ihm auf so förmliche Weise zu reden erschien Johanna auch jetzt wieder lächerlich angesichts der Tatsache, wie nahe sie sich schon gewesen waren. Den Klang ihrer eigenen Stimme empfand sie daher als fremd.

»Ihr seid es, die sich entschieden hat, mich hier zu treffen. Ich bin nur hier, um in einem Gotteshaus zu beten, das die Erhabenheit des Herrn zumindest ansatzweise ahnen lässt. Da wo ich herkomme, ist eine Kirche so groß wie in manchem Patrizierhaus das beste Zimmer.«

»Ihr verdreht die Tatsachen, Frederik.«

»Und Ihr verdreht auch einiges. Ich kann jedenfalls nicht glauben, dass es wirklich Eure Bestimmung sein sollte, in den Mauern eines Klosters zu leben, abgeschieden von der Welt und nur dem Gedanken an das Höchste gewidmet.«

»Wie wollt Ihr wissen, was meine Bestimmung ist, Frederik?«

»Soll ich darauf wirklich antworten? Muss ich Euch wirklich noch einmal daran erinnern, was geschehen ist? Wenn Ihr das so schnell vergessen könnt – ich kann es nicht!«

»Wenn Ihr glaubt, dass ich das vergessen habe, dann irrt Ihr Euch aber gewaltig!«

»Ihr habt kein Gelübde abgelegt, Johanna. Und denkt einmal über folgenden Punkt nach: Wenn es wirklich Eure Bestimmung wäre, ins Kloster zu gehen, dann hättet Ihr das längst tun können.«

»Mein Vater ... Seinetwegen habe ich diese Entscheidung immer wieder verschoben, denn er braucht meine Hilfe!«

»Da belügt Ihr Euch selbst. Es gibt mehr als genug Schreiber, und Euer Vater hat gewiss die Mittel, davon so viele einzustellen, wie er braucht, um auf einem Hansetag die Interessen Lübecks zu vertreten oder mit irgendeinem Krämer einen Handel abzuschließen. Nein, Johanna, dafür benötigt er Euch nicht.«

»Wie könnt Ihr so etwas sagen?«

»Vielleicht hat Euer Vater viel eher erkannt, dass dies nicht Euer Weg ist, als Ihr selbst.«

»Väter wünschen sich Enkelkinder – aber für mich ist nur entscheidend, was der Herr wünscht.«

»Redet Euch das nicht länger ein, Johanna.«

Was Frederik sagte, klang so einfach und einleuchtend. Was wäre leichter gewesen, als seinem Drängen einfach nachzugeben? Und was ihren Vater betraf, der hätte wohl gar nichts dagegen einzuwenden gehabt, wenn sie ihren Entschluss für ein klösterliches Leben widerrufen hätte. Schließlich hatte der ja schon seinerseits einiges versucht, um sie zu überzeugen, den Weg, den sie sich vorgenommen hatte, nicht zu beschreiten.

»Ich werde jetzt hinausgehen und Euch in Ruhe mit Eurem Gott in Zwiesprache treten lassen«, sagte Frederik schließlich. »Beratet mit ihm, was Ihr tun wollt und welches Leben er für Euch bestimmt haben mag. Aber vergesst nicht, dass man dem Herrn auf mehr als eine Weise dienen kann und dass es keineswegs nur im Kloster möglich ist, ein frommes und gottgefälliges Leben zu führen.«

Mit diesen Worten verließ Frederik sie. Sie hörte seine Schritte im Domgewölbe verhallen und zwang sich dazu, sich auch jetzt nicht umzudrehen. *O Herr, schick mir ein Zeichen*, dachte sie. Aber hatte sie sich in Wahrheit nicht längst entschieden? Gab es etwas, was diese überaus starke Empfindung in ihr hätte dämpfen können? Sie fühlte dieses heftige Verlangen noch immer, und im Innersten ihres Herzens ahnte sie, dass es unstillbar war.

Frederik von Blekinge atmete tief durch, nachdem er den Dom verlassen hatte. Der Wahnsinn musste ihn geritten haben, sich auf diese Liebe einzulassen und gegen alle Vernunft daran festzuhalten, obwohl es doch augenscheinlich ziemlich aussichtslos war, Johanna von Dören von der Überzeugung abbringen zu können, ihr Leben im Kloster verbringen zu müssen.

Aber er wollte dieses Spiel einfach noch nicht aufgeben.

Ein Reiter kam in rasantem Galopp daher, der Hufschlag seines Pferdes klapperte laut auf dem harten Pflaster. Das Pferd dampfte förmlich und machte den Eindruck, einen sehr langen, harten Ritt hinter sich zu haben.

Der Reiter trug einen Mantel mit Pelzbesatz. Frederik sah ihm stirnrunzelnd entgegen, während der Ankömmling den Blick erwiderte und schließlich sein Pferd zügelte.

»Herward!«, rief Frederik. »Herward von Ranneberg! Auch wenn es schon ein paar Jahre her ist, dass wir uns in Helsingborg trafen, solltet Ihr Euch eigentlich an mich erinnern!«

Herward von Ranneberg stieg vom Pferd. »Natürlich erinnere ich mich an Euch! Ihr wart noch ein Jüngling, als Euer Vater und Ihr in unserem Kontor in Helsingborg zu Gast wart«, gab Herward zu.

»Ja, das war vor dem ersten Krieg, den Waldemar vom Zaun gebrochen und der meine Familie um ihren Besitz gebracht hat!«

»Wie geht es Eurem Vater?«

»Er starb am Fieber, nachdem wir ins Reich von König Albrecht nach Schweden fliehen mussten. Dass Waldemar unsere Besitzungen an getreue Schlächter aus seinem Heer verteilt hat, konnte er nie verwinden.«

»Das tut mir leid«, sagte Herward. »Ich habe Euren Vater immer geschätzt, und wir haben stets gute Geschäfte miteinander gemacht.«

»Euer Kontor in Helsingborg wird man sicher auch geschlossen haben.«

»Alle auswärtigen Kaufleute haben dort ihre Privilegien verloren. Aber vielleicht wird es gelingen, das Verlorene zurückzugewinnen.« Herward schnallte eine der Satteltaschen ab und hängte sie sich über die Schulter. Frederik bemerkte dunkle Flecken im Leder, deren Herkunft er erahnte: *getrocknetes Blut*.

Herward rief einen der Bettler herbei, die wie immer in der Umgebung des Doms zu finden waren. Der verwachsene Zwerg kam herbei, und Herward warf ihm eine Kupfermünze zu. »Pass auf mein Pferd auf, Zwerg!«, forderte er.

»Sehr wohl, Herr!«

Dann wandte sich Herward noch einmal zu Frederik um. »Was macht Ihr in Köln?«

»Ich bin mit Gustav Bjarnesson, dem Gesandten des Königs von Schweden, hier.«

»Seit wann?«

»Vorgestern haben wir Köln erreicht. Die Reise aus dem Norden war langwierig und schwierig. Und welchen Ritt habt Ihr hinter Euch?«

»Das erfahrt Ihr ein anderes Mal«, sagte Herward. Er wandte sich in Richtung des Doms und ging mit energischen Schritten voran. Dort stand Johanna. Wie lange sie bereits dort war und wie viel sie von dem Gespräch zwischen Frederik und Herward mitbekommen hatte, wusste keiner der beiden Männer. Herward bedachte Johanna nur mit einem kurzen Blick und ging dann an ihr vorbei.

»Wer war der Mann, mit dem Ihr Euch gerade unterhalten habt?«, fragte Johanna, als sie wenig später Frederik erreicht hatte. »Sein Gesicht kam mir irgendwie bekannt vor.«

»Das war Herward von Ranneberg«, erklärte Frederik. »Ein

einflussreicher Bürger aus Köln und jemand, dessen Familie wohl ebenfalls viel durch Waldemars letzten Krieg verloren hat. Er hat früher Schafwolle in Schonen und in Blekinge eingekauft, unter anderem auch von den Ländereien unserer Familie. Deswegen hatte er mit meinem Vater zu tun.«

»Herward von Ranneberg?«, entfuhr es Johanna.

Herwards Pferd wieherte, und der Zwerg, der es bei den Zügeln hielt, hatte Mühe, es ruhig zu halten.

»Ihr braucht den Namen nicht gleich so laut zu schreien, dass das Pferd des edlen Herrn erschrickt«, meinte Frederik.

Da das Tier immer noch unruhig war, ging Frederik auf es zu und fasste es bei den Nüstern, wodurch es sich schnell beruhigte.

»Danke, Herr«, sagte der Zwerg.

Frederik betrachtete stirnrunzelnd das Tier, strich ihm über das Fell. »Da sind ein paar kleinere Verletzungen und ein frisch verschorfter Ritz. Herward scheint geradewegs einer Schlacht entkommen zu sein. Ich kenne solche Verletzungen bei Pferden.«

»Herward von Ranneberg ist einer der Männer, die Pieter van Brugsma auf seiner Mission begleitetet haben«, mischte sich Johanna ein. »Wir warten jeden Tag auf seine Ankunft und darauf, dass die Hochzeit mit meiner Schwester stattfinden kann.«

»Von der Mission des Pieter van Brugsma haben wir bei den Beratungen des Hansetages gehört«, gab Frederik zurück, während er das Pferd noch etwas eingehender untersuchte und weitere frisch verheilte Wunden fand. Nichts, was in irgendeiner Weise lebensbedrohlich für das Tier gewesen wäre oder auch nur seine Einsatzfähigkeit gefährdet hätte, aber sicher schmerzhaft genug, die Schreckhaftigkeit des Tieres zu begründen.

»Es wundert mich, dass Herward von Ranneberg allein nach Köln zurückgekehrt ist«, meinte Johanna. »Ich muss ihn unbedingt danach fragen.«

Sie drehte sich um und ging zurück zum Dom.

Frederik folgte ihr. »Das interessiert mich ebenfalls.«

»Seid Ihr Euch sicher, dass Ihr mir wirklich aus diesem Grund folgt?«

»Nun, daraus, dass Eure Gesellschaft mir angenehm ist, habe ich ja nie einen Hehl gemacht, Johanna.«

»Tut mir nur den einen Gefallen und verführt mich nicht noch einmal zwischen den Mauern dieses heiligen Hauses!«

»Jeder andere Ort wäre mir ebenfalls recht«, gab Frederik zurück.

Als sie wieder im Dom waren, sahen sie sich in der Weite des Gewölbes nach Herward von Ranneberg um, doch er war nirgends zu sehen.

»Er muss hier sein«, meinte Johanna.

»Ihn laut zu rufen wäre wohl kaum angemessen«, gab Frederik zu bedenken. »Möglicherweise ist er hier, um zu beichten, und spricht gerade mit einem Priester über die Sünde, die er während seiner Reise beging.«

»Solltet Ihr ein ähnliches Bedürfnis haben – nur zu, Frederik.«

»Habt Ihr Eure Sünden der letzten Zeit denn schon gebeichtet?«

Johanna ließ diese Frage unbeantwortet. Stattdessen sagte sie: »Ich erinnere mich jetzt, wo ich Herward schon einmal gesehen habe. Er muss auf der Durchreise aus dem Norden im Haus meines Vaters in Lübeck gewesen sein. Ich war damals erst zehn.«

»Er wird Euch nach der langen Zeit kaum wiedererkannt haben!«

»Wie viele, die das Haus meines Vaters besuchten, wurde ich ihm als das Kind vorgestellt, das die Pest überlebt hat. So etwas will jeder mit eigenen Augen sehen. Aber Ihr habt recht, ich war noch ein Kind und habe mich gewiss in dieser Zeit stark verändert.«

»Es wird sicher eine gute Erklärung dafür geben, dass Herward ohne Pieter van Brugsma zurückgekehrt ist«, glaubte Frederik.

»Vielleicht ist Pieter noch in einer der Städte, deren Unterstützung strittig ist, zurückgeblieben, um doch noch etwas zu unseren Gunsten zu erreichen, und Herward ist vorausgeritten, um zu berichten, wie die Dinge stehen.«

»So könnte es sein. Aber darüber wird er sicherlich einen Bericht abgeben – spätestens morgen, wenn wir uns alle wieder im Rathaus treffen.«

»Trotzdem wundert es mich.«

»Was?«

»Dass Pieter seine eigene Hochzeit offenbar nicht ganz so wichtig zu sein scheint.«

»Darum wird es wichtige Gründe dafür geben, dass Herward allein zurückgekehrt ist. Nur werdet Ihr diese hier und heute nicht mehr erfahren, denn von Herward ist hier nirgends eine Spur. Und ich bin mir nicht sicher, ob Ihr darauf Wert legt, diesen Pater Martinus danach zu fragen, wo sich zwischen all den Säulen, Nebenräumen, Sakristeien, Chören, Türmen oder sonst wo in diesem unendlich großen Gemäuer ein gewisser Herward von Ranneberg verborgen halten könnte!«

Johanna sah ihn an. »Ihr habt recht«, bekannte sie dann.

»Und wenn Herward von Ranneberg Eurem zukünftigen Schwager und damit Eurer ganzen Familie tatsächlich so nahesteht, wie Ihr meint, dann wird Euer Vater ganz sicher zu den Ersten gehören, die über die neuen Entwicklungen unterrichtet werden.«

Johanna seufzte. »Auch das leuchtet mir ein.«

»Euch gegenüber dürfte sich Herward allerdings wohl kaum offenbaren, auch wenn Ihr ihn jetzt zur Rede stellt. Schließlich seid Ihr für ihn nur das Kind von Moritz von Dören.«

»So mag es wohl sein.«

»So werden wir hier nichts erfahren.«

Ein Mönch stand im Schatten einer Säule. Wie lange er dort schon wartete und sie beide anstarrte, konnte Johanna nicht sagen. Sie hatte ihn zuvor nicht bemerkt.

»Wir sollten jetzt gehen«, flüsterte Johanna kaum hörbar. Der starre Blick des Mönchs sorgte für ein unbehagliches Gefühl in der Magengegend.

Als sie wieder ins Freie traten, passte der Zwerg noch immer treu und zuverlässig auf Herwards Pferd auf.

Frederik wollte sich noch einmal die Wunden des Tieres ansehen, aber der Zwerg trat ihm energisch entgegen, als der Schwede auf das Pferd zutrat.

»Niemand nähert sich diesem Pferd! Auch Ihr nicht! Oder Ihr bekommt es mit mir zu tun!«

»Du nimmst deinen Auftrag ja ziemlich ernst«, staunte Frederik, der mit diesem Widerstand nicht gerechnet hatte.

»Ich würde Euch nicht anraten, mich auf die Probe zu stellen. Jeder weiß, dass Rumold der Zwerg sein Wort hält.«

»Daran will auch niemand zweifeln«, versuchte Frederik, ihn zu beschwichtigen. »Ich verstehe nur auch einiges von Pferden, und ich sehe da ein paar Wunden am Leib dieses Tieres, die ...«

»Zurück!«, warnte der Zwerg noch einmal. Während er die Zügel des Pferdes mit der Linken hielt, zog er ein Messer unter der Kleidung hervor.

Frederik hob die Hände.

»Ich würde es nicht wagen, Streit mit dir anzufangen«, sagte er.

»Und das würde ich Euch auch nicht raten!«, gab der Zwerg grimmig zurück.

Frederik und Johanna gingen weiter. »Eigentlich hätte er sich doch daran erinnern müssen, dass ich mich mit Herward unterhalten und anschließend das Pferd beruhigt habe«, meinte Frederik.

»Das würde wohl keine Rolle spielen.«

»Ach, nein?«

»Ich bin schon etwas länger hier in Köln als Ihr.«

»Das mag sein.«

»Und Rumold der Zwerg ist bekannt dafür, die Pferde und anderes, worauf er gegen bare Münze aufpasst, so kompromisslos zu verteidigen, dass besser niemand versuchen sollte, sich daran zu vergreifen.«

»Wie man sieht, kennt Ihr die Verhältnisse hier in Köln anscheinend wirklich sehr viel besser als ich.«

»Was hat Euch so an diesem Gaul interessiert, Frederik?«

»Ich glaube, dass es einen Kampf hinter sich hatte. Vielleicht sogar mehrere, denn da waren, glaube ich, auch noch ältere Narben.«

»Was wollt Ihr damit sagen?«

Frederik hob die Schultern. »Nichts. Ich sage Euch nur, was ich gesehen habe. Herward scheint einen ereignisreichen Ritt hinter sich zu haben …«

»Oder er hat einfach irgendeinem Kriegsknecht oder Söldner das Pferd abgekauft. Schließlich wäre es nicht ungewöhnlich, auf ausgedehnten Reisen, wie Herward sie zweifellos hinter sich hat, mal das Pferd zu wechseln. Und wie ich aus eigener Erfahrung durch unsere Reise von Lübeck hierher nach Köln weiß, kann man da nicht immer wählerisch sein.«

»Das wäre natürlich auch eine Erklärung«, gab Frederik zu.

Johanna drehte sich kurz um und sagte dann: »Lasst uns etwas schneller gehen, damit wir nicht dauernd im Blickfeld dieses Zwergs sind. Der hat uns bereits so eigenartig angestarrt, als wir …« Sie schluckte nur und errötete leicht.

»Ich glaube kaum, dass er Euch da Eure Sünde im Gesicht ablesen konnte«, lächelte Frederik. »Oder hat dieser Zwerg auch noch seherische Fähigkeiten?«

»Er liest so viel aus den Dingen heraus, als hätte er diese Fähigkeit.«

Sie bogen in eine schmale Nebenstraße ein. Der Zwerg konnte sie jetzt nicht mehr sehen, worüber Johanna sehr erleichtert war. *Und wieder bist du in Begleitung dieses Mannes auf Abwege geraten,* dachte sie. Hier ging es jedenfalls nicht auf geradem Weg zu ihrer Herberge. Aber der Gedanke daran verflog sofort wieder. Sie genoss plötzlich die Gegenwart dieses Mannes, der ihr vom ersten Moment an, da sie sich begegnet waren, so überaus gut gefallen hatte. Sie konnte sich nicht daran erinnern, dass jemand schon einmal einen vergleichbar starken Eindruck auf sie gemacht hatte. Und irgendwie hatte sie das Gefühl, dass es jetzt richtig war, mit ihm zu gehen – wo auch immer dieser Weg enden mochte.

»Erzählt mir von Euch«, verlangte sie. »Ich möchte alles über Euch erfahren. Ist es da, wo Ihr herkommt, wirklich so viel kälter? Und stimmt es, dass im Winter die Nächte und im Sommer die Tage nie aufhören?«

»Wenn man noch ein ganzes Stück weiter in den Norden reist, dann ist es so, wie Ihr es beschreibt, aber nicht in Blekinge und Schonen. Und auch nicht in den Provinzen, die daran angrenzen.«

»Hat die Pest in diesen Landen auch so furchtbar gewütet, wie sie es bei uns in Lübeck getan hat?«

»Diese Geißel hat ganze Landstriche entvölkert, und sie kehrte innerhalb weniger Jahre immer wieder zurück – wie ein Todesengel, der einfach nicht weichen wollte. Zeitweilig verwilderten die Schafe, weil niemand mehr da war, der sie gehütet hätte. Es gibt leere Landstriche, in denen niemand mehr wohnt und in denen man inzwischen Siedler aus Friesland und Holland anzusiedeln versucht. Eine Schwester und einen Bruder habe ich durch die Krankheit verloren, und ich danke dem Herrn, dass mich die Seuche nie befallen hat.«

»Glaubt Ihr, dass die Pestilenz ein Gericht Gottes über die Menschen ist?«

»Von diesen Dingen weiß ich nichts«, bekannte Frederik. »Da solltet Ihr besser einen Priester fragen, wenn Ihr dazu Näheres wissen wollt.«

»Diese Frage beschäftigt mich, seit ich selbst an dieser Krankheit litt und gegen alle Wahrscheinlichkeit davon genas. Und Ihr könnt mir glauben, ich habe jeden gefragt, von dem ich mir eine Antwort erwartet habe.«

»Und? Was für Antworten habt Ihr erhalten?«

»Nichts, was mir auch nur im Ansatz weitergeholfen hätte«, bekannte Johanna. »Die Priester scheinen mir so ratlos zu sein wie jeder andere, was das betrifft.«

»Ist das ein Grund dafür, dass Ihr so unbedingt Euer Leben in einem Kloster verbringen wollt?«, fragte Frederik.

»Wie meint Ihr das?«

»Vielleicht erwartet Ihr Antworten auf Eure Fragen durch das Studium der Schrift. Oder Ihr hofft, dass diese schreckliche Bedrohung, die Euer Leben beinahe ausgelöscht hatte, Euch hinter Klostermauern nicht noch einmal erreichen kann.«

»Nein, diese Hoffnung wäre trügerisch. Zu viele Mönche und Nonnen hat die Pest schon dahingerafft. Sie lagen mit den anderen auf den Leichenkarren, und es schien überhaupt keinen Unterschied gemacht zu haben, dass sie ein frommes Leben geführt hatten, während den anderen die Gebote des Herrn gleichgültig gewesen waren.«

Dreizehntes Kapitel

Eine Nacht im Stall

Am Ende der Gasse befand sich ein Mietstall. Das Wiehern eines Pferdes war zu hören, ein anderes schnaubte. Die Ställe waren während eines Hansetages ebenso überbelegt wie die Herbergen – und in vielen von ihnen waren nicht nur Pferde einquartiert.

»Darf ich Euch die Residenz des Gesandten von König Albrecht zeigen?«, lächelte Frederik und machte eine ausholende Bewegung. »Auch wenn im Augenblick von unserer Delegation nur die vierbeinigen Mitglieder zugegen sind, denn alle, die auf zwei Beinen zu stehen vermögen, haben sich vermutlich längst in eine der zahlreichen Schenken begeben, die in Köln die Gassen säumen.«

»Ich nehme an, dass man in Euren Landen weit laufen muss, um etwas Vergleichbares zu finden«, meinte Johanna.

»Ihr sagt es. Und da braut man sich sein Bier am besten selbst, ehe man sich auf eine Reise mit ungewissem Ausgang begibt.«

Sie sahen sich an, und Johanna spürte wieder dieses drängende Verlangen, dem sie bereits im Dom so schamlos nachgegeben hatte. Sie hätte sich am liebsten sofort an ihn gedrängt, seine Nähe gespürt, den Schlag seines Herzens gefühlt und sich erneut einem Sturm purer Leidenschaft ergeben. Aber wozu führte das alles? Nur dazu, dass es ihr noch schwerer fallen würde, den Weg zu Ende zu gehen, den sie sich vorgenommen hatte. *Es ist wie mit diesem verlockend süßen Marzipan,* dachte sie. *Mit jedem Bissen, den man davon kostet, wird das Verlangen nur größer, und es verwundert nicht, dass manch ein Vermögender bereit ist, jeden Preis dafür zu zahlen.*

Frederik nahm vorsichtig ihre Hand.

»Kommt«, sagte er. »Ich kann Euch keine wohlausgestattete Stube bieten, wie Ihr sie vielleicht gewohnt seid.«

»Das Zimmer, das ich mir zurzeit mit meiner Schwester teile, ist alles andere als wohlausgestattet«, entgegnete Johanna. »Und davon abgesehen ...«

»... solltet Ihr einfach Euren Sinnen und Eurem Herzen folgen. Denn beides hat Euch ebenfalls der Herr gegeben – nicht nur den Verstand, mit dem Ihr andauernd jede Regung in Euch in Zweifel zieht und dahinter einen Hang zur Sünde oder dergleichen vermutet.«

»Ich weiß nicht, ob ich das tun sollte.«

»Doch, das wisst Ihr, Johanna. Im Grunde Eures Herzens wisst Ihr das, und der Herr im Himmel, der alles sieht, weiß es auch und wird Euch nicht dafür verurteilen, dass Ihr nur das tut, was alle Menschen tun.«

»Ich bin aber nicht wie *alle Menschen*.«

»Seht Ihr: Genau das ist Euer Irrtum. Natürlich seid Ihr wie alle Menschen und folgt denselben Bedürfnissen, demselben Drängen, habt dieselben Ängste und dieselbe Sehnsucht nach Glück und Vollkommenheit. Aber das ist kein Grund, sich zu schämen.«

»Ich schäme mich nicht.«

»Wenn Gott es richtig gefunden hätte, Euch durch die Pest sterben zu lassen, dann hätte er es getan.«

»Sein Wille geschehe ...«

»Da er es nicht tat und Euch überleben ließ, wird es einen Grund dafür gegeben haben. Aber wer sind wir – wer seid Ihr, Johanna? –, dass Ihr Euch anmaßt, diesen Grund erfahren zu wollen. All Eure Grübelei und auch die heiligen Texte werden Euch da keinen Ratschluss geben, denn die Wege des Herrn bleiben unergründlich.«

»Ja, das mag wohl sein ...«

»Sosehr Ihr Euch auch um Erkenntnis bemüht: Bislang gibt es niemanden, keinen Menschen und nicht einmal den Papst in Rom, von dem ich wüsste, dass er diese absolute Erkenntnis für sich beanspruchen könnte. Und da wollt Ihr so vermessen sein und sie für Euch beanspruchen?«

»Es ist alles so verwirrend. Ich möchte einfach nur tun, was richtig ist. Das ist alles.«

Frederik hielt noch immer ihre Hand, und Johanna hatte bisher keinerlei Anstalten gemacht, sie ihm wieder zu entziehen. Dass sie auf einer öffentlichen Straße standen und sie jeder sehen konnte, der vorbeikam, schien ihr nicht wichtig zu sein.

Frederik führte sie zu den Stallungen, in denen die schwedische Delegation untergekommen war. Knarrend öffnete er die Tür, die ins Innere führte. Die Wände waren aus Holz. Hier und da drang Licht durch Astlöcher. Die Schweden kampierten offenbar im Stroh, weshalb der Stallbesitzer einige zusätzliche Ballen herbeigebracht hatte.

Ein Junge von ungefähr zwölf Jahren kam aus dem Bereich der Stallungen heraus, in dem die Pferde untergebracht waren.

»Alle Tiere sind versorgt«, wandte er sich an Frederik, den er zu kennen schien. »Sie haben Wasser und Futter.«

»Sehr gut, Kuntz«, sagte Frederik und gab dem Jungen ein paar Münzen. Der schaute ziemlich ungläubig drein.

»Das ist mehr, als ...«

»Das ist nicht alles für dich.«

»Nicht?«

»Einer der Sattelriemen ist kurz davor zu reißen. Ich wette, du weißt, wo man Ersatz dafür besorgen kann.«

»Ja, sicher, Herr.«

»Den Rest kannst du behalten.«

»Und Ihr meint, ich kann den Stall einfach allein lassen?«

»Ich bin ja hier, Kuntz. Und ich nehme an, dass dein Herr erst zurückkehrt, wenn Mitternacht lange vorbei ist – vorausgesetzt, er kann dann noch allein nach Hause laufen!«

Das schien Kuntz zu überzeugen. »Ich werde gleich loslaufen«, versprach er. Frederik sah ihm kurz nach, bis er den Stall verlassen hatte. Die Tür knarzte, die leichten, schnellen Schritte des Jungen waren noch kurz zu hören.

Johanna schluckte, als Frederik sie nun ansah. *Warum nicht?*, dachte sie. *Wie oft trifft man einen Menschen, dessen Seele einem so sehr verwandt ist?*

Alle zweifelnden Gedanken verscheuchte Johanna. Was jetzt zählte, war nur der Moment, nichts sonst. Und auch wenn sie ahnte, dass sie sich später große Vorwürfe machen würde, so schien ihr das jetzt nicht so bedeutungsvoll, dass es sie davon abgebracht hätte, diesen Augenblick zu genießen.

Frederik trat auf sie zu, strich ihr zärtlich eine verirrte Strähne aus dem Gesicht. Seine Nähe war kaum zu ertragen, so groß war die Anziehungskraft zwischen ihnen. Diese Empfindung war von beinahe schmerzhafter Intensität. Ihr Blick verschmolz mit dem seinen, ein wohliger Schauder durchlief ihren Körper. Frederik löste die Spange ihres Umhangs, der daraufhin zu Boden glitt und sich wie von allein über das Stroh legte, als wollte er von sich aus ein Lager für sie beide bereiten.

Johanna konnte nun einfach nicht mehr an sich halten. Sie schlang beide Arme um Frederiks Hals und zog ihn an sich. Ihre Lippen fanden sich zu einem leidenschaftlichen Kuss. Seine Hände tasteten über ihre Schultern, ihren Rücken, dann tiefer.

»Soll ich auch jetzt noch so förmlich mit Euch reden?«, wisperte er ihr ins Ohr.

»Hat das nicht auch seinen Reiz?«, flüsterte sie zurück. »Oder redetet Ihr mit mir doch lieber wie mit einem Kutscher oder wie …?« Sie konnte nicht weitersprechen, denn seine Lippen verschlossen ihren Mund. Sie sanken zu Boden.

Er löste die Verschlüsse ihres Kleides, das ihr wenig später über die Schultern rutschte. Immer wieder küssten sie sich, während sie sich gegenseitig von weiteren Kleidungsstücken befreiten. Als er dann zwischen ihre Beine glitt und sie sich vereinigten, geschah das trotz aller Leidenschaft weit weniger hastig und übereilt als beim ersten Mal. Aber hier war auch nicht mit einer Störung zu rechnen, und davon abgesehen herrschte zwischen ihnen mittlerweile eine sehr viel größere Vertrautheit. Johanna spürte Frederik in sich, fühlte seinen Atem, seine Haut, seine Hände, die die Linien ihres Körpers voller Zärtlichkeit nachzeichneten. Sie wälzten sich auf ihrem provisorischen Lager, und ihr Atem beschleunigte sich in einem gemeinsamen Rhythmus.

Als ihrer beider Lust einen stürmischen Höhepunkt erlebte, krallten sich ihre Hände an ihm fest. Und ihr ging ein Gedanke durch den Kopf, der sie später noch vor Scham erröten ließ, wenn sie sich daran erinnerte: *Wenn ich dafür in der Hölle ende, dann soll es mir recht sein!*

»Wann wirst du deinem Vater erzählen, was wir vorhaben?«, fragte Frederik später, als sie in seinen Armen lag, an ihn geschmiegt und vollkommen erschöpft. So erschöpft, dass sie an nichts hatte denken können, auch nicht an ihre sonst allgegenwärtigen Zweifel und Gewissensbisse. Nichts mehr zu denken und nur noch zu fühlen – das war vielleicht genau das Richtige in dieser Situation. Aber jetzt rissen seine Worte sie zurück in die Wirklichkeit.

Zuerst nahm sie nur den Klang seiner Stimme wahr. Sie empfand ihn wie Musik. Eine Abfolge angenehmer Töne, bei der es gar nicht darauf ankam, was eigentlich gesagt wurde. Es dauerte etwas, bis die Bedeutung der Wörter in ihr Bewusstsein drang. Zunächst glaubte sie, sich verhört zu haben.

»Mein Vater?«, fragte sie ungläubig.

»Wenn du denkst, dass er sich davor fürchtet, eventuell recht plötzlich und unerwartet eine zweite Hochzeit ausrichten zu müssen, so kannst du ihn beruhigen! Bei uns in Blekinge werden Feste sehr viel bescheidener gefeiert, als das hier wohl der Fall ist. Und davon abgesehen ...«

»Frederik, du denkst bereits über Schritte nach, die jetzt noch gar nicht anstehen.«

»Ach, nein? Ich finde schon.«

»So einfach ist das nicht!«

»Ich wüsste nicht, was daran kompliziert sein soll! Wir sind uns zugetan, und ich kann kaum einen Augenblick verstreichen lassen, ohne an dich zu denken. Und da ich mir sicher bin, dass diese Empfindungen alles andere als einseitig sind, ist mein Vorschlag doch wohl die natürlichste Sache der Welt!«

Hat er nicht recht?, ging es Johanna durch den Kopf. Aber ganz so einfach erschien es ihr dann doch nicht. Sollte sie wirklich alles, woran sie bisher geglaubt hatte, einfach hinter sich lassen? Alle Pläne über Bord werfen, die sie sich für ihre Zukunft gemacht hatte, nur um dieser plötzlich aufgeflammten Leidenschaft nachzugeben?

»Du hast recht«, sagte sie schließlich. »In vielem jedenfalls.«

»Na, also! Dann wüsste ich keinen Grund, deinem Vater nicht reinen Wein einzuschenken.«

»Ihm würde es wahrscheinlich sogar gefallen«, meinte Johanna. »Er hat nichts unversucht gelassen, mich von meinem Entschluss, ins Kloster zu gehen, abzubringen, auch wenn dabei vielleicht auch ein paar eigennützige Motive eine Rolle spielten.«

Frederik lächelte. »Dein Vater wäre gewiss ein schlechter Kaufmann, wenn er nicht auch seinen eigenen Nutzen sehen würde. Er weiß, was er an dir verliert, wenn du das Gelübde ablegst und hinter Klostermauern verschwindest!«

»Du tust gerade so, als ob mein Leben dann zu Ende wäre.«

»Ja, so könnte man das sagen.«

»Hast du auch mal darüber nachgedacht, dass ich darin bis jetzt die Erfüllung meines Traums gesehen habe?«

»Immerhin sprichst du auf eine Weise davon, die deutlich macht, dass du erkannt hast, dass all das nun Vergangenheit ist.«

»Nicht so schnell!«, wehrte Johanna ab. »Ich muss darüber erst gründlich nachdenken.«

»Das hast du längst. Und solange wir darüber geredet haben, konnte ich kein Argument aus deinem Mund hören, das dagegengesprochen hätte, dass wir Mann und Frau werden, wie es uns offenbar bestimmt ist!«

»Trotzdem. Selbst wenn es so ist, wie du sagst, will ich alles genau durchdenken.« Sie strich mit der Hand zärtlich über sein Kinn, dann tiefer über seinen Oberkörper und setzte schließlich noch hinzu: »Und das Nachdenken fällt mir einfach sehr schwer, solange du in meiner Nähe bist, ich deinen Atem spüre und dein Körper einen Duft verströmt, der mir schier die Sinne raubt.«

Frederik streichelte ihr Haar und atmete tief durch. »Dann werde ich es doch wohl so handhaben müssen, wie ich es ursprünglich beabsichtigt hatte.«

»Was meinst du damit?«

»Dass ich mich an deinen Vater wende und die Angelegenheit mit ihm bespreche.«

»Das wirst du nicht tun! Nicht, bevor ich mit ihm darüber geredet habe jedenfalls.«

»Und wann wird das sein?«

»Bald. Wenn ich mir im Klaren bin.«

»Lass mich nicht zu lange auf deine Antwort warten, Johanna«, verlangte er.

Vierzehntes Kapitel

Eine Verschwörung

Flackerndes Kerzenlicht erhellte die kleine Sakristei. Herward von Ranneberg wirkte ungeduldig.

»Habt Ihr die Kunst des Lesens verlernt, Pater Martinus, oder weshalb braucht Ihr so lange, um die Dokumente zu prüfen, die ich Euch vorgelegt habe?«

Der Pater hatte die Pergamente, die Herward zuvor aus einer blutbefleckten Satteltasche herausgenommen hatte, über einem leeren Taufbecken ausgebreitet und geglättet.

»Sehr interessant«, murmelte er. »Pieter van Brugsma hatte offenbar erhebliches Verhandlungsgeschick, wenn er den niederländischen und flandrischen Städten die Bereitschaft entlocken konnte, derart hohe Summen bereitzustellen.«

»Wenn das bekannt wird, könnte es die Entscheidung auf dem Hansetag beeinflussen«, stellte Herward von Ranneberg fest.

Pater Martinus hob die Augenbrauen. »Ihr habt vorhin erwähnt, dass Pieter van Brugsma Köln nicht mehr erreichen wird.«

»Ja.«

»Da seid Ihr ganz sicher?«

»Vollkommen«, antwortete Herward.

»Dennoch werdet Ihr diese Dokumente nicht einfach unter den Tisch fallen lassen können«, gab Pater Martinus zu bedenken. »Schon deswegen, weil es Duplikate davon in Amsterdam oder Brügge geben wird – oder wo der werte Herr van Brugsma sonst noch verhandelt haben mag!«

»Auch da habt Ihr recht.«

»Ebenso werdet Ihr den versammelten Ratssendboten kaum weismachen können, dass die Verhandlungen, die Pieter der Jüngere führte, vollkommen erfolglos gewesen sind – zumal die Kunde vom Gegenteil sicher auch noch auf anderen Wegen nach Köln gelangen wird.«

»Aber man könnte die Summen vielleicht etwas vermindern«, sagte Herward. »Ehe sich der Irrtum herausstellt, sollte sich längst die Meinung verbreitet haben, dass der Krieg gegen Waldemar viel zu teuer und damit undurchführbar ist.«

»Das wäre eine Möglichkeit. Aber Ihr spielt mit dem Feuer.«

»Ihr seid doch erfahren in solchen Dingen, Pater Martinus. Die Pergamente sollen ja nicht so aussehen, als hätte sich ein plumper Fälscher daran zu schaffen gemacht.«

Der Pater hob die Augenbrauen und musterte Herward von Ranneberg nachdenklich. Sein hageres Gesicht blieb dabei vollkommen undurchdringlich.

»Und Ihr glaubt wirklich, dass man sich auf die Zusagen von Waldemars Unterhändler verlassen kann?«, fragte er zweifelnd.

»Ihnen zu vertrauen scheint mir eine vielversprechendere Möglichkeit zu sein, mein Eigentum in Helsingborg zurückzuerhalten und darüber hinaus vielleicht sogar noch ein paar interessante Privilegien und Handelsrechte einzusacken.« Ein schiefes Lächeln erschien in Herwards Gesicht. »Das Domkapitel dürfte doch auch Interesse daran haben, dass der Stockfisch zu Ostern nicht mehr so knapp und teuer ist wie bisher ...«

»Gewiss.«

»Und auch in Lübeck gibt es so manchen, der sich durch Brun Warendorp und Moritz von Dören keineswegs gut vertreten sieht! Vernünftige Kauffahrer, die sich lieber heute als morgen mit Waldemar einigen und die hanseatische Großmannssucht gerne vergessen würden, wenn sich daraus die Aussicht auf interessante Geschäfte ergäbe.«

»Da Ihr gerade die lübischen Ratsgesandten erwähnt habt ...«

»Ja?«

»Ich habe die Lage inzwischen mit Bruder Emmerhart besprochen. Er steht auf unserer Seite.«

»Das ist gut zu wissen«, sagte Herward, und sein Lächeln wurde dabei breit und zufrieden.

»Es wird vielen nicht gefallen, dass die Hochzeit zwischen Pieter van Brugsma und Grete von Dören nun doch nicht stattfinden wird. Zwei der mächtigsten Handelshäuser wären dadurch eng miteinander verbunden worden, und es hätte ein starkes Band zwischen Lübeck und Antwerpen daraus erwachsen können.«

»Wie gut, dass es nun nicht dazu kommen wird.«

Pater Martinus strich eines der Pergamente glatt, hielt es dann in die Höhe und betrachtete es genauer im Schein der flackernden Kerzen. »Die Aufgabe, die Ihr mir gestellt habt, wird leicht zu erfüllen sein. Vor dem Morgengrauen habt Ihr die Dokumente zurück.«

»Gut«, nickte Herward zufrieden.

Pater Martinus deutete auf die Tasche. »Ihr werdet den versammelten Vertretern des Hansetages einen überzeugenden Bericht über die Geschehnisse geben müssen, die Euch in den Besitz dieser Satteltasche brachten, Herward.«

»Da macht Euch mal keine Sorgen, Pater Martinus.«

»Und davon abgesehen werdet Ihr einen Sündenbock brauchen, auf den Ihr die Schuld abladen könnt, für die Ihr hoffentlich noch in der Beichte nach Vergebung suchen werdet.«

»Ich wasche meine Hände in Unschuld«, sagte Herward.

»Ja sicher.«

»Ihr wisst, dass ich nie jemandem etwas zuleide tun würde.«
»Nicht eigenhändig, das mag sein.«
»Ich danke Euch jedenfalls für den Hinweis.«

Fünfzehntes Kapitel

Träume sind Zeichen

Es war spät, als Johanna zum Gasthaus »Großer Hahn« zurückkehrte. So leise wie möglich schlich sie sich in das Zimmer, das sie sich mit ihrer Schwester teilte.

»Wo warst du?«, flüsterte Grete plötzlich. Offenbar hatte sie nur leicht geschlafen.

»Du weißt es doch. Ich war im Dom.«

»So lange betet noch nicht einmal jemand wie du!«

»Ach Grete …«

»Wir haben uns Sorgen gemacht, und ich habe Vater gesagt, dass du dich schon auf das Zimmer zurückgezogen hast, um früh schlafen zu gehen.«

»Wieso hast du das gesagt?«

»Wäre es dir denn lieber gewesen, man hätte dich gesucht?«

Johanna schluckte und begann, sich für die letzten Stunden dieser Nacht fertig zu machen. Ihre Kleidung war ziemlich derangiert. Sie hatte alles in großer Hast wieder angelegt, nachdem sie schließlich aus einem kurzen, aber sehr tiefen Schlaf an Frederiks Seite erwacht war – gerade noch rechtzeitig vor der Rückkehr der lärmenden und von reichlich Bier und Wein angetrunkenen Männer aus der Gesandtschaft des schwedischen Königs. Frederik hatte sie anschließend bis zum »Großen Hahn« begleitet, in dem längst alles schlief.

»Hast du mir nicht mehr zu berichten?«, fragte Grete, nachdem ihre Schwester auch dann noch schwieg, als sie sich das

Nachthemd übergeworfen, sich ins Bett begeben und die Decke bis zum Kinn hochgezogen hatte.

»Was sollte ich dir denn berichten?«, fragte Johanna wispernd. »Vom Gesang der Mönche? Von dem flackernden Kerzenschein an den Wänden des Domgewölbes?«

»Du machst dich nur über mich lustig.«

»Verzeih mir, das war nicht meine Absicht.«

»Wie kann man denn so lange beten? Oder hast du eine dermaßen lange Beichte abgelegt, wie ein schlimmer Sünder am Tag des Jüngsten Gerichts?«

»Das geht dich nichts an!«

»Ah, dann hatte ich also recht! Du machst mich immer neugieriger!«

»Gute Nacht. Ich bin so müde, dass ich wahrscheinlich gar nicht mehr klar zu reden vermag!«

Johanna fiel in einen sehr unruhigen Schlaf und wurde von wirren Träumen heimgesucht. Sie war wieder ein kleines Mädchen, das von jener schrecklichen Krankheit befallen worden war, deren hinter vorgehaltener Hand geflüsterter Name einem Todesurteil gleichkam. Sie sah das entsetzte Gesicht ihres Vaters vor sich und das ihrer Mutter, die bereits schwer von der Krankheit gezeichnet war. Und sie blickte auf die Schnabelmaske des Pestdoktors, von dem sie keine Hilfe erwarten konnte. Bruder Emmerhart hätte ihr schon vor Tagen die Letzte Ölung geben sollen, aber der Priester war nicht auffindbar gewesen.

Ich darf nicht sterben, ohne die Letzte Ölung erhalten zu haben! Dieser Gedanke beherrschte sie. Aber auch an den nachfolgenden Tagen war es Moritz von Dören nicht gelungen, einen geweihten Priester aufzutreiben, der das Sakrament hätte spenden können. Manche waren geflohen, so hieß es. Aber die allermeisten Priester hatten ihre Pflicht am Nächsten erfüllt, hatten unzählige Sterbende dabei berührt und waren schließlich selbst von der Krankheit dahingerafft worden.

Am Morgen schreckte Johanna schweißgebadet aus dem Schlaf, immer noch von der Angst erfüllt, vielleicht ohne Letzte Ölung ins Jenseits gehen zu müssen. Das Herz schlug ihr bis zum Hals.

Plötzlich spürte sie, dass jemand an ihre Schultern fasste.

»Johanna!«, rief eine Stimme wie aus weiter Ferne.

Es war nicht das erste Mal, dass Johanna von diesem Alptraum geplagt wurde, und es dauerte dann selbst nach dem Erwachen einige Augenblicke, ehe sie begriff, dass all diese Schreckensbilder in ihrem Kopf nichts anderes als Bruchstücke einer furchtbaren Vergangenheit waren, die längst hinter ihr lag.

»Johanna!«

Es war die energische Stimme ihrer Schwester, die jetzt in ihr Bewusstsein drang und sie endgültig aus dem unbarmherzigen Griff des Alptraums löste.

»Dem Herrn sei Dank«, murmelte Johanna und begann gleich darauf, ein Vaterunser zu beten. Das hatte sie immer nach solchen bösen Träumen getan, und es hatte sie stets sehr beruhigt.

Für Grete waren die Alpträume ihrer Schwester nichts Ungewöhnliches. Eine Weile hatte Johanna ihrer Schwester von ihnen erzählt, aber Grete hatte schließlich nichts mehr davon hören wollen. Zu schrecklich erschienen ihr die wirren Geschichten und Bilder, die wie Botschaften aus der Hölle wirkten.

Und so waren sie übereingekommen, dass Grete ihre Schwester zwar weckte, wann immer diese sich unruhig hin und her warf und vielleicht sogar im Schlaf aufstöhnte und schrie, aber dass sie nie wieder über diese Träume sprechen würden.

Umso überraschter war Johanna, dass Grete dieses Mal von sich aus von ihnen sprach.

»Es heißt, Träume sind Zeichen«, sagte sie.

»Wie in der Geschichte von Joseph und seinen Brüdern.«

»Du kennst die Geschichten der Bibel besser als ich. Aber jedenfalls glaube ich nicht, dass es ein Zufall ist, dass dich der Alptraum ausgerechnet jetzt heimsucht.«

Johanna schluckte. Sie strich sich das wirre Haar aus den Augen. Ja, der Gedanke, dass dieser Traum ein Zeichen war, erschien ihr durchaus einleuchtend. Konnte es sein, dass er mit Frederik zusammenhing? Ließ der Herr ihr auf diese Weise vielleicht eine Warnung zukommen, den Weg auf gar keinen Fall zu verlassen, den sie vor langer Zeit eingeschlagen hatte?

Sei ehrlich zu dir, du hast bereits darüber nachgedacht, genau das zu tun, ging es ihr durch den Kopf. Frederiks so überzeugend wirkende Worte hallten noch in ihrem Kopf wider.

Ja, insgeheim hatte sie bereits nach ihrer ersten Begegnung mit Frederik von einem Leben an seiner Seite geträumt. Und dabei war es ihr ziemlich gleichgültig, wie die äußeren Umstände sein würden. Ein großzügiges Patrizierhaus oder die vermutlich bescheidene Exilresidenz der Familie von Blekinge – das spielte keine Rolle.

»Ich bin etwas verwirrt«, bekannte Johanna.

»Unser Vater hat schon gefragt, ob du fertig bist, wenn es heute zur Versammlung ins Rathaus geht«, erklärte Grete.

»Natürlich werde ich pünktlich sein«, versicherte Johanna.

»Du hast übrigens im Schlaf einen Namen gesagt.«

»So?«

Grete zuckte mit den Schultern. »Jedenfalls glaube ich, dass es ein Name gewesen sein könnte. Es klang wie *Frederik*.«

Johanna erschrak. Sollte sie sich tatsächlich im Schlaf verraten haben?

Ich werde beichten müssen, dachte sie. *Und zwar schon in nächster Zeit, denn so halte ich das nicht mehr lange aus. Es zerreißt mich sonst.*

Grete wandte sich zur Tür. Und obwohl sie an den Beratungen im Rathaus nicht teilnehmen würde, war sie bereits fertig angekleidet und zurechtgemacht – zumindest so, wie das unter den bescheidenen Bedingungen in ihrer Herberge möglich war.

»Warte einen Moment, Grete!«, rief Johanna ihr hinterher.

Grete blieb stehen. »Was ist noch?«

»Erinnerst du dich an Herward von Ranneberg? Er war vor langer Zeit mal bei uns in Lübeck und hat es hier in Köln zu Ansehen und Reichtum gebracht.«

Grete zuckte mit den Schultern. »Wie sieht er denn aus?«

»Grauhaarig und hager ist er – zumindest heute. Er soll deinen künftigen Gemahl auf seiner Mission begleitet haben.«

»Dann habe ich den Namen vielleicht schon mal gehört. Wie kommst du jetzt auf ihn?«

»Ich bin ihm gestern am Dom begegnet.«

»Dann müsste Pieter auch zurückgekehrt sein!«, entfuhr es Grete. »Wieso hast du mir das gestern Nacht nicht gleich gesagt! Das ist doch eine Neuigkeit, die ich unbedingt wissen muss!«

Grete war plötzlich sehr aufgeregt. Und genau das hatte Johanna eigentlich vermeiden wollen.

»Warte, Grete.«

»Vater muss das auch wissen.«

»Herward kehrte offenbar ohne Pieter zurück.«

»Aber ...«

»Den Grund kenne ich nicht, aber ich hörte, wie Frederik von Blekinge aus der Delegation des Königs von Schweden mit ihm darüber sprach, und es könnte sein, dass dein zukünftiger Gemahl noch etwas länger zu tun haben wird.«

»Das ist wirklich eigenartig.«

»Ich würde mir keine Sorgen machen. Die Verhandlungen, derentwegen Pieter aufbrach, sind sehr schwierig. Es ist doch immer dasselbe: Welche Stadt rückt schon freiwillig Geld heraus, damit die lübische Hansevormacht, die viele sowieso schon für zu mächtig halten, ihre Flotte vergrößern und Söldner anwerben kann! Ihnen klarzumachen, dass das alles zu ihrem eigenen Vorteil sein wird, erfordert wohl mehr Geduld, als man sich vorstellen kann.«

»Nun, etwas eigenartig ist das alles schon«, meinte Grete, und ihr Gesicht wurde sehr nachdenklich. Eine tiefe Furche bildete sich auf ihrer ansonsten vollkommen glatten Stirn.

»Ich bin davon überzeugt, dass Pieter sich sofort bei dir und unserem Vater gemeldet hätte, wenn er mit Herward von Ranneberg zurückgekehrt wäre. Schließlich weiß dein zukünftiger Gemahl doch, wie sehnlichst er hier in Köln erwartet wird und dass alles darauf drängt, dass die Hochzeit stattfinden kann.«

»Es wird ihm hoffentlich nichts geschehen sein«, meinte Grete. »Aber er pflegt ja mit einer Schar von Bewaffneten zu reisen. Jedenfalls hat er mir das in einem seiner Briefe so geschildert.«

»Ich hätte Herward gestern Abend gerne selbst danach gefragt, aber er hatte wohl etwas sehr Dringendes im Dom zu erledigen.« Johanna seufzte. »Aber vielleicht wollte er einfach nur Gott danke sagen – nach der langen und sicher nicht ungefährlichen Reise.«

»Ich bin überzeugt, dass du dein Bestes gegeben hast, um mehr zu erfahren, Johanna.«

»Du solltest vielleicht heute mit ins Rathaus kommen.«

»Du weißt doch, ich nehme nie an diesen Beratungen teil und hätte dort auch gar keinen Platz.«

»Wenn du Vater erzählst, was ich dir gerade gesagt habe, dann wird er dich sicherlich mitnehmen, und niemand wird das dem Ratsgesandten aus Lübeck verwehren.«

»Du meinst, dass man heute im Rathaus mehr über Herward und Pieter erfahren wird?«

»Ich bin mir ganz sicher. Welchen Grund sollte Herward

denn haben, seine Rückkehr nach Köln geheim zu halten? Nein, es interessiert doch alle dort, was er inzwischen erreichen konnte! Und vielleicht kommt es auch endlich zu ein paar weitergehenden Beschlüssen, die Waldemar endlich das Fürchten lehren werden!«

Grete lächelte. »Und so martialisch spricht eine zukünftige Nonne?«, wunderte sie sich.

»Nun, ich …«

»Ich kann mir nicht einmal eine strenge Äbtissin vorstellen, die so redet!«

»Jetzt verwirr mich nicht!«

»Jemand, der genau weiß, wo sein Weg hinführt, den kann man nicht verwirren, Johanna.«

»Ach, sprichst du da aus Erfahrung?«

»Vielleicht. Übrigens war gerade noch etwas sehr eigenartig, Johanna.«

Johanna sah ihre Schwester ratlos an und zuckte mit den Schultern. »Ich habe keine Ahnung, wovon du jetzt sprichst.«

»Vorhin hast du den Namen Frederik, den du im Schlaf gemurmelt hast, erneut ausgesprochen, nämlich als du von diesem Schweden erzähltest.« Grete hob die Augenbrauen. »Ist mir nur so aufgefallen. Ob das etwas zu bedeuten hat, weißt vermutlich nur du ganz allein.«

Sechzehntes Kapitel

Tumult im Langen Saal

Moritz von Dören erschien in Begleitung von seinen beiden Töchtern sowie Bruder Emmerhart und Bürgermeister Brun Warendorp im Langen Saal des Kölner Rathauses. Sie gehörten zu den Ersten, die dort eintrafen, und so waren ihnen Sitzplätze sicher. Auch Gustav Bjarnesson, der Gesandte des schwedischen Königs, kam sehr zeitig – und mit ihm Frederik von Blekinge. Johanna warf einen verstohlenen Blick zu ihm hin und achtete sehr darauf, dass das nicht auffiel. Sie hatte ihre Tasche auf den Tisch gelegt und einige Pergamente herausgeholt, auf denen sie ihre letzten Aufzeichnungen niedergeschrieben hatte. Während sie so tat, als müsste sie diese ordnen, in Wahrheit mit ihren Gedanken aber ganz woanders war, beugte sich ihre Schwester zu ihr.

»Welcher von diesen Männern ist Frederik?«
»Nicht jetzt, Grete.«
»Du kannst es mir doch sagen.«
»Grete!«
»Ich wette, es ist der, der dauernd zu dir hinsieht und bei dem du den Eindruck vermeiden willst, dass du dasselbe tust, wann immer du dich unbeobachtet fühlst.«
»Was soll das, Grete? Ich habe den Vorschlag, dich mit in diese Versammlung zu nehmen, nicht gemacht, damit du über mich spottest.«
»Ich spotte nicht über dich. Das würde ich niemals wagen.«

»Dann sprich mich auf dieses Thema nicht mehr an.«
»Umso mehr entfachst du die Neugier in mir.«
»Und ich dachte, deine Neugier bezöge sich mehr auf die Frage, weshalb dein zukünftiger Gemahl nicht nach Köln zurückgekehrt ist und es offenbar auch nicht für nötig befunden hat, dir eine Nachricht zukommen zu lassen, dass er noch länger für seine Mission braucht.« Johanna zuckte mit den Schultern und strich sich eine Strähne aus dem Gesicht. »Aber wer weiß«, setzte sie dann noch hinzu, »vielleicht hat er es sich ja mit der Heirat noch einmal anders überlegt!«

Darauf wusste Grete nichts mehr zu sagen, und Johanna schämte sich ein wenig dafür, ihre Schwester auf so grobe Weise zum Schweigen gebracht zu haben. Aber sie hatte sich von ihr einfach zu sehr bedrängt gefühlt und das Bedürfnis gehabt, sich dagegen zur Wehr zu setzen. *Wenn du schon im Kloster wärst, müsstest du dafür jetzt sicher einige Rosenkränze beten,* ging es ihr schuldbewusst durch den Kopf.

Nachdem sich der Lange Saal gefüllt hatte, eröffnete Mathias Overstolz schließlich die Versammlung.

Zusammen mit ihm hatte auch Herward von Ranneberg den Saal betreten. Für ihn war an diesem Tag sogar ein Platz in unmittelbarer Nähe der beiden Kölner Bürgermeister reserviert worden.

»Es gibt neue Kunde, auf die wir schon lange warten«, sagte Overstolz. »Und leider ist es keine gute.«

Während Johanna dem Bürgermeister zuhörte und ihr Blick auf Herward von Ranneberg gerichtet war, bemerkte sie im Hintergrund Pater Martinus vom Domkapitel. Er hatte keinen Sitzplatz bekommen und stand in der Nähe von Herward. Nun beugte er sich zu diesem nieder, und es sah aus, als würde der hagere Pater dem zurückgekehrten Gesandten etwas ins Ohr flüstern.

Herwards Gesicht wirkte angestrengt und war leicht gerötet, seine Züge schienen wie eingefroren. Er nickte zweimal heftig, während der sonst so zurückhaltende und auch in seiner Gestik sparsame Pater Martinus mit den Händen durch die Luft fuhr, wie Johanna es bei ihm zuvor noch nie gesehen hatte.

»Ich will den Worten unseres Freundes Herward nicht vorgreifen«, sagte Mathias Overstolz, als er sich endlich der ungeteilten Aufmerksamkeit aller sicher sein konnte. »Aber es soll hier jeder im Raum wissen, dass unser Gesandter Herward von Ranneberg aus einem traurigen Grund allein nach Köln zurückkehrte. Zusammen mit seinen Begleitern wurde er von Mördern überfallen, die vermutlich König Waldemar gedungen hat!« Ein Raunen ging durch den Raum. Der Bürgermeister stand nun auf und hob die Hände, um die Ruhe zumindest einigermaßen wiederherzustellen. »Pieter van Brugsma der Jüngere aus Antwerpen, vielen von uns als vertrauter Handelspartner und ehrbarer Kaufmann bekannt und vom Rat dieser Stadt immer wieder mit diplomatischen Missionen betraut, wurde feige erschlagen. Die Mörder wollten offenbar verhindern, dass die Nachricht über die Unterstützungszahlungen aus den niederländischen und flandrischen Städten diese Versammlung erreicht und sich daraufhin eine mächtige Koalition gegen Waldemar bildet!«

Es entstand größte Unruhe. Überall sprangen diejenigen Ratsgesandten, die einen Sitzplatz an der Tafel ergattert hatten, auf. Alle redeten und schrien durcheinander. Die Empörung war groß. Und Johanna sah, wie ihre Schwester vollkommen bleich wurde, und nahm Gretes Hand.

Etwas zu sagen war ohnehin sinnlos. Man hätte nicht ein einziges Wort verstehen können; es war so laut im Langen Saal, dass man befürchten konnte, der Lärm würde die kunstvoll eingesetzten Glasscheiben zerspringen lassen.

Tränen liefen Grete über das Gesicht. Ihr Mund stand offen,

so als könnte sie einfach nicht fassen, was sie da gerade gehört hatte. Alles, was sie sich für ihr weiteres Leben erträumt hatte, war innerhalb eines einzigen Augenblicks zerstört worden. Die Hochzeit, der sie alle seit so langer Zeit entgegenfieberten, würde nicht stattfinden.

Für Moritz von Dören schien das ein ebenso großer Schlag zu sein wie für seine Tochter. Auch er saß blass und wortlos auf seinem Stuhl, seine Hände hatten sich so stark um die hölzernen und reich verzierten Armläufe gekrallt, dass das Weiße an den Knöcheln hervorkam. Auch sein Traum war in diesem Moment geplatzt, auch wenn es sich für ihn bei der Hochzeit in erster Linie um eine geschäftliche Angelegenheit gehandelt hätte. So schnell würde sich die Gelegenheit, die zwei mächtigen Handelshäuser aus Lübeck und Antwerpen fest miteinander zu verbinden, nicht mehr ergeben. Dazu hatte die Pest in den letzten zwanzig Jahren zu häufig und zu heftig in den Reihen beider Familien gewütet, als dass sich zurzeit eine andere passende Verbindung hätte stiften lassen. Moritz von Dören schüttelte nur ganz langsam den Kopf, während der Schweiß seine Stirn herabperlte.

Brun Warendorp hingegen erhob laut seine Stimme, wie man es eigentlich auch vom Vertreter der hanseatischen Vormacht erwartete. Nur konnte leider niemand auch nur ein einziges Wort verstehen, da noch immer ein heilloses Durcheinander herrschte.

Einzig und allein Bruder Emmerhart wirkte ausgesprochen ruhig. Johanna bemerkte das, als sie ihre Schwester in den Arm genommen und sie ausgiebig getröstet hatte. Sie war von der Ruhe des Mönchs allerdings nur ein wenig irritiert. Sie schrieb sie dem unerschütterlichen Gottvertrauen zu, das man bei einem Mönch und Priester einfach voraussetzte.

Dass es vielleicht auch Zufriedenheit oder gar klammheimliche Freude über das Geschehene sein mochte, wäre ihr in diesem Moment bestimmt nicht eingefallen.

Es dauerte eine ganze Weile, bis es Mathias Overstolz und Brun Warendorp schließlich mit vereinter Stimmgewalt gelang, wieder einigermaßen Ruhe einkehren zu lassen. Die aufgesprungenen Ratsgesandten setzten sich wieder, aber überall flammten erneut hitzige Gespräche auf.

»Das sieht Waldemar ähnlich!«, hörte Johanna einen Mann sagen, von dem sie nur wusste, dass er ein Ratsgesandter aus Münster war.

»Er schreckt vor nichts zurück!«, fühlte sich ein anderer bestätigt. »Es wird Zeit, dass wir seiner aggressiven Expansion Einhalt gebieten! Oder sollen wir darauf warten, dass er am Ende sogar noch seinen Lehensherrn, den Kaiser, dazu veranlasst, zu seinen Gunsten einzugreifen?«

»Das hätte gerade noch gefehlt!«, meinte ein Dritter.

Herward von Ranneberg stand aufrecht da und wartete offenkundig darauf, das Wort zu erhalten, um von den Geschehnissen seiner Reise berichten zu können.

Als sich die Unruhe einigermaßen gelegt hatte, begann Herward zu sprechen, er hielt einige Pergamente in der Hand, die er zuvor aus einer Satteltasche herausgenommen hatte. »Dies sind die Hilfszusagen der niederländischen Städte, die Pieter der Jüngere aushandeln konnte. Ich war dabei, wie er um jeden Taler gekämpft und vor jeder Ratsversammlung sein Bestes gegeben hat. Leider ist das Ergebnis bescheidener, als so mancher hier im Saal hoffen wird. Aber offensichtlich sollten die Dokumente, die ich jetzt dem Vorsitzenden dieses Rates zur späteren Verlesung übergebe, nicht hierher gelangen!« Ein Raunen ging durch die Versammlung, während Herward die Dokumente an Mathias Overstolz weiterreichte. »Zur treuen Aufbewahrung, auf dass daraus die richtigen Schlüsse für das weitere Vorgehen gezogen werden.«

»Habt Ihr die feigen Mörder gesehen?«, rief jetzt Moritz von Dören, der sich aus seiner Erstarrung gelöst hatte. »Und wie ist es Euch gelungen zu entkommen, Herward?«

Der Angesprochene wandte den Blick in Moritz' Richtung.

»Es war die Gnade des Herrn und pures Glück, dass ich den Mördern entkommen konnte. Sie haben alle erschlagen, die mit uns geritten sind. Das waren keine dahergelaufenen Räuber, sondern Männer, die das Kriegshandwerk sehr gut verstanden und in aller Gnadenlosigkeit anzuwenden wussten. Ich selbst habe auch einige Blessuren davongetragen, und da mich die Männer für tot hielten, ließen sie mich unbehelligt im Gras liegen. Glücklicherweise konnte ich die Dokumente von Pieter dem Jüngeren retten, die unter ihm begraben lagen, da die Bande glaubte, sie wären noch am Sattel von Pieters Pferd, das gerade in heller Panik davonpreschte. Später habe ich eines der geflohenen Pferde einfangen können, mit dem ich es geschafft habe, mich bis nach Köln durchzuschlagen, um hier vor dieser Versammlung zu sprechen.«

»Wann war das genau?«, verlangte Moritz von Dören zu wissen. »Und wo?«

»Drei Tagereisen von hier entfernt in einer nebligen Au an einem Zufluss des Rheins. Wir hatten gerade unsere Pferde tränken wollen, als das Verhängnis über uns hereinbrach. Außer mir gibt es keinen Überlebenden.« Herward machte eine Pause, während es nun zum ersten Mal vollkommen still im Saal war. Das Entsetzen unter den Versammelten war mit Händen zu greifen. Herwards Blick glitt die Anwesenden entlang und blieb dann bei der Delegation der Schweden unter Gustav Bjarnesson hängen.

»Wir haben einen Verräter unter uns! Einen, der sich von König Waldemar kaufen ließ, als wäre er ein einfacher Tagelöhner, dem man nur eine Münze hinwerfen muss, damit er alles für einen tut, was man verlangt!« Er streckte die Hand aus. »Einen der Mörder konnte ich erkennen – und hier treffe ich ihn wieder! Frederik von Blekinge – Ihr wart es, der Pieter van Brugsma dem Jüngeren den Kopf abschlug!«

»Herward!«, entfuhr es Frederik. »Wie könnt Ihr so etwas sagen?«

»Weil es die Wahrheit ist. Ich war nur wenige Schritte entfernt, als Ihr Pieter den Kopf mit Eurem Schwert von den Schultern geholt habt, als wärt Ihr ein Henker.«

»Herward! Wir kennen uns seit langem! Unsere Familien sind befreundet, und Ihr wart Gast bei uns!«

»Darum ist auch jeder Irrtum ausgeschlossen«, erklärte Herward.

Gustav Bjarnesson, der wohl auf Grund seiner schlechten Kenntnisse des Niederdeutschen nicht so richtig mitbekam, was gerade geredet wurde, fragte etwas auf Schwedisch dazwischen und wirkte orientierungslos. Einer seiner Begleiter versuchte, ihm das Gesprochene so gut wie möglich zu übersetzen.

»Wieso sollte ich einen Gesandten der Hanse umbringen wollen, der doch nichts anderes im Sinn hatte, als Unterstützung für den Kampf gegen Waldemar zu sammeln?«, rief Frederik. »Ihr beleidigt meine Familie, die durch Waldemar alles verloren hat und im Exil leben muss! Und Ihr beleidigt außerdem all diejenigen Angehörigen derer von Blekinge, die im Kampf gegen die Dänen gefallen sind!«

»Vielleicht hat man Euch ja versprochen, Euch die geraubten Besitztümer zurückzugeben – gegen einen Judasdienst als gedungener Mörder!«

»Das ist eine wüste Anschuldigung, Herward!«

»Es ist die Wahrheit, denn ich habe Euer Gesicht gesehen!«

»Ich war in den letzten Tagen hier in Köln – und nirgendwo anders! Und in dieser Zeit habe ich mit meinen Begleitern in einem Pferdestall übernachtet oder an den Beratungen hier im Rathaus teilgenommen. Gleichzeitig soll ich viele Meilen entfernt gewesen sein und einen Mann erschlagen haben, auf dessen Schultern doch die größten Hoffnungen für mich und meine Familie ruhten?« Frederik schüttelte energisch den Kopf. »Ich habe keine Ahnung, weshalb Ihr so absurde Anschuldigungen erhebt, Herward!«

»Ich kann nur sagen, was ich mit meinen eigenen Augen gesehen habe. Und stimmt es nicht, dass Ihr und Eure schwedischen Freunde vor zweieinhalb Tagen nach Köln gekommen seid?«

»Das trifft zu«, bestätigte Mathias Overstolz.

»Also gibt es niemanden, der bezeugen könnte, wo Ihr davor gewesen seid, Frederik von Blekinge! Niemanden, der dem widersprechen könnte, was ich gerade gesagt habe!«

»O doch! Meine Begleiter können dem widersprechen! Denn ich war mit ihnen zusammen!«

»Sie sind Eure Freunde und stecken vielleicht mit Euch unter einer Decke, obgleich ich von ihnen keinen bei dem furchtbaren Gemetzel gesehen habe!«

»Verräter!«, rief jemand.

»In den Kerker mit ihm – ehe er sich aus der Stadt davonmacht!«, war ein anderer zu hören.

Tumult entstand. »Ich schwöre bei Gott, dieser Mann ist einer der Mörder, die uns überfallen haben!«, rief Herward.

Jetzt hielt es Gustav Bjarnesson nicht mehr auf seinem Platz. Er polterte in einer Mischung aus Schwedisch und schlechtem, kaum verständlichem Niederdeutsch los. Über die Bedeutung der Worte, die er da förmlich in den Saal schleuderte, konnte man nur Vermutungen anstellen. Aber es war ziemlich eindeutig, dass es sich bei dem Großteil davon wohl um Beschimpfungen der übelsten Art handelte. Gustav Bjarnesson war schier außer sich vor Wut, wobei noch nicht einmal klar war, ob man ihm tatsächlich alles so übersetzt hatte, dass er wirklich wusste, worum es hier eigentlich ging.

Seine Begleiter mussten ihn beruhigen und davon abhalten, sein Schwert zu ziehen. Ein paar wüste, zotige Beschimpfungen kamen noch über Gustav Bjarnessons Lippen, die allesamt auf Herward gemünzt waren.

Zeitweilig drohte der Tumult im Saal überhandzunehmen, und es dauerte eine ganze Weile, bis sich die Lage einigermaßen beruhigte.

Jetzt hielt es allerdings auch Johanna nicht mehr auf ihrem Platz. »Gestern Abend habt Ihr Euch mit Frederik von Blekinge noch einvernehmlich vor dem Dom unterhalten!«, rief sie, so laut sie konnte. Ihre hohe Stimme drang durch das allgemeine Gerede mühelos hindurch, und da sie die einzige Frau war, die sich bisher geäußert hatte, stachen ihre Worte umso deutlicher hervor. Sofort waren alle Augen auf Johanna gerichtet. Da sie keine Ratsgesandte war, sondern nur in untergeordneter Funktion an den Beratungen teilnahm, stand es ihr eigentlich nicht zu, das Wort zu erheben. »Ich habe Euer Gespräch zum Teil mitangehört, und ich frage mich, wie Ihr in aller Freundschaftlichkeit mit einem Mann reden könnt, der doch angeblich Euren Begleiter und Gefährten umgebracht hat!«

Erneut brandete Geraune auf.

»Ich habe nicht die leiseste Ahnung, weshalb Ihr so etwas sagt, junge Frau«, sagte Herward mit einem kühl wirkenden Lächeln. »Da müsst Ihr etwas verwechseln.«

»Ich habe Augen und Ohren, die selten etwas verwechseln!«, rief Johanna zurück. »Aber wollt Ihr etwa leugnen, dass Euch Frederik von Blekinge schon vorher bekannt war? Dass Ihr auf den Besitzungen seiner Familie Gast wart so wie vor vielen Jahren auch in unserem Haus in Lübeck?«

Herwards Augen wurden jetzt schmal, als er Johanna mit seinem durchdringenden Blick fixierte. »Ich weiß nicht, welcher Teufel Euch reitet, diesen Mörder zu verteidigen, junge Frau. Vielleicht ist das eine ganz und gar irdische Art der Verwirrung, die die meisten von uns hin und wieder befällt und von der man sagt, es sei sogar für Angehörige des geistlichen Standes nicht leicht, sich davon wirklich frei zu machen.«

Nach diesen Worten gab es einen Anflug von Gelächter, der aber sogleich wieder erstarb, zu ernst war die Angelegenheit.

Herward hatte die Wirkung seiner Worte trotz allem genau kalkuliert. Er wartete einen Moment, um sie noch zu verstärken. Ganz zweifellos wollte er Johanna der Lächerlichkeit preisgeben – und tatsächlich fühlte die junge Frau in diesem Augenblick eine tiefe, plötzlich aufkommende Scham. Sie fragte sich, ob dieser Mann vielleicht mehr über sie und Frederik wusste. *Nein, das ist absurd,* dachte Johanna. Herward konnte nichts von dem wissen, was sich im Dom zwischen ihr und Frederik zugetragen hatte. Und doch sah er sie auf eine Weise an, als würde er auf den tiefsten Grund ihrer Seele blicken und buchstäblich alles sehen, auch jene Geheimnisse, die sie bisher noch nicht einmal einem Beichtvater anvertraut hatte.

»Ich bestreite nicht, Gast der Familie von Blekinge gewesen zu sein. Ich bestreite auch nicht, Frederik zu kennen – umso erschütterter war ich, als ich sah, dass er ein gemeiner, käuflicher Mörder ist, der sich offenbar von Waldemar und seinen Schergen hat kaufen lassen!« Herward wandte sich wieder Frederik zu und deutete mit dem Finger auf den Schweden. »Gerade weil ich Eure Besitzungen und Eure Familie kenne wie wohl niemand sonst hier in diesem Saal, kann ich erfassen, was Waldemar Euch genommen hat und wie viel es Euch wert sein könnte, dies zurückzuerlangen. Ihr seid im Übrigen nicht der einzige Edelmann von der schonischen Küste, der von Waldemar für seine perfiden Pläne angeworben wurde. Er reist doch auf der Suche nach Verbündeten durch das ganze Reich und schickt auch seine Sendboten aus! Und manche von ihnen sind Leute wie Ihr, die sich als Verräter unter die Handelsleute mischen, ihre Pläne durchkreuzen und sie in Einzelfällen sogar umbringen sollen! Ergreift dieses Scheusal und lasst es nicht entkommen! Wo sind die Wachen? Wo ist hier ein Bürgermeister, der seines Amtes waltet?«

Jetzt entstand erneut ein Tumult. Es wurde geschoben und gedrängt. Für niemanden wäre es in diesem Augenblick möglich gewesen, den Saal zu verlassen. Bürgermeister Mathias Overstolz rief nach den Wachen, und Gustav Bjarnesson machte seine ursprüngliche Absicht doch noch wahr und zog sein Schwert. Mit der flachen Seite der Klinge schlug er auf den Tisch, woraufhin alle Anwesenden förmlich zusammenzuckten. Die Worte, die er daraufhin aussprach, klangen wie ein dunkles Donnergrollen, und einer seiner Begleiter übersetzte sie ins Niederdeutsche: »Glaubt Ihr Kölner Kleinkrämer vielleicht, dass Ihr auf diese Weise Bundesgenossen für Euren Krieg gewinnt? Wenn nur einer von Euch Schwachköpfen es wagt, Frederik von Blekinge anzufassen, dann haue ich ihm seine weiche Rübe von den Schultern – und es wäre noch nicht mal schade darum!«

Inzwischen versuchten sich allerdings die Wachen durch die Menge der Anwesenden zu drängeln, die aber nur zögernd eine Gasse für sie bildeten, weshalb die Männer zunehmend Gewalt einsetzten. Schreie waren zu hören. Gustav Bjarnessons heisere, zornige Stimme drang durch den Lärm hindurch, und Bürgermeister Mathias Overstolz versuchte vergeblich, sich irgendwie Gehör zu verschaffen. Von seinem gleichberechtigten Amtsbruder Heinrich von der Ehren war ohnehin nichts mehr zu sehen, auf seinem Stuhl saß er schon eine ganze Weile nicht mehr.

Einige der drängelnden Wächter lieferten sich ein Handgemenge mit Ratsgesandten kleinerer Städte, die nicht das Privileg eines Sitzplatzes an der Tafel genossen hatten. Dabei war es gar nicht die Absicht dieser Ratsgesandten, Frederik von Blekinge vor dem Zugriff der Wächter zu bewahren. Sie konnten in der Menschenmenge nur nicht ausweichen, so gerne sie das vermutlich auch getan hätten.

Der Lärm war jetzt ohrenbetäubend. Man konnte sein eigenes Wort nicht mehr verstehen.

Da sprang Frederik auf den Tisch und machte drei Schritte über die lange Tafel.

»Mörder!«, rief ihm Herward von Ranneberg aus vollem Hals zu. Dessen Stimme überschlug sich, sodass sie trotz des Lärms gut zu hören war.

Frederik achtete nicht weiter auf ihn, sondern zog stattdessen sein Schwert.

In diesem Moment kehrte eine geradezu unheimliche Ruhe in den Langen Saal ein. Es war so still, dass man eine Stecknadel hätte fallen hören können. »Ich bin unschuldig, und das wird sich auch erweisen«, erklärte Frederik. »Nichts hätte mir ferner gelegen, als den Mann umzubringen, auf dessen diplomatische Mission doch meine ganze Familie all ihre Hoffnungen gesetzt hat. Denn die einzige Möglichkeit für uns, unseren angestammten Besitz zurückzubekommen, ist ein Krieg gegen Dänemark. Und wer glaubt, dass Waldemar seinen Feinden irgendwelche Angebote von der Art machen würde, wie es Herward von Ranneberg soeben behauptete, dem kann ich nur sagen, dass er Waldemar offenbar nicht kennt.« Frederik machte eine kurze Pause; selbst Herward schwieg jetzt. Dann fuhr Frederik fort: »Ich will aber nicht, dass hier jemand meinetwegen zu Schaden kommt. Daher werde ich mich ohne Widerstand von den Stadtwachen abführen lassen.« Mit diesen Worten ließ Frederik sein Schwert auf die Tafel fallen, krachend schlug das Eisen der Klinge dort auf. »Ich werde nicht versuchen zu fliehen«, sprach Frederik weiter und legte auch den Parierdolch sowie einen weiteren Dolch, den er im Schaft seines rechten Stiefels trug, auf die Tafel.

Dann deutete er auf Johanna. »Meine Waffen mögen in der Aufbewahrung dieser tapferen Jungfrau bleiben, die gerade so mutig für mich eingetreten ist, bis sich alles aufgeklärt hat. Ich wette, der städtische Kerker hat wenigstens feste Wände, bei denen es nicht durch alle möglichen Astlöcher zieht, wie es bei der eigentlich für Pferde gedachten Herberge ist, in der wir zurzeit zu nächtigen gezwungen sind. Oder habt Ihr selbst im Kerker schon Ratsgesandte aus irgendwelchen fernen Hansestädten einquartiert, die das Pech hatten, erst spät nach Köln zu gelangen, Bürgermeister?«

Damit hatte Frederik Bürgermeister Overstolz direkt angesprochen, dessen Gesicht von einer dunklen Röte überzogen wurde, die sich noch intensivierte, als hier und da Gelächter aufkam.

»Wenn Ihr jetzt die Güte hättet, etwas Platz zu machen, so kann ich mich von den Wachen festnehmen lassen«, wandte sich Frederik an jene Gesandte, die sich zwischen ihm und den bewaffneten Wächtern drängten. »Die andere Möglichkeit ist, Ihr lasst die Wache hier hinaufkommen – aber dann werdet Ihr noch mehr Stiefelabdrücke auf der Tafel Eures erhabenen Saales haben als jetzt schon. Und ich weiß nicht, ob das wirklich in Eurem Sinn ist!«

Zögernd bildete sich eine Gasse, schließlich war Platz genug, dass Frederik von Blekinge vom Tisch herabsteigen konnte.

Gustav Bjarnesson sagte ein paar Worte in seiner Sprache, auf die Frederik dann im gleichen Idiom antwortete.

Dann stand Frederik wieder auf dem Boden des Langen Saals.

Die Wächter nahmen ihn in die Mitte.

Johanna konnte schon bald nichts mehr von ihm sehen. Zu viele Menschen waren um ihn herum. Nur die langen Hellebarden der Wächter ragten über alle Köpfe hinweg, und so konnte sie verfolgen, wie er zur Saaltür hinausgeführt wurde.

»Jungfrau hat er die Tochter dieses lübischen Kaufmanns genannt!«, hörte Johanna eine Männerstimme sagen. »Ich hoffe nur, dass sie das auch noch ist!« Sie konnte nicht erkennen, wer das gesagt hatte, und der Rest seiner Worte ging ohnehin im höhnischen Gelächter unter.

Mathias Overstolz ergriff unterdessen das Wort und versuchte, wieder Herr des Hansetages zu werden, indem er die Beratungen für unterbrochen erklärte.

Heute würde man sich auf jeden Fall nicht wieder zusammenfinden.

Siebzehntes Kapitel

Verwirrung

Johanna sammelte Frederiks Waffen ein. Die Frage ihres Vaters, wie denn der Mann dazu käme, ausgerechnet sie damit zu betrauen, ignorierte sie zunächst.

»Vater, er ist unschuldig«, sagte sie mit Nachdruck, als Moritz von Dören nicht lockerließ und noch einmal versuchte, etwas mehr zu erfahren. »Und es stimmt, dass Herward und Frederik sich vor dem Dom getroffen und miteinander gesprochen haben, so wahr ich hier stehe und von der Pest genesen bin!«

»Ein großes Wort.«

»Nein, es ist eine sehr einfache Unterscheidung, nämlich die zwischen falsch und richtig. Und dass man diesen Mann für etwas eingesperrt hat, was er nicht getan hat, das ist falsch.«

»Ich kenne allerdings auch Herward von Ranneberg.«

»Ich weiß, er war vor Jahren in unserem Haus und hat mich angestarrt wie ein leibhaftiges Wunder, weil ich die Pest überlebt hatte.«

»Wir reden später über die Angelegenheit!«

»Wir müssen jetzt etwas unternehmen«, entgegnete Johanna. Sie wäre am liebsten auf der Stelle zu Mathias Overstolz gegangen, um ihm direkt ins Gesicht zu sagen, welch furchtbaren Fehler er ihrer Meinung nach begangen hatte. Und sie hätte auch große Lust gehabt, Herward für sein Verhalten zur Rede zu stellen. Aber das alles war im Augenblick nicht möglich. Sowohl Mathias Overstolz als auch Herward von Ranneberg wurden von zahllosen Ratssendboten umringt. Es wurde hitzig darüber diskutiert, was jetzt zu tun sei und ob man nicht am besten auch die anderen Mitglieder der Delegation des schwedischen Königs in den Kerker werfen sollte.

Johanna tat Frederiks Dolche in die Ledertasche, die sie für ihre Pergamente benutzte. Das blanke Schwert ließ sich dort natürlich nicht verstauen.

»Ihr seht eher wie eine Kriegerin aus denn wie eine zukünftige Nonne, die von Sanftmut und Nächstenliebe beherrscht wird wie unser Herr Jesus Christus«, stellte Bruder Emmerhart mit einem hintergründigen Lächeln fest.

»Ihr könnt mir das Schwert ja gerne abnehmen«, sagte Johanna, leicht irritiert über die Bemerkung des Mönchs.

»Einer mag des anderen Kreuz tragen – das wäre meinem Stand angemessen. Aber ein Schwert? Und dann noch das Schwert, an dem möglicherweise Blut klebt?«

»Frederik ist unschuldig. Das muss eine Intrige sein!«

»Das wisst Ihr so genau?«

»Das sagt mir mein Herz!«

»Das kann trügerisch sein und einen dazu verführen, Dinge zu tun, die man später bereut. Also geht in Euch, Johanna.«

Dann nahm er ihr das Schwert doch noch aus der Hand. »Auf jeden Fall werden sich die Dinge hier in Köln jetzt verkomplizieren.«

Zusammen mit ihrem Vater, Grete und Bruder Emmerhart verließ Johanna das Rathaus und kehrte zur Herberge zurück. Auf den Straßen hatte sich die Nachricht von Pieter van Brugsmas Tod wie ein Lauffeuer verbreitet. Marktschreier, die behaupteten, bei der Versammlung des Hansetages dabei gewesen zu sein, riefen sie den Leuten zu und erboten sich, für bare Münze Einzelheiten zu erzählen. In Wahrheit hatten sie nur mit den

Wachen gesprochen oder von Ratsgesandten irgendwelche Gesprächsfetzen aufgeschnappt.

»Jedenfalls hat sich dieser Frederik seinen Ruhm hier in Köln redlich verdient«, lautete Bruder Emmerharts bissiger Kommentar, während er das Schwert des Schweden über die Schulter genommen hatte.

»Ich frage mich, ob man als Nächstes vielleicht auch Gustav Bjarnesson und den gesamten Rest der Schweden gefangen setzt«, sagte nun Moritz. »Schließlich ist doch schwer vorstellbar, dass die gar nichts davon gewusst haben, dass sich einer von ihnen abgesetzt hat, um einen Gesandten der Hanse zu erschlagen … Vorausgesetzt natürlich, an diesen Anschuldigungen ist überhaupt etwas dran.«

»Gibt es daran denn noch einen Zweifel?«, fragte Bruder Emmerhart.

»Ich weiß jedenfalls, was ich am Abend zuvor gesehen habe«, mischte sich Johanna ein. »Das sind doch Anschuldigungen, die an den Haaren herbeigezogen sind!«

»Und welchen Grund sollte Herward von Ranneberg haben, sich so etwas auszudenken?«, fragte Emmerhart. »Er ist überall als Ehrenmann bekannt.«

»Wer weiß, vielleicht hat er selbst Pieter erschlagen.«

»Deine Anschuldigung ist nun aber mindestens ebenso haltlos«, gab Moritz von Dören zu bedenken.

Insgeheim musste Johanna ihm da recht geben. Aber andererseits – wer konnte schon wissen, was wirklich auf jener einsamen Aue passiert war, wo sich das Blutbad Herwards Angaben zufolge ereignet hatte.

Sie erreichten schließlich die Herberge. Zu dieser frühen Stunde war der Schankraum fast leer, und auch der Wirt hatte noch nicht mit der Rückkehr der lübischen Ratsgesandten gerechnet, von denen nur Brun Warendorp noch im Rathaus geblieben war, da Mathias Overstolz ihn zu einer kurzen Unterredung gebeten hatte. Schließlich stand durch die neue Entwicklung alles auf dem Spiel. *Und wenn genau das die Absicht gewesen ist?*, ging es Johanna durch den Kopf. *Die Schweden als mögliche Bündnispartner zu verprellen – das hätte man doch nicht besser hinbekommen können als dadurch, dass man einen von ihnen einsperrt und des Verrates und Mordes anklagt!*

Einen kurzen Moment nur dachte Johanna darüber nach, ob die Anschuldigungen nicht vielleicht auch der Wahrheit entsprechen könnten und sie sich im Hinblick auf Frederik entsetzlich getäuscht hatte. Schließlich kannte sie ihn ja nun noch nicht lange, und alles, was sie bisher zusammen erlebt hatten, war nichts weiter als ein einziger Rausch der Gefühle gewesen. Ein Rausch, der vielleicht auch ihre Urteilsfähigkeit etwas eingeschränkt hatte, wie sie sich selbst gegenüber zugestehen musste.

Aber diese Zweifel fegte Johanna schnell beiseite. So leicht täuschte sie sich nicht in einem Menschen! Davon war sie überzeugt.

Und abgesehen davon war da ja auch noch das Gespräch vor dem Dom, das sie mitbekommen hatte. Das vertraute Gespräch zweier Männer, die sich kannten und von denen keiner den anderen für einen gefährlichen Verbrecher hielt, der Reisende erschlug.

Hatte Herward von Ranneberg vielleicht irgendwelche Interessen, solche Lügen vorzubringen und einen Unschuldigen schwerster Verbrechen zu bezichtigen?

Die Wahrheit muss doch ans Licht zu bringen sein.

Grete hatte den ganzen Weg über geschwiegen und zwischendurch immer wieder geschluchzt. Da sich alle auf die Beschuldigungen Herward von Rannebergs konzentriert hatten, war Gretes Unglück völlig in den Hintergrund geraten.

Johanna hatte zwar versucht, ihre Schwester zu trösten, aber das war nicht so einfach, zumal sich Grete aus irgendeinem Grund anscheinend nicht ausgerechnet von Johanna trösten lassen wollte.

Als sie etwas später beide in ihrer Kammer im »Großen Hahn« waren, kam Grete mit der Sprache heraus. »Ich verstehe nicht, wie meine eigene Schwester dazu kommt, den Mann zu verteidigen, der offenbar meinen Verlobten erschlagen hat.« Sie deutete voller Abscheu auf das Schwert, das Bruder Emmerhart Johanna inzwischen wieder zurückgegeben hatte. »Du hast sogar die Waffen dieses Ungeheuers zur Aufbewahrung bekommen, und ich soll hier im selben Raum schlafen, in dem auch die Mordwaffe liegen wird, die meinen Pieter tötete!«

Grete weinte laut und barg ihr Gesicht in den Händen. Johanna wollte ihre Schwester in den Arm nehmen, aber Grete wehrte brüsk ab. »Weißt du eigentlich, was es mir bedeutet hätte, als Herrin van Brugsma nach Antwerpen zu gehen?«

»Ich hätte dir nichts so sehr gegönnt, als dass du dort glücklich geworden wärst, Grete!«

»Ja, das lässt sich jetzt leicht sagen! Und gerade von dir, denn du hast ja nichts verloren! Dein Lebenstraum ist nicht zerplatzt. Du kannst noch immer in dein Kloster gehen und deinem Herrgott dienen, wie du es dir vorgenommen hast, und nicht einmal unser ansonsten so herrischer Vater kann dagegen etwas ausrichten.«

»Grete, es ist furchtbar, was geschehen ist, aber …«

»Du kannst dir nicht vorstellen, wie es in mir aussieht«, unterbrach ihre Schwester sie. »Wahrscheinlich werde ich mein ganzes Leben in Lübeck zubringen müssen, und wenn ich Glück habe, dann werde ich vielleicht noch die Frau irgendeines Stockfischhändlers. Oder Wolfgang Prebendonk ist doch nicht zu sehr beleidigt, weil er mit seinen Avancen hinter Pieter zurücktreten musste ...«

Grete war wirklich sehr traurig. Aber Johanna fiel noch etwas anderes auf. Und der Gedanke, der ihr nun kam, war so schrecklich, dass sie beinahe zusammengezuckt wäre. *Grete trauert weniger um ihren Verlobten als um ihr eigenes verpasstes Schicksal. Sie hat diesen Pieter offenbar nie geliebt, nicht einmal ein wenig. Sie wollte nur Herrin des Hauses van Brugsma werden und als eine der angesehensten Frauen Antwerpens daherstolzieren, ihren überbreiten Pelzkragen und ihren Schmuck präsentieren und sich allen, die von niederem Stand oder niederer Geburt sind, überlegen fühlen.*

Johanna schluckte unwillkürlich.

Das Erschrecken über ihre eigenen Gedanken hielt einige Augenblicke an. Das, was Pieter und ihre Schwester miteinander verbunden hatte, waren gemeinsame Interessen gewesen. Ein Mann, der eine Ehefrau von Stand brauchte, die ihm Erben gebar und außerdem die Verbindung mit einem wichtigen Handelspartner festigte. Und eine Frau, die eine Herrin sein wollte – und mit mehr Macht ausgestattet, als wenn sie einen Emporkömmling wie Wolfgang Prebendonk, den braven und getreuen Schreiber ihres Vaters, erhört hätte.

Wie anders empfand Johanna demgegenüber die Gefühle, die sie mit Frederik von Blekinge verbanden. Auch wenn diese Empfindungen sehr plötzlich aufgeflammt waren wie ein verzehrendes Feuer, so schien ihr dieses Band trotzdem stärker zu sein als alles, was Grete und Pieter jemals miteinander verbunden haben mochte. Jetzt wurde es Johanna erstmalig bewusst, was für ein wertvoller Schatz ihr da in die Hände gefallen war: eine Liebe, die so empfindungsstark war, wie sie die meisten Menschen niemals erleben. Etwas so Seltenes konnte keine Versuchung sein, mit der Gott sie prüfen wollte. *Es gibt keinen*

Grund, daran nicht mit aller Kraft festzuhalten, dachte Johanna. *Vielleicht ist es keine Versuchung, die mich von meinem Weg abbringen soll, sondern eine einzigartige Gnade, die ich annehmen sollte.*

Johanna verließ die Kammer, die sie mit Grete teilte, und ging zu ihrem Vater in den Schankraum; mit aller Kraft versuchte sie, ihn dazu zu überreden, sich für Frederik von Blekinge einzusetzen. »Dieses Unrecht kann man schließlich nicht einfach hinnehmen«, betonte sie.

»Im Moment können wir da nichts tun«, erwiderte Moritz von Dören jedoch. »Ich werde später mal mit Brun Warendorp sprechen, wenn er aus dem Rathaus zurückkehrt. Dann werde ich dir auch mehr zu den gegenwärtigen Entwicklungen sagen können.«

»Vielleicht sollte man sich darauf einstellen, dass eine Konföderation gegen Waldemar auf diesem Hansetag nicht zustande kommt«, mischte sich Bruder Emmerhart ein, der zusammen mit Moritz am Tisch saß und sich vom Wirt einen großen Krug Bier hatte bringen lassen, an dem er immer wieder nippte.

»Wir wollen nicht hoffen, dass wir völlig umsonst nach Köln gekommen sind«, gab Moritz zurück.

»Ich sage nur, wie ich die Lage einschätze – und dass man sich nach Möglichkeit immer mehrere Optionen offenhalten muss. Und vergesst eins nicht: Auch bei uns in Lübeck werden längst nicht alle begeistert sein, falls es doch noch zu einem entsprechenden Beschluss kommen sollte! Die Kosten eines Feldzugs gegen Waldemar treffen alle in der Stadt, und es werden aber nicht alle in gleicher Weise davon profitieren ...«

»Man könne meinen, Ihr hättet mit fliegenden Fahnen die Seiten gewechselt, Emmerhart!«

»Ich bin immer auf Eurer Seite, Moritz«, versicherte der

Mönch mit einem breiten Lächeln und fügte dann noch mit einem eigenartigen, schwer deutbaren Seitenblick auf Johanna hinzu: »Genau wie Eure gleichermaßen scharfzüngige wie schriftgelehrte Tochter, die sich so sehr für diesen Schweden einsetzt, dass man meinen könnte, er wäre ein sehr nahestehender Bekannter, wo wir doch alle wissen, dass das nicht der Fall sein kann.«

»Was wollt Ihr damit sagen, Emmerhart?«, fragte Moritz etwas irritiert.

»Ich möchte damit nur sagen, dass Ihr Euch nicht auf das Zustandekommen eines Bündnisses versteifen solltet, Moritz. Wir werden außerdem damit rechnen müssen, dass die Durchfahrt durch den Öresund in den nächsten Jahren unter Waldemars Kontrolle bleibt.«

»Sodass er uns die Lebensader abdrücken kann, wann immer er will?« Moritz schüttelte den Kopf. »Niemals.«

»Nun, wenn man in dieser Lebensader, wie Ihr es nennt, den Blutfluss nicht erhalten kann, dann muss man sie abbinden und dafür sorgen, dass das Blut woanders seinen Weg nimmt.«

»Ihr redet in Rätseln, Emmerhart.«

»Und Ihr, Johanna?«, wandte sich Emmerhart nun an die junge Frau und sah sie auf eine irritierend direkte Weise an. »Begreift Ihr, worauf ich hinauswill?«

»Ihr denkt daran, dass man sich nach einer anderen Einnahmequelle umsehen sollte …«

»… die schon offen vor uns liegt.«

»Marzipan«, sagte Johanna.

»Wenn wir Meister Andrea überredet haben, mit uns nach Lübeck zu kommen, könnte seine Kunst der Grund dafür sein, dass zumindest wir, Euer Handelshaus und ich mit meiner Apotheke, uns weniger Sorgen darum machen müssen, ob der Stockfisch aus Bergen weiterhin über den Öresund und Lübeck geliefert werden kann oder vielleicht in Zukunft den Weg über die Nordsee nach Bremen oder Hamburg nimmt.«

»Es ist gewiss weise, für alle Fälle Vorsorge zu treffen«, stimmte Moritz stirnrunzelnd zu.

»Ganz meine Rede«, sagte Emmerhart.

»Und ich dachte immer, Ihr verlasst Euch in diesem Punkt in erster Linie auf die Macht des Herrn«, sagte Johanna und sah den Priester nun ebenso unverwandt an, wie er dies vorher bei ihr getan hatte. Emmerhart begegnete ihrem Blick, und wieder hatte Johanna ein sehr unbehagliches Gefühl. *Es ist, als ob er mehr über mich weiß, als ich auch nur erahne*, dachte sie.

Achtzehntes Kapitel

Eine unvermeidliche Beichte

Johanna ging an diesem Tag früher zum Dom als an den Tagen zuvor. Ihre Gebete zu verrichten, das wollte sie sich auf keinen Fall nehmen lassen, ganz gleich, was auch immer geschehen mochte. Aber das war nicht der einzige Grund, weshalb sie sich dorthin aufmachte. Sie sah sich in der Nähe des Domes vielmehr nach dem Zwerg um, denn der verwachsene Rumold konnte das friedliche Zusammentreffen von Frederik und Herward bezeugen. Schließlich hatte er auf Herwards Pferd aufgepasst und dafür einen für seine Verhältnisse gewiss recht stattlichen Lohn erhalten.

Als Johanna den Domplatz erreichte und sich umsah, stellte sie fest, dass auffallend wenige Bettler herumlungerten, und auch Rumold war nirgends zu sehen.

Seit ihrer Ankunft in Köln hatte sich Johanna annähernd täglich auf den Weg zum Dom gemacht, und die armen Gestalten, die darauf hofften, von den Pilgern ein paar Almosen zu empfangen, waren immer an ihren angestammten Plätzen anzutreffen gewesen. Wenn schon der Zwerg Rumold zurzeit nicht hier war, so hoffte Johanna, wenigstens die zahnlose Frau zu finden, die sie und Frederik so angestarrt hatte. Doch auch von ihr gab es keine Spur.

Die Bauarbeiten am Dom waren zu dieser Tageszeit noch voll im Gang. Und es war sehr verwunderlich, dass sich nicht mehr der Bettler eingefunden hatten, um sich zum Beispiel als Träger zu verdingen, da immer wieder Fuhrwerke mit Baumaterialien den Dom erreichten und plötzlich sehr viele Hände gebraucht wurden.

Johanna wandte sich einer kleinen Gruppe von zerlumpten Männern und Frauen zu, die um ein Feuer herumstanden. Ein paar Kinder waren auch dabei. Die hielten sich wohl vor allem dadurch warm, dass sie unablässig hintereinander herrannten. Ein Säugling ruhte währenddessen in den Armen seiner Mutter und hatte seinen Kopf auf deren Schulter gelegt.

Diese Menschen hatte Johanna hier zuvor noch nicht gesehen. Ihre Sprache war zwar verständlich, unterschied sich aber deutlich von der Art und Weise, wie sich die Leute in Köln unterhielten.

Landleute, dachte Johanna, Bauern, die ihrem Grundherrn entflohen waren und sich aufgemacht hatten, in der Stadt ihr Glück zu finden, wo es überall an Arbeitskräften fehlte, seit dort die Pest gewütet hatte.

»Ich suche Rumold den Zwerg«, sprach Johanna die Leute an, denn sie war sich sicher, dass der kleine, verwachsene Mann ihnen begegnet und aufgefallen sein musste. Zuerst schienen die Fremden Schwierigkeiten zu haben, Johanna zu verstehen. Der Dialekt, den sie sprach, unterschied sich doch ziemlich von dem Platt, das sich im Norden verbreitet hatte und von jedermann verstanden wurde – zumindest von jedermann, der Geschäfte machte. Aber die Sprache war weniger das Problem. Die Leute waren scheu und ängstlich, und vermutlich wollten sie auch eine angemessene Gegenleistung für ihre Dienste haben. Johanna beschrieb den Zwerg gestenreich und hoffte, dass die Menschen sie verstanden.

»Ich habe ihn gesehen«, sagte ein etwas abseits stehender Junge mit starkem Akzent, aber immerhin verständlich. Er war nicht älter als neun oder zehn Jahre, seine Kleidung starrte vor Dreck.

Eine der Frauen zischte ihm ein paar Worte zu, die Johanna nicht verstand. Daraufhin wich der Junge Johannas Blick aus.

»Der Zwerg war jeden Tag hier, und ich bin mir sicher, dass ihr ihn auch gesehen habt«, versuchte es Johanna noch einmal. »Ich muss ihn unbedingt finden.«

»Was will denn eine hochwohlgeborene Herrin, deren Kragen mit Pelz besetzt ist, von einem wie dem Zwerg?«, fragte einer der Männer, der sich erstaunlich gut ausdrücken konnte. Er war der Älteste und hatte schon einen gebeugten Rücken. Sein Gesicht war so zerfurcht, dass es Johanna an die Wetterseite eines Baumes erinnerte, wie man ihn mitunter an der Küste fand.

»Das muss ich ihm schon selbst sagen«, erwiderte Johanna. »Aber es ist sehr wichtig, dass ich ihn finde.«

Der Junge wollte etwas sagen, aber der Blick des Mannes ließ ihn sofort verstummen.

»Wir wollen keinen Ärger«, antwortete statt seiner die Frau mit dem Säugling auf erstaunlich selbstbewusste Weise. »Da wir fremd hier in der Stadt sind und es nirgendwo eine Herberge gibt, weil all diese Gesandten aus fremden Städten zurzeit in Köln sind, werden wir uns mit allen gutstellen müssen.«

Johanna verstand die Not dieser Leute durchaus. Sie hatten sich einerseits nicht gerade den besten Zeitpunkt dafür ausgesucht, in der Stadt ihr Glück zu suchen, die zum Bersten mit Menschen gefüllt war; die Leute konnten vermutlich froh sein, dass man sie überhaupt innerhalb der Stadtmauern duldete.

Aber andererseits fiel gerade zu Zeiten eines solchen Großereignisses wie des Hansetags besonders viel Arbeit an, sodass es für Fremde einfacher war, eine wenn auch eher schlecht bezahlte Tätigkeit zu finden.

Johanna griff zu ihrer Geldbörse und holte mehrere Silberstücke hervor. Die gab sie der Frau mit dem Säugling.

»Bei allen Heiligen, wofür ist das?«, fragte die Frau verwundert. Sie gab die Münzen an den Mann weiter, der sie mit den Zähnen prüfte.

»Für ein leichteres Leben«, sagte Johanna. »Zumindest in den nächsten Tagen.«

»Aber wir haben Euch gar nichts gesagt.«

»Ich weiß.«

Johanna ging weiter. Doch sie war kaum ein Dutzend Schritte gegangen und überlegte, wen sie noch nach dem Zwerg fragen konnte, da hörte sie hinter sich die Stimme der Frau mit dem Säugling. »Wartet, hohe Frau!«, rief sie.

Johanna drehte sich um und kehrte zurück.

»Ihr könnt mir doch helfen?«

»Ihr habt ein gutes Herz«, sagte die Frau. »Dann wollen wir es auch haben.«

»Wo ist der Zwerg?«

»Der Junge hat ihn gesehen und weiß, wo man ihn zurzeit findet.«

»Der Herr möge es euch vergelten.«

Der Junge führte Johanna durch ein paar enge Gassen. Er lief so schnell, dass sie sich anstrengen musste, um ihm überhaupt folgen zu können. Schließlich erreichten sie einen Ort, wo sich kleinere, fast schnurgerade geführte Straßen kreuzten. Dadurch entstand ein kleiner Platz. Eine ganze Anzahl von Bettlern hatte sich hier eingefunden. Ein Blinder spielte auf einer Laute und sang dazu.

»Hier habe ich den Zwerg zuletzt gesehen«, sagte der Junge.

»Er ist nicht hier.«

»Er könnte in dem Haus da vorne schlafen. Wartet ein bisschen ab, dann zeigt er sich vielleicht.«

»Was ist das für ein Haus?«

»Es gibt dort Speisen für die Armen«, sagte der Junge. »Nur nicht für uns. Man hört an unserer Sprache, dass wir fremd sind. Darum gibt man uns nichts.«

»Ich danke dir«, sagte Johanna und gab dem Jungen eine Münze.

»Euch würde man ganz bestimmt etwas geben, obwohl Ihr es Euch kaufen könntet«, sagte er. Dann lief er lachend davon.

Johanna betrat das Haus, in dem der Junge Rumold den Zwerg vermutet hatte. Das Gebäude wirkte heruntergekommen. Es war in einfacher Fachwerkbauweise errichtet worden, und im Gebälk steckte der Holzwurm. Das sah Johanna auf den ersten Blick. Vermutlich war das Haus auf Dauer gar nicht mehr zu retten. Johanna kannte sich mit diesen Dingen aus, denn sie hatte immer wieder Lagerhäuser inspiziert und dabei stets überprüft, ob die verdächtigen Zeichen der Balkenpest, wie man den Holzwurmbefall auch nannte, zu finden waren. Selbst ein Patrizierhaus konnte noch so mächtig und erhaben sein, es war doch niemals sicher davor, dass nicht eines Tages der Dachstuhl von diesem Fluch befallen wurde.

Es war wie mit vielen anderen Dingen im Leben: Wenn das Übel nicht frühzeitig genug entdeckt wurde, gab es keine Heilung mehr – oder nur noch die Hoffnung auf göttliche Gnade, wie sie Johanna selbst zuteilgeworden war.

Aber da dieses Haus ohnehin dem Untergang geweiht war und früher oder später abgerissen werden musste, konnte es so lange noch einem mildtätigen Zweck dienen und damit das Ansehen seines Besitzers mehren.

Johanna kam in einen großen Raum. An einer Feuerstelle wurde Suppe ausgeschenkt. Ein riesiger, kahlköpfiger Mann füllte die Portionen in Gefäße aller Art. Die zahnlose Frau, die Johanna an den vergangenen Tagen auf dem Domplatz gesehen hatte, half ihm dabei. Da sie sich nicht besonders geschickt anstellte, wurde sie von dem Kahlkopf immer wieder mit obszönen Beschimpfungen bedacht. Aber als er Johanna sah, hörte er augenblicklich damit auf. Zu ungewöhnlich war es wohl, dass sich eine Frau von Stand an einen Ort verirrte, an dem sich die Ärmsten der Armen einfanden.

Rumold den Zwerg fand Johanna in einer Ecke auf dem Boden sitzend. Er hielt einen Krug mit Suppe in beiden Händen, aber seine Aufmerksamkeit galt wohl schon längere Zeit Johanna. Er beobachtete sie offenbar. Als Johanna den Blick des Zwerges erwiderte, sah er zur Seite und tat so, als hätte er Johanna nicht bemerkt.

Johanna ging zu ihm.

»Rumold?«

»Ich kenne Euch nicht, Herrin.«

»Vielleicht willst du mich aus irgendeinem Grund nicht kennen, Rumold. Davon, dass du blind bist, habe ich auf dem Domplatz nichts bemerkt. Und ich glaube auch nicht, dass jemand wie Herward von Ranneberg dir dann sein Pferd anvertraut hätte. Gestern Abend war das ...«

»Ich will nicht mit Euch reden, Herrin.«

»Du willst Geld.«

»Nicht Euer Geld!«, wehrte der Zwerg ab, als Johanna zur Börse greifen wollte.

»Was soll das bedeuten?«

»Es soll bedeuten, dass ich Euch nie gesehen habe.«

»Ich brauche deine Hilfe. Du musst doch die Unterhaltung zwischen Herward von Ranneberg und Frederik von Blekinge mitbekommen haben und ...«

»Ihr meint den Mann, der als Verräter und Mörder festgenommen wurde und bald geköpft wird.« Der Zwerg kicherte. »Das hat sich wie ein Lauffeuer überall in der Stadt verbreitet.«

»Er ist unschuldig. Und Herward von Ranneberg ...«

»Hört mir gut zu, hohe Frau. Dieses Haus gehört Herward von Ranneberg. Er ist ein Wohltäter für die Armen, und als gestern einer seiner Vertrauten auf dem Domplatz erschien, um uns zu sagen, dass wir uns dort die nächsten Tage nicht aufhalten sollten, habe ich nicht nach dem Grund gefragt, zumal es hier eine gute Suppe gibt und Herr Herward dafür sorgt, dass ich mein Auskommen habe.«

»Wir beide haben Herward einträglich mit dem Mann zusammen gesehen, der angeblich seinen Reisebegleiter umgebracht haben soll!«

»Mag sein. Mag auch nicht sein.«

»Aber es ist die Wahrheit. Und so wahr der Herr alles gibt, so gibt es nur eine Wahrheit, Rumold!«

»Nein, hohe Frau, da irrt Ihr Euch. Es gibt eine Wahrheit für Leute wie Euch und eine für Leute wie mich ... Geht jetzt. Und lasst mich zufrieden. Es sehen uns schon einige hier seltsam an.«

Johanna fiel es wie Schuppen von den Augen. Herward hatte dafür gesorgt, dass all die Bettler, die ihn vielleicht zusammen mit Frederik gesehen haben könnten, für ein paar Tage aus der Umgebung des Doms verschwunden waren. Und den Mund hatte er ihnen mit Almosen gestopft. *Keiner von ihnen wird reden,* wurde es Johanna klar. *Und selbst wenn – es wäre fraglich, ob ihnen jemand Glauben schenken würde.*

Tiefe Verzweiflung stieg in ihr auf. Frederik war verloren, dachte sie.

Johanna ging zurück zum Dom. Ihr Herz war schwer. Sie dachte die ganze Zeit darüber nach, was sie noch tun konnte, um Frederik zu helfen.

Man hatte ihn offensichtlich als Sündenbock benutzt. *Was ist Herwards Absicht in diesem bösen Spiel?,* fragte sie sich.

Sie ging in den Dom und betete. Jetzt konnte ihr nur der Herrgott helfen. Und ob der ihr noch so gewogen war wie früher, daran hatte sie mittlerweile doch erhebliche Zweifel.

»O Herr, lass mich klare Gedanken haben«, betete sie. Und die Zwiesprache mit dem Höchsten gab ihr überraschend viel Kraft. Der Mut, der sie schon beinahe vollkommen verlassen zu haben schien, kehrte zurück. Aber gleichzeitig auch das tiefe Bewusstsein der Schuld, die sie ausgerechnet an diesem heiligen Ort auf sich geladen hatte.

War das, was geschehen war, vielleicht eine direkte Folge der Sünde, die in diesem Gewölbe stattgefunden hatte?

War Frederik am Ende deswegen dieses Unrecht widerfahren, weil der Herr es so wollte und dies eben die auferlegte Buße war?

Ihre Gedanken begannen immer mehr um diesen Punkt zu kreisen, und sie konnte sich kaum davon lösen.

Schließlich betete sie unablässig. Formelhaft gingen die bekannten Worte über ihre Lippen, und das betäubte kurzfristig die Gedanken, die sie bedrängten.

Sie verlor für eine Weile jegliches Zeitgefühl. Schon des Öfteren war ihr das so gegangen, wenn sie innerhalb der Mauern eines Gotteshauses nach Trost und Erlösung gesucht hatte. Diesmal schien es jedoch keine dauerhafte Erlösung zu geben. Die Bedrängnis wurde nicht schwächer, wie sie es erhofft hatte, das Gegenteil war der Fall.

Es wird Zeit, dass ich wieder beichte, ging es ihr nun durch den Kopf.

Sie bemerkte plötzlich zwei Schatten im flackernden Licht unzähliger Kerzen. Ein dumpfes Wispern wurde durch das Domgewölbe bis zu ihr getragen. Sie konnte zwar kein einziges Wort verstehen, aber das Geflüster reichte, um sie aus ihrer inneren Versenkung zu reißen. Offenbar war sie so aufgewühlt, dass sie sich der Zwiesprache mit Gott nicht in der Intensität widmen konnte wie sonst.

Johanna wandte den Blick und sah Bruder Emmerhart zusammen mit Pater Martinus. Die beiden Geistlichen waren anscheinend guter Stimmung. Selbst das sonst so strenge und maskenhaft wirkende Antlitz von Pater Martinus wirkte jetzt beinahe freundlich, und Emmerharts Lächeln war noch breiter, als man es ohnehin schon von ihm gewohnt war.

Diese gute Laune irritierte Johanna zunächst. War es nicht auch Emmerharts Interesse, dass das Bündnis gegen Waldemar zustande kam? Und hatte nicht die jüngste Entwicklung gerade diesen Plan erheblich gefährdet? Aber dann überlegte sie, dass es eigentlich keinen Grund gab, warum sich zwei Geistliche trotz vieler Schwierigkeiten, die alles Irdische nun einmal mit sich brachte, nicht an der Barmherzigkeit und Güte des Herrn freuen und trotz bedenklicher Lage gute Laune behalten sollten.

Emmerhart blickte jetzt zu Johanna hinüber. Er wechselte noch ein paar Worte mit Pater Martinus und kam anschließend auf sie zu. Es dauerte eine ganze Weile, bis er das Domgewölbe gemessenen Schrittes durchquert und die Bank erreicht hatte, auf der Johanna kniend verharrte.

»Ich will Eure Zwiesprache mit dem Herrn nicht stören, Johanna«, sagte er fast flüsternd.

»Das tut Ihr nicht, Bruder Emmerhart. Ich bin mit meinen Gebeten bereits fertig.«

»Aber Ihr seht nicht glücklich oder erleichtert aus.«

Johanna bekreuzigte sich und erhob sich aus ihrer unbequemen Lage. Sie spürte die Knie kaum noch, und im ersten Moment drohten sie ihr wegzuknicken. »Ihr seid ein feiner Beobachter, Emmerhart.«

»Mir ist nicht entgangen, wie sehr Ihr Euch für Frederik von Blekinge eingesetzt habt.«

»So?«

»Niemandem dürfte das entgangen sein. Und so sehr sich Euer Vater insgeheim darüber freuen mag, weil er vielleicht glaubt, dass dieses Interesse an einem Mann Euren Entschluss, ins Kloster einzutreten, noch einmal zur Disposition stellen könnte, so sehr bringt Ihr ihn dadurch aber auch in eine schwierige diplomatische Lage. Ihn und die ganze lübische Delegation.«

»Das war nie meine Absicht.«

»Das weiß ich sehr wohl, mein Kind.«

»Frederik von Blekinge ist unschuldig. Er soll der Sündenbock für irgendeine Intrige sein, die da im Hintergrund geschmiedet wird. Alle Armen und Bettler, die sonst den Domplatz bevölkern und die vielleicht bezeugen könnten, dass Frederik und Herward noch gestern Abend wie alte Bekannte miteinander gesprochen haben, sind plötzlich durch mildtätige Gaben fortgelockt worden. Und denkt nur, wohin: in ein Haus, das Herward von Ranneberg gehört und in dem dieser eine Suppenküche betreibt, bis das Gebäude irgendwann wegen seines Wurmstichs abgerissen wird!«

Emmerhart hob die Augenbrauen. Für einen Augenblick glaubte Johanna, einen Anflug von Überraschtheit in seinen Zügen zu entdecken, bevor diese wieder von einem unergründlichen, maskenhaft wirkenden Lächeln überdeckt wurden.

»In der Kürze der Zeit habt Ihr anscheinend einiges an Nachforschungen angestellt.«

»Es ist eine Ungerechtigkeit, die da geschieht! Dieser Mann hat niemandem etwas getan. Und er hat es ganz sicher nicht verdient, dass man ihn einsperrt und womöglich am Ende gar dem Henker übergibt!«

»Ich sprach soeben mit meinem guten Bekannten aus dem Domkapitel darüber«, sagte Emmerhart.

»Pater Martinus?«

»Ja, genau. Er schätzt die Lage so ein, dass das Urteil schon so gut wie gesprochen ist. Niemand wird an den Worten eines Herward von Ranneberg zweifeln. Dazu hat sein Name zu viel Gewicht hier in Köln.«

»Dann geht es gar nicht mehr um die Wahrheit?«

»Welche Wahrheit, mein Kind? Vermagst du in das Herz eines Menschen zu sehen? Kannst du beschwören, dass sich hinter dem charmanten Lächeln dieses Nordländers nicht die feige Hinterlist eines Mörders verbirgt, der bereit ist zu morden, wenn man seiner Familie dafür die Rückgabe ihrer Besitz- und Handelsrechte verspricht?«

»Das halte ich für undenkbar.«

»Ihr seid jung, Johanna. Ihr glaubt noch, dass die Dinge immer so sind, wie sie von außen scheinen. Aber das ist nicht der Fall, und nur der Herr allein vermag in die Herzen der Menschen zu sehen und zu erfassen, was sie wirklich in ihrem Innersten bewegt. Niemand sonst.« Emmerharts Lächeln wurde noch breiter. »Nicht einmal ich mit meiner unbestrittenermaßen etwas größeren Lebenserfahrung würde mir in diesem Fall eine Beurteilung zutrauen.«

Johanna schluckte. »Ich gebe zu, dass ich sehr verwirrt bin.«

»Weil Ihr für diesen Frederik mehr empfindet, als dass es Eure Urteilsfähigkeit unbeeinträchtigt lassen würde?«, fragte Emmerhart. »Weil Ihr vielleicht doch insgeheim davon träumt, Euer Leben in eine ganz andere Richtung verlaufen zu lassen, als Ihr es Euch bisher geschworen hattet? Oder war es schlicht und ergreifend das Begehren des Fleisches, das Euch überwältigt hat?«

Johanna erschrak. *Wie kann er das wissen?*, fragte sie sich sofort. Oder hatte er einfach nur auf Grund seiner Lebenserfahrung ihre Gedanken erraten, die vielleicht deutlicher in ihrem Gesicht zu lesen standen, als sie beabsichtigt hatte?

Und wenn Pater Martinus doch mehr von dem gesehen hat, was sich zwischen Frederik und mir in diesen heiligen Mauern ereignete?, ging es ihr durch den Kopf. *Es ist nicht ausgeschlossen, dass die beiden darüber gesprochen haben.*

»Ich habe lange nicht mehr gebeichtet«, sagte Johanna.

»Ihr wisst, dass ich Euch dafür jederzeit zur Verfügung stehe.«

»Ja, und das weiß ich wohl zu schätzen.«

»Was hindert Euch dann daran, mir hier und jetzt zu sagen, was Euch beschwert, und den Herrn dafür um Vergebung zu bitten? Was auch immer es sein mag, die Gnade unseres Herrn ist uns gewiss.«

Johanna sah Emmerhart an. »Später will ich gerne beichten, aber jetzt fühle ich nur Verzweiflung und will das Unrecht aufhalten, das man einem geliebten Menschen antun will!«

Jetzt hatte sie es ausgesprochen. Und Emmerhart schien nicht einmal überrascht. Er nickte nur, und sein Blick ließ wieder einmal nichts von dem erkennen, was in seinem Inneren vor sich gehen mochte. Keine Anteilnahme, aber auch keine Missbilligung.

»Ich verstehe Euch besser, als Ihr glaubt, Johanna«, sagte Emmerhart. »Vielleicht habt Ihr einen Teil Eurer Beichte jetzt schon vorweggenommen. Es gibt kein Gelübde, das Ihr gebrochen habt, aber um zu beurteilen, ob Ihr für das, was Ihr getan habt, Vergebung erlangen könnt, muss ich mehr darüber wissen.«

»Ihr meint …«

»Ihr solltet beichten. Hier und jetzt – und ohne den kleinsten Vorbehalt. Sprecht leise, aber ich werde jedes Wort verstehen, und wenn Ihr die Vergebung erhalten habt, werdet Ihr wieder im Stande sein, klare Entscheidungen zu treffen. Glaubt mir.«

Er weiß es, dachte Johanna. *Er weiß alles – woher auch im-*

mer. Und vielleicht hat er recht, und es ist wirklich das Beste, alles nach außen zu kehren, was sich an Schmutz in meiner Seele angesammelt hat.

»Also gut«, sagte sie. »Aber wollen wir nicht lieber …«

»Ein Beichtstuhl ist nicht unbedingt notwendig, Johanna. Nur ein Priester und eine verlorene Seele – und das Auge und Ohr Gottes, der alles sieht und hört und uns in unserem Innersten erkennt, da er uns geschaffen hat.«

Und so fing Johanna an zu beichten. Sie berichtete davon, wie sie Frederik zum ersten Mal begegnet war und welchen Zauber seine Erscheinung auf sie ausgelöst hatte. Als sie davon sprach, wie die pure Fleischeslust sie inmitten der Kirchenmauern überkommen und sie diesem unstillbaren Drang in einer Hemmungslosigkeit nachgegeben hatte, wie sie es sich zuvor nie hätte vorstellen können, war ihre Stimme nur ein ganz leises, kaum hörbares Wispern.

Aber was spielte das schon für eine Rolle, wie laut sie sprach, da Bruder Emmerhart auf geheimnisvolle Weise doch ohnehin schon alles zu wissen schien. Vielleicht waren ihm nicht alle Einzelheiten bekannt, aber doch das Wesentliche.

»Dir ist vergeben«, sagte Emmerhart schließlich. Und Johanna war erstaunt darüber, dass er ihr keine Bußen auferlegte, dass er noch nicht einmal besonders schockiert war. Ihr kam der Gedanke, dass Emmerhart – obwohl Priester und Mönch – doch mehr vom Leben kennengelernt hatte, als sie bisher ahnte.

Emmerhart hatte ihre Überlegung wohl zumindest teilweise erraten. »Ihr solltet nicht denken, dass mir menschliche Regungen fremd sind, Johanna. Und den Versuchungen des Fleisches unterliegen wir alle, ganz gleich, was für Gelübde wir gegenüber Gott oder gegenüber uns selbst abgelegt haben.«

»So blickt Ihr nicht auf meine Verworfenheit herab?«

»Wer ohne Sünde ist, der werfe den ersten Stein, so heißt es in der Heiligen Schrift. Wer bin ich, dass ich mich über Euch oder irgendeinen anderen Menschen stellen könnte.«

Mit dieser Großherzigkeit hatte Johanna nicht gerechnet. Es war nur ein Gefühl, aber es machte sich ziemlich deutlich bemerkbar: das Gefühl, dass hinter dieser Großherzigkeit vielleicht noch etwas mehr steckte. Und auf einmal wartete sie darauf, dass er irgendeine Art von Gegenleistung dafür erwartete.

»Geht jetzt zurück zu der Herberge, in der wir Lübischen untergebracht sind«, verlangte Emmerhart.

»Aber ...«

»Ich habe erfahren, dass man einen Trupp von Reitern zu jenem Ort geschickt hat, an dem der Überfall stattgefunden haben soll. Herward selbst wird die Männer dorthin führen, und wenn sie zurückkehren, wird sich vielleicht erweisen, was wirklich geschehen ist.«

»Das kann ich Euch so schon sagen«, flüsterte Johanna aufgeregt. »Man wird ein paar erschlagene Männer finden – Pieter van Brugsma und seine Begleiter. Aber niemand wird daraus irgendwelche Rückschlüsse ziehen können, wer das getan hat!«

»Wir werden sehen«, erwiderte Emmerhart.

»Es muss doch eine Möglichkeit geben, etwas für Frederik zu tun!«

Bruder Emmerhart musterte Johanna eine ganze Weile. Sie hielt seinem Blick stand. *War es richtig, sich ihm anvertraut zu haben?*, fragte sie sich plötzlich. *Aber wem denn sonst, wenn nicht ihm? Schließlich ist er doch schon so viele Jahre mein Beichtvater.*

»Ihr liebt diesen Mann offenbar wirklich«, stellte Emmerhart fest. »In solchen Fällen ist es wohl sinnlos, an die Vernunft eines klaren Gedankens appellieren zu wollen.«

»Ich möchte einfach nur, dass ihm nichts geschieht. Und so, wie sich die Dinge im Moment darstellen, wird man ihm keine Möglichkeit geben, die Wahrheit darzulegen.«

»Wartet wenigstens ab, bis die Reiter zurückkommen.«

»Das ist nur Zeitverschwendung. Jemand will, dass er schuldig ist. Und vielleicht ist das sogar Herward von Ranneberg selbst! Könnte es nicht sein, dass er der Verräter ist? Vielleicht hat er seine Begleiter erschlagen oder ließ sie erschlagen?«

»Warum sollte er das tun, Johanna?«

»Aus demselben Grund, aus dem Frederik es getan haben soll: Weil Waldemar Herward von Ranneberg versprochen hat, ihm seinen Besitz und seine Privilegien in Helsingborg zurückzugeben.«

»Wir alle müssen lernen, Wunsch und Wirklichkeit in Übereinstimmung zu bringen, werte Johanna. Und Ihr scheint in diesem Fall vielleicht einen getrübten Blick zu haben.«

»Nein, es ist der Blick eines reinen Herzens, und ich glaube nicht, dass ich mich täusche, Bruder Emmerhart.«

Der Mönch nickte langsam, sein Blick war dabei so intensiv auf Johanna gerichtet, dass sie es kaum aushalten konnte. Ein Blick, von dem sie das Gefühl hatte, dass er alles durchdringen und bis zum Grund ihrer Seele reichen könnte. Aber Johanna sagte sich, dass ihr dies nun gleichgültig sein müsse. Schließlich hatte sie nichts zu verbergen. Jetzt nicht mehr, nachdem sie ohnehin schon alles gebeichtet hatte, was bis dahin ihre Seele hatte schwer werden lassen. Jetzt ging es nur noch um eins: ein großes Unglück für einen geliebten Menschen zu verhindern. Ob sie und Frederik sich danach je wiedersahen, stand ohnehin in den Sternen – ebenso wie der Weg, den Johannas Leben in Zukunft nehmen sollte.

»Vielleicht kann ich doch etwas für Euch tun«, sagte Bruder Emmerhart schließlich.

»Ich bin Euch sehr dankbar. Was schlagt Ihr vor?«

Der Mönch hob abwehrend die Hände. »Immer die Ruhe, Johanna. Ich kann jetzt nicht mit Euch über Einzelheiten reden.

Aber wenn es so weit ist, werde ich auch Eure Unterstützung brauchen.«

»Wann wird das sein?«

»Ich lasse es Euch wissen.«

»Das ist alles sehr vage ...«

»Ja, das mag sein. Aber ich muss erst klären, welche Möglichkeiten ich tatsächlich habe. Wir sprechen morgen darüber. Und noch etwas ...«

»Was?«

»Ich riskiere sehr viel, wenn ich mich für einen Mann einsetze, den Ihr zwar liebt, der aber in ganz Köln und bald in der gesamten Hanse als schändlicher Lakai von König Waldemar wahrgenommen wird!«

»Das ist mir wohl bewusst.«

»Doch ich weiß den Herrn auf meiner Seite.«

»Der Herr mag Euren Mut belohnen.«

»Vielleicht muss ich eines Tages um einen Gefallen bitten. Ich hoffe, Ihr seid dann bereit dazu.«

Der Unterton, mit dem Emmerhart dies sagte, gefiel Johanna nicht. Sie fühlte plötzlich ein deutliches Unbehagen in der Magengegend. Was mochte das für eine Art von Gefallen sein, die Emmerhart im Sinn hatte? *Ganz gleich, was es auch sein mag, ich habe wohl kaum die Möglichkeit, sein Ansinnen rundweg abzulehnen,* überlegte Johanna.

»Ihr hattet in all den vergangenen Jahren stets ein offenes Ohr für mich und meine Nöte – warum sollte ich umgekehrt nicht auch ein offenes Ohr für Euch haben?«, erwiderte sie ausweichend.

»Das freut mich zu hören«, sagte Emmerhart. »Ich werde dann zu gegebener Zeit darauf zurückkommen.«

»Und etwas näher wollt Ihr Euch nicht dazu äußern, was für eine Art von Gefallen es sein könnte, den Ihr von mir verlangt?«

Emmerhart lächelte breit, wie es seine Art war. Und in seinen Augen blitzte es auf eine eigenartige, für Johanna nicht zu deutende, beunruhigende Weise. »Ich würde nichts verlangen, was gegen Eure eigenen wohlverstandenen Interessen wäre, Johanna. Euer Vater vertraut sehr Eurem Rat, und Euer Einfluss auf ihn ist wahrscheinlich stärker als der jedes anderen Menschen. Es könnte sein, dass ich diesen Einfluss brauchen werde – etwa wenn Moritz nicht von allein den Mut findet, sich auf fremde, ihm nicht ganz geheure Geschäftsfelder zu begeben.«

»Ihr sprecht vom Marzipan?«, erkannte Johanna und war zutiefst überrascht.

»Ich spreche noch von gar nichts Bestimmtem. Nur von einer Option. Und ich bin sicher, dass Ihr Euch richtig verhalten werdet.«

Johanna schluckte. »Das kann ich Euch zusichern.« *Was für ein berechnender Charakter*, ging es ihr durch den Kopf. *Christliche Nächstenliebe und mönchische Selbstlosigkeit haben damit nicht sehr viel zu tun …*

Aber andererseits war Emmerhart ja auch ein Geschäftsmann und Betreiber einer Apotheke. Und wenn das alles letztlich dem Wohl der Kirche und dem Dienst am leidenden Menschen zugute kam, so kannte Emmerhart keine Skrupel dabei, in irdischen Dingen jeden nur denkbaren Vorteil auszunutzen.

Johanna kehrte zur Herberge zum »Großen Hahn« zurück. Sie fand dort ihre Schwester weinend in dem Zimmer, das sie beide zusammen bewohnten. Grete hatte sich auf das Bett gekauert und war untröstlich. »Alles ist aus«, sagte sie. »Alles, worauf ich mir so viel Hoffnung gemacht habe, wird jetzt nichts mehr. Vielleicht sollte ich nun dasselbe tun, was du immer vorhattest.«

»Was meinst du damit?«, fragte Johanna etwas irritiert, wobei sie mit den Gedanken wohl auch nicht ganz bei der Sache war.

»Na, ins Kloster gehen natürlich!«

»So etwas sollte man nur aus Berufung und nicht aus Enttäuschung dem Schicksal gegenüber tun.«

Grete trocknete ihre Tränen.

»Das Leben ist kurz«, meinte sie. »Und die Jahre, in denen ich gut zu verheiraten bin, neigen sich schon fast dem Ende zu.«

»Du übertreibst!«

»Ich übertreibe nicht. Ich spreche lediglich aus, was niemand übersehen kann.«

»Du solltest darauf vertrauen, dass dir jemand anderes begegnet, der dich so liebt, wie du bist, und dich gerne zur Frau nimmt. Auch unabhängig davon, ob du nun die Tochter eines Moritz von Dören bist oder nicht.«

»Ach, Johanna. Du hast schon eigenartige Ansichten.«

»Findest du?«

»Und im Übrigen: Nimm es mir nicht übel, aber ich hoffe, dass der Kerl, der mein Leben zerstört hat, dafür bitter bezahlen soll! Du hältst diesen schwedischen Schurken ja aus einem unerfindlichen Grund für unschuldig, aber ich für mein Teil hoffe, dass man diesem Mann nicht nur einfach kurz und schmerzlos den Kopf abschlägt für das, was er getan hat, sondern dass er vorher noch viel leiden muss.«

Johannas Gesicht wurde daraufhin sehr finster. Sie bekreuzigte sich und sagte: »Der Herr möge dir deine Grausamkeit verzeihen. Ob ich das kann, weiß ich noch nicht.«

Neunzehntes Kapitel

Schuld und Lüge

Bruder Emmerhart traf sich noch in derselben Nacht ein weiteres Mal mit Pater Martinus. Er suchte den hageren Priester in dessen bescheidenem Privatgemach auf, das sich in einem Gebäude in unmittelbarer Nähe zum Dom befand. Es war zwar schon weit nach Mitternacht, aber Martinus war immer noch wach. Bei Kerzenlicht saß er über einer seltenen lateinischen Handschrift, als Emmerhart an seiner Tür klopfte.

»Wer ist da?«

»Ich bin es: Emmerhart. Oder erwartet Ihr zu dieser Zeit noch anderen Besuch?«

»So kommt herein und macht nicht so einen Lärm.«

Emmerhart trat ein und schloss die Tür sorgfältig hinter sich. Dann setzte er sich zu Martinus an den Tisch.

»Wollt Ihr einen Krug Wein?«, fragte dieser.

»Nicht mehr um diese Zeit.«

Martinus schien da weniger Bedenken zu haben. Er nahm den Krug, der auf dem Tisch stand, und trank ausgiebig.

Emmerhart deutete auf den in Leder gebundenen Folianten auf dem Tisch. Die Buchstaben waren lateinisch und von sehr klarer, einfacher Form, ohne Schnörkel und Verzierungen.

»Lest Ihr wieder eine Schrift aus der Heidenzeit?«

»Mein Erkenntnisdrang ist nun mal unstillbar.«

Emmerhart lächelte auf seine besondere Weise. »Der Herr sieht alles, Pater Martinus. Ich hoffe, Ihr vergesst das nicht …«

»Der Herr vielleicht, aber glücklicherweise gilt das weder für den Erzbischof noch für den Papst.«

Beide Männer lachten kurz. Dann kam Emmerhart ohne weitere Umschweife zur Sache. »Wir haben ja schon ausführlich über die Angelegenheit mit dem Nordländer gesprochen.«

»Der Prozess wird kurz sein, so wie ich gehört habe. Alle Beteiligten sind sich einig, und wahrscheinlich ist es das Beste, wenn dieser Frederik von Blekinge möglichst bald seinen Kopf verliert.«

»Vielleicht wäre es noch besser, wenn ihm die Flucht gelänge.«

»Wie bitte?«

»Jeder würde das als Schuldeingeständnis werten, es würde niemand weitergehende Fragen stellen, wie es zu dem Überfall auf Pieter van Brugsma kam, und dieser Frederik hätte sicherlich keinen Grund, sich in Köln jemals wieder blicken zu lassen oder sich der Stadt auch nur auf tausend Meilen zu nähern.«

»Um ehrlich zu sein, habe ich über diese Möglichkeit auch schon nachgedacht, auch wenn ich nicht weiß, ob ich unseren Freund Herward davon zu überzeugen vermag.«

»Ich glaube, gerade Herward von Ranneberg sollte es zu schätzen wissen, wenn keine unnötigen Fragen aufkommen. Und die werden kommen, wenn bekannt wird, dass er die Bettler vom Domplatz weggelockt hat, die dort ihr angestammtes Revier haben.«

Martinus hob die Augenbrauen. »So, hat er das?«

»Ja.«

»Ihr seid anscheinend besser informiert als ich.«

»Was selten vorkommt.«

Die beiden Geistlichen lächelten hintergründig. Eine Pause entstand. Dann sagte Martinus plötzlich: »Herward ist ein Narr! Ich habe ihm dringend abgeraten, so etwas zu tun. Den Bettlern würde doch sowieso niemand glauben, gleichgültig, was sie gesehen haben. Es wäre nur das dumme Geschwätz von ein paar armen, verfluchten Seelen, die für einige wenige Münzen alles Mögliche erzählen würden. Aber so ist das natürlich etwas anderes.«

»Ich hätte da einen Vorschlag, Martinus.«

»Wie ich mir schon dachte.«

»Georg der Ehrlose könnte in diesem Plan sehr hilfreich sein.«

»Unser Frauenwirt und Henker?« Martinus wirkte im ersten Moment überrascht, aber dann veränderte sich sein Gesicht, auf dem das flackernde Kerzenlicht unruhige Schatten tanzen ließ. Er schien zu begreifen, worauf Bruder Emmerhart hinauswollte. »Ich habe Eure Durchtriebenheit wohl unterschätzt, Bruder Emmerhart.«

»Ich glaube, es ist besser, wenn Ihr zuerst mit Georg sprecht«, schlug Emmerhart vor.

»Damit Ihr Euch fein aus allem heraushalten könnt?«

Emmerhart schüttelte den Kopf. Dies mochte auch ein Grund für seinen Vorschlag gewesen sein, aber er durfte diesen Aspekt auf gar keinen Fall in den Vordergrund stellen. »Ihr seid von hier«, erklärte Emmerhart. »Deswegen wird er Euch mehr trauen als mir.«

»Obwohl Ihr so selten in Köln seid, scheint Ihr mir doch ein viel häufigerer Kunde im Haus des Ehrlosen Georg zu sein. Warum sollte er Euch also weniger trauen, da er Eure Zahlungskraft als verlässlich kennengelernt hat?«

Emmerharts Lächeln gefror nun zusehends. Er deutete auf das Buch, das noch immer aufgeschlagen auf dem Tisch lag. Martinus hatte noch nicht einmal versucht, es vor Emmerhart zu verbergen. »Meine Leidenschaften entspringen nur der Schwäche des Fleisches, und dafür kann man Vergebung erwarten. Eure

Leidenschaften hingegen sind eher geistiger Natur und könnten von manchem Inquisitor schon als Ketzerei betrachtet werden.«

»Meint Ihr?«

»Wollen wir es wirklich darauf ankommen lassen? Wenn meine Leidenschaften bekannt werden, führt mich das nur in den Beichtstuhl eines Amtsbruders – Euch die obsessive Beschäftigung mit allen Abartigkeiten des Heidentums aber vielleicht auf den Scheiterhaufen.«

Martinus wurde nun sehr ernst. Der letzte Rest an weinseliger Freundlichkeit war aus ihm gewichen, und er wirkte wieder knochentrocken und streng.

»Ihr habt eine seltsame Art zu scherzen, Emmerhart.«

»Ich gebe zu, Ihr seid nicht der Erste, der sich darüber beklagt.«

»Ich werde mit dem Ehrlosen Georg reden. Aber Ihr werdet es auch tun müssen. Und ich denke, wir sollten Herward einweihen.«

»Auf gar keinen Fall!«, widersprach Emmerhart. »Jeder soll zumindest die Verwunderung in Herwards Gesicht sehen, wenn er erfährt, dass der nordländische Sündenbock geflohen ist und damit seine Schuld eingestanden hat!«

Raben krächzten über den nebelverhangenen Auen. Herward von Ranneberg ritt an der Spitze eines Trupps, der vorwiegend aus Angehörigen der kölnischen Stadtwache bestand. Aber auch Bürgermeister Mathias Overstolz war dabei. In der Zeit seiner Abwesenheit musste Heinrich von der Ehren, der zweite Bürgermeister, die Amtsgeschäfte allein führen. Angesichts der angespannten Lage auf dem Hansetag und der Komplikationen, die sich durch die Ermordung von Pieter van Brugsma samt Gefolge ergeben hatten, war das allerdings keine Aufgabe, um die er sich besonders gerissen hätte.

»Hier ist es gewesen«, erklärte Herward.

»Die Raben werden nicht viel übrig gelassen haben«, meinte einer der städtischen Söldner.

Mathias Overstolz war ganz blass geworden, als er die furchtbar zugerichteten Leichen im hohen Gras sah. Raben und andere Aasfresser hatten sie inzwischen weit mehr entstellt als die Schwerthiebe der Mörder. Kaum einer der Toten trug noch seine Waffen oder Stiefel. Was die Mörder nicht selbst fortgetragen hatten, mussten die Bauern der Umgebung an sich genommen haben. Auch Gürtel und einige Kleidungsstücke waren entfernt worden, soweit sie nicht durch Schwertstreiche vollkommen zerschnitten oder so blutdurchtränkt waren, dass man sie nicht mehr hätte verwenden können.

Ein Bild des Grauens bot sich den Reitern, und ein süßlichfauliger Geruch hing schwer über dem Ort.

»Glaubt Ihr mir jetzt, was geschehen ist?«, fragte Herward von Ranneberg.

»Eure Schilderungen wurden nie in Zweifel gezogen«, stellte Mathias Overstolz klar.

»Hier! Seht nur, das muss der Leib von Pieter dem Jüngeren sein.« Herward deutete auf eine entstellte Leiche im Gras. »Die Stiefel hat man ihm ausgezogen, aber das blutbefleckte Wams ist ganz sicher seins.«

»Bei Gott«, flüsterte Mathias Overstolz erschüttert und vollkommen bleich.

»Fragt mich jetzt bitte nicht, welcher der Köpfe, die man hier findet, zu diesem Leib gehört hat«, fügte Herward noch hinzu, nachdem er aus dem Sattel gestiegen war und sich umsah.

»Jedenfalls werden wir dafür sorgen müssen, dass diese armen Seelen ein christliches Begräbnis bekommen«, erklärte Mathias Overstolz mit einer Stimme, die fest und entschlossen wirken sollte, aber eher schwach und bis ins Innerste erschüttert klang.

»Gut, dass wir einige zusätzliche Pferde mitgenommen haben«, mischte sich einer der Söldner ein. »Wir können zwei Leichen auf einen Pferderücken binden, aber wahrscheinlich bleiben trotzdem ein paar Leiber übrig, die wir hier bestatten müssen.«

Mathias Overstolz nickte. »Reite zum nächsten Ort und hol den Dorfpfaffen her.«

Das Gesicht des Söldners hellte sich daraufhin sichtbar auf – hatte er doch damit einen guten Grund, diesen furchtbaren Ort erst einmal verlassen zu können.

Zwanzigstes Kapitel

Vom Kerker zum Totenacker

Drei Tage verbrachte Frederik von Blekinge nun inzwischen im Kerker. Es war kalt und stickig, die Luft war feucht. Frederik hatte das Gefühl, die Zeit würde stillstehen, und langsam fragte er sich, ob es wirklich eine gute Idee gewesen war, sich einfach der Gerichtsbarkeit zu stellen. Andererseits – was hätte er sonst tun sollen? Den Tumult im Rathaus zu einer tollkühnen Flucht zu nutzen wäre unter den gegebenen Umständen wohl kaum möglich gewesen.

Ratten und Spinnen waren seine einzigen Mitbewohner. Aus einer Unterhaltung unter den Wächtern hatte Frederik erfahren, dass der Rat der Stadt offenbar kurz vor Beginn des Hansetages eine Amnestie verfügt hatte. Man wollte für den Notfall gewappnet sein und die Kerkerzellen als Schlafräume für die Stadtwachen nutzen können, falls wichtige Gesandte, die nirgends eine Unterkunft gefunden hatten, in den Quartieren der Stadtwache untergebracht werden mussten. Bisher war dieser Fall offenbar nicht eingetreten.

Zwischendurch war Gustav Bjarnesson erschienen und hatte immerhin dafür gesorgt, dass Frederik einen Krug mit frischem Wasser und einen Korb mit Essbarem bekam.

Zumindest in dieser Hinsicht brauchte er also nicht zu leiden, wenn er auch sehr aufpassen musste, die Speisen gegen die räuberischen Ratten und Mäuse zu verteidigen. An tiefen, festen Schlaf war unter diesen Umständen natürlich nicht zu denken.

Frederik horchte auf, als er hörte, wie das Schloss des Haupteingangs geöffnet wurde. Schritte und Stimmen drangen an sein Ohr.

Das konnte alles Mögliche bedeuten. Gutes und Schlechtes. Vielleicht würde man ihn jetzt endlich einem Richter vorführen, sodass er Gelegenheit bekam, sich zu verteidigen und die Dinge so darzustellen, wie sie wirklich gewesen waren. Allerdings hatte Frederik mittlerweile das Gefühl, dass es darauf vielleicht gar nicht mehr ankam. Es ging hier nicht um die Wahrheit, das war ihm inzwischen klar geworden, sondern darum, einen Schuldigen zu finden.

Einen Schuldigen für ein perfides Verbrechen, das von anderen begangen worden war – mit der Absicht, ein Bündnis gegen König Waldemar wenn nicht ganz zu verhindern, dann doch wenigstens stark zu schwächen.

Und Frederik hatte inzwischen auch verstanden, dass sein Wort – das eines Fremden – wohl kaum etwas zählte, wenn dagegen der Schwur eines Herward von Ranneberg stand, der hier zu Hause und hoch geachtet war.

Die Schritte näherten sich, und Frederik vernahm einzelne Worte in der vertrauten Sprache seiner Heimat.

Er sah durch die vergitterte Öffnung in der schweren Holztür seiner Kerkerzelle. Gustav Bjarnesson kam in Begleitung zweier bewaffneter Wächter den von Fackeln erhellten Gang entlang.

Wenig später wurde die Tür aufgeschlossen.

»Es ist nett, dass Ihr mich nicht verhungern lasst«, meinte Frederik mit Blick auf den Essenskorb, den Gustav Bjarnesson mitgebracht hatte.

»Leider ist das momentan das Einzige, was wir für Euch tun können«, meinte Gustav.

Erst jetzt bemerkte Frederik die eher zierliche, in einen Kapuzenmantel gehüllte Gestalt, die zusammen mit dem schwedischen Gesandten in den Kerker gelangt war. Vom Gesicht war nichts zu sehen, denn es lag vollkommen im Schatten. Erst als der Kerkerwächter die Fackel etwas anhob, die er in der Hand hielt, sah Frederik, wer zu ihm gekommen war.

»Johanna!«, entfuhr es ihm überrascht.

»Ich musste mich unbedingt davon überzeugen, dass es Euch gut geht«, sagte sie.

»Den Umständen entsprechend. Und wenn ich weiterhin so viel zu Essen bekomme, wird das wohl dazu führen, dass die Ratten und ich noch Freunde werden.«

»Ihr nehmt es leicht, aber Eure Lage ist ernst«, sagte Johanna.

»Du redest wieder so förmlich mit mir, als wären wir in feiner Gesellschaft und müssten verbergen, dass wir uns kennen. Aber der da«, Frederik deutete auf Gustav Bjarnesson, »versteht diese Feinheiten Eurer Sprache sowieso nicht. Da, wo er herkommt, redet jeder wie ein Bauer. Und dem finstern Kerkerwächter da vorne ist das wohl auch herzlich gleichgültig.«

Gustav Bjarnesson meldete sich nun zu Wort. Da er in seiner Heimatsprache redete, verstand Johanna nichts.

»Was hat er gesagt?«, fragte sie.

»Etwas sehr Unanständiges, was nichts für die Ohren einer frommen jungen Frau sein sollte, die ihren Entschluss, Nonne zu werden, ja zu meinem tiefsten Bedauern noch immer nicht ganz aufgegeben hat«, gab Frederik zurück.

»Heute wurden die Toten zurückgebracht«, wechselte Johanna das Thema. »Bürgermeister Overstolz ist selbst mit zum Ort des Geschehens geritten, wo sich das Blutbad zugetragen haben soll. Und nun stehen Eure Aussichten denkbar schlecht.«

»So?«

»Die Aussage von Herward von Ranneberg scheint sich bestätigt zu haben. Zumindest ist das wohl die vorherrschende Ansicht.«

»Kein Wunder! Wenn Herward ihnen seine Lügen erzählt hat.«

»Ich glaube nicht an Eure Schuld, Frederik. Und ich kann Euch versprechen, dass ich alles tun werde, um Euch aus Eurer misslichen Lage zu befreien.«

Frederik sah sie an, und ein mattes Lächeln war jetzt in seinem Gesicht zu sehen. »Ihr könnt mir glauben, nie habe ich mir gewünscht, dass der lübische Einfluss hier in Köln größer wäre, als er derzeit ist.«

»Frederik ...«

»Ich fürchte, Ihr werdet ebenso wenig ausrichten können, wie er es vermag!« Während er dies sagte, deutete er auf Gustav Bjarnesson, der nun seinerseits kein Wort von dem verstanden hatte, was Frederik und Johanna miteinander besprochen hatten.

»So, der Gefangene hat jetzt genug zu essen«, schaltete sich nun der Kerkerwächter ein. »Raus jetzt. Auch wenn Georg der Ehrlose hier öfter ein und aus geht, ist dies doch kein Frauenhaus, in dem die Besucher kommen und gehen können, wie es ihnen Freude macht!«

Der andere Kerkerwächter lachte dröhnend. Gustav Bjarnesson sagte etwas in seiner Sprache und machte dabei ein ziemlich ratloses Gesicht, während er bereits von einem der Kerkerwächter zur Tür hinausgeschoben wurde.

Johanna nutzte die Gelegenheit und nahm für einen Moment Frederiks Hand.

»Du bist bald in Freiheit«, flüsterte sie kaum hörbar und ohne dass einer der Wächter davon etwas mitbekam. Etwas lauter und wieder förmlicher fügte sie dann hinzu: »Der Herr wird Euch beschützen, Frederik von Blekinge.«

Frederik erwachte kurz vor Sonnenaufgang durch ein Geräusch, das er zunächst für ein Kratzen und Schaben der Ratten hielt. Aber da hatte er sich getäuscht. Als er begriff, dass jemand den Kerker betreten hatte, war er hellwach. Was mochte das bedeuten? Sollte er in den frühen Morgenstunden zu einem gerichtlichen Verhör abgeführt werden? Oder war das Urteil längst in seiner Abwesenheit über ihn gesprochen worden, und man überantwortete ihn jetzt dem Henker? Dass sich ausgerechnet zu dieser frühen Zeit seine Unschuld vor aller Augen erwiesen hätte, hielt Frederik für mehr als unwahrscheinlich.

Er erhob sich von dem Strohsack, der ihm als Lager diente, und ging zur Zellentür. Ein Luftzug ließ das Licht der Fackeln flackern. Insgesamt fünf Männer drängten sich im Korridor des Kerkergewölbes.

Frederik stutzte. Keiner dieser Männer gehörte zu den Wächtern, deren Aufgabe es war, den derzeit einzigen Gefangenen im Kerkertrakt zu bewachen.

Ein großer, sehr kräftig wirkender Mann mit kahlem Kopf war der Anführer dieser Unbekannten.

In rauem Tonfall gab er Anweisungen. Eine Bahre wurde auf den Boden gelegt. Eine der Zellentüren wurde aufgeschlossen.

»Sammelt alles ein, was die Ratten von Mentz, dem alten Dieb, übrig gelassen haben«, sagte der Kahlköpfige. »Kein Knochen soll zurückbleiben. Wir wollen ja nicht, dass unsere zukünftigen Gäste sich fürchten.«

Die Männer lachten.

Der Kahlköpfige kam jetzt an Frederiks Zellentür und blickte ihn durch die vergitterte Öffnung an.

»Du bist Frederik von Blekinge?«

»Ja. Und wer bist du?«

»Man nennt mich Georg, auch bekannt als Georg der Ehrlose.«

»Kein netter Name, den man dir gegeben hat.«

»Nur meine Berufe sind ehrlos – aber nicht ich selbst bin es, wie ich dir versichere.«

»Und was sind deine Berufe?«

»Scharfrichter und Frauenwirt.«

»Dann nehme ich an, es hat mit Ersterem zu tun, dass du mich besuchst!«

Georg der Ehrlose nickte langsam.

»Wie man es nimmt. Die Wächter, die zurzeit Dienst haben, sind für eine Weile in meinem Frauenhaus gut aufgehoben. Allerdings sollten wir uns beeilen.«

»Beeilen?«

»Du hast mächtige Freunde, Frederik von Blekinge.«

»Da weiß ich leider im Moment nicht, wen du meinst.«

»Deine Flucht wird wie ein Schuldeingeständnis aussehen – das solltest du dir vor Augen halten. Aber dafür bleibt dir der Kopf auf den Schultern!« Georg der Ehrlose grinste breit. »Und das ist ja auch nicht zu verachten, oder?«

Der Scharfrichter öffnete jetzt die Tür.

»Was hast du vor?«, fragte Frederik misstrauisch. Dass ausgerechnet ein Henker ihm zur Flucht verhelfen wollte, damit war nun wirklich nicht zu rechnen gewesen. Und so vermutete Frederik, dass noch etwas ganz anderes dahintersteckte. Vielleicht wollte man ihn auf der Flucht erschlagen, um sich einen Prozess zu ersparen, der vielleicht auch ein paar unangenehme Fragen aufwerfen und Herward von Ranneberg in ein schlechtes Licht rücken würde.

»Beeil dich«, sagte Georg und deutete auf die Bahre. Der Anblick, der sich Frederik dort bot, war grauenvoll. Eine offenbar durch Ratten furchtbar entstellte Leiche lag dort. »Er ist plötzlich gestorben, noch bevor er verhört wurde«, sagte Georg. »Bisher bin ich noch nicht dazu gekommen, ihn aus der Stadt zu bringen.« Er zuckte mit den breiten Schultern und spuckte geräuschvoll aus. »Ein Dieb, der keine christliche Beerdigung bekommt, weil er versucht hat, sich an den wertvollen Dingen zu vergreifen, die man im Dom so finden kann. Wir verscharren ihn außer Sichtweite der Stadt. Und du – legst dich jetzt neben ihn!«

»Was?«

»Ich weiß, er riecht jetzt noch schlimmer, als er schon zu Lebzeiten gestunken hat. Aber anders wirst du nicht unbemerkt aus der Stadt gelangen. Und an deiner Stelle würde ich nicht noch einmal nachfragen, sonst überlege ich es mir nämlich anders.«

»Und wie wird es dann weitergehen?«

»Frag nicht so viel. Gib mir stattdessen deinen Mantel. Den lege ich so hin, dass man denkt, du würdest noch im Stroh liegen, wenn man durch das Gitterfenster sieht. Damit gewinnst du vielleicht einen halben Tag für deine Flucht. Wenn du Glück hast, sogar mehr. Bei den Trotteln, die inzwischen vom Rat als Wächter angestellt werden, ist das gar nicht so unwahrscheinlich.« Er machte eine verächtliche Handbewegung. »Alles Vetternwirtschaft. Und jetzt mach schon.«

Georg riss Frederik den Mantel von den Schultern.

Dieser schluckte beim Anblick des Toten. Selbst auf Schlachtfeldern gab es selten einen so grausigen Anblick. Aber er hatte keine andere Wahl, also legte er sich zu dem Toten. Das stockige Leinentuch, das man danach über ihn deckte, roch beinahe genauso ekelhaft wie der Leichnam selbst.

»Auf den Karren mit ihm!«, befahl der Ehrlose Georg. »Und zwar schnell.«

Nebel wallten durch die Flussniederungen. Johanna war von ihrem Pferd gestiegen und hatte es zusammen mit einem zweiten Pferd an einen einsam dastehenden, ziemlich verwachsenen Baum gebunden, in den irgendwann einmal der Blitz hineingefahren sein musste. Das zweite Pferd war gesattelt und bepackt, mit ihm sollte sich Frederik, so schnell er konnte, davonmachen. Das Schwert, das Johanna für Frederik aufbewahrt hatte, war von ihr in eine Decke gewickelt und so auf den Sattel geschnallt worden. Schließlich sollte es nicht so auffallen.

Den Dolch hatte sie in den Satteltaschen untergebracht, zusammen mit ein paar Vorräten, die ihn über die erste Zeit bringen würden. Einer der Männer aus Gustav Bjarnessons Gefolge hatte Johanna begleitet: ein großgewachsener Mann mit rötlichblonden Haaren und einer Narbe auf der Stirn, die aussah, als würde sie von einem Schwertstreich stammen. Johanna wusste nur, dass er Olaf hieß. Olaf sprach kaum ein Wort. Ob er des Niederdeutschen kaum mächtig war oder ob es einfach seiner Art entsprach, hatte Johanna noch nicht herausgefunden. Aber er war gut bewaffnet, und sie fühlte sich in seiner Begleitung immerhin sicher.

Von dem Ort, an dem sie sich befanden, hatte Johanna bisher noch nichts gehört. Man nannte ihn den Heidenacker, weil man hier wohl vor langer Zeit eine große Anzahl verstockter Heiden, die ihren alten Göttern treu geblieben waren, umgebracht und verscharrt hatte. Einem ähnlichen Zweck diente dieses Gelände noch immer. Hingerichtete, deren Verbrechen als besonders abscheulich galten, wurden hier ebenso unter die Erde gebracht wie die vielen Pesttoten zu Zeiten der verheerenden Epidemie, die auch Köln in den letzten zwei Jahrzehnten immer wieder heimgesucht hatte. Ein Ort, der daher von den Bewohnern der Stadt nach Möglichkeit gemieden wurde, wie Bruder Emmerhart ihr berichtet hatte. Der Mönch war ja schon des Öfteren in Köln gewesen und kannte sich daher besser mit den örtlichen Gegebenheiten aus – und die exzellenten Beziehungen, über die er verfügte, würden Frederik vielleicht das Leben retten.

Plötzlich ergriff Olaf das Wort, was Johanna regelrecht zusammenzucken ließ, so überrascht war sie.

»Dahinten!«, sagte er nur und deutete in die Ferne.

Da tauchte ein Karren auf, der von zwei Pferden gezogen wurde. Zwei Männer saßen vorne auf dem Bock. Zwei folgten zu Fuß, und ein weiterer begleitete den Karren zu Pferd.

Der Mann auf dem Pferd war schon auf Grund seines vollkommen kahlen Kopfes eine auffällige Erscheinung. Davon abgesehen war seine Gestalt so groß und massig, dass das vergleichsweise schmächtige Pferd, das ihn tragen musste, einem schon fast leidtun konnte.

Johannas Herz schlug bis zum Hals. *Herr im Himmel, mach, dass alles so vonstatten gegangen ist, wie Bruder Emmerhart es geplant hat,* sandte sie ein stummes Stoßgebet zum Himmel.

Der Karren, der Reiter und die fußläufigen Begleiter kamen näher. Schließlich hielt der Karren an. Unter einem fleckigen Leinentuch schälte sich ein Mann hervor.

»Frederik«, brachte Johanna aufgeregt hervor.

Der Angesprochene sprang vom Karren herab. Mit schnellen, leichten Schritten lief er näher, sichtlich froh über seine neu gewonnene Freiheit.

Johanna kam auf ihn zu, und sie fielen sich in die Arme.

»Ich habe doch gesagt, dass du bald in Freiheit sein wirst.«

»Dann hast du den Henker zu seiner guten Tat ermuntert?«, fragte Frederik sichtlich verwirrt.

»Nicht ganz. Aber das ist eine lange Geschichte – zu lang, als dass ich sie jetzt ausführlich erzählen sollte!«

Sie schlang ihre Arme um seinen Hals und küsste ihn. Dass sie dabei sowohl vom Scharfrichter und seinen Helfern als auch von Olaf beobachtet wurde, interessierte sie in diesem Moment nicht weiter. Es war ihr klar, dass dies vielleicht der Augenblick war, da sie sich zum letzten Mal sahen.

»Ich wünsche dir alles Gute, Frederik.«

»Johanna ...«

»Man wird jetzt deine Schuld für erwiesen halten, also solltest du, so schnell du kannst, von hier fortreiten. Ich habe mich erkundigt. Du musst etwa zwei Tagereisen flussaufwärts reiten, dann kommst du an einen Ort, von dem aus du mit einer Flussfähre übersetzen kannst. Der Mann, der sie betreibt, heißt Jost von der Aue, und soweit ich gehört habe, bringt er ganze Ochsengespanne sicher über den Rhein. Er versteht sein Handwerk also.«

»Du scheinst an alles gedacht zu haben«, meinte Frederik überrascht.

»Ich habe die Reisekasse meines Vaters etwas erleichtert. Du wirst genug Silber in den Satteltaschen finden, um zumindest den Fährmann zu bezahlen. Wie es danach weitergeht, kann ich dir nicht sagen!«

Sie küsste ihn erneut.

»Ich kann es kaum fassen, was du für mich getan hast!«

»Und ich kann es noch immer kaum fassen, dich kennengelernt zu haben. Ich weiß, dass es alles in meinem Leben verändern wird. Nichts wird so sein wie vorher. Selbst wenn ...«

»... du deinen Entschluss doch noch wahr machst und ins Kloster gehst?«

Sie nickte. »Ja.«

Er strich ihr eine Haarsträhne aus dem Gesicht. Sie versuchte zu lächeln, aber in dieses Lächeln mischte sich unübersehbar die Traurigkeit des Abschieds. Sie nahm seine Hand, hielt sie fest und sagte: »Du musst jetzt aufbrechen. Ich weiß nicht, wann deine Flucht entdeckt wird oder ob mich vielleicht jemand beobachtet hat.«

»Ich habe wohl eine Menge Vorsprung.«

»Und den wirst du brauchen!«

Er sah Johanna in die Augen und sagte dann sehr ernsthaft und entschlossen: »Wir werden uns wiedersehen, Johanna.«

»Das weiß nur Gott.«

»*Ich* weiß es.« Er lächelte. »Wenigstens hast du bei unserem Abschied nicht so förmlich zu mir gesprochen, wie du es sonst überwiegend getan hast. So bekomme ich zumindest nicht das Gefühl, eine Fremde zurückzulassen!«

Johanna versuchte, das Lächeln zu erwidern und die Tränen zu unterdrücken. Sie wollte etwas sagen, aber ihr Kopf war leer und ihre Zunge wie gelähmt. Sie konnte nur schlucken, und selbst das nur unter größten Mühen.

Frederik löste sich von ihr. Widerstrebend gab sie seine Hand frei.

Dann schwang er sich in den Sattel, sprach noch ein paar Worte seiner Heimatsprache mit Olaf und ließ das Pferd davonpreschen.

Die Männer des Scharfrichters hatten bereits damit angefangen, ein Loch zu graben, als Frederik noch einmal das Pferd zügelte und sich im Sattel umdrehte. Johanna winkte ihm zu.

Es wäre schön, wenn er recht behält – und wir uns tatsächlich eines Tages wiedersehen, dachte sie. Aber sie wagte kaum zu hoffen, dass dieser Wunsch sich irgendwann erfüllen würde.

Lange noch sah Johanna dem in den aufwallenden Nebeln verschwindenden Reiter nach, während bereits die Morgensonne als roter Fleck über dem Fluss stand und das Land in ein vollkommen unwirkliches Licht tauchte.

Georg der Ehrlose hatte den Abschied zwischen Johanna und Frederik interessiert beobachtet, während seine Männer mit ihrer gleichermaßen anstrengenden wie unappetitlichen Arbeit begonnen hatten. Der Scharfrichter war derweil die ganze Zeit über im Sattel sitzen geblieben. Sein Pferd schnaufte und atmete in der Morgenkühle. Der Blick, mit dem er Johanna musterte, löste in ihr ein deutliches Unbehagen aus.

»Ich hatte mich schon gefragt, warum dieser keusche Mönch ein so großes Interesse an dem Nordländer hat.«

»Ihr sprecht von Bruder Emmerhart?«, fragte Johanna, unsicher, worauf der Ehrlose Georg hinauswollte.

»Jetzt weiß ich, was diesen geilen Hurenbock zu diesem wahnwitzigen Plan angestiftet hat. Ihr seid eine bemerkenswerte Frau!«

»Der Herr möge Eurer finsteren Seele gnädig sein, Georg.«

»Wo bist du gewesen?«, fragte Grete, als Johanna in ihr gemeinsames Zimmer im »Großen Hahn« zurückkehrte.

Es war früher Morgen, und Grete hatte sich gerade für den Tag fertig gemacht. Johanna ließ sich auf ihrem Bett nieder, nachdem sie den Umhang abgelegt hatte. Ihre Kleidung hatte durch das Reiten ziemlich gelitten, aber das spielte jetzt alles keine Rolle. Im Augenblick war für Johanna nur eines wichtig. Frederik war in Freiheit, und die Chancen standen gut, dass er sich bis in seine nordische Heimat durchzuschlagen vermochte.

Ihre Schwester hatte sie in den Plan, den sie mit der tatkräftigen Unterstützung von Bruder Emmerhart gefasst hatte, natürlich nicht eingeweiht. Und ihrem Vater hatte sie gesagt, die Nacht betend im Dom verbringen zu wollen. Insgeheim schämte sie sich für diese Lüge. Aber sie hatte natürlich gewusst, dass weder ihr Vater noch ihre Schwester ihre Handlungsweise gebilligt hätten. Und Bruder Emmerhart? Er würde sicherlich dazu schweigen. Aber dafür war Johanna ihm nun etwas schuldig. Und irgendwann, das lag auf der Hand, würde der Mönch diese Gegenleistung auch einfordern, so wie er es bereits angedeutet hatte. Doch das alles hatte im Moment nur geringe Bedeutung. Frederik war frei. Der Mann, zu dem sie in einer so unverhofften und heftigen Liebe entbrannt war, brauchte zumindest zunächst nicht mehr um sein Leben zu fürchten. Und das erfüllte Johanna mit einer tiefen Zufriedenheit. Es war richtig, was sie getan hatte. Davon war sie von ganzem Herzen überzeugt.

Grete sah Johanna fragend an und wartete noch immer auf eine Antwort. Aber Johanna saß nur mit nach innen gekehrtem Blick da und seufzte.

»Du willst mir nicht erzählen, dass du die ganze Nacht beten warst«, meinte Grete. »Ich habe dich durch das Fenster kommen sehen. Du bist hoch zu Ross mit einem Mann dahergeritten, der dann das Pferd mitgenommen hat, nachdem du abgestiegen warst.«

Johanna blickte auf.

Olaf! Grete hatte sie offenbar mit ihm zurückkehren sehen und stellte sich nun verständlicherweise ein paar Fragen. Aber Johanna war nicht bereit, darauf zu antworten. »Stell mir keine Fragen, Grete«, sagte sie nur. »Ich kann dir darauf nicht antworten.«

»Jedenfalls war der Mann, mit dem du dahergeritten bist, ja wohl nicht Frederik von Blekinge, denn der sitzt ja noch immer in seinem Kerker.«

»Grete!«

»Was treibst du nur für ein Spiel, Johanna? Du tust einerseits so, als wärst du ach so fromm und als sei nur der Herrgott selbst für dich wichtig, und dann triffst du dich mit verschiedenen Männern.«

»Das ... ist nicht so, wie du denkst«, versuchte Johanna, sich zu verteidigen, obwohl ihr natürlich klar war, wie das jetzt in den Ohren ihrer Schwester klingen musste.

Johanna erhob sich wieder. »Heute werden die Beratungen im Langen Saal des Rathauses fortgesetzt. Und deshalb werde ich meine Gedanken jetzt sammeln müssen.«

»Ja, vor allen Dingen wirst du deine Haare wieder sammeln müssen, denn bei den wilden Dingen, die du in der letzten Nacht getrieben haben musst, ist da wohl einiges durcheinandergeraten«, stichelte Grete.

»Der Schmerz über den Verlust deines zukünftigen Gemahls macht dich hart und ungerecht«, sagte Johanna in einem sehr verhalten klingenden Tonfall. »Ich werde dir das nicht verübeln – denn ich wüsste nicht, wie ich selbst auf so einen Schicksalsschlag reagieren würde.«

Gretes Gesicht wurde von einer dunklen Röte überzogen. Sie presste die Lippen aufeinander und schluckte schließlich. »Du scheinst ja wirklich die Heilige von uns beiden zu sein«, murmelte sie mit sehr bitterem Unterton. »Und ich wirke dagegen wie die verbitterte, bösartige Schwester, die es nicht verwinden kann, dass ihr Leben einem zerbrochenen Krug gleicht, der nie wieder heil werden kann.«

»Grete!«

»Und falls es dich beruhigt: Ich werde unserem Vater kein Wort von dem sagen, was ich gesehen habe! Das musst du mit dem Herrgott und deinem Gewissen ausmachen, Johanna!«

Einundzwanzigstes Kapitel

Der Moment der Entscheidung

Im Langen Saal des Rathauses traf sich erneut die Versammlung der Ratsgesandten. Diesmal war es Heinrich von der Ehren, der die Zusammenkunft eröffnete. Die beiden Bürgermeister Kölns achteten peinlich genau darauf, dass sie gleichberechtigt in Erscheinung traten. Das war Johanna schon bei früheren Gelegenheiten aufgefallen. So hielt sich Mathias Overstolz diesmal mit Wortmeldungen auffällig zurück.

Heinrich von der Ehren las die Dokumente vor, die Herward von Ranneberg angeblich bei dem Überfall gerettet hatte. Die Unterstützungszusagen der niederländischen Städte waren darin zwar vollmundig formuliert, aber die vereinbarten Geldmittel waren sehr bescheiden. So bescheiden, dass immer wieder ein Raunen durch die Reihen der Versammelten ging.

Ein wirklich starker Rückhalt für den Kampf gegen Waldemar sah anders aus!

»Wir werden wohl den Großteil selbst tragen müssen«, hörte Johanna den Lübecker Bürgermeister Brun Warendorp an ihren Vater gerichtet sagen – laut genug, dass sicherlich auch andere diese Bemerkung mitgehört hatten. Bei einem gewieften Diplomaten wie Brun Warendorp konnte man annehmen, dass dies mit voller Absicht geschehen war. Er versuchte dadurch wohl, den kleineren, weit von der Ostsee entfernten Hansestädten die Sorge zu nehmen, sich in ein ruinöses Abenteuer stürzen zu müssen, das am Ende am meisten der lübischen Vormacht diente. Dieser Eindruck musste unter allen Umständen vermieden werden.

Johannas Blick wanderte unterdessen zu Herward von Ranneberg. Sie hatte das unbestimmte Gefühl, dass Herward selbst etwas mit dem Überfall auf Pieter van Brugsma zu tun hatte.

Noch hatte man Frederiks Flucht wohl nicht bemerkt. Jedenfalls nahm Johanna an, dass sich diese Neuigkeit sofort wie ein Lauffeuer verbreitet hätte.

Es ärgerte sie jedoch, dass dieser Mann an der Tafel des Langen Saals saß, während Frederik wie ein Verbrecher aus der Stadt hatte flüchten müssen und froh sein durfte, wenn er rechtzeitig genug Meilen zwischen sich und die Stadtmauern von Köln legen würde, dass man seiner nicht mehr habhaft werden konnte.

Gerechtigkeit gibt es offenbar nicht auf Erden, dachte Johanna bitter. *Aber niemand kann dem Jüngsten Gericht entgehen. Auch ein ach so bedeutender Mann wie Herward nicht!*

Das war allerdings nur ein schwacher Trost.

Vielleicht würden die wahren Verantwortlichen für das schändliche Blutbad niemals zur Rechenschaft gezogen; dieser Gedanke gefiel Johanna ganz und gar nicht.

Gustav Bjarnesson meldete sich nun zu Wort. Er ließ sich von einem seiner Begleiter übersetzen und versicherte, dass der König von Schweden bereit sei, erhebliche Summen beizusteuern, falls man zu einem Bündnis gegen Waldemar von Dänemark käme.

Johanna bemerkte, dass sich ein Angehöriger der Stadtwache durch die Anwesenden hindurchdrängte. An seiner Livree war er sofort zu erkennen. Während Gustav Bjarnesson noch mit Hilfe eines nicht besonders wortgewandten Übersetzers sehr umständlich für das Bündnis warb, erreichte der Mann in Livree schließlich Bürgermeister Mathias Overstolz und flüsterte ihm etwas ins Ohr. Der wandte sich wiederum an Heinrich von der Ehren, und dieser erhob sich schließlich, um das Wort zu ergreifen. Dabei unterbrach er den Gesandten des schwedischen Königs einfach, zu wichtig schien die Neuigkeit, die er zu verkünden hatte.

»Mir ist gerade gemeldet worden, dass Frederik von Blekinge, der verdächtigt wird, Pieter van Brugsma erschlagen zu haben, aus dem städtischen Kerker fliehen konnte.«

Sofort brandete ein Stimmengewirr auf.

»Wie kann das geschehen sein!«, ereiferte sich Herward von Ranneberg. »Sind unsere Stadtwachen denn allesamt so übermäßige Weintrinker, dass man sich auf ihre Dienste nicht verlassen kann?«

»Ich versichere Euch, dass Frederik gut bewacht wurde«, erklärte Heinrich von der Ehren, dem der Schrecken allerdings ins Gesicht geschrieben stand.

»Jedenfalls wissen wir nun, dass er schuldig ist!«, rief Mathias Overstolz.

Johanna saß wie gelähmt da, während um sie herum ein Sturm der Entrüstung ausbrach. Etwas mehr Vorsprung hätte Johanna ihrem geliebten Frederik gerne gegönnt, und eigentlich hatte sie gehofft, dass sein Verschwinden zumindest einen Tag lang unentdeckt geblieben wäre. Aber diese Hoffnung war nun hinfällig.

»Wie konnte das passieren!«, entfuhr es Moritz von Dören. »Also bei uns in Lübeck hätte man einen Gefangenen besser bewacht!« Er wandte sich an seine Tochter. »Jetzt wirst auch du anerkennen müssen, dass er schuldig ist.«

»Nein, Vater, da irrst du dich!«

Ihr Gespräch ging im allgemeinen Tumult unter.

Da ergriff Brun Warendorp lautstark das Wort. Seine Stimme drang mühelos durch den Lärm, und schon nach den ersten Worten kehrte Ruhe ein. Was der Vertreter der hanseatischen

Vormacht zu sagen hatte, fanden offenbar die meisten Anwesenden so wichtig, dass sie ihm zuhören wollten, so sehr sie die Flucht des nun wohl überführten Mörders auch aufregen mochte.

»Hört, was ich der Versammlung zu sagen habe«, rief der Bürgermeister von Lübeck. »Es ist schlimm, was mit Pieter van Brugsma und seinen Begleitern geschehen ist, und es gibt niemanden in diesem Saal, der darüber nicht bis ins Mark erschüttert wäre. Und dass ein Mörder nun in Freiheit gelangt ist und der irdischen Gerechtigkeit vermutlich so schnell nicht zugeführt werden kann, mag ein Ärgernis für jeden rechtschaffenen Menschen sein, der zurzeit hier in Köln weilt. Aber darüber sollten wir nicht vergessen, dass uns das Geschehene zum Handeln gemahnen sollte!« Warendorp schwieg nun, im Saal war es vollkommen still. Der lübische Bürgermeister wusste sehr wohl, wie man Worte einsetzen und wirken lassen musste.

Warendorp ließ den Blick über die Versammelten schweifen und fuhr nach einer angemessenen, ehrfurchtgebietenden Pause mit Blick auf Gustav Bjarnesson fort: »Ihr habt mein besonderes Mitgefühl, werter Gustav Bjarnesson! Offenbar hat sich ein von Waldemar gedungener Verräter in Eure Reihen gemischt. Jemand, dem Waldemar, wie schon vermutet wurde, irgendwelche Versprechungen gemacht hat und der dann bereit war, dafür die schlimmsten und schändlichsten Taten zu begehen.«

Gustav Bjarnesson wirkte etwas ratlos, denn er verstand natürlich nicht ein einziges Wort.

»Dieser geflohene Mörder wird irgendwann vor seinen Schöpfer treten und spätestens dann die Strafe erhalten, die er verdient«, fuhr Warendorp unterdessen fort. »Das mag allen hier zumindest ein schwacher Trost sein. Wichtig aber ist, dass uns dies etwas über König Waldemar und seine Methoden lehrt!

Er schreckt vor nichts zurück, nicht einmal davor, friedliche Gesandte ermorden zu lassen, die nichts anderes im Sinn hatten, als Verhandlungen zu führen. Er wird Ähnliches wieder tun. Er wird jeden auszuschalten versuchen, der seinen Eroberungsplänen im Weg ist! Und wenn wir nicht schnell handeln, dann wird er so stark werden, dass wir selbst dann nichts mehr gegen ihn tun können, wenn wir uns alle vereinen.« Brun Warendorp machte eine weit ausholende Geste. »Sollen wir etwa warten, bis es zu spät ist? Sollen wir warten, bis Waldemar sogar den Kaiser auf seine Seite gezogen hat – und vielleicht auch noch den einen oder anderen mächtigen Fürsten, der schon lange davon träumt, den Städten ihre Selbstständigkeit wieder fortzunehmen und sie unter die Knute des Landesherrn zu stellen! Nur gut achtzig Jahre – ein langes Menschenalter – ist es her, dass die Bürger Kölns sich in der Schlacht von Worringen die Freiheit von ihrem bischöflichen Fürsten blutig erkämpfen mussten! Soll dieses Blut denn umsonst vergossen worden sein? Soll das Gedenken an diesen Tag nur noch wie Hohn klingen, weil in dieser Versammlung niemand bereit ist, die Dinge zu tun, die notwendig sind, um die Freiheit zu erhalten?«

Jetzt kam wieder Gemurmel und Geraune auf. Es war unverkennbar, dass die Worte des Lübecker Bürgermeisters viele beeindruckt hatten.

Und auch diesmal ließ Brun Warendorp seine Worte zunächst einige Augenblicke wirken, ehe er weitersprach. »Waldemars Eroberungskrieg und die Erpressung am Öresund – das geht nicht nur Lübeck etwas an, sondern alle Städte, die sich vor langer Zeit zusammengeschlossen haben, um ihren Kaufleuten einen freien Handel zu ermöglichen. Auch kleine Städte, weit ab der Ostsee, deren Gesandte vielleicht denken, dass mit ihrem Silber Lübecks Söldner angeworben werden sollen, und die dazu nicht bereit sind. Aber diejenigen, die daran zweifeln, dass ein solches Bündnis geschlossen werden muss, sollten eines bedenken: Wenn es Waldemar gelänge, Lübeck niederzuzwingen, dann gäbe es kein Halten mehr. Und überall würden die Fürsten versuchen, sich die Städte wieder einzuverleiben – wie hungrige Wölfe, die den Geruch von blutigem Fleisch in der Nase haben.«

»Unerhört!«, rief Reginald Schreyer dazwischen – aber der Ratsgesandte aus Soest war mit diesem Protest allein auf weiter Flur. Zu sehr hatten die Worte von Brun Warendorp die Versammlung beeindruckt.

Johanna beobachtete, dass Herward von Ranneberg sehr nervös und wild gestikulierend mit ein paar Männern sprach, von denen sie glaubte, dass es sich um Kölner Ratsvertreter handelte. Es war nicht zu übersehen, dass es Herward nicht gefiel, wie Brun Warendorp die Dominanz in der Versammlung an sich gerissen hatte. Gerade Warendorp, der als lübischer Bürgermeister doch zuvor immer so deutlich darauf geachtet hatte, nicht zu sehr als Vertreter der Vormacht aufzutreten, weil das die Gesandten der kleineren Städte verschreckt hätte.

Aber nun sah er offenbar den Zeitpunkt gekommen, da er die Dinge in die Hand nehmen und in die Offensive gehen musste, wollte er den ursprünglichen Plan, ein starkes Bündnis gegen den Dänenkönig zu bilden, noch retten. Alles oder nichts, so schien Brun Warendorp zu denken.

»Ich stelle also hiermit die Forderung, jetzt über die Gründung einer Konföderation zu entscheiden, um gegen Waldemar Krieg führen zu können! Wir haben lange genug darüber beraten, und wir werden auch nicht das Eintreffen des letzten noch fehlenden Gesandten als Vorwand nehmen, uns zu vertagen und die Verhandlungen ins Endlose auszudehnen! Nein, wenn wir jetzt zu keinem Beschluss kommen, dann werden wir es nie!«

Hier und da brandeten Jubel und Beifall auf. Offenbar hatte

Warendorp einigen aus der Seele gesprochen. Insbesondere war das bei Vertretern aus Ostseestädten und des Deutschen Ordens der Fall, die von Waldemars Expansion sehr viel stärker betroffen waren als der Rest der Hanse.

»Lübeck wird alles einsetzen, was ihm zur Verfügung steht!«, rief Warendorp. »Jedes Stück Silber, das sich auftreiben lässt! Das kann ich versprechen. Und ich kann versprechen, dass wir niemanden zu übervorteilen trachten! Aber es stimmt auch, dass Lübeck allein nichts ausrichten kann! Eine Hanse sind wir! Das nennt man andernorts einen Haufen! Und nur als Haufen werden wir uns behaupten können – ob nun gegen Waldemar oder einen anderen Herrscher, der uns erpressen oder uns die Handelsfreiheit nehmen will!«

»Stimmen wir ab!«, forderten gleich mehrere der Anwesenden.

Diesem Drängen konnte sich auch der kölnische Versammlungsvorsitzende nicht verschließen.

Als die Handzeichen ausgezählt wurden, war das Ergebnis so eindeutig, dass es selbst Brun Warendorp die Sprache verschlug.

»Wahrlich! Ihr seid ein geschickterer Diplomat und Redner, als ich dachte«, äußerte Moritz von Dören seine ehrlich empfundene Bewunderung.

Brun Warendorp, der sich mittlerweile wieder auf seinen Stuhl hatte fallen lassen, war jedoch müde und abwesend. Er schien Moritz' Worte überhaupt nicht gehört zu haben und wirkte vollkommen erschöpft.

Alle Kraft hatte er in diesen einen Augenblick gelegt, und er war für seinen Einsatz belohnt worden. Es waren die richtigen Worte zur richtigen Zeit gewesen.

Johanna hielt nach Herward von Ranneberg Ausschau, dessen nervöses Gehabe sie schon während der gesamten Versammlung in Unruhe versetzt hatte. Doch zu ihrer Überraschung war

Herward verschwunden. Er schien sich still und heimlich aus dem Saal entfernt zu haben.

»Dieser Beschluss war nur der Anfang«, unterbrach Moritz die Gedanken seiner Tochter. »Jetzt kommen die Feinheiten, wie ich annehme. Und da wird man gute Schreiber nötig haben! Schließlich müssen alle Einzelheiten dieser Konföderation gegen Waldemar geregelt werden.«

»Ja«, antwortete Johanna abwesend. Ihre Gedanken waren längst wieder ganz woanders.

Ich hoffe, dir geht es gut, Frederik. Aber der Herr wird dich beschützen und geleiten.

Einige Tage zogen sich noch die Beratungen über einzelne Formulierungen in der Urkunde hin, in der das Bündnis geschlossen und Waldemar der Krieg erklärt werden sollte. Auch Johanna fertigte eine Abschrift davon, die dann nach Lübeck gebracht werden würde.

Um Frederik von Blekinge doch noch zu fangen, sandte der Kölner Rat einen Trupp städtischer Söldner aus, der aber schon bald unverrichteter Dinge zurückkehrte. Von Frederik gab es nirgends eine Spur, er hatte wohl die Gelegenheit genutzt und war über alle Berge.

Wie er es geschafft hatte, seine Zelle zu verlassen, konnte ebenfalls nicht geklärt werden, auch nicht, wann und auf welchem Weg er den Kerker verlassen hatte. Schon kamen Gerüchte auf, Frederik von Blekinge sei vielleicht mit dem Teufel im Bund gewesen oder habe zauberische, schwarzmagische Kräfte genutzt, um sich zu befreien.

Es war bereits alles für die Rückreise geplant, aber Moritz von Dören hatte inzwischen festgestellt, dass in seiner sehr gut gefüllten Reisekasse ein nicht unerheblicher Betrag fehlte. Es war keine Summe, die sie in Schwierigkeiten gebracht hätte – aber groß genug, dass ein Kaufmann wie Moritz unmöglich darüber hinwegsehen konnte.

»Ich habe dieses Silber genommen«, erklärte Johanna ihrem Vater schließlich, nachdem dieser hatte überprüfen wollen, ob er sich vielleicht bei den sorgfältig aufgelisteten Ausgaben für die Reisevorbereitung verrechnet hatte.

»Du?«, wunderte sich Moritz von Dören. »Wenn du dir irgendwelchen Tand gekauft hast oder dich neuerdings für Schmuck begeistern solltest, wie das andere Frauen auch tun...«

»Nein, das ist es nicht«, unterbrach ihn Johanna.

O Herr, verzeih mir, dass ich ihm nicht die Wahrheit sagen kann, obwohl ich das gerne würde. Aber an diese Möglichkeit war ernsthaft nicht zu denken. Schließlich war Moritz von Dören nach Frederiks Flucht ebenfalls davon überzeugt, dass der Mann aus Blekinge ein perfider Mörder war, der für die Rückgewinnung seiner angestammten Familienrechte buchstäblich über Leichen ging. Von der anfänglichen verhaltenen Freude darüber, dass Johanna offenbar zartes Interesse an einem Mann gezeigt hatte, der noch dazu als standesgemäß zu bezeichnen war, war nichts geblieben.

Irgendwann, so nahm Johanna sich vor, würde sie ihrem Vater die Wahrheit sagen. Die volle Wahrheit. Aber nicht jetzt und nicht hier in Köln.

»Ich habe das Geld genommen, um es für die Armen zu spenden«, sagte sie. »Ich habe ihre Not gesehen, wenn ich zum Dom ging, um dort zu beten, und ich fand, dass es unsere Christenpflicht ist, nicht alles von unserem Reichtum für uns zu behalten. Wir haben mehr als genug, und von den paar Münzen haben jetzt ein paar arme Seelen wenigstens einmal einen vollen Magen.«

Moritz von Dören seufzte schwer. »Wir sind kein mildtätiger Orden, sondern ein Handelshaus ehrbarer Kaufleute«, entgegnete er mit mahnendem Unterton.

»Auch du hast schon Almosen verteilt und in unserem Haus Speisungen für die Armen gegeben«, gab Johanna zu bedenken.

»Ja, das ist wahr«, nickte Moritz und seufzte erneut. »Jedenfalls bin ich froh, dass mein Verstand doch noch richtig funktioniert und ich mich nicht verrechnet habe!«

Zweiundzwanzigstes Kapitel

Abschied aus Köln

Der Hansetag näherte sich seinem Ende, und die ersten Ratsgesandten verließen Köln bereits in Richtung ihrer jeweiligen Heimatstädte. Bevor sich die Gesandten aus Lübeck und ihre Begleiter auf den Weg zurück in den Norden machen konnten, stand für Moritz von Dören noch die Entscheidung an, ob man nun tatsächlich den Marzipanmacher, der sich Meister Andrea nannte, mit nach Lübeck nehmen sollte. Bruder Emmerhart trieb Moritz' Wankelmütigkeit schier zur Verzweiflung, denn er hatte gedacht, dass die Entscheidung längst gefallen war und man sich mit Meister Andrea geeinigt hatte.

Als Johanna an einem der letzten Abende vor ihrem Aufbruch aus Köln noch einmal im Dom betete, traf sie dort auf Emmerhart. Dass dieses Treffen keineswegs zufällig war, lag auf der Hand. Vielmehr hatte der Mönch eine Gelegenheit gesucht, die junge Frau allein sprechen zu können. Dass Emmerhart jedoch nicht einmal das Taktgefühl besaß abzuwarten, bis Johanna ihre Gebete beendet hatte, ärgerte sie dann doch.

Sie erhob sich aus ihrer knienden Haltung und erwiderte den Blick des Mönchs so ruhig und gelassen, wie ihr dies irgend möglich war. »Ihr habt mich hier aufgesucht, weil Ihr den Gefallen einfordern wollt, den ich Euch schulde?«, vermutete sie.

In Bruder Emmerharts Gesicht zeigte sich das für ihn so charakteristische breite und ein wenig maskenhafte Lächeln, bei dem man nie sicher sein konnte, was es wirklich zu bedeuten hatte.

»Anscheinend seid Ihr nicht nur eine Heilige, die der Herr die Pest überleben ließ, sondern Ihr verfügt wohl auch über seherische Begabungen.«

»Glaubt Ihr?«

»Wie hättet Ihr sonst erraten können, was ich von Euch will?«

»So sagt schon, was Ihr auf dem Herzen habt und ich für Euch tun soll.«

»Ihr werdet bemerkt haben, dass Euer Vater plötzlich sehr viele Einwände gegen das Marzipan-Geschäft vorbringt, obwohl wir uns längst entschieden hatten. Zumindest glaubte ich das – und ehrlich gesagt war Meister Andrea ebenfalls in diesem Glauben.«

Johanna konnte sich jetzt gut vorstellen, was Emmerhart von ihr wollte. »Ihr erhofft Euch, dass ich meinen Vater nach Kräften beeinflusse, sich auf das Marzipan-Geschäft einzulassen.«

»Glaubt Ihr nicht auch, dass man sein Geschäft noch auf etwas anderes gründen sollte als nur Stockfisch, der noch dazu durch eine verhältnismäßig leicht zu blockierende Meerenge gebracht werden muss, was für Räuber wie den Dänenkönig geradezu nach einer Einladung aussieht, einem den gerechten Profit wegzunehmen?«

»Ich will Euch keineswegs widersprechen.«

»Euer Vater – das mögt Ihr mir verzeihen – ist ganz gewiss ein rechtschaffener Kaufmann, aber es fehlt ihm der Blick für die Zukunft. Mag Waldemar nun der Herr der Ostsee werden oder zum Teufel gehen – die Welt wird sich ändern, und man sollte sich darauf einstellen.«

»Dass ausgerechnet Ihr das sagt!«

»Wieso?«

»Ein Priester und Mönch, der doch wissen sollte, dass wohl noch in ewigen Zeiten Ostern gefeiert und der Bedarf an Fisch in der Fastenzeit niemals ganz gedeckt wird!«

»Wie gesagt, ich hatte den Eindruck, dass Ihr die Angelegenheit verstanden habt, Johanna. Besser als Euer Vater. Viel besser! Und Marzipan ist auch nicht gleich Marzipan! Wie oft wird sich die Gelegenheit wiederholen, einen Meister seines Fachs wie diesen Andrea zu gewinnen? Und Euer Vater zweifelt und rechnet wie ein kleiner Krämer, anstatt mutig zu sein!«

»Ich werde mit ihm sprechen«, kam Johanna Emmerhart entgegen. »Aber ich kann Euch nicht versprechen, ihn umzustimmen. Ihr wisst, wie eigenwillig mein Vater mitunter sein kann.«

Emmerharts Gesicht bekam jetzt einen so harten Zug, dass Johanna zusammenschrak. Sein ansonsten zu einem breiten Lächeln verzogener Mund wurde zu einem schmalen Strich. »Ihr solltet niemals vergessen, was ich für Euch getan habe«, sagte Emmerhart kühl.

»Keine Sorge. Das werde ich nicht.«

»Ihr könnt Euch außerdem darauf verlassen, dass ich auch weiterhin über die Dinge, die in der Nacht von Frederiks Flucht geschehen sind, schweigen werde.«

»Auch daran werde ich immer denken«, erwiderte Johanna ebenso kühl. *Ich bin ihm jetzt ausgeliefert,* dachte sie. *Und es sieht ganz so aus, als würde er das nach Kräften ausnutzen wollen.*

Später am Abend sprach Johanna mit ihrem Vater in dessen Kammer im »Großen Hahn«. Es war kaum möglich, mit ihm unter vier Augen zu reden, denn es war fast immer jemand in seiner Nähe: Brun Warendorp zum Beispiel, mit dem Moritz jetzt sehr viel zu besprechen hatte. Denn kaum war die sogenannte »Kölner Konföderation« gebildet worden, mussten weitere Schritte unternommen werden. Waldemar von Dänemark würde dem Haufen der Hansestädte nicht viel Zeit lassen, sich auf den Krieg vorzubereiten. Die Planungen mussten sofort beginnen, da Waldemar sich noch irgendwo auf dem Weg

Richtung Süden befand, um so viel Beistand zu finden wie nur irgend möglich.

Aber schließlich waren Vater und Tochter endlich einmal allein und konnten sich ungestört unterhalten.

»Ich habe gehört, du bist dir nicht sicher, ob du diesen Meister Andrea tatsächlich mit nach Lübeck nehmen sollst«, begann Johanna das Gespräch.

»Seine Dienste würden uns eine Menge kosten«, gab Moritz zu bedenken. »Ich war anfangs von der Idee sehr angetan, aber inzwischen habe ich Zweifel.«

»Worin bestehen diese Zweifel?«

Moritz von Dören zog die Augenbrauen zusammen. »Dich schickt nicht zufällig unser gemeinsamer Beichtvater, Apotheker und Priester?«, fragte er misstrauisch.

Johanna lächelte verhalten. »Ich kann es nicht leugnen – Emmerhart hat mich gebeten, dich von der Sache mit Meister Andrea zu überzeugen.«

»Dieser hinterlistige Mönch! Er weiß genau, wie er kriegt, was er will. Und ehrlich gesagt ist das auch einer der Gründe, weshalb ich noch zögere.«

»Das musst du mir erklären. Denn wenn du grundsätzlich zu dem Schluss kommst, dass es eine lohnende Investition ist, diesen falschen Venezianer nah Lübeck zu holen, dann sollten wir das auch tun.«

»Ja – aber den größeren Vorteil hätte Emmerhart mit seiner Apotheke! Denn der Verkauf würde über ihn abgewickelt. Die Kosten hingegen müsste im Wesentlichen das Haus von Dören tragen, da Emmerhart dazu gar nicht in der Lage wäre.«

»Was sich dann doch auch in der Aufteilung des Gewinns niederschlagen würde.«

»Gewiss.«

»Es ist eine gute Sache, Vater. Der Hunger nach süßer Medizin ist schwer zu stillen, wenn er einmal durch den Genuss davon entfacht wurde. Und wenn Ihr einen Meister wie Andrea präsentieren könnt, werden selbst die Bürger von Lübeck ihren letzten Taler ausgeben, um etwas davon zu bekommen. Eine Medizin, die schmeckt und die Stimmung aufhellt. Was kann man mehr erwarten?«

»Du sprichst wie ein skrupelloser Schacherer – nicht wie eine fromme Nonne«, lächelte Moritz. Den Hinweis, dass sie sich noch mal überlegen sollte, wo denn ihre Talente lagen, ersparte sich der Kaufmann. Das war schon zu oft gesagt worden, als dass es nochmals hätte wiederholt werden müssen. »Ich frage mich nur, ob man in so unsicheren Zeiten etwas Neues beginnen sollte.«

»Gerade in unsicheren Zeiten sollte man das tun«, erwiderte Johanna. »Denn niemand weiß doch, wie die Auseinandersetzung mit Waldemar für Lübeck und seine Kaufleute ausgehen wird. Aber auf eines wird man sich verlassen können …«

»Den Hunger nach süßer Medizin«, zitierte Moritz seine Tochter.

»Und davon abgesehen ist es nicht wirklich etwas Neues, was hier begonnen wird. Sowohl das Haus von Dören als auch die Apotheke von Bruder Emmerhart haben bereits mit Marzipan gehandelt, wie mir aus eigener genussvoller Erfahrung beim Überprüfen der Qualität in Erinnerung ist! Aber vielleicht besteht hier die Möglichkeit, aus einem kleinen Geschäft ein großes zu machen.« Johanna zuckte mit den Schultern. »Ich wage zwar nicht vorherzusagen, dass die Menschen eines Tages zu Ostern anstatt Stockfisch zu Fischen geformtes Marzipan essen werden …«

»… und zu anderen Gelegenheiten vielleicht Schweine oder noch ganz andere Dinge aus Marzipan, die so günstig hergestellt würden, dass sie sich jeder leisten könnte? Was du beschreibst, erinnert an die Erzählungen vom Land, in dem Milch und Honig fließen.«

»Du musst wissen, wie du dich entscheidest. Ich weiß, dass du immer versuchst, alles zu bedenken. Aber vielleicht ist das nicht immer möglich. Ich weiß nur, dass man sich das Äußerste vorstellen sollte, selbst wenn am Ende nur ein kleiner Teil davon auch wirklich eintritt.«

Moritz von Dören nickte langsam und wirkte dabei sehr grüblerisch. »Ich werde darüber nachdenken«, versprach er, und Johanna kannte ihren Vater gut genug, um zu wissen, dass sie in diesem Augenblick nicht mehr erwarten konnte als diese Zusicherung.

Ein paar Tage später machten sich auch Gustav Bjarnesson und sein Gefolge für die Abreise bereit, nachdem sie sich zuvor noch zu ausgiebigen Gesprächen mit Brun Warendorp getroffen hatten. Auch Moritz von Dören hatte daran teilgenommen. Der Kampf gegen Waldemar musste genau geplant werden, und bei den Schweden konnte man damit rechnen, dass sie sich auch tatsächlich mit Truppen beteiligten. Schließlich gehörte das Reich von König Albrecht zu den größten Verlierern der bisherigen Eroberungskriege des Dänenkönigs, und man konnte davon ausgehen, dass Albrecht sich einen möglichst großen Anteil der verlorenen Gebiete wieder zurückholen wollte – und auch bereit war, ein hohes Risiko einzugehen. Bei allen anderen Verbündeten bestand die große Gefahr, dass sie abspringen, sobald die Dinge nicht so günstig für die gerade erst aus der Taufe gehobene Konföderation laufen würden. Hier gaben sich weder Moritz von Dören noch Brun Warendorp irgendwelchen Illusionen hin.

Bevor Gustav Bjarnesson und seine Männer die Stadt Köln verließen, um sich auf den weiten Weg nach Norden zu machen, erhielt Bjarnesson Besuch von Johanna, die ihm einen versiegelten Brief übergab, der an Frederik von Blekinge gerichtet war.

»Ich bin überzeugt, dass Ihr Frederik von Blekinge eher wiederbegegnen werdet als ich – und wenn das der Fall ist, dann möchte ich, dass Ihr ihm diesen Brief gebt«, erklärte Johanna dem überraschten schwedischen Gesandten.

»Kann ... nicht ... versprechen«, brachte Bjarnesson hervor.

»Das weiß ich«, flüsterte Johanna. »Aber das macht auch nichts. Vieles ist ungewiss – so auch dieses.«

»Ja.« Bjarnesson nickte und steckte den Brief unter sein Wams. »Gott sei mit Euch.«

»Auch mit Euch. Zuletzt ... wiedersehen in Hölle«, antwortete Bjarnesson in sehr gebrochenem Platt. »Wir alle.« Er lächelte.

Weil das Wetter schlechter wurde und wolkenbruchartige Regenfälle die Wege unpassierbar machten, verschob sich der Aufbruch für die Lübecker noch einmal um ein paar Tage.

Als sie dann schließlich abreisten und sich mit einer Fähre nach Deutz übersetzen ließen, war der Wasserstand des Rheins um einiges gestiegen.

Meister Andrea war auch dabei. Moritz von Dören war letztlich dem Rat seiner Tochter gefolgt, und das Lächeln von Bruder Emmerhart wirkte ausgesprochen zufrieden.

Johanna schämte sich hingegen dafür, dass sie sich so von dem Mönch hatte einspannen lassen. Aber welche andere Wahl hätte sie gehabt? Das Schlimme war allerdings, dass die Geheimnisse um Frederiks Flucht sie auch in Zukunft an Emmerhart ketteten. Geheimnisse, die nicht ans Tageslicht kommen durften, wie Johanna sehr wohl wusste. Sie war erpressbar geworden, und wann immer Emmerhart von ihr einen sogenannten Gefallen einforderte, würde sie kaum eine andere Möglichkeit haben, als den Wünschen des Mönchs Folge zu leisten.

In Bezug auf den Marzipanmacher Andrea war das halb so wild, denn sie war selbst der Meinung, dass man die einmalige Möglichkeit unbedingt nutzen musste, den falschen Venezianer nach Lübeck zu holen und sich dessen Dienste langfristig zu sichern.

Aber inzwischen hatte Johanna durchaus verstanden, dass Emmerhart seine ganz eigenen Interessen verfolgte. Und es war nicht gesagt, dass sich diese auch in Zukunft immer mit ihren oder denen des Hauses von Dören decken würden.

Irgendwann werde ich reinen Tisch machen müssen, dachte sie. *Herr, hilf mir, dass ich dann die Kraft dazu habe, auch wenn es vielleicht unangenehme Konsequenzen nach sich zieht!*

Es gefiel ihr nicht, am Gängelband Emmerharts zu hängen. Und sie würde ganz sicher irgendwann dafür sorgen, dass dieser Zustand ein Ende hatte – und zwar ehe sie sich zwischen der Gefolgschaft zu Emmerhart und der Loyalität zu ihrem Vater entscheiden musste. Das durfte nie eintreten! So weit wollte sie es auf gar keinen Fall kommen lassen.

Dass sie Frederik zur Flucht verholfen hatte, bereute sie jedoch nicht einen einzigen Augenblick. Von seiner Unschuld war sie nach wie vor felsenfest überzeugt, auch wenn sie sich in nachdenklichen Momenten eingestehen musste, dass sie dafür letztlich keinen Beweis hatte.

Aber hatte sie nicht bisher auch immer der Stimme ihres Herzens vertrauen können?

Sie glaubte einfach seinem Wort, so wie sie sich ihm auch in völligem Vertrauen hingegeben hatte. Ihre Gedanken waren fast immer bei ihm. Auch jetzt, als sie an Bord der bedenklich schaukelnden Rheinfähre stand, die mit einem über den Fluss gespannten Seil zum anderen Ufer geführt wurde. Wie mochte es Frederik in der Zwischenzeit wohl ergangen sein? Hatte er sich bereits in den Norden durchschlagen und ein Schiff nehmen können, das ihn nach Schweden brachte, wo er sich wohl weiterhin dem Kampf um die Rückgabe seines Familienbesitzes widmen würde?

Wenn sie an ihn dachte, dann war ihr Herz voller Wehmut. Warum konnten zwei Menschen, die sich so sehr liebten und offenkundig füreinander bestimmt waren, nicht zur selben Zeit am selben Ort leben?

Sie fragte sich, was Gott mit ihr vorhatte, dass er sie diesen Mann hatte treffen lassen. Zufall, so glaubte sie fest, konnte das nicht gewesen sein – und vielleicht, so hoffte sie inständig, würden sich ihre Wege irgendwann in der Zukunft wieder treffen.

Die Strömung des breiter gewordenen Flusses zog unablässig an der Fähre, und ständig bestand die Gefahr, dass das Führseil riss und sie einfach mitgerissen wurde.

Doch dann hatten sie endlich das andere Ufer erreicht.

Johanna schwankte, als sie wieder festen Boden unter den Füßen hatte. Sie stieg auf ihr Pferd, einen Schecken, der sie schon auf der Hinreise nach Köln treu getragen hatte.

Meister Andrea hingegen hatte einige Schwierigkeiten, in den Sattel zu kommen. Einer der Söldner aus dem Gefolge von Bürgermeister Brun Warendorp, die die Gruppe während der Reise begleiteten und schützten, musste ihm helfen.

»Den ganzen weiten Weg von Venedig hierher bin ich zu Fuß gegangen«, meinte Andrea. »Und jetzt muss ich auf so unbequeme Weise reisen – auf dem Rücken eines unkontrollierbaren Tieres, das so hoch emporragt, dass man sich den Hals brechen kann, wenn man davon herabstürzt.«

»Ihr werdet das schon überleben, Meister Andrea«, spottete Bruder Emmerhart, der ein sehr geübter und sicherer Reiter war, was mit seiner ausgedehnten Reisetätigkeit zu tun hatte. Das Reisen zu Pferde war eigentlich hohen Herrschaften und vielleicht noch dem gehobenen geistlichen Stand vorbehalten, aber es passte ganz bestimmt nicht zu einem bescheiden lebenden Mönch; Bruder Emmerhart hatte aber für alles eine Rechtfertigung parat. »Auch ein Diener Gottes muss tun, was auf Erden notwendig erscheint«, hatte er Johanna einmal gesagt. Da war sie noch ein halbwüchsiges Mädchen gewesen, hatte sich aber schon viel mit religiösen Fragen beschäftigt und sich gewundert, dass Emmerhart mit großer Selbstverständlichkeit immer wieder Dinge tat, die im offenkundigen Widerspruch zu seinem Gelübde standen. »Es gibt die Beichte, die erleichtert uns von allem, was falsch und unrein ist«, hatte sie seine Worte noch im Ohr. »Und anschließend sündigt man von vorn, aber die Gnade des Herrn ist uns so gewiss wie schlechtes Wetter im Winter.«

Johanna hatte dies damals für eine Bemerkung gehalten, die halb im Scherz gesagt worden war. Ein respektloser Scherz vielleicht, aber kein blasphemischer. Jetzt war sie sich jedoch nicht mehr sicher, wie der Mönch wirklich darüber dachte. Ja, sie war sich inzwischen noch nicht einmal mehr sicher, ob er die Prinzipien des Glaubens überhaupt noch im Herzen bewahrte. Die Richtschnur seines Handelns waren sie offensichtlich nicht immer.

Aber habe ausgerechnet ich das Recht, auf ihn mit gerechter Empörung herabzublicken?, meldete sich eine mahnende Stimme in ihr. *Habe ich nicht auch alles verraten, was ich mir vorgenommen hatte? Die erste Versuchung, die in Gestalt eines jungen Mannes daherkam, hat mich gleich von allem entfernt, was ich zuvor noch für die unumstößliche Richtschnur meiner Existenz hielt. Wie will ich da Bruder Emmerhart verurteilen?*

Johanna ließ ihr Pferd voranschreiten. Ihr Vater hatte einst darauf bestanden, dass sie den Umgang mit Pferden lernte. Die Notwendigkeit, schnell von einem Ort zum anderen zu gelangen, gelte ebenso für Kaufmänner wie für Gottesleute, so hatte ihr Vater argumentiert. Die Hoffnung, dass sie sich doch noch für eine Tätigkeit im Kaufmannsstand entschied, war damals wohl noch größer gewesen, als es in letzter Zeit der Fall war.

Ein Söldner ritt dem Trupp voran, dann folgte Brun Warendorp zusammen mit Moritz von Dören. Johanna und Grete folgten anschließend, während Bruder Emmerhart etwas zurückblieb und sich in der Nähe von Meister Andrea hielt. Zum Schluss ritten dann noch einige Söldner sowie Bedienstete, die zum Haus von Brun Warendorp gehörten und die Packpferde am Zügel führten.

Ein sehr kühler Wind blies ihnen von der Seite ins Gesicht, während der Trupp von Bettlern aufgehalten wurde, die stets in der Nähe der Deutzer Fähranlegestelle warteten. Ein paar Kupfermünzen wurden ihnen hingeworfen. Johanna sah, wie Kinder, deren Kleider vor Dreck starrten, sich darum prügelten. *Es gäbe wahrlich genug zu tun für alle, die sich dem Dienst für den Herrn verschrieben haben*, ging es ihr durch den Kopf. *Kann es denn wirklich richtig sein, sich in ein viel leichteres Leben davonzustehlen, wenn es so viel Not gibt?* Erneut kam ihr der Gedanke, dass Frederik ihr vielleicht nur deshalb geschickt worden war, um sie auf die Probe zu stellen. Eine Probe, bei der sie kläglich versagt hatte, wie sie meinte.

Grete drehte sich noch einmal im Sattel herum. Aber ihr Blick ging nicht zu den Bettlern, die die Kupfermünzen aus dem schlammigen Boden holten. Ihr Blick wandte sich der Stadt Köln zu, die auf der anderen Rheinseite so groß und prächtig zu sehen war. Erhabene Mauern, ein bedeutender Hafen mit Stapelrecht, in dem alle Waren, die vom Meer flussaufwärts gefahren wurden, entladen und drei Tage für kölnische Händler angeboten werden mussten, ehe man sie dann auf die leichteren sogenannten Oberländerschiffe lud, die dann weiter flussaufwärts fuhren.

Das alles hatte die Stadt so reich gemacht. Und ein gut sichtbares, mitten durch den Fluss gezogenes Netz verhinderte, dass irgendjemand dieses Recht missachtete und etwa von den Niederlanden kommend einfach weiter flussaufwärts segelte, ohne sich an diese Regeln zu halten.

Grete hatte Johanna ausführlich davon erzählt, was sie darüber von Pieter van Brugsma gelernt hatte, dessen Familie an diesem Handel seit Generationen stark beteiligt war.

Und jetzt?

»Ich hatte so große Hoffnungen, als wir die Mauern von Köln und die Hafenanlagen zum ersten Mal vom Flussufer aus gesehen hatten«, sagte Grete plötzlich. Sie wirkte sehr abwesend und plapperte die Worte einfach so vor sich hin. Fast konnte man meinen, dass sie niemand Bestimmten ansprach, sondern eher mit sich selbst redete, da sie noch immer so stark mit dem Schicksal haderte.

Johanna rang mit sich, ob sie darauf antworten sollte. Und schließlich entschloss sie sich dazu, obwohl völlig ungewiss war, ob ihre Schwester das wirklich als ein Zeichen von Nächstenliebe betrachtete. Reiner Nächstenliebe, die nicht durch irgendeine Art des Eigennutzes getrübt wurde.

»Du wirst neue Hoffnung schöpfen, Grete – und die Tatsache, dass sich ein Traum in nichts aufgelöst hat, heißt nicht, dass sich nicht ein anderer Traum für dich auf wunderbare Weise erfüllen kann.«

Grete lächelte verhalten, aber ihr Gesicht wirkte trotzdem traurig. »Es gehört schon viel Gottvertrauen dazu, jemanden wie mich trösten zu wollen. Allerdings fällt es mir schwer zu glauben, dass irgendetwas von dem, was du sagst, irgendwann wirklich wahr wird.« Sie atmete tief durch und wandte den Blick dann nach vorn. »Vielleicht sollte jetzt ich meine Hoffnungen mehr auf das Jenseits und die Herrlichkeit Gottes richten, so wie du es bisher getan hast.«

»Wie kommst du darauf?«, wunderte sich Johanna.

Grete zuckte mit den Schultern. »Wir beide würden dann einfach unsere Leben miteinander tauschen. Ich werde Nonne, und du triffst vielleicht auf dem nächsten Hansetag einen netten Gesandten – mag er nun aus Schweden kommen oder von irgendwo sonst.«

Trotz ihres eigenen Schmerzes konnte es Grete offenbar nicht lassen, ihre Schwester in diesem Punkt zu ärgern.

Dreiundzwanzigstes Kapitel

Sicherer Hafen

Ein mit kaltem Schneeregen vermischter Wind blies Frederik von Blekinge entgegen, als er Stralsund erreichte. Die Stadt an der Meerenge zwischen der Insel Rügen und dem pommerschen Festland glich aus der Ferne einer gewaltigen Wasserburg. Auf allen Seiten trennten sie wehrhafte Mauern imposanten Ausmaßes vom Wasser, das den Großteil der Stadt umgab. Sie waren so hoch, dass selbst die mehrstöckigen Häuser im Inneren nicht darüber hinausragten. An den Anlegestellen und Anfurten rund um die Stadt machten Handelsschiffe aus dem ganzen Ostseeraum fest. Außerdem war unübersehbar, dass Stralsund ein Zentrum des Schiffbaus war: Überall entlang des Ufers fanden sich größere und kleinere Werften. Der Klang der Hämmer vermischte sich mit dem unablässigen Rauschen des nahen Meeres. Hier entstand offenbar ein Schiff nach dem anderen: Koggen, kleinere Barkassen, die nur für den Verkehr entlang der Küste oder allenfalls für eine Fahrt bis zur Insel Rügen taugten, und Fischerboote, die hier nicht nur gebaut, sondern auch wieder instand gesetzt wurden, wenn das Meer, das Wetter oder einfach nur die Zeit ihnen zugesetzt hatte.

Von Stralsund aus, das wusste Frederik von Blekinge, fuhren mehr oder minder regelmäßig Schiffe nach Gotland, Lund oder Stockholm. Auch andere Handelsplätze entlang der schwedischen und dänischen Küsten wurden angelaufen. Als Frederik im Gefolge von Gustav Bjarnesson vor Wochen den Weg nach Köln zurückgelegt hatte, war er schon einmal in der Stadt gewesen. Stralsund war für jeden, der aus dem Norden kam, so etwas wie das Tor zum Kontinent. Und nicht von ungefähr sahen viele die Bedeutung seines Hafens gleich hinter der des Lübecker Hafens.

Frederik war schnell geritten, und es war unwahrscheinlich, dass ihm die Kunde von den Vorgängen in Köln vorausgeeilt war, zumal man in Stralsund wohl kaum schon über die Ergebnisse des Hansetags Bescheid wusste.

Wut erfasste Frederik jedes Mal, wenn er an die ungerechtfertigten Beschuldigungen dachte, die auch noch von einem Mann ausgesprochen worden waren, den er kannte und der ihm noch am Abend zuvor auf freundliche Weise begegnet war. Allein der Gedanke an die perfide Verschwörung, in die er da offensichtlich hineingeraten war und in der man ihm die Rolle eines Sündenbocks zugedacht hatte, sorgte dafür, dass sich ihm der Magen umdrehte. Was genau da im Hintergrund abgelaufen war, konnte Frederik sich allerdings nicht so ganz zusammenreimen. Er konnte nur darauf hoffen, dass die diplomatischen Bemühungen von Gustav Bjarnesson erfolgreich gewesen waren und es tatsächlich zu einem Bündnis gegen Dänemark kam.

Frederik ritt über die Brücke, die Stralsund mit dem pommerschen Festland verband. Am Tor wurde er von den Wachen kurz gemustert und dann eingelassen. Ein Händler mit einem vollkommen überladenen Eselskarren, der seine Waren offenbar auf dem Markt feilbieten wollte, wurde hingegen genauestens kontrolliert.

Dann trabte Frederik durch die engen, dicht bebauten Gassen der Stadt. Fachwerkhäuser reihten sich aneinander und kündeten von dem Wohlstand, der sich in den letzten Jahrzehnten hier eingestellt hatte. Stralsund war im Gegensatz zu Lübeck weder eine freie noch eine dem Kaiser direkt unterstellte Reichsstadt.

Zumindest hatte sie diesen Status niemals offiziell erhalten. Und doch regierte man sich in Stralsund nach lübischem Recht selbst. Zwar war man formal den pommerschen Landesherrn unterstellt und schickte auch seine Vertreter zum Landtag der Stände. Aber wenn der Landesherr oder der Landtag Beschlüsse fassten, die den Interessen Stralsunder Kaufleute zuwiderliefen, dann pflegte man sie einfach zu ignorieren. Und weder der Landesherr noch irgendjemand sonst hätte die Macht gehabt, sich gegen die äußerst wehrhafte Stadt durchzusetzen und dafür zu sorgen, dass Anordnungen und Beschlüsse auch ausgeführt wurden. Die hohen Mauern Stralsunds und das sie umgebende Wasser waren ein wirksamer Schutz gegen derlei Anmaßungen. Und die Anzahl der städtischen Söldner war in Stralsund höher als irgendwo sonst. Frederik wusste nur zu gut, dass man in der Vergangenheit selbst in Schonen, Blekinge und anderswo in Südschweden um geeignete Männer geworben hatte.

Schließlich gelangte Frederik zu einem Gasthof, den er bereits auf dem Hinweg aufgesucht hatte. Das Gasthaus trug den Namen »Zur Ranenhexe« und erinnerte daran, dass die heidnischen Ranen einst den gesamten Ostseeraum von der Insel Rügen aus unsicher gemacht hatten, bis ein dänischer König sie zwangsweise zum Christentum bekehrt und ihrem räuberischen Treiben ein Ende gesetzt hatte. Aber noch immer waren sowohl auf Rügen als auch an der gesamten pommerschen Küste die Geschichten über die unheimlichen Götter im Umlauf, zu denen dieses Volk gebetet hatte. Über den vierköpfigen Svantewit zum Beispiel und andere Geschöpfe, die zwar nach der Lehre der Kirche reiner Aberglauben waren, was aber nichts daran änderte, dass vielen noch immer ein Schauder über den Rücken lief, wenn man von ihnen erzählte.

Frederik zügelte vor dem Gasthaus »Zur Ranenhexe« sein Pferd, stieg aus dem Sattel und machte es an einem Pflock fest.

Einen Moment lang hielt er dann inne. Er dachte an Johanna, diese mutige junge Frau, die wohl keinen ganz unwesentlichen Beitrag dazu geleistet hatte, dass er jetzt überhaupt in Freiheit war. *Eines Tages sehen wir uns wieder*, nahm er sich fest vor. Die Anziehungskraft zwischen ihnen war schließlich stark genug, um ihre Wege wieder zueinanderführen zu lassen. Aber bis dahin würde wahrscheinlich noch viel Zeit vergehen.

Ein versonnenes Lächeln huschte über Frederiks markantes Gesicht, als er an die Zeit in Köln zurückdachte. *Nein, das konnte nicht alles zwischen ihnen beiden gewesen sein.* Diese Geschichte hatte gerade erst begonnen. Frederik konnte sich nicht erinnern, dass ihm je eine Frau begegnet war, die ihn in so kurzer Zeit so vollkommen fasziniert und in ihren Bann geschlagen hatte. Wenn sie beide nicht füreinander bestimmt waren, dann gab es wohl auch kein anderes Paar, von dem sich das ernsthaft behaupten ließ, fand er.

Frederik betrat den Schankraum. Um diese Zeit waren dort nur wenige Gäste. Die meisten von ihnen waren vermutlich ebenso Durchreisende wie Frederik – vor kurzem in Stralsund angekommen und nun auf der Suche nach jemandem, der sie zu weiter entfernt liegenden Zielen brachte. Nach Visby auf Gotland zum Beispiel, wo sich seit jeher ein Zentrum des Ostseehandels befand. Oder nach Bornholm, Danzig, das Ordensland im Baltikum.

Fast alle hatten einen Bierkrug auf dem Tisch stehen, manche auch eine richtige Mahlzeit. Es roch nach angebranntem Fleisch und vergossenem Bier. Frederik ging zum Schanktisch. Der Wirt hieß Hartmut, manche nannten ihn Hartmut Groß, weil er die meisten anderen Männer um mehr als einen Kopf überragte. Bei anderen war er unter dem Namen Hartmut Riese bekannt. Er selbst nahm das nicht so genau, was ihm schon mal Ärger mit dem Steuereintreiber der Stadt beschert hatte. Und es gab sogar Gerüchte, er sei ursprünglich als Hartmut Knecht bekannt und einem pommerschen Rittergutsbesitzer leibeigen gewesen, bevor er hinter die Mauern von Stralsund geflohen war, um sein Schicksal künftig selbst zu bestimmen.

Hartmut war inzwischen um die fünfzig, und sein Haupthaar war auf einen schmalen Kranz zusammengeschmolzen. Umso üppiger spross der dunkle Bart, der ihm fast bis unter die Augen ging.

»Erkennst du mich noch, Riese?«, fragte Frederik den Wirt. Auf Grund seiner massigen Erscheinung ließ Hartmut den ebenfalls recht großen und kräftigen Frederik wie einen mageren Hänfling erscheinen.

Hartmut stellte ein paar leere und notdürftig ausgewaschene Bierkrüge auf den Schanktisch und runzelte die Stirn, während er sein Gegenüber intensiv anstierte. Dann hellten sich Hartmuts Züge auf. »Natürlich kenne ich dich noch, Schwede!«

»Es ist erst ein paar Wochen her.«

»Ja, aber da warst du nicht allein!«

»Das stimmt.«

»Allerdings warst du wohl der Einzige in eurem Haufen, der Platt gesprochen hat! Wo sind die anderen geblieben?«

»Die bleiben noch eine Weile in Köln und werden wohl erst später eintreffen.«

Hartmut hob die Hände, zwei riesige Pranken mit dicken, wulstigen Fingern. »Ich wollte dich nicht ausfragen, und es geht mich auch nichts an, weswegen euer Haufen von Männern nach Süden geritten ist.«

»Ich muss, so schnell es geht, zurück in den Norden«, erwiderte Frederik.

»Und wo genau in den Norden willst du hin?«

»Das spielt kaum eine Rolle. Bin ich erst mal auf der anderen Seite der Ostsee, komme ich schnell weiter.«

Der Wirt sah Frederik nachdenklich an und nickte dann leicht. »Ich habe gehört, dass morgen früh ein Schiff nach Visby ausläuft.«

»Das wäre mir recht.«

»Und was kannst du zahlen?«

»Ich habe ein Pferd.«

»Das werde ich mir gleich mal ansehen, ob es auch etwas taugt. Wenn ja, dann tausche ich dir das Pferd gegen Silber, und damit kannst du dann eine Überfahrt bezahlen.«

Frederik nickte. Da das Silber, das Johanna ihm gegeben hatte, größtenteils aufgebraucht war, musste er sich wohl oder übel von seinem Pferd trennen. »In Ordnung«, stimmte er zu. »Und eine Übernachtung in einem Bett, das frei von Wanzen ist, sowie eine gute Mahlzeit ohne verdorbenes Fleisch dürfte wohl auch noch drin sein!«

Hartmut lachte. »Erst will ich den Gaul sehen.«

Am nächsten Tag fand sich Frederik in aller Frühe an einer der zahlreichen Anlegestellen am Hafen ein und ging an Bord der *Wellenbraut*, einer mittelgroßen Kogge.

Das Schiff war ziemlich überladen und lag tief im Wasser. Bis zum offenen Meer wurde gerudert, dann wurden die Segel gesetzt, allerdings stark gerefft, da man wohl damit rechnete, dass der ohnehin schon ziemlich böige Wind noch zunehmen würde und man nicht beim nächsten Windstoß mitsamt der wertvollen Ladung in die Tiefe gerissen werden wollte.

Der Kapitän war ein grauhaariger Mann mit struppigem Bart und Haaren, die so verfilzt waren, dass es unmöglich schien, sie jemals wieder zu entwirren. Die Haut war faltig und stark gebräunt und erinnerte an gebrauchtes Leder.

»Wem gehorcht dieses Schiff?«, fragte Frederik einen der Seeleute, nachdem die Kogge die Meerenge zwischen dem pommerschen Festland und der Insel Rügen hinter sich gelassen und das offene Meer erreicht hatte. Von da an waren alle an Bord etwas entspannter, zumal nun ein günstiger Wind blies, der dafür sorgen würde, dass die *Wellenbraut* ihr Ziel schnell erreichte.

»Immer dem Kapitän«, meinte der Seemann. Er war rothaarig und hatte eine Narbe an einer Wange. Die konnte von einer Verletzung kommen, die er sich in der Takelage geholt hatte – aber genauso gut war es möglich, dass man ihn wegen Diebstahls oder Betrugs gezeichnet hatte. »Und ich würde dir raten, es sich nicht mit ihm zu verscherzen, sonst lässt er dich über Bord werfen!«

Ein paar der anderen Männer lachten.

»Ich meine es ernst: Ich will nicht wissen, wer hier das Sagen hat, sondern wem das Schiff gehört?«

»Du bist ganz schön neugierig«, meinte der Seemann. Frederik war inzwischen davon überzeugt, dass er tatsächlich gezeichnet war und dies zu verbergen versuchte, indem er sich selbst eine weitere Verletzung an gleicher Stelle zugefügt hatte. Darauf stand mancherorts allerdings eine erneute Zeichnung, denn streng genommen war auch dies ein Betrug. Schließlich hatten doch alle, die dem Betreffenden begegneten, ein Recht darauf, vor ihm gewarnt zu sein, da er in der Vergangenheit bereits gegen das Gesetz verstoßen hatte.

Der Gezeichnete verzog das Gesicht. »Hast du schon mal den Namen Berthold Metzger gehört?«

»Ehrlich gesagt: Nein.«

»Niemand ist in den letzten Jahren in Stralsund so schnell so reich geworden. Der handelt mit allem, was sich versilbern lässt, aber vor allem mit Getreide. Die Missernten anderswo haben ihn reich werden lassen, und das schlechte Wetter sorgt dafür, dass sein Woll- und Pelzhandel floriert, weil die Leute frieren und sich entsprechend einkleiden müssen.«

Frederik runzelte die Stirn. »Dieser Berthold Metzger ist doch nicht etwa der Mann, den man an der schwedischen Küste den Pharao von Stralsund nennt?«

»Genau so nennt man ihn manchmal auch hier«, bestätigte der Gezeichnete. »Obwohl sein Vater nur Metzger gewesen ist und er selbst noch vor wenigen Jahren jeden Tag blutverschmiert in der Schlachtkammer stand und die Messer wetzen musste.«

Wie der Pharao in der Bibel, dem Joseph die Träume gedeutet und geraten hatte, in den sieben guten Jahren Getreide zu horten, um in den sieben schlechten Jahren genug zu haben, war auch Berthold Metzger verfahren und war dabei zum reichen Mann geworden. Sein Ruf war sogar bis Schweden vorgedrungen, nachdem die Schiffsladungen aus Stralsund die Hungersnöte der letzten Jahre zumindest etwas gelindert hatten.

Frederik blickte über die Reling. Die Küste von Rügen war deutlich zu sehen: ein grünes, nebelverhangenes Band. Gut ein Dutzend Söldner waren in Stralsund mit an Bord gekommen, ausgerüstet mit Armbrüsten, Schwertern und Spießen. Zwei Männer, die in einer vollkommen fremdartig klingenden Sprache redeten, waren auch dabei. Sie trugen Langbögen.

»Die kommen aus Wales«, sagte der Gezeichnete an Frederik gewandt.

»Von dem Land habe ich noch nie gehört«, bekannte Frederik.

»Die besten Bogenschützen kommen daher.« Der Gezeichnete lachte. »Nur reden können sie nicht! Aber das brauchen sie ja auch nicht. Wenn wir auf ein dänisches Schiff treffen, dann wird der Kapitän ihnen schon klarmachen, was sie zu tun haben.«

»Ein paar Pfeile gegen eine dänische Kriegskogge?«, fragte Frederik skeptisch.

»Ein paar in Pech getränkte Brandpfeile, die auf mehr als

dreihundert Schritt treffen, sind durchaus ein gutes Mittel gegen die Dänen – oder jeden anderen gierigen Narren, der glaubt, dass er eine blutige Nase braucht.«

Kriegsvorbereitungen, dachte Frederik. *Sie sind unübersehbar. Die Zeichen stehen auf Sturm, und es ist nur eine Frage der Zeit, wann er mit aller Gewalt losbrechen wird. Und niemand kann vorhersagen, was dieser Sturm am Ende stehen lässt. Niemand …*

Zwei Tage und zwei Nächte dauerte die Fahrt nach Visby. Nichts weiter als das Meer war die ganze Zeit zu sehen gewesen. Der Kapitän hatte den Steuermann angewiesen, sich von allen Küsten fernzuhalten. Glücklicherweise war ihnen auch kein dänisches Schiff entgegengekommen, und die Söldner hatten nicht eingreifen müssen. Im Morgengrauen tauchte dann die Küste Gotlands auf. *Wir werden sehen, was die Zukunft bringt,* dachte Frederik. Nur einen kurzen Blick warf er zurück, wo sich bis zum Horizont eine graue, aufgewühlte Wasserfläche zeigte. Ein ganzes Meer trennte ihn nun von dem Land, in dem Johanna lebte. Gischt spritzte über die Reling. Frederik, der Gezeichnete und einige andere Männer bekamen einen Schwall kalten, aufgeschäumten Wassers in die Gesichter.

Vierundzwanzigstes Kapitel

Rückkehr nach Lübeck

Als die Gruppe um Brun Warendorp und Moritz von Dören nach einer wochenlangen Reise endlich das heimatliche Lübeck erreichte, bildete sich schnell eine Traube von Menschen, kurz nachdem die Reiterschar das Stadttor passiert hatte. Sowohl Brun Warendorp als auch Moritz von Dören waren stadtbekannte Persönlichkeiten, und mit ihrer lang erwarteten Rückkehr vom Hansetag verbanden sich für nicht wenige Bürger Lübecks große Hoffnungen. Vom Fernhandel lebte schließlich nahezu die ganze Stadt und nicht nur die großen Handelsherrn und Mitglieder der Bruderschaften. Die Händler auf den Märkten, die Schiffbauer, Seeleute, Fischer, Handwerker und selbst die Tagelöhner, die sich als Lastenträger im Hafen verdingten, waren mehr oder weniger davon abhängig, dass der Warenstrom, der Lübeck übers Meer erreichte, niemals abriss. Und das drohte Waldemar in Gefahr zu bringen. Durch die Rückkehr Brun Warendorps würde es nun bald Klarheit über die Zukunft geben: Krieg oder Frieden, Unterwerfung unter den Machtwillen des Dänenkönigs, dem man schon einmal unterlegen war, oder Auflehnung gegen dessen Anmaßungen – mit den bekannten Risiken, die das zwangläufig mit sich brachte.

Dass es tatsächlich zur Bildung der Kölner Konföderation gekommen war, wusste man in Lübeck bereits, denn der Bürgermeister hatte gleich, nachdem der Beschluss gefallen war, einen Boten geschickt, um die Nachricht zu überbringen. Schließlich sollte man sich in Lübeck schon einmal darauf vorbereiten, was nun anstand. Und außerdem sollten sich keine falschen Gerüchte über den Ausgang der Verhandlungen auf dem Hansetag verbreiten.

»Hoch lebe unser Bürgermeister!«, rief jemand aus der immer dichter werdenden Menge, und einige andere Stimmen fielen in diesen Ruf mit ein.

Brun Warendorp, matt und müde von der langen Reise, hob die Hand und winkte den Leuten zu. Moritz von Dören war an seiner Seite.

Johanna ritt neben Bruder Emmerhart und fühlte sich so erschöpft wie schon lange nicht mehr. Das Wetter war schlecht, es hatte in den letzten Nächten gefroren, und auch am Tag war es nicht mehr richtig warm geworden. Johanna fror bis ins Mark. Der eiskalte Wind aus Richtung Norden schien ihre Kleider ungehindert zu durchdringen.

Während der Reise hatten sie kaum Pausen eingelegt. Von morgens kurz vor Sonnenaufgang bis zum Sonnenuntergang waren sie geritten, und nicht immer hatte an passender Stelle ein Gasthaus zur Verfügung gestanden. Manchmal hatten sie auf einsamen Gehöften oder sogar in der Wildnis unter freiem Himmel übernachten müssen.

Auch die Hinreise nach Köln vor Wochen war anstrengend gewesen, aber damals hatten sie noch milderes Wetter gehabt. Jetzt waren manche Wege und Straßen durch Dauerregen unpassierbar geworden. Johannas Kleider hatten in der ganzen Zeit gar nicht mehr richtig getrocknet, und das, wonach sie sich im Moment am meisten sehnte, war ein wärmendes Feuer im heimischen Patrizierhaus, wo sie sich ausruhen und wieder warm werden konnte.

Ein mattes Lächeln zeigte sich trotz all der hinter ihr liegenden Strapazen auf ihrem Gesicht. *Wir sind zurück,* dachte sie erleichtert, und es dauerte eine ganze Weile, bis sie das wirklich begriffen hatte. *Der Dom, die Schiffe an der Trave, die Bänke der Geldwechsler … Du bist wirklich zu Hause,* versuchte sie sich klarzumachen.

Meister Andrea hatte die lange Reise noch mehr zugesetzt als allen anderen, was wohl damit zusammenhing, dass er das Reiten nicht gewohnt war. Er hing mehr im Sattel, als dass man es noch als sitzen hätte bezeichnen können. Doch jetzt weckte ihn das Geschrei der Leute aus seinem Dämmerzustand.

Grete hielt sich weit hinten in dem Zug der Reiter. Sie war schon seit Tagen sehr einsilbig, und Johanna hatte manchmal den Eindruck gehabt, dass sie ihr aus dem Weg ging, soweit das während der Reise überhaupt möglich gewesen war. Aber selbst am Abend in der Herberge oder am Lagerfeuer oder im Stall eines westfälischen Gehöfts, in dem sie übernachtet hatten, hatte Grete nur das Nötigste zu ihrer Schwester gesprochen.

Vielleicht, dachte Johanna, *wird ihr nun bei der Rückkehr noch stärker bewusst, dass ihr Leben ganz anders verlaufen wird, als sie es sich bei ihrem Aufbruch aus Lübeck erträumt hatte.* Jedenfalls machte sie ein sehr trauriges, niedergeschlagenes Gesicht.

Und du selbst?, fragte Johanna sich. *Was wird jetzt aus deinem Leben?*

Sie schob diese unterschwellig in ihr rumorende Frage erst einmal beiseite. Zu müde war sie jetzt, zu erschöpft von den Anstrengungen, die hinter ihr lagen.

Bürgermeister Brun Warendorp zügelte jetzt sein Pferd. Es hatten sich inzwischen so viele Menschen um die Reitergruppe versammelt, dass ihm auch kaum eine andere Wahl blieb. Er rückte seine tellerförmige Lederkappe zurecht, die er bis dahin wegen des scharfen Nordwindes ziemlich tief ins Gesicht gezogen hatte, und hob eine Hand, woraufhin es etwas ruhiger wurde. Mit heiserer Stimme sprach er dann zu denen, die sich zusammengefunden hatten. »Der Haufen der Hansestädte hält zusammen! Und mag Waldemar auch ganz Baiern, Kärnten und Italien nach Verbündeten durchforsten und so viele Narren finden, die ihm bereitwillig folgen, wie er will! Gegen die Konföderation, die zu Köln beschlossen wurde, wird er nicht ankommen! Wir werden es ihm nicht gestatten, uns länger zu erpressen und sich nach und nach alles zu nehmen, was ihm beliebt! So wahr ich hier stehe, damit wird schon in Kürze Schluss sein!«

Der Rest seiner Worte ging in Jubelrufen unter. Offenbar hatte der Bürgermeister genau die Worte gefunden, die man hatte hören wollen. Worte des Mutes und der Zuversicht, obwohl in Wahrheit noch gar nicht feststand, wie die nächsten Schritte aussehen würden. Schließlich war man noch weit davon entfernt, für einen Kampf gegen Waldemar gewappnet zu sein. Und ob das Bündnis der Hansestädte über die feierliche Deklaration auf dem Hansetag hinaus überhaupt Bestand haben würde, stand noch in den Sternen.

Er nimmt den Mund ziemlich voll, dachte Johanna. *Aber vielleicht muss er das. Vielleicht muss er Stärke zeigen, um Stärke zu gewinnen.*

Denn auch in Lübeck gab es nicht nur Befürworter eines harten Vorgehens gegen Waldemar, wie ihr Vater oft genug berichtet hatte.

Wie zufällig fiel Johannas Blick auf Bruder Emmerhart, dessen Gesicht das breite Lächeln verloren hatte, das sonst so kennzeichnend für ihn war. Vielleicht lag es an den Reisestrapazen, die auch Emmerhart sichtlich zugesetzt hatten. Es war für Johanna allerdings überdeutlich, dass Emmerhart die Worte des Bürgermeisters missfielen. *Was hat er eigentlich für Absichten?*, ging es ihr durch den Kopf. Und sie musste daran denken, wie sehr sie in der Hand dieses undurchsichtigen Geistlichen war, der bei Gelegenheit wieder einen Gefallen von ihr einfordern würde. Einen Gefallen, bei dem es darum ging, ihren Vater zu beeinflussen.

Nein, die Sache mit Meister Andrea soll das letzte Mal gewesen sein, dass ich mich zu so etwas hergebe, nahm sich Johanna vor. *Ich muss auf den geraden Weg zurückkehren. Und das in jeder Hinsicht.*

Der Menschenauflauf um den Bürgermeister löste sich bald auf. Es würde keine Stunde dauern, bis sich die Kunde von der Rückkehr der lübischen Ratsgesandtschaft in der gesamten Stadt bis zum letzten Tagelöhner verbreitet hatte.

Moritz von Dören und Brun Warendorp trennten sich schließlich, nachdem sie noch ein paar Worte miteinander geredet hatten. Und auch Bruder Emmerhart verabschiedete sich von den anderen. Ihm folgte Meister Andrea, der in einer Kammer in Emmerharts Apotheke wohnen sollte. »Ich werde Euch auch ein paar Mittelchen aus dem reichen Fundus der Apotheke zur Verfügung stellen, mit denen Ihr Eurem durch den langen Ritt gequälten Hinterteil etwas Gutes tun könnt, Meister Andrea.«

Als sich Emmerhart und Andrea entfernt hatten, sprach Johanna zu ihrem Vater. »Ich weiß nicht, ob es nicht vielleicht ein Fehler ist, den Marzipanmacher in der Apotheke nächtigen zu lassen.«

Moritz sah seine Tochter erstaunt an. »Wieso das denn? Er wird dort ja auch arbeiten und wäre nicht der erste Handwerker in Lübeck, der an der Stätte seines Erwerbs auch schläft.«

»Ja, ich weiß«, gab Johanna zu.

»Dann verstehe ich ehrlich gesagt nicht, was deine Andeutung soll.« Auch Moritz von Dören hatte die anstrengende Reise ziemlich zugesetzt, und seine Laune war inzwischen auch nicht mehr die beste.

»Es ist nur so ein Gefühl«, meinte Johanna. »Unser guter Bruder Emmerhart könnte versuchen, diesen falschen Venezianer unter seinen Einfluss zu bekommen. Wenn er das nicht schon getan hat, was ich fast glaube.«

»Ich glaube, du machst dir da unnötig Sorgen, meine Tochter«, sagte Moritz zufrieden lächelnd. »Bruder Emmerhart soll diesen Süßwaren-Alchemisten gerne so nachhaltig beeinflussen, dass er anschließend dermaßen viel von dem Zeug herstellt, dass sich ein jeder Lübecker daran sattessen kann!«

»Dann hast du keine Sorge, vielleicht über kurz oder lang die Kontrolle über diesen Geschäftszweig an Emmerhart zu verlieren?«

Moritz sah seine Tochter überrascht an, während sie bereits in die Straße einbogen, in der das Haus der von Dörens lag. »Das klingt ja beinahe so, als würdest du Bruder Emmerhart nicht trauen.«

»Hast du mir nicht beigebracht, dass man in Geschäftsdingen außer dem Herrgott nur der Rechenkunst eines guten Arithmetikers trauen sollte, der weiß, wie man den Abakus zu benutzen hat!«

Ein verhaltenes Lächeln glitt über Moritz' Gesicht. »Er ist der Beichtvater unserer Familie und ein so enger Vertrauter wie beinahe sonst niemand anderes hier in Lübeck«, gab er zu bedenken. »Du bist es doch gewesen, die mir die Bedenken bezüglich dieser Sache ausgeredet hat!«

»Ja, das stimmt.«

»Dann verstehe ich im Moment nicht, worauf du eigentlich hinauswillst!«

»Darauf, wer der Herr über diese Sache bleibt, Vater. Du oder Emmerhart.«

Moritz lachte. »Meinetwegen soll es Emmerhart sein! Dagegen habe ich nichts. Und letztlich ist er ohnehin auf mein Geld angewiesen!«

Plötzlich verzog sich Moritz' Gesicht zu einer Maske, und er griff sich an die Brust.

»Vater!«, entfuhr es Johanna.

Moritz von Dören beugte sich etwas nach vorn, sein Pferd blieb stehen. »Es geht schon«, behauptete er dann, nachdem er sich wieder im Sattel aufgerichtet hatte. Sein Lächeln wirkte jedoch gequält. »Es war nur ein momentanes Unwohlsein.«

»Sollten wir nicht einen Medicus holen?«, fragte Grete, die mit ihrem Pferd näher herangekommen war und sich ebenfalls Sorgen machte.

»Nein, bestimmt nicht. Das wären hinausgeschmissene Taler. Und davon abgesehen geht es mir jetzt auch wieder gut.« Moritz von Dören atmete tief durch und rang dabei regelrecht nach Luft. Aber dann entspannten sich seine Gesichtszüge wieder, und es gab keinen Grund, an seinen Worten zu zweifeln.

In der ersten Nacht, die Johanna wieder in ihrem eigenen Bett verbrachte, schlief sie wie ein Stein. Traumlos und so dumpf, dass sie später dachte: *So muss es sein, wenn man niemals geboren worden ist.*

Als sie dann aufstand und ein schlichtes Kleid anlegte, dachte sie an Frederik und fragte sich, wie es ihm in der Zwischenzeit wohl ergangen sein mochte. Hatte er wohlbehalten die schwedische Küste erreicht? Oder zumindest einen sicheren Hafen wie zum Beispiel Visby auf Gotland?

So schnell werde ich wohl nichts mehr von ihm hören, wurde es Johanna klar. *Aber ganz gleich, was auch geschehen mag und ob uns unsere Lebenswege jemals wieder zusammenführen werden, so werden wir doch auf gewisse Weise immer zusammen sein.*

Frederiks Gesicht, der Blick seiner Augen, der Klang seiner Stimme – all das begleitete Johanna in jedem Augenblick. Manchmal war der Gedanke daran, dass sie so weit voneinander getrennt waren, für sie geradezu körperlich schmerzhaft. In anderen Momenten überwog hingegen die Freude darüber, dass sie sich überhaupt begegnet waren und sie die Erinnerung in ihrem Herzen bewahren und sich daran erfreuen konnte, wann immer sie wollte.

Alles, was sie in Köln zusammen mit Frederik erlebt hatte, erschien ihr im Rückblick jedoch fast so irreal wie ein schöner Traum. Ein Traum, der irgendwann zerrann und sich in nichts auflöste, sodass man sich kaum noch an mehr zu erinnern vermochte als an ein angenehmes Gefühl und ein glückliches Erwachen. Genauso, befürchtete Johanna, würde es ihr vielleicht auch mit ihrer Liebe zu Frederik ergehen. Und so war sie abermals unsicher darüber, welchen Weg sie in Zukunft einschlagen sollte.

Vielleicht sollte ich mein Leben doch Gott widmen, ging es ihr durch den Kopf. Sie kniete sich auf ihre Gebetsbank und sprach zu Gott. *Herr, gib mir ein Zeichen! Ein Zeichen, das mir den Weg weist, der für mich der richtige ist, denn ich bin zu verwirrt, um es selbst zu wissen!*

Aber der Herr blieb stumm. Oder er hatte ihr längst ein Zeichen gegeben, und sie hatte es nur nicht sehen wollen, in ihrer ganzen Verblendung. Der Rausch dessen, was sie mit Frederik erlebt hatte, hatte sicher nicht zur Schärfung ihrer Gedanken beigetragen, wie sie zugeben musste.

Schließlich erhob sie sich. Die Zukunft erschien ihr ungewisser denn je.

Als Johanna an diesem Morgen die Treppe zur Eingangshalle des von Dören'schen Hauses hinunterging, sah sie, dass dort Wolfgang Prebendonk wartete. Ein wohlgeschnürtes Bündel lag auf dem Boden, und der hochangesehene Schreiber des Hauses hatte ein warmes Wams und einen Mantel angelegt, als wollte er sich auf Reisen begeben. Eine innere Unruhe trieb ihn dazu, immer wieder auf und ab zu gehen.

Aus einer der Türen, die zu den Nebenräumen führten, kam jetzt Jeremias hervor, der schon etwas in die Jahre gekommene Hausdiener, dessen graues Haar die Angewohnheit hatte, wirr in der Gegend herumzustehen und sich mitunter wie von Geisterhand geführt selbst zu bewegen. Als Kind hatte Johanna immer gerätselt, ob es die Macht des Heiligen Geistes, die Magie des Teufels oder vielleicht die besondere Natur der Haare selbst sein mochte, die dies bewirkte. Darauf hatte ihr niemand eine zufriedenstellende Antwort gegeben – bis zu jenem Tag, als Bruder Emmerhart ihr etwas für sie damals Unfassbares gezeigt hatte. Er hatte seinen Rosenkranz genommen, der aus puren, geschliffenen Bernsteinen gefertigt war, und einen dieser Steine hatte er dann an einem der Ärmelsäume aus Pelz gerieben, mit denen Johannas damaliges Sonntagskleid verziert war. Daraufhin hatten sich die Haare des Pelzes auf ganz ähnliche Weise in Bewegung gesetzt, wie es mit den Haaren des Hausdieners immer wieder geschah.

»In den Haaren eures Hausdieners Jeremias ist eine ähnliche Kraft wie im Bernstein. Es ist weder der Teufel noch der Heilige Geist, wie ich dir versichern kann. Sondern eine Kraft, die in den Dingen selbst steckt.«

»Dann gibt es Kräfte, die Gott nicht beherrscht?«, hatte sich Johanna gewundert und war gleichzeitig über die Kühnheit ihrer eigenen Schlussfolgerung verwundert, die doch alles in Frage zu stellen schien, woran sie glaubte und was ihr Leben bestimmte.

»Das könnte durchaus sein«, hatte die unbestimmte Antwort des Mönchs gelautet. »Und jeder von uns sollte darauf gefasst sein, solchen Kräften zu begegnen. Manche von ihnen mögen nur ein paar Haare bewegen. Andere sind wie ein mächtiger Sturm, gegen den sich zu stellen sinnlos wäre.«

Alles das fiel Johanna in diesem Moment wieder ein. Und sie fragte sich, ob ihre Leidenschaft für Frederik vielleicht auch eine dieser Kräfte gewesen war, von denen Emmerhart gesprochen hatte.

Die Stimme des Hausdieners riss sie aus ihren Gedanken. »Ich kann Herrn Moritz bis jetzt nicht finden«, sagte Jeremias an Wolfgang Prebendonk gerichtet. »Ihr müsst Euch noch einen Augenblick gedulden.«

»Dann such ihn, Jeremias«, gab Wolfgang zurück. Er schien in Eile zu sein.

»Ihr wisst ja so gut wie ich, wie weitläufig dieses Haus ist. Wartet hier auf mich, ich werde tun, was ich kann.«

Jeremias verschwand wieder durch eine der Türen, die in die Eingangshalle führten.

Johanna hatte innegehalten und beobachtet, was geschah. Jetzt kam sie die Treppe herunter. »Wolfgang! So früh seid Ihr schon auf den Beinen?«

»Ja«, sagte der Schreiber kurz angebunden.

»Ihr seht aus, als wolltet Ihr eine Reise machen! Wohin schickt Euch denn mein Vater?«

Wolfgang druckste herum. Sein Gesicht wurde von einer dunklen Röte überzogen. Die Situation war ihm offensichtlich peinlich, denn er wich Johannas Blick aus; allein das war höchst eigenartig.

»Es ist nicht Euer Vater, der mich auf eine Reise schickt«, erklärte er dann.

»Nicht?«, wunderte sich Johanna. »Wohin geht es denn?«

»Nach Stralsund.«

Johanna hob die Augenbrauen. Ein Augenblick verging, ohne dass eines von ihnen beiden gesprochen hätte. Und dann fiel es Johanna wie Schuppen von den Augen, was hier vor sich ging. »Ihr habt das Angebot von Berthold Metzger angenommen?«

Wolfgang nickte und vermied noch immer einen direkten Blickkontakt zu Johanna. »Ja, so ist es. Es ist mir unangenehm, nach allem, was Euer Vater für mich getan hat. Und mir ist sehr wohl bewusst, was ich ihm verdanke. Ohne ihn hätte ich es nie so weit gebracht. Aber andererseits muss ich auch an mein persönliches Fortkommen denken.«

Johanna musste unwillkürlich schlucken. Wolfgang Prebendonk war in den letzten Jahren eine sehr wichtige Stütze des Handelshauses von Dören gewesen. Sein Weggang war ein herber Schlag für das ganze Haus und nicht so einfach zu verkraften.

»Darf ich fragen, was Euch letztlich doch bewogen hat, das Angebot aus Stralsund anzunehmen?«, fragte Johanna nach einem Moment des verlegenen Schweigens. »Denn schließlich hattet Ihr zunächst eine andere Entscheidung gefällt.«

Nun endlich hob Wolfgang Prebendonk den Kopf und sah Johanna offen an. »Während Eurer Abwesenheit war ein Bote von Berthold Metzger in Lübeck. Er hat das erste Angebot noch einmal deutlich verbessert. Die Bedingungen sind einfach zu günstig. Ich bin gewissermaßen gezwungen, die Möglichkeit zu ergreifen. Dort werde ich Teilhaber sein können. Man hat große Pläne mit mir – und offenbar auch viel Vertrauen in meine Fähigkeiten, was ich hier in Lübeck schon manchmal ein wenig verloren glaubte.«

Da steckt noch etwas anderes dahinter, glaubte Johanna zu erkennen. Natürlich konnte sie nicht beurteilen, was hier in Lübeck während jener Zeit geschehen war, die sie zusammen mit ihrem Vater, ihrer Schwester und Bruder Emmerhart auf dem Hansetag zu Köln verbracht hatte.

»Hättet Ihr nicht meinem Vater die Gelegenheit geben sollen, Euch ebenfalls ein Angebot zu machen?«, fragte sie dann. »Oder gibt es irgendetwas, worüber Ihr Euch hier im Haus von Dören zu beklagen hättet?«

Wolfgang schüttelte den Kopf. »Es gibt nichts, worüber ich mich beklagen müsste – allerdings ebenfalls nichts, was mich derzeit hier in Lübeck halten könnte.«

»Darf ich fragen, woher Euer unbedingter Drang nach Stralsund kommt?«

»Wie gesagt: Die Zukunftsaussichten erscheinen mir dort besser, und es war …«

»… ein gutes Angebot, das sagtet Ihr bereits. Aber könnte es sein, dass es auch noch andere Gründe gibt?«

Wolfgang wollte zunächst etwas sagen, ein Zucken seiner Lippen verriet es. Aber dann schüttelte er erneut den Kopf. »Ich habe Euch alles dazu gesagt, was es zu sagen gibt, Johanna. Ich muss so schnell wie möglich nach Stralsund kommen, und ich habe nur den Tag abgewartet, da Euer Vater vom Hansetag zurückkehrte, um aufbrechen zu können.« Ein verhaltenes Lächeln erschien auf seinem Gesicht. »Euer Vater kann sich also glücklich schätzen, dass ich die Geschäfte hier in Lübeck bis gestern in seinem Sinn geführt habe. Es wäre nämlich durchaus der Wunsch des Pharaos gewesen, dass ich schon früher aufbreche.«

Johanna hob die Augenbrauen. »Des Pharaos?«, echote sie.

»So nennt man Berthold Metzger bisweilen in Stralsund und Umgebung. Ich habe mit einigen Leuten gesprochen, die von dort kommen und heute ihr Auskommen hier in Lübeck gefunden haben, um zu wissen, worauf ich mich einlasse.«

»So wünsche ich Euch viel Glück bei Eurem neuen Herrn«, sagte Johanna dann nach einer kurzen Pause. »Denn anscheinend kann Euch wirklich nichts und niemand aufhalten.«

»Das seht Ihr richtig.«

»Gestattet mir dennoch eine letzte Frage, Wolfgang.«

»Gerne.«

»Habt Ihr Euch auch schon von meiner Schwester Grete verabschiedet?«

Wolfgang Prebendonk wirkte jetzt sichtlich überrascht. »Ehrlich gesagt hätte ich nicht erwartet, dass sie mit nach Lübeck zurückkehren würde, sondern noch in Köln weilte oder mit ihrem Gatten nach Antwerpen gezogen wäre.«

»Dann hat sich noch nicht bis Lübeck herumgesprochen, dass die Hochzeit zwischen Pieter van Brugsma und meiner Schwester gar nicht stattgefunden hat, weil ihr auserkorener Gemahl zuvor auf diplomatischer Mission einem Mordanschlag zum Opfer gefallen ist?«

Wolfgang starrte Johanna einen Augenblick fassungslos an. »Nein, das habe ich nicht geahnt. Dann ist Grete tatsächlich hier?«

»Ich könnte sie rufen. Vermutlich ist sie noch in ihrem Zimmer.«

Wolfgang hob jedoch abwehrend die Hand. »Nein, lasst nur. Ihr braucht Euch nicht zu bemühen.«

In diesem Augenblick kehrte Jeremias zusammen mit Moritz von Dören zurück. Der Handelsherr wirkte müde und abgeschlagen, sein Gesicht blass. Und nachdem Wolfgang Prebendonk ihm eröffnet hatte, dass er im Begriff war, Lübeck und das Haus von Dören zu verlassen, starrte Moritz seinen Schreiber und Prokuristen zunächst nur ungläubig an. Schon nach wenigen Worten war klar, dass es wohl keine Möglichkeit gab, Wolfgang zu halten.

»Grüßt Berthold Metzger von mir, wenn Ihr in Stralsund ankommt«, sagte Moritz schließlich, wobei nicht zu überhören war, wie niedergeschlagen er war. »Vertrauenswürdigen Ersatz für Euch zu bekommen dürfte alles andere als leicht sein. Aber wer wäre ich, dass ich Eurem Glück irgendwelche Steine in den Weg legen könnte.«

»Ich danke Euch für alles, was Ihr für mich getan habt, Herr«, sagte Wolfgang daraufhin. »Ohne die Möglichkeiten, die ich durch Euch erhielt, wäre mein Leben ein ganz anderes geworden.«

»Ja, das mag wohl sein.«

»Ich werde das nie vergessen.«

»Braucht Ihr ein Pferd oder einen Wagen, Wolfgang?«

Der Angesprochene schüttelte den Kopf. »Ich habe Euch in vielerlei Hinsicht in Anspruch genommen, aber damit soll nun Schluss ein. Für ein Pferd habe ich selbst gesorgt. Solltet Ihr oder irgendein Mitglied Eurer Familie irgendwann nach Stralsund kommen, dann stehe ich zu jeder erdenklichen Hilfe bereit.«

Damit nahm Wolfgang sein Bündel über den Rücken und ging hinaus. Vor dem von Dören'schen Haus wartete bereits sein Pferd.

»Ich sollte ihn festhalten und fesseln«, knurrte Moritz in der Eingangshalle, als Wolfgang ins Freie getreten war.

»Es gibt vielleicht noch eine Möglichkeit, ihn zurückzuhalten«, erwiderte Johanna. »Jeremias! Weckt meine Schwester! Auch wenn sie tief und fest schläft, sie soll notfalls im Nachthemd vor die Tür kommen und sich nicht darum scheren, ob sich irgendjemand darüber später das Maul zerreißt!«

»Aber ...«

»Tut, was ich sage, Jeremias!«

Mit diesen Worten eilte Johanna nun ebenfalls ins Freie.

Wolfgang war gerade in den Sattel gestiegen. Durch die vielen Reisen, die er im Auftrag von Moritz von Dören absolviert hatte, war er ein geübter Reiter geworden.

»Wartet, Wolfgang!«, verlangte Johanna. Sie näherte sich ihm, und er zügelte sein Pferd. Das Bündel, das er hinten am Sattel festgeschnallt hatte, verrutschte etwas, weil es nicht fest genug gezurrt worden war. Das bedeutete einen kurzen Aufschub vor dem endgültigen Aufbruch.

»Ich muss los, Johanna! Nach Stralsund werde ich ohnehin einige Tage unterwegs sein, so schnell mein Pferd mich auch trägt. Und wenn ich schon bei der ersten Etappe in Rückstand gerate, wird sich mein Eintreffen bei Berthold Metzger weiter verzögern. Und der war schon nicht begeistert, dass ich von ihm verlangt habe, erst die Rückkehr Eures Vaters abzuwarten.«

»Ich weiß.«

Wolfgang lächelte. »Auch die Großherzigkeit eines Pharaos sollte man nicht überstrapazieren, denke ich! Mag er mir auch noch so gewogen sein.«

»Wolfgang, niemandem in unserem Haus ist entgangen, dass Ihr meiner Schwester zugetan seid und Euch vielleicht auch Hoffnungen gemacht habt, die zwischenzeitlich nicht erfüllbar schienen.«

»Das ist Vergangenheit«, behauptete Wolfgang. »Und ich werde jetzt in die Zukunft sehen, werte Johanna.«

»Vielleicht solltet Ihr das Grete selbst sagen, denn ich hatte immer den Eindruck, dass sie Euch mochte.«

Wolfgang beugte sich aus dem Sattel herab und sagte in gedämpftem Tonfall: »Wenn Eure Schwester mich hätte erhören wollen, wären dazu Jahre Zeit gewesen. Sie hat es nicht getan. Und leider bin ich auch kein großer Handelsherr wie Pieter van Brugsma oder der, mit dessen Silberschatz sie sich in Zukunft trösten wird.«

»Aber ...«

»Es ehrt mich, dass Ihr mich zu halten versucht, aber um Eure Schwester braucht Ihr Euch keine Sorgen zu machen. Da wird sich schon eine standesgemäße Verbindung finden lassen. Als alte Jungfer wird sie sicherlich nicht ins Grab gehen. Und nun muss ich wirklich los.«

Wolfgang Prebendonk ließ sein Pferd voranpreschen. Der Hufschlag auf dem harten Pflaster klang schroff und durchdringend. Schon bald war der Reiter hinter der nächsten Straßenecke verschwunden.

Als Johanna sich schließlich umdrehte und zurück zum Hauseingang ging, kam ihr Grete entgegen.

»Was ist denn so Eiliges?«

»Wolfgang hat uns gerade verlassen – und vielleicht wäre er geblieben, wenn du ihn zurückgehalten hättest.«

Grete schaute etwas ungläubig drein. »Du meinst, er kehrt nicht zurück?«, fragte sie.

Fünfundzwanzigstes Kapitel

Schwarzer Tod und dunkle Tage

An einem der nächsten Tage fand sich der Rat der Stadt Lübeck zusammen, und Bürgermeister Brun Warendorp erstattete ausführlich darüber Bericht, was auf dem Hansetag zu Köln beschlossen worden war. Er las im Einzelnen vor, welche Städte sich mit Geld oder Truppen oder beidem an einem Kriegszug gegen Waldemar zu beteiligen dachten und dass man auch mit der nahezu uneingeschränkten Unterstützung des Schwedenkönigs Albrecht rechnen könne.

Ab und zu unterbrachen lautstarke Zustimmungsbekundungen den Vortrag, aber es gab auch andere Stimmen. Es war schnell klar, dass das Echo auf die Gründung der Konföderation keineswegs ausschließlich positiv war. Und das, obwohl ein sehr eindeutig gefasster Beschluss des Rates dazu vorlag, mit dem Brun Warendorp und Moritz von Dören nach Köln gesandt worden waren.

Vielleicht hat manch einer seine Opposition bisher nicht offen zu äußern gewagt, ging es Moritz von Dören, der selbstverständlich der Ratsversammlung beiwohnte, durch den Kopf. *Oder es sind während unserer Abwesenheit Dinge geschehen, von denen wir bisher noch nichts ahnen.*

Moritz fühlte sich schwach und müde; er schob das auf die Anstrengungen der Reise. Immerhin war der schreckliche Schmerz, der bei seiner Rückkehr in seine Brust geschossen war, nicht zurückgekehrt. Das hielt er für ein gutes Zeichen.

Von Bruder Emmerhart hatte er sich inzwischen ein übelriechendes Kräftigungsmittel mischen lassen. Allerdings schmeckte es selbst in süßem Beerensaft aufgelöst so ekelhaft, dass Moritz sich nicht vorstellen konnte, wie etwas so Abstoßendes eine heilende Wirkung haben sollte. Und tatsächlich war die einzige feststellbare Wirkung gewesen, dass er einige Zeit unter Brechreiz litt, nachdem er sich die Medizin verabreicht und nur mit größter Mühe hinuntergewürgt hatte.

Eigentlich hatte Moritz von Dören geglaubt, dass nach der Rückkehr vom Hansetag die größten Anstrengungen fürs Erste hinter ihm lagen. Aber das schien nicht der Fall zu ein. Ganz so glatt, wie er und Brun Warendorp es sich vorgestellt hatten, würden die jetzt notwendigen Beschlüsse wohl nicht durch den Rat gehen.

»Söldner anwerben, die Flotte unter großem Zeitdruck ausbauen und Waldemar zur Freigabe des Öresunds zwingen – das wird uns alle viel Silber kosten«, meldete sich Meinert Grootdorp zu Wort, ein gut betuchter Pelzhändler und Rigafahrer. Da sie von Waldemars Eroberungsdrang weitaus weniger betroffen waren als zum Beispiel die Schonen- oder Bergenfahrer, war ihre Neigung, Geld in die Aufrüstung zu investieren, auch deutlich weniger ausgeprägt. Vornehmlich aus ihren Reihen hatte es von Anfang an kritische Stimmen zu den Plänen von Bürgermeister Warendorp gegeben.

»Ich gehe jede Wette ein, dass die Hälfte unserer Bundesgenossen unseren Hansehaufen im Stich lassen wird, wenn es ernst wird und sich vielleicht auch noch der eine oder andere mächtige Fürst auf die Seite Waldemars stellt«, betonte Meinert Grootdorp – und Moritz musste ihm in diesem Punkt insgeheim sogar recht geben. Genau das würde eintreten, zumindest wenn die Dinge ungünstig für die Hanse und ihre lübische Vormacht verliefen. *Darum ist es ja so wichtig, dass die Erfol-*

ge möglichst schnell erzielt werden, dachte er und hätte das am liebsten Meinert Grootdorp laut entgegengerufen, aber das tat er nicht. Dieses lähmende Gefühl der Schwäche hatte ihn doch wohl mehr im Griff, als er sich selbst eingestehen wollte. Und so blieben seine Lippen geschlossen.

Bürgermeister Brun Warendorp wehrte sich gegen die Einwürfe der Kritiker, so gut und wortmächtig er konnte. Und wie überzeugend er dabei sein konnte, hatte er ja erst vor kurzem auf dem Hansetag bewiesen, als er es geschafft hatte, die Stimmung nahezu im Alleingang vollkommen umzudrehen. »Wenn wir zögern, dann ist das Ende der lübischen Vormacht und wahrscheinlich auch der Hanse nahe. Aber das wollen manche unter uns nicht hören.«

»Ihr selbst habt doch vorgetragen, mit welchen Hilfen wir von den anderen Städten rechnen können«, mischte sich nun erneut Meinert Grootdorp ein. »Lächerlich ist das, und jeder hier, der auch nur so gut rechnen kann wie irgendein Krämer auf unserem Stadtmarkt, wird gleich erkennen, an wem der größte Teil der Last hängen bleiben wird! An uns nämlich – denn von den armen Tagelöhnern werdet Ihr wohl kaum genug Steuern eintreiben können, um all das zu bezahlen, was bezahlt werden muss.«

Ein zustimmendes Gemurmel entstand. Moritz bemerkte, dass auch Magnus Bredels lauthals Beifall äußerte. *Ein Schonenfahrer unter denen, die sich Waldemar unterwerfen wollen,* ging es Moritz durch den Kopf. Er lächelte zufrieden. *Jedenfalls bedeutet das wohl, dass du auf absehbare Zeit keine Mehrheit zusammenbringen wirst, um mich als Ältermann unserer Bruderschaft abzulösen, so wie du es schon zweimal versuchst hast!*

Bredels' Blick traf sich jetzt mit dem von Moritz, und Moritz gab sich alle Mühe, trotz seiner momentanen Schwäche den Eindruck von Stärke und Entschlossenheit zu vermitteln. Ihm war klar geworden, dass es selbst in der eigenen Bruderschaft Feinde gab. Und es sah nicht so aus, als hätten sie bereits ihre Bestrebungen aufgegeben.

Nach einer turbulenten Debatte wurde schließlich abgestimmt. Eine große Mehrheit stimmte für die Vorschläge von Bürgermeister Warendorp, der eine ganze Liste von Sofortmaßnahmen aufgestellt hatte. Der Winter musste genutzt werden, so lautete sein Credo. Denn wenn der Frühling kam, dann musste man bereit sein, gegen Waldemar zu kämpfen.

»Wir können nur hoffen, dass unsere Werber erfolgreich sind und schnell gute Leute nach Lübeck locken können«, sagte Warendorp an Moritz gewandt, nachdem die Sitzung des Rates geschlossen war und der Bürgermeister ermattet auf seinen Stuhl gesunken war.

»Vor allem brauchen wir einen guten Anführer«, ergänzte Moritz. »Jemand, der eine Streitmacht zu führen versteht. Denn die besten Söldner und Waffenknechte sind nichts wert, wenn ihnen nicht ein kluger Kopf vorangeht und sie lenkt!«

»Natürlich«, nickte Warendorp. »In diesem Punkt sind wir uns vollkommen einig.«

»Wen habt Ihr da im Sinn? Man könnte sicher den Hochmeister des Deutschordens dafür gewinnen, uns ein paar gute Männer zur Verfügung zu stellen.«

Brun Warendorp lächelte auf eine Weise, die verriet, dass er sich bereits weitergehende Gedanken gemacht hatte, als er dies nach außen hin erkennen ließ. »So gerne ich gepanzerte Ritter auf dem Schlachtfeld zu unserer Unterstützung sehen will und so bereitwillig ich ihnen Schiffe zur Verfügung stellen werde, um sie an jeden Ort an den Küsten der Ostsee zu bringen, um gegen Waldemar zu Felde zu ziehen – so möchte ich trotzdem nicht, dass einer von diesen frommen Schlächtern meine Truppen führt.«

Moritz horchte auf. »*Meine Truppen* – habt Ihr das gerade wirklich gesagt, oder habe ich mich verhört, werter Brun?«

Warendorp verzog das Gesicht. Er beugte sich näher zu Moritz und sagte sehr leise: »Tut mir einen Gefallen und erzählt es nicht überall herum, aber ich habe vor, die Truppen selbst anzuführen.«

»Vorausgesetzt der Rat lässt das zu.«

»Daran arbeite ich ab heute. Aber seid versichert, bis wir kriegsbereit sind, ist diese Entscheidung gefallen – und zwar genau so, wie es in meinem Sinn ist!«

Die Tage wurden immer kürzer. Mitunter hatte Johanna den Eindruck, dass es gar nicht mehr hell werden wollte. Der eisige Wind blies aus Nordosten und brachte immer wieder Schnee und Graupel mit. Die Zahl der Schiffe, die jetzt die Trave von ihrer Mündung bis nach Lübeck hinauffuhren und im Hafen der Stadt anlegten, um ihre Waren zu entladen, nahm auf Grund der Witterung ab. Normalerweise brach dann gerade für die vielen Tagelöhner, die sich rund um den Hafen verdingten, eine schwierige Zeit an, da es nicht mehr so viel Arbeit gab wie zuvor. Weder Träger noch Seeleute wurden jetzt in so großer Zahl gebraucht, wie es in den wärmeren Monaten des Jahres der Fall war.

Nicht so in diesem Jahr. Überall war in der Stadt und im weiteren Umkreis der Klang der Hämmer zu hören. In den Werften und bei den Boots- und Schiffbauern entlang der Trave herrschte Hochbetrieb. Auch wenn es Winter war und die kurzen Tage die Arbeit ebenso einschränkten wie das mitunter sehr unfreundliche Wetter, war man dabei, Dutzende von Kriegskoggen zu bauen. Einfach, stabil und vor allem wehrhaft sollten sie sein. Und deswegen hatten sie besonders hohe Wandungen. Das machte die Schiffe zwar plumper und schlechter manövrierbar, aber sie besaßen gegenüber schlankeren Schiffstypen den großen Vorteil, dass von der Reling aus auf eventuelle Angreifer hinabgeschossen werden konnte. Und je höher die Wandung, desto schwerer war eine Kogge zu entern.

In den Schmieden der Stadt wurden derweil Waffen gefertigt: Schwerter, Lanzen, Hellebarden, Streitäxte – alles, was nötig sein würde, um auch die angeworbenen Waffenknechte auszurüsten, die nicht ihr eigenes Kriegsgerät mitbrachten.

Aber nicht nur die Schiffbauer und Schmiede hatten gut zu tun, sondern auch die Zimmerleute der Stadt. Ungezählte Schilde würden gebraucht werden, außerdem Katapulte, die für die Belagerung einer Festung taugten, aber nicht so groß und unhandlich waren, dass man sie nicht auf ein Schiff hätte laden können.

Für Johanna hätte jetzt eigentlich eine ruhigere Zeit im Jahr begonnen. Eine Zeit, in der sie die Bücher des Handelshauses hätte in Ordnung bringen und überprüfen können, welche Geschäfte wirklich profitabel waren und welche nicht, welche Preise für welche Waren auf keinen Fall unterschritten werden durften und welche Löhne man den Angestellten, Kapitänen und Seeleuten höchstens zahlen durfte, die für die von Dörens tätig waren, wenn das Haus auf die Dauer einen Gewinn erwirtschaften sollte.

Aber in diesem Jahr war die Situation anders. Für solche Dinge, deren Nutzen sich nicht unmittelbar zeigte, blieb kaum Zeit, denn Johanna hatte einiges an Pflichten zu übernehmen, die zuvor von Wolfgang Prebendonk wahrgenommen worden waren. Der Prokurist und Schreiber fehlte an allen Enden. Auch Moritz schien erst jetzt wirklich zu erfassen, was er an Wolfgang gehabt hatte. Umso schwieriger war die Auswahl eines Nachfolgers, dem Moritz in derselben Weise vertrauen konnte, wie dies bei Wolfgang der Fall gewesen war.

Zusammen mit ihrem Vater ritt Johanna an einem eisigen Morgen zu den Anlegestellen, wo die *Walross*, ein lang erwartetes Schiff, angelegt hatte, die im Auftrag des Hauses von Dören unterwegs gewesen war. Es hatte unter anderem Helsingborg und Kopenhagen angelaufen und auch eine Siedlung namens Göteborg, die von Holländern gegründet worden war. Pelze, die zuvor aus Nowgorod und Riga nach Lübeck gelangt waren, hatte das Haus von Dören weiter verschifft. Bis London und Antwerpen hatte die *Walross* die Ware geliefert. Und auf dem Rückweg hatte man allerhand mitgebracht. Vor allem Stockfisch, aber auch Tuchwaren. Natürlich hatten die Dänen sie auf der Rückfahrt nicht in die Ostsee einfahren lassen, ohne ihren Zoll zu bekommen. Aber darum ging es Moritz in diesem Augenblick nicht. Wichtiger waren für ihn die Informationen, die der Kapitän vielleicht hatte: Neuigkeiten über die Dinge, die sich weiter nördlich taten.

Schon als sie zum Tor hinausritten, sahen sie die noch nicht eingeholten Segel der *Walross*.

Eine Schar von Trägern war bereits damit beschäftigt, das Schiff zu entladen. Jorgen Ullrych, ein Angestellter des Hauses von Dören, überwachte diesen Vorgang. Mit einem Bleistift kritzelte er Zahlen auf ein Pergament, das er um ein dünnes, rechteckiges Holz gespannt hatte.

Neben ihm stand der Kapitän. Sein Name war Kilian Roth, ein deutlicher Rotstich in seinem vollen Bart erklärte seinen Familiennamen. Der rote Kilian, wie man ihn auch nannte, war seit vielen Jahren ein treuer Gefolgsmann des Hauses von Dören und für Moritz sogar schon bis in die rauen Gewässer der Irischen See und ins ferne Island gesegelt. Eine der ersten Erinnerungen in Johannas Leben betraf ein Schiff, das von Kilian befehligt worden war. Sie war von ihrer Mutter auf dem Arm an Bord getragen worden und hatte interessiert zugesehen, wie eine Handvoll Seeleute das Segel hochzogen und ein rotbärtiger Mann mit heiserer Stimme Anweisungen brüllte.

»Warum schreit der Mann so?«, hatte die kleine Johanna damals ihre Mutter gefragt.

»Damit alles geschieht, was geschehen muss«, hatte diese ihr geantwortet. »Er ist der Kapitän – und so wie Gott bestimmt, was auf der Welt geschieht, bestimmt der Kapitän dies auf dem Schiff und weist jedem seine Arbeit und seinen Platz an.«

Dieses Bild war in all den Jahren niemals aus Johannas Gedanken verschwunden.

»Seid gegrüßt, Herr!«, wandte sich Kilian Roth an Moritz von Dören. »Und natürlich auch Ihr, Johanna!«

Johanna nickte ihm freundlich zu. Auch Jorgen Ullrych nahm sich einen Moment Zeit, um Moritz und Johanna zu begrüßen – allerdings nur kurz, denn das Entladen des Schiffes musste haargenau überwacht und alle Waren peinlichst genau aufgelistet werden.

Moritz und Johanna stiegen von ihren Pferden. Einer der angeheuerten Tagelöhner nahm die Zügel. Der Wind fuhr Johanna durch das Haar und ließ von ihrer Frisur nicht mehr viel übrig. Da ihr Kopftuch ihren Blick zu sehr behindert hätte, trug sie es nur über der Schulter.

»Was lässt sich über die Lage im Norden sagen?«, fragte Moritz.

»Bei der Durchfahrt durch den Öresund sind wir nach wie vor der Willkür der Dänen ausgeliefert. Wir könnten natürlich versuchen, auf anderen Routen zwischen den Inseln hindurchzukommen, aber auch da lauern sie auf einen. Und ein vollbeladenes Schiff ist immer im Nachteil, das brauche ich Euch ja nicht weiter zu erläutern.«

»Und sonst? Hat sich irgendetwas verändert?«

»Helsingborg wird zur Festung ausgebaut. Es sieht so aus,

als wollte sich Waldemar das Land Schonen auf gar keinen Fall mehr wegnehmen lassen!«

»Heißt das, man bereitet sich bereits auf einen Krieg vor?«, vergewisserte sich Moritz.

Kilian Roth bestätigte dies. »Man braucht ja auch keine Spione, um zu erkennen, dass sich da etwas zusammenbraut. Und es gibt noch eine Nachricht, die Euch sicher nicht freuen wird.«

»Und welche?«

Der Kapitän drehte sich um, um sicherzugehen, dass ihn niemand hörte. Er wartete ab, bis mehrere Tagelöhner mit ein paar schweren Ballen Tuch an ihnen vorbeigegangen waren, und sagte dann: »In Bergen ist der Schwarze Tod.«

»Schon wieder?«, entfuhr es Moritz. »Hat diese Geißel Gottes nicht genug unter den Menschen gewütet?«

»Wir haben unseren Aufenthalt dort auf dem Hinweg so kurz wie möglich gehalten und sind auf der Rückfahrt von Antwerpen aus gar nicht mehr in Bergen eingelaufen.«

Johanna versetzte es einen Stich, als sie vom neuerlichen Pestausbruch in Bergen hörte. *Ist das ein Fingerzeig des Herrn für mich, um mich daran zu erinnern, dass ich einst von ihm vor dem Schwarzen Tod errettet wurde?* Dieser Gedanke ließ Johanna nicht mehr los, sosehr sie sich auch dagegen zu wehren versuchte.

Wie aus weiter Ferne hörte sie, wie sich ihr Vater und Kilian Roth über die Pest in Bergen unterhielten.

»Wenn es auf Eurer weiteren Reise keinen Pestfall an Bord gegeben hat, dann kann man davon ausgehen, dass Ihr die Seuche nicht mit Euch tragt«, meinte Moritz.

Kilians Gesicht wurde sehr ernst. »Wir hatten einen Fall. Ein Matrose brach kurz vor der englischen Küste zusammen und war tot. Wir haben ihn über Bord geworfen.«

»Hatte er denn die typischen Zeichen des Schwarzen Todes?«,

mischte sich Johanna nun etwas zu heftig in das Gespräch der beiden Männer ein. Jedenfalls erntete sie sowohl von ihrem Vater als auch von Kilian Roth einen verständnislosen Blick. Und selbst Jorgen Ullrych wurde kurz von seinen Pflichten abgelenkt, auch wenn das Gesagte gar nicht für ihn bestimmt war. Johanna hatte wohl zu laut gesprochen – und was den Schwarzen Tod anging, da war man in Lübeck besonders hellhörig. Zu oft war die Seuche innerhalb der letzten zwei Jahrzehnte zurückgekehrt.

»Es war kein Medicus an Bord«, sagte Kilian. »Aber glaubt mir, jeder von uns hat schon einmal einen Pesttoten gesehen.«

Ein Schrei ertönte in diesem Augenblick aus dem Inneren des Schiffes. Einer der Seeleute kam vollkommen bleich an Deck gestürzt und stützte sich auf die Reling. »Der Schmale Adam! Er liegt im Lagerraum!«

Kilian wurde blass. »Wir dachten eigentlich, dass der Schmale Adam während des Sturms im Skagerrak über Bord gegangen ist«, wandte er sich an Moritz.

»Er hat die Beulen!«, rief der Seemann an der Reling. »Wir haben den Schwarzen Tod mitgebracht!«

»Ich werde ihn mir ansehen«, sagte Kilian.

»Lasst mich das tun«, verlangte Johanna. »Ich bin von der Pest geheilt worden, und wenn Gott will, dann wird sie mich auch kein zweites Mal befallen.«

»Johanna ...«, begann ihr Vater seinen Einwand. Aber Johanna ließ ihn nicht reden.

»Niemand kennt die Zeichen der Krankheit so gut wie ich, die ich sie am eigenen Leib gehabt habe«, beharrte sie.

Zusammen mit Kilian Roth und ihrem Vater ging Johanna zu dem vollkommen konsternierten Seemann. Kilian fragte noch einmal, wo genau der Tote zu finden sei, und er war der Einzige, der aus den stammelnden, kaum verständlichen Worten einen Sinn heraushören und begreifen konnte, was der Mann meinte.

Durch eine Luke stieg er unter Deck. Johanna und Moritz folgten ihm. Es herrschte Halbdunkel, und es war stickig. Ein schwerer Geruch hing in der Luft.

Hinter ein paar Ballen Tuch fanden sie dann den Schmalen Adam. Er musste schon eine ganze Weile dort liegen, denn Ratten und Maden hatten sich bereits an ihm gütlich getan. Die Leiche war in einem erbarmungswürdigen Zustand, und Johanna schnürte es schier die Kehle zu, als sie dies sah.

Der Kopf des Unglücklichen war zur Seite gerutscht. Die eitrige, dunkel verfärbte Beule, die hinter seinem Ohr aufgequollen und geplatzt war, sprach eine eindeutige Sprache. *Es ist der Schwarze Tod!*, durchfuhr es Johanna. Genau diese Beulen hatte sie als Kind an ihrem eigenen Körper – und dem ihrer Mutter – gesehen. Ein Anblick, der sich in ihr Bewusstsein gebrannt hatte wie kaum etwas anderes.

Plötzlich war ein Quieken zu hören. Für einen kurzen Moment war ein langschwänziger Schatten in einiger Entfernung zwischen mehreren Tuchballen zu sehen.

Die Tatsache, dass an Bord eines Schiffes von Moritz von Dören die Pest war und man damit rechnen musste, dass es weitere Krankheitsfälle geben würde, sprach sich wie ein Lauffeuer in der Stadt herum. Innerhalb weniger Tage wusste es nahezu jeder in Lübeck. Ein namenloser, lähmender Schrecken hing über der ganzen Stadt. Niemand wusste, was nun geschehen und wie heftig diese Geißel des Herrn diesmal wohl zuschlagen würde. In den letzten Jahren war es nicht nur zu verheerenden Epidemien, sondern immer wieder auch zu kleineren Ausbrüchen gekommen, denen nur wenige Menschen zum Opfer gefallen waren. Manchmal hatten sich die Krankheitsfälle auf die Mannschaft eines Schiffes oder die Bewohner eines Viertels beschränkt. Mitunter hatte es nur einzelne Todesfälle gegeben, ohne dass ein erneuter Ausbruch der Seuche erfolgt war. Aber genauso gut konnte es sein, dass zwei Pesttote, die ein zurückkehrendes Schiff zu beklagen hatte, nur die Vorboten eines Schreckens waren, von dem dann eine Woche später nahezu jede Familie in der Stadt betroffen sein würde.

Die Gottesdienste wurden voller, die Märkte waren schon auf Grund der Jahreszeit nicht so gut besucht wie im Sommer und litten jetzt noch mehr an einem Schwund von Kaufleuten und Kundschaft. Nur der Ausbau der Flotte und alle anderen Vorbereitungen, die man für den Waffengang gegen Waldemar begonnen hatte, gingen unvermindert weiter. Aber überall in der Stadt wartete man darauf, dass irgendwo jemand vom Schwarzen Tod befallen wurde.

Johanna verbrachte viel Zeit mit Beten. Und schließlich kam sie zu der Erkenntnis, dass sie vielleicht helfen konnte, das der Stadt drohende Unheil abzuwenden oder zumindest abzumildern, indem sie ihren ursprünglichen Schwur, ihr Leben Gott zu widmen, endlich in die Tat umsetzte.

Allem entsagen, wie es den Ordensregeln entsprach. Auch ihrer ohnehin völlig ungewissen Liebe zu Frederik von Blekinge, was für Johanna um ein Vielfaches schwerer wog, als auf den Reichtum verzichten zu müssen, mit dem sie als Tochter eines Lübecker Patriziers aufgewachsen war. Vielleicht, so ging es ihr durch den Kopf, hatte sie sich doch bereits darauf eingestellt, dass ihr Leben durch die Begegnung mit Frederik einen ganz anderen Weg nehmen könnte, als sie sich vorgenommen hatte. Auch wenn sie die Vorstellung, ein Leben als Ehefrau zu führen, immer ziemlich brüsk von sich gewiesen hatte, so hatte sie das unter Umständen nur deshalb getan, weil sie sich in Wahrheit mehr danach sehnte, ihren Schwur vergessen zu können, als sie es wahrhaben wollte.

Doch dieses dunkle himmlische Zeichen in Gestalt eines von Ratten zerfressenen Pesttoten konnte sie nicht ignorieren.

Herr, verzeih mir, dass ich so selbstsüchtig war, betete sie immer wieder.

Sechsundzwanzigstes Kapitel

Pläne und Absichten

Es war ein eisiger, grauer Tag, als Johanna die Äbtissin Agathe des St.Johannis-Klosters aufsuchte, das seinen Sitz gleich neben der St.Johannis-Kirche zu Lübeck hatte. Zisterzienserinnen lebten dort, obwohl das Kloster zur Zeit Heinrichs des Löwen von Benediktinermönchen gegründet worden war. Das Kloster und die St. Johannis-Kirche zählten zu den ältesten Gebäuden Lübecks. Vor gut einem Menschenalter hatten die Benediktinermönche Lübeck verlassen. Es war ihnen in der schnell wachsenden und zunehmend von Reichtum, Gepränge und Sünde geprägten Stadt immer schwerer gefallen, die Regeln des Mönchseins, denen sie sich unterworfen hatten, auch tatsächlich im täglichen Leben einzuhalten. Zu allgegenwärtig waren offenbar die Ablenkungen und Versuchungen jenseits der Klostermauern gewesen, und so hatten sie sich schließlich einen neuen Sitz in der Einöde Ostholsteins gesucht, wo sie in aller Abgeschiedenheit ihrem Ideal der Nachfolge Christi folgen konnten. Seitdem wurde das ehrfurchtgebietende Gemäuer von einer Gemeinschaft von Zisterzienserinnen genutzt, und Johanna hatte immer schon darüber nachgedacht, diesem Orden beizutreten. Vielleicht spielte dabei auch die Tatsache eine Rolle, dass das Kloster inmitten Lübecks lag und man daher doch nicht so aus der Welt war wie in einer Gemeinschaft, die neben der üblichen Strenge des Ordenslebens auch noch die Einsamkeit einer abgeschiedenen Lage gewählt hätte.

Äbtissin Agathe empfing Johanna in einem sehr schlicht gehaltenen Empfangsraum. Ein Kreuz hing an der Wand. Licht fiel durch alabasterverhangene Fensteröffnungen, den Luxus einer Verglasung suchte man im ganzen Haus vergeblich. Glasfenster – bemalte und unbemalte – waren der nebenan liegenden Johannis-Kirche vorbehalten. Die kühle Zugluft, die unablässig das Gemäuer durchwehte, ließ auch die Kerze auf dem einfachen, sehr groß gearbeiteten Holztisch flackern. Äbtissin Agathe war eine Frau mit strengem Gesicht, das von geraden Falten durchzogen wurde, den äußeren Zeichen eines von Strenge und Entbehrung bestimmten Lebens. Ihre dunkelblauen Augen wirkten durchdringend. Es war nicht das erste Mal, dass Johanna die Äbtissin aufsuchte. In den vergangenen Jahren hatte sie immer wieder mit ihr über einen bevorstehenden Eintritt in die Zisterziensergemeinschaft gesprochen. Letztlich hatten aber immer wieder die Umstände dazu geführt, dass daraus noch nichts geworden war.

»Seid gegrüßt, Hochwürdige Frau«, sagte Johanna, nachdem die Novizin, die sie hereingeführt hatte, wieder verschwunden war.

Äbtissin Agathe blickte von dem Pergament auf, das zweifellos etwas mit ihren mannigfachen Aufgaben im Rahmen der Klosterverwaltung zu tun hatte.

»Johanna! Es freut mich, Euch zu sehen. Wie ich hörte, hat es den Schwarzen Tod wieder mal in unseren Hafen verschlagen – und Ihr seid und bleibt für mich ein Zeichen der Hoffnung, dass der Herr uns auch in der schwersten Bedrängnis nicht im Stich lässt.«

»Ich danke Euch, Hochwürdige Frau«, sagte Johanna und trat etwas näher. Da kein zweiter Stuhl im Raum war, blieb Johanna stehen und wartete geduldig, bis die Äbtissin das Pergament gefaltet und auf einen Stapel anderer Dokumente gelegt hatte.

»Was kann ich für Euch tun, Johanna?«

»Ihr kennt meinen Wunsch, Eurer Gemeinschaft beizutreten.«

»Gewiss. Wir haben oft genug darüber gesprochen, und ich habe Euch immer gemahnt, Euch selbst genau zu prüfen, bevor Ihr diesen Schritt tut. Man muss prüfen, ob es wirklich die Berufung des Herrn ist, die einen treibt – oder ob es vielleicht ganz andere Dinge sind, die einen dazu bewegen, den Schutz von Klostermauern zu suchen.«

»Ja, ich erinnere mich sehr wohl an jedes Eurer Worte, Hochwürdige Frau. Und Ihr könnt mir glauben, dass ich alles sehr sorgfältig und immer wieder von neuem bedacht habe.«

Die Äbtissin lächelte kurz und sehr verhalten, bevor ihr Gesicht wieder den Ausdruck maskenhafter Strenge bekam.

»Sagt, was Ihr auf dem Herzen habt, Johanna von Dören«, verlangte sie nun unmissverständlich.

»Ich habe mich entschlossen, den Schritt jetzt zu vollziehen, den ich in der Vergangenheit so oft verschoben habe. Es ist nach wie vor mein größter Wunsch, in Eurer Gemeinschaft mein Leben Gott zu widmen und in der Nachfolge Jesu Christi zu leben.«

Ihre Worte verhallten. An einem der Fenster bewegte ein sehr heftiger Windstoß den Alabaster. Ein Schwall eisiger Luft kam herein und hätte die Kerze auf dem Tisch der Äbtissin beinahe ausgeblasen.

»Und Ihr habt Euch wirklich geprüft, ob das der rechte Weg für Euch ist?«

»Ja, das sagte ich doch schon. Ich bin mir sicher. Der Herr soll mich nicht umsonst vor dem Schwarzen Tod gerettet haben. Ich habe es versprochen, ihm mein Leben zu widmen.«

»Und was ist mit all den Dingen, die Euch in der Vergangenheit davon abgehalten haben, Euren Wunsch wirklich zu vollenden?«

»Es waren Dinge außerhalb meines Einflusses. Sie betrafen meinen Vater und sein Handelshaus. Er brauchte Hilfe, und wie hätte ich sie ihm verwehren können?«

»Hat nicht der Herr seine Jünger auch aufgefordert, alles zurückzulassen und ihm zu folgen?«

»Ja, das hat er.«

»Wenn Ihr wirklich berufen wärt, solches zu tun, hättet Ihr diesen Schritt dann nicht längst vollzogen?«

Johanna schluckte. »Ihr stellt mir eine Frage nach der anderen, Hochwürdige Frau.«

»Fragen, die Ihr Euch stellen solltet!«

»Dass ich bisher nicht das Gelübde abgelegt habe, heißt nicht, dass ich wankelmütig wäre oder dass ich Zweifel an meinem Entschluss hätte«, behauptete Johanna. Aber schon in dem Augenblick, da sie diese Worte sprach, wusste sie, dass sie nicht wahrhaftig waren. Es waren Worte, die nur ihren Willen, aber nicht ihre wahren Empfindungen wiedergaben. *Es ist nur das Gefühl der Verpflichtung, das dich hinter Klostermauern treibt, nicht die Berufung des Herzens!*

»Dafür, dass Ihr bisher den entscheidenden Schritt nicht gegangen seid, mag es viele Gründe geben«, sagte die Äbtissin dann. »Aber einer ist vielleicht, dass Ihr in Wahrheit eine andere seid, als Ihr Euch selbst immer glauben machen wolltet.«

»Was meint Ihr damit, Hochwürdige Frau?«

Die Äbtissin sah Johanna mit ihrem durchdringenden Blick an, und Johanna lief ein eisiger Schauder über den Rücken. In diesen Augen war so viel *Wissen*. Johanna hatte das Gefühl, dass sie geradewegs in ihre Seele hineinblicken konnten. Sie fühlte sich plötzlich sehr unbehaglich. Es fiel ihr schwer, dem Blick der Äbtissin standzuhalten, und doch glaubte sie, genau dies tun zu müssen. Es war eine Probe, so begriff sie. Eine Prüfung, die ihr aufgegeben worden war und der sie sich stellen musste.

»Es sind Dinge vor dem Angesicht des Herrn geschehen, an denen Ihr beteiligt wart und die etwas verändert haben«, sagte die Äbtissin dann.

»Von was für Dingen redet Ihr?«

»Das wisst Ihr sehr gut.«

»Aber ...«

»Ich verurteile Euch nicht für das, was im Dom in einer weit entfernten, fremden Stadt geschehen ist, denn auch Maria Magdalena wurde eine treue Dienerin des Herrn.«

»Ehrwürdige Frau, ich ...«

»Aber Ihr solltet Euch vor Augen halten, dass niemand einer Versuchung ohne Grund erliegt, und so dürfte der Grund in Eurem Fall der sein, dass Ihr nicht wirklich zu uns gehört, Johanna von Dören. Ich werde Eure Bitte also ablehnen.«

»Das ist nicht möglich!«, entfuhr es Johanna. Allerdings verstand die Äbtissin diesen Satz ganz anders, als Johanna ihn gemeint hatte.

»Doch, das ist sehr wohl möglich, Johanna. Ihr mögt jetzt einwenden, dass auch die Äbtissin dieses Klosters dem Vater-Abt eines mit uns verbundenen Mönchsklosters untergeordnet ist, aber in solchen Dingen hat mein Vater-Abt mir immer freie Hand gelassen, da er meine Menschenkenntnis und meine Fähigkeit, wahre Berufung für den Herrn zu erkennen, sehr wohl zu schätzen weiß. Und so sage ich: Nicht einmal Novizin könnt Ihr hier werden, denn Ihr seid ohne Aussicht, jemals Teil dieser Gemeinschaft zu werden.«

Das ist nicht möglich, hallte der Satz, den Johanna gerade gesagt hatte, noch in ihrem Kopf wider. Aber es war nicht nur die Fassungslosigkeit darüber, dass ihr jede Möglichkeit genommen werden sollte, das zu tun, was sie sich bereits als kleines Mädchen mit aller Ernsthaftigkeit vorgenommen hatte. Noch größer war ihr Entsetzen darüber, dass die Äbtissin offenbar über

Dinge Bescheid wusste, von denen nur Frederik und sie etwas wissen konnten.

Und Bruder Emmerhart, fiel es Johanna wie Schuppen von den Augen. Bruder Emmerhart stand in engem Kontakt zu Äbtissin Agathe und war der Beichtvater der Zisterzienserinnen.

Dass er allerdings das Beichtgeheimnis gebrochen und mit der Äbtissin über Dinge gesprochen hatte, die ihm unter dem Siegel der Verschwiegenheit anvertraut worden waren, war für Johanna unfassbar.

Wie konnte ein Mann Gottes seine Pflichten derart vergessen? Und wie sollte sie Bruder Emmerhart jemals wieder auch nur einen Hauch von Vertrauen entgegenbringen?

Verurteile ihn nicht, bevor du ihn zur Rede gestellt hast, meldete sich jedoch eine mäßigende Stimme in ihr. Aber sie konnte sich nicht vorstellen, dass Bruder Emmerhart dafür eine auch nur halbwegs einleuchtende Erklärung parat hatte.

»Es tut mir leid, dass ich Eurem Wunsch nicht nachkommen kann, Johanna von Dören«, sagte die Äbtissin schließlich. »Und richtet Eurem Vater meine allerherzlichsten Grüße aus.«

»Ich danke Euch für Eure Aufmerksamkeit, Hochwürdige Frau«, sagte Johanna und neigte den Kopf.

Jetzt konnte sie dem Blick der Äbtissin nicht mehr standhalten.

Tränen glitzerten in ihren Augen, als sie ins Freie trat. Ein furchtbarer Windstoß fegte über den Platz vor der St. Johannis-Kirche. Schneeregen klatschte ihr kalt in das ungeschützte Gesicht. So viele verschiedene und vor allem vollkommen widersprüchliche Gedanken gingen ihr durch den Kopf. Hätte ich der Hochwürdigen Frau nicht sagen sollen, dass ich ein Zeichen empfangen habe? Dass Gott dieses Zeichen sandte, damit ich die Pest nicht zum Ausbruch kommen lasse?

Aber sie hatte geschwiegen. Und eine andere Stimme meldete sich in ihr, die meinte, dass das vielleicht gut war. Denn wie vermessen hätte es geklungen, wenn sie das der Hochwürdigen Frau gegenüber wirklich geäußert hätte? Vielleicht war es auch gar kein Zeichen, dass es an Bord der *Walross* zwei Pesttote gegeben hat. Genauso gut war es möglich, dass das alles nur eine Ausgeburt ihres eigenen Hochmuts war. *Wer bist du, dass du dir einbildest, die Zukunft dieser Stadt und das Wohl der hiesigen Menschen könnten von dir und deinem Entschluss abhängen, ins Kloster zu gehen? Du bist eine Närrin. Und die Äbtissin hat das erkannt – ganz unabhängig davon, dass ihr Bruder Emmerhart geheime Sünden verraten hat!*

Sie ging weiter. Es waren nur wenige Menschen in den schmalen Straßen. Selbst die Bänke der Geldwechsler waren nicht besetzt, und für eine Weile war sogar das Hämmern in den Werkstätten und Werften zum Erliegen gekommen.

Bisher hat es keinen weiteren Pesttoten gegeben, rief Johanna sich ins Gedächtnis, als sie eine einsame Ratte über die Straße huschen sah. Sie war schnell und so flink, dass man ihr mit dem Blick kaum zu folgen vermochte. Die Ratten, die die Pest brachten, waren anders. Johanna hatte erlebt, wie sie mit fiebrig glänzenden Augen und ohne natürliche Scheu vor dem Menschen über die Straßen krochen. Sie waren kraftlos und langsam, weil der Schwarze Tod sie genauso heimsuchte wie die Menschen.

Vielleicht, so dachte sie, *besteht ja noch Hoffnung, dass der Kelch diesmal an Lübeck vorübergeht.*

Ein Gaukler kam ihr mit seinem Wagen entgegen. Aber es war zu kalt und zu nass für seine Kunststücke und derben Späße. Offenbar wollte er nur möglichst schnell einen Unterstand für sich und den Esel, der seinen Karren zog, finden.

Johanna erreichte schließlich eine Kreuzung. Vier Straßen trafen sich hier. Sie überlegte kurz, ob sie auf direktem Weg nach

Hause gehen sollte oder zur Apotheke von Bruder Emmerhart. Die Marzipanherstellung durch Meister Andrea war inzwischen angelaufen, und der besondere Geschmack der süßen Medizin hatte sich unter den reichen Bürgern Lübecks bereits herumgesprochen. Zunächst waren die Lübecker eher zurückhaltend gewesen, es auch selbst zu probieren. Der hohe Preis spielte dabei natürlich eine große Rolle. Aber nachdem sich das Gerücht verbreitet hatte, dass Marzipan eine Ansteckung mit dem Schwarzen Tod verhindern könnte, war der Umsatz sprunghaft gestiegen.

Die einzige Schwierigkeit bestand im Moment darin, genug Zutaten zu beschaffen, die Meister Andrea für sein Rezept benötigte. Und was diese Zutaten betraf, war der falsche Venezianer durchaus wählerisch.

Während Johanna überlegte, ob jetzt der rechte Moment war, Bruder Emmerhart wegen seines Bruchs des Beichtgeheimnisses zur Rede zu stellen, kam eine Schar von Reitern die Straße entlang. Die Männer waren in dicke Mäntel gehüllt, unter denen Schwertspitzen hervorragten. Der Anführer kam Johanna bekannt vor, auch wenn sein Gesicht im Schatten einer Kapuze lag. Vielleicht war es die Art, wie er sein Pferd lenkte, die sie an jemanden erinnerte.

Der Reitertrupp bog in die Straße, in der auch die Apotheke von Bruder Emmerhart lag. Nur einen ganz kurzen Moment konnte Johanna das Gesicht unter der Kapuze sehen und erschrak. Es war Herward von Ranneberg aus Köln!

Sein Blick streifte Johanna, die sich längst ihr Kopftuch umgeschlungen hatte und es auch den Mund bedecken ließ, sodass nur ein Teil ihres Gesichtes für Herward sichtbar war. Ob er sie erkannte, wusste sie nicht.

Die Männer ritten weiter, und Herward drehte sich nicht noch einmal zu ihr um.

Was, fragte sich Johanna, konnte dieser Mann in Lübeck wollen?

Der Reitertrupp hielt vor Emmerharts Apotheke.

»Hier muss es sein«, meinte Herward. Er stieg vom Pferd und übergab die Zügel einem seiner Männer.

»Pass auf meinen Gaul auf, Claws!«

»Ja, Herr«, sagte der Angesprochene.

»Ich werde nicht lange bleiben«, versprach Herward.

Er betrat die Apotheke. Im Inneren herrschte nicht viel Licht. Es gab nur wenige Fenster; die waren zwar aus Glas, aber sehr klein. Die Wände waren bis unter die Decke mit Regalen und Schubfächern vollgestellt. Unzählige Arzneien wurden hier aufbewahrt und konnten von jedermann erstanden werden, der bereit war, den entsprechenden Preis zu zahlen. Mittel gegen Gicht und Rückenschmerzen, Pulver, die den Husten lindern sollten, von denen böse Zungen aber behaupteten, dieser würde erst durch die Medizin hervorgerufen, sowie Mittel, deren Zutaten so unappetitlich und ekelerregend waren, dass sie wohl kaum jemand zu sich genommen hätte, wenn die Einzelheiten bekannt gewesen wären. Die Luft war schwer vom Geruch ätherischer Öle. Zu Zeiten des Schwarzen Todes standen sie hoch im Kurs, denn man glaubte, dass sie vor dieser Krankheit schützten und den üblen Dunst vertrieben, der angeblich aus der Erde stieg und dieses tödliche Leiden auslöste.

Bruder Emmerhart stand hinter einem Tisch und war gerade damit beschäftigt, eine weiße, feingeschrotete Substanz abzuwiegen, um sie mit einem dunklen Pulver zu vermischen. Der Mönch blickte auf.

»Na, erkennt Ihr mich wieder, Bruder Emmerhart?«, fragte Herward. »Ich soll Euch die herzlichsten Grüße unseres gemeinsamen Bekannten ausrichten …«

»Pater Martinus?«, fragte Emmerhart, und sein breites Lächeln erstarrte maskenhaft, wie man es von ihm kannte. Niemand hätte jetzt sagen können, was der Mönch dachte. »Richtet ihm aus, er soll es mit seiner Leidenschaft für bestimmte Bücher nicht übertreiben.«

»Ich glaube, dass Pater Martinus weder auf mich noch auf Euch hören wird, Bruder Emmerhart«, grinste Herward. »Aber ausrichten will ich das gerne!«

»Sucht Ihr eine Herberge?«, wechselte Emmerhart das Thema.

»Für mich und ein Dutzend Begleiter«, bestätigte Herward. »Alles Männer, die in meinen Diensten stehen.«

Emmerhart runzelte die Stirn. »Ihr seid aber nicht etwa hier, um diesen Frederik von Blekinge auf eigene Faust zu jagen – und gegebenenfalls zur Strecke zu bringen?«

Herward lachte und schlug mit der flachen Hand auf den Tisch, dass es schepperte und Bruder Emmerhart fürchtete, all die Tiegel und Töpfchen, die darauf standen oder sich in den Schubladen darunter befanden, könnten Schaden nehmen.

»Immer schön sachte, Herward.«

»Traut Ihr es mir etwa nicht zu, diesen dahergelaufenen Schweden, oder was immer er sein mag, zu verfolgen und für den Mord an unserem guten Pieter zu bestrafen?«

Bruder Emmerhart lachte rau. »Ich traue Euch alles Mögliche zu, Herward! Braucht Ihr vielleicht etwas süße Medizin, wie sie Meister Andrea für mich herstellt? Zwei Seeleute sind dem Schwarzen Tod zum Opfer gefallen, und die Leute erzählen, dass diese Medizin nicht nur gut schmeckt, sondern auch noch den bösen Pesthauch vertreibt.« Ein listiger Zug trat in Emmerharts Gesicht. Die Augen blitzten, als er fortfuhr: »Ich habe natürlich keine Ahnung, wie sich ein so absurdes Gerücht so schnell verbreiten konnte, aber ...«

»Ich nehme an, dass Ihr ihm kaum öffentlich widersprechen werdet«, grinste Herward.

»Warum auch? Nicht einmal die Zehn Gebote des Herrn und die Bergpredigt verlangen, dass man sich selbst schädigt!«

»Damit kenne ich mich nicht aus«, gestand Herward. »Aber gegen etwas Süßes hätte ich nichts einzuwenden. Und gegen den Schwarzen Tod ist mir jeder Schutz recht, der weder übelriechend ist noch Durchfall erzeugt!«

»Ihr werdet begeistert sein. Es gibt niemanden, der das Marzipan so zubereiten kann wie Meister Andrea …« Der Mönch holte aus einer der zahlreichen Schubladen einen irdenen Tiegel heraus, in dem ein Klumpen braunweißer Masse lag. »Es ist mit Gewürzen verfeinert, deshalb unterscheidet es sich in der Färbung.«

Herward bekam eine Messerspitze zum Probieren.

»Auf diese Weise sollte man sich immer vor der Pest schützen, Emmerhart!«

»Ja, und vor trüben Gedanken gleich mit.«

»In Köln habt Ihr mir gesagt, dass Ihr dieses Geschäft zusammen mit Moritz von Dören großmachen wollt.«

»Das ist richtig.«

»Es ist bedauerlich, dass Ihr in anderen Dingen anscheinend so wenig Einfluss auf Moritz von Dören habt.«

»Wenn Ihr damit meint, dass es uns nicht gelungen ist, die Kölner Konföderation zu verhindern, dann habt Ihr zwar recht. Aber in diesen Dingen ist und bleibt Moritz nun mal ein treuer Gefolgsmann unseres Bürgermeisters.«

»Und der hat im Rathaus zu Köln unseren eigenen Plan mit solcher Rücksichtslosigkeit gegen uns selbst gewendet wie einen Dolch, den der Angegriffene im letzten Moment herumdreht.« Herward bekam noch eine weitere Messerspitze Marzipan. »Das muss der Neid ihm lassen, Brun Warendorp hat uns alle überrascht.«

»Wir Lübische sind Seefahrer«, sagte Emmerhart. »Und jemand, der mit Schiffen zu tun hat, weiß, dass man den Wind ausnutzen muss – ganz gleich, aus welcher Richtung er kommt.«

Das Gesicht Herwards wurde jetzt sehr ernst. »Dann solltet auch Ihr sehr sorgfältig auf den Wind achten, Bruder Emmerhart.«

»So?«

»Er könnte sich bald drehen.«

»Dann habt Ihr Euren Plan, das Bündnis gegen Waldemar zu verhindern, noch nicht aufgegeben?«

»Hätte ich je etwas im Leben erreicht, wenn ich so leicht zu schrecken wäre?«

»Wahrscheinlich nicht.«

»Ich werde mit unseren gemeinsamen Bekannten hier in Lübeck sprechen und sie dazu überreden, den Kampf noch einmal aufzunehmen.«

»Und am Ende wird Euch Waldemar mit weitreichenden Privilegien in Helsingborg belohnen.«

»Mich und die anderen, die auf der richtigen Seite sind, Emmerhart.« Er lächelte aasig. »Habt Ihr noch eine Messerspitze Marzipan für mich?«

»Ich will ja nicht, dass Ihr um meines Geizes willen an der Pest verreckt, Herward!«

Herward genoss die süße Medizin schweigend und schloss dabei sogar für einen Moment die Augen. Es wäre ein Frevel gewesen, während dieses Augenblicks auch nur ein einziges Wort zu sagen und damit die Aufmerksamkeit von der außerordentlichen Gaumenfreude abzulenken. »Man wird dies auch in Helsingborg und am Hof Waldemars zu schätzen wissen«, glaubte er. »Vielleicht solltet Ihr Euch für die Zukunft nach anderen Partnern umsehen. Partnern, von denen Ihr mehr erwarten könnt als bisher vom Haus von Dören.«

»Darüber sollten wir bei nächster Gelegenheit etwas ausführlicher sprechen«, fand Emmerhart. »Ich nehme an, Ihr habt vor, länger in der Stadt zu bleiben?«

»Für eine Weile«, nickte Herward. »Bis das getan ist, dessentwegen ich herkam.«

Siebenundzwanzigstes Kapitel

Ein Augenblick der Schwäche

»Vater!«

Als Johanna nach Hause zurückkehrte, fand sie ihren Vater an seinem Schreibtisch. Er schien über einem der dicken, ledergebundenen Bücher, in denen sorgfältig alle Ein- und Ausgaben des Handelshauses verzeichnet wurden, zusammengebrochen zu sein. Die Stirn lag auf dem Pergament, die rechte Hand umfasste noch eine Feder, und das Tintenfass war umgestoßen. Sein Inhalt rann wie dunkles Blut zum Rand des Tisches und bildete eine Lache.

Johanna hatte ihren Vater überall im Haus gesucht. Er sollte unbedingt wissen, dass Herward von Ranneberg in der Stadt war, denn das konnte nichts Gutes verheißen.

Dass sie ihn nun in diesem Zustand sah, erschreckte sie sehr. Die Schwäche, die ihn bereits am Tag ihrer Rückkehr aus Köln heimgesucht hatte, war seitdem nicht zurückgekehrt. Zumindest hatte er nie etwas darüber geäußert.

Johanna beugte sich über ihren Vater. Er atmete, und das erleichterte sie schon einmal. So hatte ihn zumindest nicht der Schlag getroffen und ihn ihr fortgenommen.

»Vater, was ist?«

Moritz von Dören war zunächst nicht dazu in der Lage zu antworten. Er richtete seinen Oberkörper auf. Und nun sah Johanna, dass er die ganze Zeit die linke Hand gegen die Brust gepresst hatte, so als würde er dort Schmerzen verspüren.

»Es geht schon wieder«, behauptete Moritz von Dören so wenig überzeugend, dass er unmöglich damit rechnen konnte, seine Tochter zu täuschen.

»Vater, das kannst du erzählen, wem du willst, aber nicht mir!«, erwiderte sie und rief nach Jeremias, der auch bald herbeikam. »Hol einen Medicus«, verlangte sie.

»Ach, er soll lieber ein Pülverchen besorgen, das es in Bruder Emmerharts Apotheke zu kaufen gibt«, widersprach Moritz.

»Bruder Emmerhart solltest du nicht mehr trauen – und seinen Pülverchen genauso wenig«, meinte Johanna.

»Was soll das heißen?«, fragte Moritz. »Wie sprichst du denn auf einmal über deinen Beichtvater?«

Johanna ging darauf zunächst nicht weiter ein, sondern wandte sich an Jeremias. »Hol Cornelius Medicus. Er hat dieses furchtbare Furunkel am Bein meiner Schwester geheilt, und er hat überhaupt einen guten Ruf.«

»Nicht!«, rief Moritz. »Keinen Medicus!«

»Aber Vater!«

»Was können die schon anderes, als einen zur Ader zu lassen und damit eine noch größere Schwäche zu verursachen als die, unter der ich leide!«

»Jeremias! Geh auf der Stelle los und hol Cornelius Medicus her!«, sagte Johanna in einem sehr bestimmten Tonfall.

Jeremias nickte nur und ging.

»So einer wie der Cornelius Medicus kommt mir nicht ins Haus!«, rief Moritz.

»Das werden wir sehen, wenn er da ist«, widersprach Johanna.

Moritz von Dören atmete tief durch. »Es geht mir wieder gut«, behauptete er. »Du kannst ganz unbesorgt sein, Johanna.«

Aber der schwache, brüchige Klang seiner Stimme strafte seine Worte Lügen.

Später, als Cornelius Medicus wieder gegangen war, hatte sich Moritz von Dören auf einen Diwan gelegt, der im Empfangszimmer stand. Das Möbelstück war ein Geschenk der Familie van Brugsma aus Antwerpen gewesen und hatte eine lange Reise von Persien über die Levante nach Venedig, Flandern und schließlich nach Lübeck hinter sich. Alle Maßnahmen des Cornelius Medicus, der nach der Säftelehre des Galen praktizierte, hatte Moritz brüsk abgelehnt und lediglich das aus belebenden Kräutern bestehende Kräftigungsmittel akzeptiert, das der Arzt ihm anbot.

Es schien ihm jetzt aber trotz allem etwas besser zu gehen, und so berichtete Johanna ihrem Vater, dass sie Herward von Ranneberg in der Stadt gesehen hatte.

»Du bist dir wirklich sicher, dass er hier in Lübeck ist?«, wunderte sich Moritz, und auf seiner Stirn bildete sich eine tiefe Furche.

»Ganz sicher«, bestätigte Johanna. »Da gibt es kein Vertun! Dieses Gesicht wird mich noch in meine Alpträume hinein verfolgen. Schließlich hab ich nicht vergessen, welche ungerechtfertigten Anschuldigungen er in Köln gegen Frederik von Blekinge erhoben hat.«

»Und diesen Frederik – den hast du anscheinend auch nicht vergessen.«

»Mag sein«, sagte Johanna kurz angebunden. »Aber so, wie die Dinge stehen, werden wir uns wohl kaum jemals wiedersehen.« Johanna wirkte plötzlich in sich gekehrt. Eine tief empfundene Traurigkeit spiegelte sich in ihrem Gesicht wider, doch sie fuhr fort: »Ich hoffe nur, dass es ihm gut geht, wo immer er jetzt auch ist.«

»Das klingt fast so, als wärst du bereit gewesen, seinetwegen deine Pläne zu ändern und nicht ins Kloster zu gehen.«

»Darauf werde ich wohl ohnehin verzichten müssen. Ich habe

mit Äbtissin Agathe gesprochen.« In knappen Sätzen fasste Johanna zusammen, was dieses Gespräch ergeben hatte.

»Nun, ich will nicht verhehlen, dass dies für das Haus von Dören sein Gutes hat«, kommentierte Moritz, und ein verhaltenes Lächeln begann um die Mundwinkel des geschwächten Kaufmanns zu spielen. »So wirst du mir als Schreiberin und vertraute Beraterin ja wohl noch eine Weile zur Verfügung stehen, wie ich hoffe.«

»Solange du willst, Vater. Alle Pläne, die ich einmal hatte, haben sich zerschlagen, und ich wüsste nicht, wie ich sie noch verwirklichen könnte.«

So ein Unsinn, meldete sich ein heftig protestierender Gedanke in ihr. In Wahrheit hätte sie natürlich jederzeit versuchen können, in einem anderen Frauenkloster Aufnahme zu finden. Dass Äbtissin Agathe ihr die Aufnahme verweigert hatte, bedeutete ja nicht zwangsläufig, dass auch ein anderes Kloster sie nicht aufnehmen würde.

Als Johanna den Blick ihres Vaters bemerkte, wusste sie, dass auch er gerade diesen Gedanken hatte. Doch er sprach sie nicht darauf an, und so verging dieser Moment.

Vielleicht war es schon länger nicht mehr mein wahrer Wunsch, und ich habe mir das nur nicht eingestehen wollen, überlegte Johanna. *Beinahe sollte ich Bruder Emmerhart dankbar für den Bruch des Beichtgeheimnisses sein – denn wer weiß, ob die Hochwürdige Frau Äbtissin dies sonst hätte so klar sehen können.*

Johanna sah ihren Vater an. Jetzt musste alles auf den Tisch. Sie durfte nichts mehr zurückhalten, auch wenn sie ihrem Vater nun nicht gerade jede Einzelheit dessen, was sich in Köln ereignet hatte, unter die Nase reiben wollte. Aber er musste wissen, wie Bruder Emmerhart einzuschätzen war. Mochte ihr Vater dann die Konsequenzen daraus ziehen, die er für richtig hielt.

»Du solltest Emmerhart kein Vertrauen mehr schenken«,

sagte Johanna. »Nach dem Gespräch mit der Hochwürdigen Frau Agathe wurde mir klar, dass er das Beichtgeheimnis gebrochen haben muss. Emmerhart hat mit Agathe über mich gesprochen, das steht für mich fest.«

Moritz von Dören runzelte die Stirn. »Was können das denn für furchtbare Sünden gewesen sein, dass Agathe daraufhin ausgerechnet dir, die doch alle Welt für eine Heilige hält, den Zugang zum Kloster versagt?«

»Nichts, wofür ich mich in Zukunft noch schämen werde«, antwortete sie. »Aber es zeigt, dass Emmerhart seine Pflichten als Priester nicht ernst nimmt und sich nach Gutdünken darüber hinwegsetzt. Was ist dann erst mit den Verpflichtungen, die er dem Haus von Dören gegenüber hat? Wir sollten nicht glauben, dass diese schwerer wiegen als jene, die er einst mit seiner Priesterweihe eingegangen ist!«

Moritz von Dören machte ein sehr nachdenkliches Gesicht, das sich zunehmend verfinsterte. »Ja, wir werden aufpassen müssen«, murmelte er. »Da scheinen sich Stürme anzukündigen!«

An einem der folgenden Tage suchte Johanna die Apotheke von Bruder Emmerhart auf, aber der Mönch war nicht im Haus. Stattdessen begrüßte sie Meister Andrea mit den Worten: »Ihr seid sicher gekommen, um die Qualität meiner Arbeit zu überprüfen.«

»Nein, das bin ich nicht«, gab Johanna etwas schroffer zurück, als sie beabsichtigt hatte.

Meister Andrea hob die Augenbrauen. »Nicht?«, wunderte er sich und wirkte etwas ratlos.

»Ich bin gekommen, um mit Bruder Emmerhart zu sprechen.«

»Nun, der ist in letzter Zeit viel unterwegs. Aber hier ist auch nicht viel zu tun, und daher ...« Er sprach nicht weiter. »Und Ihr seid Euch ganz sicher, dass Ihr nicht doch etwas probieren wollt?«

Johanna lächelte. »Eine Versuchung, der man offenbar nur schwer widerstehen kann!«

»Das haben Versuchungen so an sich, werte Johanna.«

Meister Andrea holte einen der Tiegel, in denen die Marzipanmasse aufbewahrt wurde, füllte einen Löffel, den er aus einer der zahllosen Schubladen nahm, mit Marzipan und gab ihn Johanna. »Es ist eine neue Mischung, aber ich werde Euch nicht verraten, mit welchen Spezereien ich es verfeinert habe. Ich denke, so wie man auch ein Stück Fleisch ganz unterschiedlich zubereiten kann und ein simpler Laib Brot zu einer hustenlösenden Medizin wird, wenn man es mit reichlich Mohn verbacken hat, so lässt sich auch das Marzipan auf ganz verschiedene Weise präsentieren. Vielleicht sogar so verschieden, dass man kaum noch glauben kann, dieselbe Medizin zu schlucken!«

»Ich nehme an, Köstlichkeiten sind aber sämtliche Varianten, die Ihr im Sinn habt!«

»Oh, gewiss! Zumindest meinem bescheidenen Urteil nach. Aber ob das auch auf *diese* Mischung zutrifft, das solltet Ihr beurteilen, Johanna. Ich will da Eurem feinen Gaumen keineswegs vorgreifen ...«

Johanna probierte den Löffel voll Marzipan. Sie war überrascht, welche Geschmacksnuancen da offenbar noch möglich waren. Deutlich war ein herber Zusatz herauszuschmecken, der sich aber auf vortreffliche Weise mit dem eigentlichen Stoff zu verbinden schien und dessen Geschmack auf eine zauberhafte Weise veredelte.

»Na, was sagt Ihr?«

»Es ist ...«

»... eine Versuchung?«

»Und was für eine! Ich nehme an, man reißt Euch hier das Marzipan aus den Regalen!«

»Schön, wenn es nur so wäre.«

»Dann geht das Geschäft nicht gut?«

Das Lächeln verschwand aus dem Gesicht des Marzipanmachers. »Man sollte die Lage nicht als übertrieben schlecht einschätzen ...«

»Die Wahrheit, Meister Andrea!«

Für einen Mann, der eigentlich vom Niederrhein stammte, aber behauptete, ein Venezianer zu ein, war diese Aufforderung wohl eine schwer zu ertragende Zumutung. »Vielleicht gibt es nicht genug reiche Leute in Lübeck«, sagte er.

»Sagt mir eine Stadt im Umkreis von zehn Tagesritten, in der es mehr Reiche gibt als hier!«

»Möglicherweise wird es besser, wenn man adelige Kunden aus dem Umland für diese Köstlichkeiten gewinnt.«

»Das war von Anfang an Bruder Emmerharts Plan!«

Meister Andrea nickte schwer. »Ja – aber die Spatzen pfeifen es doch von den Dächern, dass es Krieg geben wird! Jeder kann täglich die Hammerschläge in den Werften und Schmieden hören! Und alle Fürsten in der weiteren Umgebung werden überlegen müssen, ob und auf welcher Seite sie in den Kampf eingreifen werden.«

»Und deswegen bleibt Ihr auf Eurem Marzipan sitzen?«

»Die Gerüchte, dass es vor dem Schwarzen Tod schützt, haben sicher dazu geführt, dass der eine oder andere lübische Geizkragen doch den Weg in unsere Apotheke gefunden hat. Aber die Furcht vor dem Schwarzen Tod wird unser Geschäft auch nicht dauerhaft beflügeln – was in diesem Fall ja auch sehr gut ist. Außer den beiden toten Seeleuten, die an Bord der *Walross* waren, hat es nur noch einen Mann aus der Stadtwache und eine Hübschlerin gegeben, von denen man gehört hat, dass sie dem Schwarzen Tod erlegen sind. Wenn es neue Fälle gegeben hätte, dann hätte sich das doch längst herumgesprochen.«

In diesem Punkt musste Johanna ihm recht geben. Die Epidemie war noch nicht ausgebrochen. Der Schwarze Tod hatte Lübeck dieses Mal entweder nur einen sehr kurzen Schreckensbesuch abgestattet, oder er wartete nur noch auf den richtigen Moment, um den tödlichen Streich gegen die Stadt auszuführen.

Johanna betete jeden Tag dafür, dass die Seuche keine weiteren Opfer fand und der Herr die Menschen mit dieser Geißel verschone.

»Ihr müsst diesem Geschäft noch Zeit geben, sich zu entwickeln«, beteuerte Meister Andrea nun. »Sagt dies Eurem Vater, der Euch sicherlich hierhergeschickt hat! Die Lübecker sind nun mal nicht so genusssüchtig und auf das Süße fixiert, wie es in anderen Gegenden der Fall sein mag.«

»Ich werde meinem Vater Eure Sicht der Dinge ausrichten«, erklärte Johanna. »Vielleicht könnt Ihr mir nun doch noch verraten, wo sich Bruder Emmerhart zurzeit aufhält – denn es gibt ein paar Dinge, die ich nur mit ihm persönlich besprechen kann.«

»Ich kann Euch leider nicht sagen, wo er ist – ganz gleich, wie oft Ihr mich auch fragen mögt, Johanna!«

»Dann richtet ihm meine Grüße aus und fragt ihn, ob nicht zur Abwechslung er etwas zu beichten hätte.«

»Das will ich gerne tun – auch wenn ich keine Ahnung habe, was Ihr mit dieser Bemerkung aussagen wollt.«

Johanna wandte sich zum Gehen und hatte die Tür schon fast erreicht, als Meister Andreas Stimme sie innehalten ließ. »Ihr seid Euch sicher, dass Ihr wirklich keine Löffelspitze meiner exquisiten Medizin mehr haben wollt?«

»Man sollte nicht allen Versuchungen nachgeben.«

»Aber es würde mir in der Seele wehtun, wenn etwas von diesem edlen Stoff verdürbe, nur weil allzu viele geizige Kleinkrämer in Lübeck wohnen! Es ist das Geld Eures Vaters und Eures Hauses, das die Zutaten bezahlte! Da habt Ihr auch den Genuss verdient, wie ich finde!«

Johanna drehte sich noch einmal um. Sie kam zurück und genoss einen weiteren Löffel voll der köstlich veredelten Marzipanmasse. »Eine Frage hätte ich noch an Euch, Meister Andrea.«

»Ich bin ganz Ohr.«

»Wurde Bruder Emmerhart von einem gewissen Herward von Ranneberg aus Köln besucht? Ich sah Herward mit seinem Gefolge diese Straße entlangreiten.«

»Ja, da war jemand, der wie die Leute aus Köln sprach. Ich war im Nebenraum und konnte nicht sehen, wer es war – aber einige Äußerungen des Entzückens waren nicht zu überhören, als er in den Genuss meiner Medizin kam.« Meister Andrea seufzte. »Gekauft hat er leider nichts, soweit ich das mitbekommen habe.« Der Marzipanmacher beugte sich über den Tisch und sprach in einem gedämpften Tonfall weiter. »Wenn Ihr diese Person sucht, dann solltet Ihr im Gasthof ›Zum Einhorn‹ nachsehen. Den hat Bruder Emmerhart ihm nämlich empfohlen!«

Johanna kannte die Herberge »Zum Einhorn«. Es war ein gehobenes Quartier, in dem Kaufleute aller Herren Länder untergebracht wurden. Manchmal auch Gesandte aus anderen Städten, wenn diese selbst für ihren Unterhalt aufkamen. Falls sie auf Einladung und Kosten des Rates in der Stadt waren, wurde ihnen zumeist ein preiswerteres Gasthaus zugewiesen.

Der Wirt hieß Dewald und genoss höchstes Ansehen in Lübeck. Er war auf Fahrten nach Bergen und Island reich geworden – und der Name seines Gasthauses leitete sich vom Horn ab, das in der Mitte des Schankraums von der Decke hing und angeblich von einem Narwal, diesem schwimmenden Einhorn der nördlichen See, stammte und von ungeheurem Wert war. Dewald hatte dieses Horn mehrfach als Sicherheit für einen Wechsel eingesetzt und damit seine Herberge ausgebaut. Böse Zungen wollten zwar wissen, dass es sich lediglich um einen besonders großen Walross-Zahn handelte, den Dewald nach einem Schiffbruch vor der Bergenküste gefunden und mitgenommen hatte. Aber das waren vielleicht nur Behauptungen von Neidern, die es nicht verwinden konnten, dass aus einem einfachen Koggen-Steuermann ein hochgeachteter und vermögender Bürger geworden war.

Johanna ritt umgehend zum »Einhorn«. Das Haus konnte es mit den Patrizierhäusern wie denen der Familie Warendorp oder von Dören durchaus aufnehmen. Einige Nebengebäude und Stallungen gehörten dazu, außerdem ein Lagerhaus, in dem Gäste ihre mitgebrachte Handelsware sicher unterbringen konnten. Dewald vom Horn, wie man den Wirt meistens nannte, hatte dazu eigens ein paar Veteranen der Stadtwache angeheuert, die dafür sorgten, dass es so schnell kein Dieb wagen würde, dort einzubrechen und sich an den aufbewahrten Gütern zu vergreifen.

Johanna stieg vom Pferd und machte es an einem Pflock fest. Aus dem Inneren des Hauses war lautes Stimmengewirr zu hören, und in den Stallungen schienen die Stallburschen und Knechte alle Hände voll zu tun zu haben. Es waren also offenbar viele Gäste in Dewalds Herberge. Johannas erster Gedanke war, einfach einzutreten und Dewald nach Herward von Ranneberg zu fragen. Aber das tat sie dann doch nicht. Stattdessen sah sie vorsichtig durch eines der verglasten Fenster. Sämtliche Fenster der unteren drei Geschosse waren auf venezianische Art verglast. Alabaster und Fensterläden schützten hingegen die Fenster des obersten Stockwerks und des Dachgeschosses. Aber dort wurden traditionell die Bediensteten untergebracht, die schon froh sein konnten, dass sie nicht im Stall schlafen mussten und deswegen wohl kaum höhere Ansprüche stellten oder sich gar beklagten.

Johanna sah einen Raum, in dem ein Kaminfeuer brannte. Ein halbes Schwein wurde an einem Spieß über den Flammen gedreht. Oben von der Decke hing an fein gearbeiteten Ketten das Einhorn als Wahrzeichen.

An einem mit Schnitzereien verzierten Tisch, wie er manchem Fürstenhaus gut angestanden hätte, saßen ungefähr ein Dutzend Männer und hoben die Bierkrüge. Sie waren offensichtlich guter Stimmung. Bruder Emmerhart und Herward von Ranneberg erkannte Johanna sofort. Aber noch interessanter waren die anderen Gäste, die an dieser Zusammenkunft teilnahmen. Vertreter angesehener Lübecker Familien waren darunter: Magnus Bredels vom Unterwerder, der so lange als Rivale von Moritz von Dören um das Amt des Ältermannes der Schonenfahrer gekämpft hatte. Neben ihm saß Auke Carstens, der zurzeit Ältermann der Rigafahrer-Bruderschaft war, deren Mitglieder den stärksten Widerstand gegen die Bündnispläne von Bürgermeister Warendorp boten. Außerdem Endreß Frixlin, ebenfalls ein Rigafahrer, der durch den Bernsteinhandel mit dem Ordensland reich geworden war und in Lübeck außerdem eine Herstellung für Rosenkränze betrieb, die von hier aus exklusiv in die südlicheren Reichsteile geliefert wurden, aber auch in die Lande des Dänenkönigs. Es war stadtbekannt, dass Endreß Frixlin von den Plänen des Bürgermeisters nicht begeistert war. Allerdings hatte er lieber andere sprechen lassen und sich als eine Art graue Eminenz der Opposition im Rat geriert.

In dieser Runde schien er jedoch umso mitteilsamer zu sein. Jedenfalls hörte Johanna ihn laute Reden führen, bei denen es aber offenkundig um profanere Dinge als die Stadtpolitik ging. Vielleicht trug der Genuss von zu viel Bier dazu bei, dass er ziemlich ungeniert die Vorzüge verschiedener Hübschlerinnen aufzählte. Dies wurde von Bruder Emmerhart durch ein für ihn vollkommen untypisches starkes Mienenspiel kommentiert, sodass man den Eindruck gewinnen musste, dass Emmerhart zu dieser Thematik auch einiges zu sagen gehabt hätte.

Als der Mönch in Richtung des Fensters sah, zuckte Johanna zurück. Das Herz schlug ihr bis zum Hals. Sie konnte nur hoffen, dass Emmerhart sie nicht gesehen hatte. Besser, dass Emmerhart nicht wusste, dass Johanna ihn bei diesem Treffen beobachtet hatte. An welchem Ränkespiel mochte Emmerhart sich da wohl gerade beteiligen? Oder war er vielleicht von Anfang an Teil eines feinen Gespinstes gewesen, das im Verborgenen gesponnen worden war? Aber wie passte es dann dazu, dass er ihr bei der Befreiung von Frederik so bereitwillig und entscheidend Hilfe geleistet hatte? *Ich muss erst mehr herausfinden, ehe ich daran denke, etwas zu unternehmen,* ging es ihr durch den Kopf. Aber immerhin wusste sie jetzt etwas mehr darüber, weswegen Herward von Ranneberg nach Lübeck gekommen war – und dass Emmerharts Verbindungen zu ihm offenbar weitaus enger waren, als sie bisher geglaubt hatte.

»Kann ich Euch helfen?«, fragte eine tiefe Stimme.

Sie gehörte einem der Wächter, die Dewald vom Horn angestellt hatte, um das Lagerhaus zu bewachen – aber natürlich auch, um dafür zu sorgen, dass das angebliche Einhorn nicht von ehrgeizigen Vertretern der Diebeszunft entwendet wurde. Schließlich war dieses Horn das allseits bekannte Zeichen für Dewalds Reichtum und Zahlungsfähigkeit.

»Nein, das glaube ich kaum«, sagte Johanna.

»Was sucht Ihr hier am Fenster?«

»Nichts.«

»Ich habe Euch schon irgendwann einmal gesehen.« Er musterte Johanna von oben bis unten. »Ihr seid eine vornehme Frau. Euer schlichter Mantel hat mich zunächst dazu verleitet, etwas anderes zu denken …«

»Ich werde mich auf den Weg machen.«

»Soll ich nichts ausrichten? Ihr seid sicherlich nicht ohne Grund hierhergekommen!«

Johanna ging zu ihrem Pferd. Der Wächter half ihr sogar in den Sattel. »Danke! Und lebt wohl«, sagte sie.

»Wollt Ihr nicht wenigstens Euren Namen sagen, sodass ich davon berichten kann, dass Ihr hier wart?«

Das fehlte gerade noch! »Ihr braucht niemandem etwas zu berichten«, sagte Johanna. Sie warf dem Wächter eine Münze zu, die sie in der Eile aus ihrem Beutel hervorholen konnte. Der Wächter fing die Münze sicher auf. *Jetzt wird er sich erst recht an mich erinnern,* dachte sie und drückte dem Pferd die Fersen in die Weichen. Das Tier preschte davon. Der Hufschlag klang hart auf dem Pflaster.

»Du solltest dich auf Schwierigkeiten einstellen«, sagte Johanna später zu ihrem Vater, nachdem sie ihm von dem Treffen im Gasthaus »Zum Einhorn« berichtet hatte.

Moritz von Dören machte ein sehr nachdenkliches Gesicht. »Du hast recht«, sagte er. »Aber was Emmerhart angeht …«

»… darfst du ihm nicht mehr trauen. Er wird dich früher oder später hintergehen, das steht fest. Und es wäre gut, wenn du darauf vorbereitet bist.«

»Welchen Grund sollte er dafür haben? Das ergibt doch alles keinen Sinn, Johanna. Sollte nicht gerade jemand wie du den Menschen etwas mehr trauen? Schließlich wolltest du dich doch als Nonne wie ein Schaf unter Wölfe begeben und auf das Wort des Herrn vertrauen! Jetzt bist du so misstrauisch, als wärst du seit Jahren an den Intrigen und Verschwörungen beteiligt, die im Rat an der Tagesordnung sind.«

Johanna lächelte mild. »Vielleicht habe ich mich der Weltlichkeit schon sehr viel mehr angeglichen, als es mir bis dahin selbst bewusst war.«

»Ja, das scheint in der Tat der Fall zu sein – ohne dass ich das auch nur im Mindesten kritisieren würde!«

Nein, es freut dich in Wahrheit, denn du erkennst darin die Fähigkeiten, die man braucht, um dir bei der Führung des Handelshauses von Dören zu helfen, erkannte Johanna. *Und das war ja wohl immer dein Wunsch.*

»Du solltest mit Brun Warendorp sprechen. Und wir müssen überlegen, was wir mit dem Marzipangeschäft tun.«

»Die Gefahr, dass Bruder Emmerhart dafür einen besseren Partner findet und mich im Stich lässt, dürfte gering sein, solange es keinen Profit abwirft …«

»Vater, ich weiß nicht, was das alles zu bedeuten hat. Aber ich weiß, dass Herward von Ranneberg nicht umsonst hierher nach Lübeck gekommen ist. Und ich weiß auch, was ich vor dem Dom zu Köln gesehen habe, als Herward und Frederik sich wie alte Bekannte begegnet sind, und am nächsten Tag erhob Herward die furchtbarsten Anschuldigungen. Da hat irgendeine Spinne ein Netz gewoben, und wir sollten aufpassen, uns nicht darin zu verfangen.«

»Ich werde mit Brun Warendorp reden«, kündigte Moritz an. »Das mit Herward sollte er tatsächlich wissen. Es könnte sein, dass er zumindest Unruhe unter den Familien der Ratsherren säen will.«

Die Tage vergingen. Johanna stürzte sich vor allem in ihre Arbeit für das Handelshaus. Die Bücher in aller Sorgfalt zu führen und alle Beträge genauestens zu überprüfen, dieser Aufgabe widmete sie sich mit voller Hingabe. Das half ihr, um sich abzulenken und innerlich zur Ruhe zu kommen. Die Abfuhr der Äbtissin machte ihr nämlich mehr zu schaffen, als sie zunächst gedacht hatte. In der Nacht wachte sie manchmal schweißgebadet auf und glaubte, dass man sie ihrer Sünden wegen vor ein himmlisches Gericht gestellt habe, das sie zu ewiger Verdammnis verurteilte.

Nein, dachte sie, als sie dann erwachte. So unbarmherzig kann der Herr nicht sein.

Und davon abgesehen hatte sie schließlich alles Menschenmögliche getan, um den Schwur, den sie vor so langer Zeit geleistet hatte, auch tatsächlich in die Tat umzusetzen.

Die Tage wurden kürzer. Der Winter brach mit klirrender Kälte über Lübeck herein. Mit einem der letzten Schiffe, das noch im alten Jahr eintraf, erreichte ein versiegelter Brief Johanna. Hintz, der Laufbursche der von Dörens, übergab ihn ihr.

Mit der Hand fuhr sie über das Siegel, das eigenartigerweise keinerlei Wappen oder Zeichen enthielt, die eine eindeutige Aussage darüber erlaubt hätten, wer den Brief verschlossen hatte. Da waren nur zwei lateinische Buchstaben: Ein F und ein B. *Frederik von Blekinge,* durchfuhr es Johanna.

»Wollt Ihr den Brief gar nicht öffnen?«, fragte Hintz, und erst jetzt bemerkte sie, dass der Laufbursche noch immer im Raum war.

Sie sah ihn verwundert an. »Wieso bist du noch hier? Es gibt sicher noch genug für dich zu tun! Jorgen Ullrych hat einen ganzen Stapel von Pergamenten angefertigt, die an verschiedene Lieferanten verteilt werden müssen, und wartet schon auf dich!«

»Ja, Herrin«, sagte Hintz. Aber aus irgendeinem Grund schien er wie festgewurzelt an seinem Platz stehen zu bleiben. Er machte schließlich die ersten Schritte in Richtung der Tür.

Johanna öffnete den Brief.

Dass Hintz sie noch mit einem längeren Blick bedachte, bevor sie das Siegel tatsächlich erbrochen und das Pergament auseinandergefaltet hatte, bemerkte sie gar nicht.

Die ungelenke Handschrift verwunderte sie nicht. Zwar hatte sie Frederik während ihrer kurzen gemeinsamen Zeit in Köln niemals schreiben sehen, aber sie vermutete einfach, dass er darin nicht sehr geübt war, denn das traf auf die meisten Edelleute zu. Wozu hätten sie sich auch mühen sollen? Schließlich gab es ein Heer von willigen und geübten Schreibern, die sich dazu anheuern ließen, Dokumente zu verfassen, Verträge aufzusetzen oder eine Chronik der Ereignisse abzufassen.

Die Worte, die Johanna nun las, berührten sie zutiefst. In den wenigen Zeilen mit holprigen Buchstaben versicherte Frederik ihr seine Liebe und betonte, wie groß sein Wunsch sei, sie wiederzusehen. Allerdings hatte er inzwischen das Reich von König Albrecht verlassen. Die Anschuldigungen des Herward von Ranneberg waren bis an den Hof des schwedischen Königs gelangt, und so hatte Frederik abermals fliehen müssen.

Jetzt war er in Helsingborg, das mittlerweile unter Waldemars Herrschaft stand. Dass er damit in das Reich des Herrschers floh, der seiner Familie alles genommen hatte, entbehrte nicht einer gewissen Ironie.

Aber wenigstens schien es ihm gut zu gehen. Eine schwere Last, die bisher Johannas Herz beschwert hatte, fiel von ihr ab, und sie fühlte sich so leicht und froh wie schon seit geraumer Zeit nicht mehr. Auf solch ein Zeichen hatte sie lange gewartet. Sehr lange. Erinnerungen stiegen in ihr auf. Erinnerungen an die Zeit in Köln, an das Geschehen im Dom, ihr Beisammensein im Stall, an Berührungen, Zärtlichkeiten und dieses angenehme Gefühl von Nähe und Vertrautheit, das sie auf geheimnisvolle Weise miteinander verbunden hatte, obwohl sie sich doch kaum bekannt gewesen waren. Wie sehr sehnte sie sich jetzt danach, dass er ihr über das Haar streichen, sie in den Arm nehmen würde. Schmerzlich machte ihr dieser Brief klar, was sie seit der Zeit in Köln vermisst hatte – und wie stark dieses Gefühl war. Stärker als vieles, von dem sie bisher geglaubt hatte, es bestimme ihr Leben. *Es muss einen Weg geben, dass wir wieder zusammenkommen,* dachte sie. Aber gleichzeitig war ihr klar, dass das im Moment vollkommen unmöglich war. Vielleicht war das Schiff, das diesen Brief gebracht hatte, das letzte, das aus Helsingborg nach Lübeck gekommen war. Das letzte für dieses Jahr, weil die Witterung schlechter wurde – und vielleicht auch das letzte für lange Zeit, denn die Kriegsvorbereitungen liefen. *Herr, mach, dass es irgendwann möglich ist,* dachte sie.

Ein Geräusch riss sie aus ihren sehnsuchtsvollen Gedanken.

Hintz hatte die ganze Zeit über bei der Tür verharrt und sah sie unverwandt an. Jetzt beeilte er sich fortzukommen.

»Und du hast wirklich gesehen, dass sie den Brief auch geöffnet und gelesen hat?«, fragte Herward von Ranneberg.

Kerzenlicht flackerte unruhig im Gasthaus »Zum Einhorn«. Es war noch nicht einmal besonders spät, aber die Tage waren so kurz geworden, dass man den Eindruck hatte, die Sonne würde schon wieder untergehen, kaum dass sie mühsam über den Horizont gekrochen war – vorausgesetzt sie war überhaupt zu sehen und blieb nicht den ganzen Tag hinter einem Schleier aus grauem Dunst verborgen.

Herward beugte sich etwas vor. Auch die anderen Männer am Tisch studierten sehr aufmerksam jede Regung im Gesicht des Laufburschen aus dem Haus von Dören.

»Ich habe es mit meinen eigenen Augen gesehen«, stellte Hintz klar und schluckte. Er schien nicht zu verstehen, warum das für diese Männer so wichtig war. Er hatte einen Brief überbracht wie schon hundert- oder tausendmal zuvor. Das war alles – bis auf eine Kleinigkeit: Dieser Brief hatte einen Umweg genommen. Hintz hatte ihn nicht sofort seiner Herrin gebracht, sondern war damit zunächst zum »Einhorn« gegangen.

»Gib ihm, was er verdient hat«, sagte nun einer der anderen Männer. Hintz kannte ihn. Es war der Rigafahrer und Rosenkranzhersteller Endreß Frixlin. Auch in sein Haus hatte Hintz schon wiederholt Botschaften überbracht. Ihn hier und jetzt zu treffen verwunderte den Laufburschen zwar, aber wer war er schon, dass er gewagt hätte, Fragen zu stellen.

Herward ließ daraufhin eine Goldmünze über den Tisch rollen. Sie fiel auf den Boden, und Hintz bückte sich danach. Herward lächelte zufrieden – und auch auf dem Gesicht von Endreß Frixlin zeigte sich ein breites Lächeln.

Ein Goldstück! Hintz hielt es ins flackernde Licht, sah den warmen, gelblichen Schimmer und fühlte, wie ihm das Herz bis zum Hals schlug. Dies war der größte Schatz, den er je besessen hatte. Ein Schatz, den er für schlechte Zeiten aufbewahren würde und der ihm vielleicht die Möglichkeit gab, irgendwann einmal etwa anderes anzufangen, als nur Laufbursche zu sein.

»Du wirst kein Wort sagen, hörst du?«, forderte Endreß Frixlin mit sehr strengem Tonfall.

Hintz sah ihn ängstlich an.

»Das weiß er«, mischte sich Herward ein. »Und auch, dass es ihm sehr schlecht gehen könnte, wenn sein Mund nicht verschlossen bliebe.«

»Ich werde schweigen«, versprach Hintz.

»Vergiss das nicht!«, befahl Herward.

»Und wer weiß, vielleicht gibt es hin und wieder einen Grund, dir ein weiteres Goldstück zu zahlen«, ergänzte Endreß Frixlin.

»Ja, Herr«, gab Hintz zurück.

»Du kannst gehen«, erklärte Herward.

Hintz verneigte sich tiefer, als es üblich war, und ging zur Tür hinaus.

»Es ist gut, ein Auge und ein Ohr auf der anderen Seite zu haben«, meinte Herward. »Lieber wäre es mir allerdings, wir hätten Ähnliches auch im Haus unseres Bürgermeisters.«

»Den Bürgermeister wird niemand stürzen können«, sagte Endreß. »Zumindest im Moment noch nicht. Dazu wird er von zu vielen unterstützt. Aber wenn wir unsere Angriffe auf Moritz von Dören, seinen getreuen Gefolgsmann, richten, werden wir auch den selbstherrlichen Warendorp gehörig schwächen.« Endreß deutete auf ein Pergament, nahm es und faltete es auseinander. »Die Kopie eines abgefangenen Briefes. Sein Inhalt wird der Bolzen für die Armbrust sein, die wir auf diejenigen richten, die unser Geld für einen sinnlosen Kampf gegen Waldemar verschwenden wollen!«

»Ich würde Euch raten, nicht mehr allzu lange zu warten!«, sagte Herward daraufhin. »Sonst ist die Stadt bereits bankrott, bevor Ihr etwas unternommen habt – und ehrbare Kaufleute wie Ihr werden es dann bezahlen müssen!«

»Keine Sorge«, versicherte Endreß Frixlin. »Wir wissen, was wir tun ...«

»Sprecht nicht im Plural von Euch, bevor Ihr nicht ganz oben seid, Endreß!«, stichelte Herward.

»Ich bin keineswegs allein, wie Ihr inzwischen begriffen haben solltet, Herward.«

Der Angesprochene nickte langsam. »Dann kann ich mich auf Euch verlassen?«

»Voll und ganz.«

»Ich werde nicht mehr lange in Lübeck bleiben können. Sobald es die Witterung zulässt, reite ich weiter nach Norden.«

»In Waldemars Lande?«, fragte Endreß lächelnd. Aber noch bevor Herward darauf antworten konnte, hob Endreß die Hand, sodass der Kölner augenblicklich innehielt. »Schweigt besser«, sagte Endreß dann. »Wer weiß, ob mich das Wissen um Eure nächsten Reiseziele nicht irgendwann einmal in Schwierigkeiten bringen könnte.«

Achtundzwanzigstes Kapitel

Ein Sturm braut sich zusammen

Weihnachten und Neujahr gingen vorüber. Hier und da hörte man noch von vereinzelten Todesfällen, bei denen aber nicht sicher war, ob die Betreffenden – zumeist Bettler und arme Tagelöhner – wirklich dem Schwarzen Tod zum Opfer gefallen oder in den kalten Nächten erfroren waren. Dunkle Stellen auf der Haut konnten schließlich auch durch die Kälte verursacht werden.

Der Schwarze Tod schien die Stadt mit seiner scharfen Sense nur gestreift zu haben. Johanna und Grete besuchten zusammen mit ihrem Vater einen Dankgottesdienst in der St. Johannis-Kirche. Es war ein klarer, kalter Tag im neuen Jahr. Moritz ging es inzwischen wieder besser. Die Schwäche, die ihn nach der Köln-Reise für einige Zeit im Griff hatte, schien endgültig überwunden.

Während des Gottesdienstes bemerkte Johanna, dass Auke Carstens der Jüngere immer wieder zu ihnen herüberblickte. Er war der Sohn von Auke Carstens, dem Ältermann der Rigafahrer. Auke der Jüngere war Ende zwanzig. Ein breitschultriger, sehr kräftiger Mann, der seine Sitznachbarn in der Kirche um einen Kopf überragte, weshalb er einen freien Blick über die ganze Gemeinde hatte.

»Ich glaube, der meint dich«, flüsterte Johanna an ihre Schwester gewandt.

»Er hat nicht einmal den Anstand, mit seinen Annäherungsversuchen zu warten, bis etwas mehr Zeit vergangen ist«, flüsterte Grete, der das Verhalten des jüngeren Auke offenbar auch schon aufgefallen war. »Schließlich habe ich doch erst vor kurzem den Mann verloren, dem ich versprochen war.«

Sie sprach etwas zu laut, sodass sich einige andere Kirchenbesucher zu ihr umdrehten. Glücklicherweise wurde nun ein Lied angestimmt, und alle Anwesenden mussten sich zwangsläufig auf Melodie und Text konzentrieren.

Später, als sie mit ihrem Vater in der Mitte die Kirche verließen, wartete Auke bereits auf dem Vorplatz von St. Johannis.

»Ein ausnehmend schönes Kleid tragt Ihr heute«, wandte er sich an Grete, nachdem er zunächst Moritz begrüßt hatte. Johanna hingegen wurde plötzlich abgelenkt. Ein Angehöriger der Stadtwache suchte jemand in der Menge der Kirchgänger.

»Entschuldigt mich einen Augenblick«, sagte Johanna zu ihrem Vater und ihrer Schwester, die jedoch ganz damit beschäftigt war, dem eher derben Charme von Auke zu begegnen.

Johanna ging auf den Wächter namens Busso zu. Sie wusste, dass sie es war, nach der er suchte. Und das hatte einen ganz bestimmten Grund.

Als Busso sie schließlich entdeckte, kam er zu ihr. »Seid gegrüßt, Johanna von Dören«, sagte er höflich, aber sichtlich unsicher, wie er eine Frau aus höherem Stand anzusprechen und mit ihr umzugehen hatte.

»Ihr habt Neuigkeiten für mich?«, fragte Johanna.

Busso nickte. »Es war ja Euer Anliegen, dass ich Euch darüber informiere, wenn dieser Herward von Ranneberg aus Köln und sein zahlreiches Gefolge die Stadt verlassen.«

»Richtig.«

»Genau das haben sie jetzt getan. Sie sind zunächst nach Osten geritten. Einer meiner Leute hat Verwandte unter den Bauern dort, und denen ist der Trupp aufgefallen. Sie scheinen in einem weiten Bogen geritten zu sein, der nahelegt, dass ihr Ziel in Holstein liegt.«

Johanna atmete tief durch. »Das dachte ich mir.« Das öde Holstein war jedoch kaum das Ziel des Reitertrupps, das lag wohl sehr viel weiter nördlich – vielleicht am Hof von Waldemar in Roskilde.

Der Krieg hatte auf gewisse Weise schon begonnen, lange bevor ihn überhaupt jemand erklärt hatte.

Johanna gab Busso ein paar Münzen und bedankte sich.

Die Tatsache, dass Herward nicht mehr in der Stadt war, erleichterte sie einerseits. Aber es blieb ein schaler Nachgeschmack. Sie konnte sich nicht vorstellen, dass Herwards Besuch in Lübeck keine größere Bewandtnis gehabt hatte. *Wahrscheinlich*, fürchtete sie, *haben wir die volle Boshaftigkeit seines Plans nur noch nicht erkannt.*

Als sie zu ihrem Vater und ihrer Schwester zurückkehrte, war Auke inzwischen verschwunden. Offenbar erriet Moritz Johannas Gedanken, als diese sich suchend umschaute.

»Deine Schwester scheint es im Moment darauf abgesehen zu haben, jeden vielversprechenden Heiratskandidaten nach Möglichkeit zu vertreiben, so widerborstig und unfreundlich wie sie ist.«

»Ich bin nicht unfreundlich und auch nicht widerborstig«, widersprach Grete. »Aber die Tatsache, dass es mit der Heirat in das Haus van Brugsma nichts geworden ist, heißt ja nun nicht, dass ich jeden dahergelaufenen lübischen Kauffahrersohn nehmen muss!«

»Na ja, dahergelaufen ist wohl nicht der richtige Ausdruck«, widersprach Moritz. »Aukes Vater ist immerhin Ältermann der Rigafahrer und damit eine der wichtigsten Persönlichkeiten der Stadt.«

»Aber Auke der Jüngere trinkt unmäßig, das ist stadtbekannt, Vater! Und wenn er jähzornig ist, neigt er zu Prügeleien! Du weißt, dass man ihn längst an den Pranger gestellt hätte, wäre er nicht der Sohn des großen Auke!«

Moritz zuckte mit den Schultern. »So viele Familien, die ähnlich erfolgreich ein Handelshaus betreiben, gibt es auch in Lübeck nicht – mag der jüngere Auke auch manchmal über die Stränge schlagen, aber er wäre zumindest noch standesgemäß ...«

»Vater!«

»Nun, ich habe das Haus der van Brugsmas in Antwerpen ja nie gesehen«, begann Johanna dann. »Aber ich vermute mal, dass das Haus Carstens dagegen wie eine kleine Hütte wirkt.«

Grete hob das Kinn und erwiderte: »Ich wusste gar nicht, dass dir solche Äußerlichkeiten neuerdings so wichtig sind, Johanna. Mir sind sie es jedenfalls nicht.«

Ein klirrend kalter Februar folgte, in dem das Leben in Lübeck nahezu stillstand. Es war so kalt wie seit vielen Jahren nicht mehr. Selbst in den Werften kam die Arbeit für einige Zeit zum Erliegen, denn wann immer einer der Schiffbauer einen Nagel durch das Holz treiben wollte, lief er Gefahr, dass er ihm einfach abbrach, und das Holz selbst verzog sich mitunter so stark, dass es unmöglich war, mit dem Ausbau der Flotte fortzufahren.

Auf den Märkten der Stadt war das Angebot so karg wie schon lange nicht mehr. Aber es gab kaum etwas, was die Bauern noch hätten verkaufen können. Die Vorräte waren aufgebraucht, hier und da hatte man sogar schon das Saatgut verzehren müssen. Nur wenige reisende Kaufleute erreichten die Stadt, somit gelangten auch kaum Neuigkeiten von außerhalb nach Lübeck.

Auf eine weitere Nachricht von Frederik wagte Johanna gar nicht zu hoffen, zumal im Moment ohnehin kein Schiff mehr bis Helsingborg fuhr. Es war, als ob die sonst so geschäftige Stadt an der Trave in eine Winterstarre gefallen war. Lange Eiszapfen hingen jetzt von den Häusern, und das Pflaster war so glatt, dass sich niemand vor die Tür wagte, der dies nicht unbedingt tun musste.

Der Schwarze Tod war schon so gut wie vergessen. Vielleicht wollte man sich aber auch nicht daran erinnern, dass er jederzeit zurückkehren konnte.

Als schließlich der Frost nachließ und die Tage heller und wärmer wurden, kamen die ersten angeworbenen Söldner in die Stadt. Nicht jeder war froh darüber. Die Wirte hatten ein selten gutes Geschäft, die Hübschlerinnen ebenfalls. Aber manche Bürger störten sich zunehmend an dem Lärm, den Raufereien und einer vielfach zur Schau gestellten Verachtung gegenüber den Geboten der Fastenzeit. Viele Söldner gaben sich nicht mit Stockfisch zufrieden, sondern bestanden in aller Selbstverständlichkeit darauf, in den Wirtsstuben mit Fleisch versorgt zu werden, so wie es ihnen die Werber versprochen hatten. Je mehr Söldner in die Stadt kamen, desto gravierender drohten diese Probleme zu werden.

Schließlich wurde eine Ratssitzung zu dem Thema einberufen, und Moritz von Dören bat Johanna, ihn dorthin zu begleiten. Er sprach es nicht aus, aber der Grund dafür war wohl, dass er insgeheim befürchtete, die Schwäche, die ihn nach der Köln-Reise so heftig befallen hatte, könne urplötzlich wiederkehren. Und dann sollte jemand in der Nähe sein, dem er vertraute. Wichtiges zu protokollieren gab es auf dieser Ratssitzung voraussichtlich nicht, zumal dies auch von den Stadtschreibern erledigt wurde. Johanna sprach ihn nicht weiter darauf an, denn sie kannte ihren Vater gut genug, um die Wahrheit zu erahnen.

Die Ratsversammlung fand öffentlich statt. Brun Warendorp berichtete von den Fortschritten bei der Vergrößerung und Ausrüstung der Flotte und teilte auch mit, wie viele Söldner man inzwischen zusätzlich zu den Stadtwachen und Schutzmannschaften, deren Aufgabe es war, die Schiffe vor dem Zugriff von Piraten zu schützen, angeworben hatte.

Johanna stellte schnell fest, dass auch Bruder Emmerhart zugegen war. Sie sah ihn kurz mit Endreß Frixlin und Auke Carstens dem Älteren sprechen. Endreß gestikulierte dabei auffällig erregt.

Die Ratssitzung verlief zunächst ohne besondere Vorkommnisse. Doch dann wurde plötzlich die Tür aufgestoßen, und Herward von Ranneberg schritt in Begleitung mehrerer bewaffneter Begleiter herein. Ein Schwall kalter Luft drang mit ihnen in den Saal.

Alle Anwesenden drehten sich zu den Eindringlingen um. Nur Endreß und Auke der Ältere schienen keineswegs erstaunt zu sein, wie Johanna sofort auffiel. Und auch Bruder Emmerhart verzog keine Miene.

Herward machte seinen Männern ein Zeichen, woraufhin sie zurückblieben. *Er kann erst seit kurzem wieder in der Stadt sein, sonst hätte ich rechtzeitig von seiner Rückkehr erfahren,* ging es Johanna durch den Kopf. Mochte der Teufel wissen, was er in Holstein oder noch weiter nördlich getrieben hatte! Womöglich hat er sich des Wohlwollens dessen versichert, in dessen Dienst er offenbar stand – Waldemar!

Die Wächter hatten ihn nicht davon abgehalten, in den Ratssaal vorzudringen. Zwar war die Sitzung öffentlich, aber ein Haufen Bewaffneter hätte trotzdem Aufsehen erregen müssen. Das konnte nur bedeuten, dass auch die Wächter eingeweiht und womöglich bestochen worden waren. Johanna blickte ein weiteres Mal kurz zu Auke Carstens dem Älteren und Endreß Frixlin hinüber. Auch sie waren offensichtlich eingeweiht.

»Was fällt Euch ein, den Frieden dieses Rates zu stören!«, donnerte nun die Stimme von Brun Warendorp durch den Raum.

Herward ließ sich davon nicht beeindrucken. Ein schiefes Lächeln spielte um seine Lippen. Seine Hand legte er um den Schwertgriff, seinen Mantel schlug er zurück. »Erinnert Euch an mich, Brun Warendorp! Wir kennen uns aus Köln vom Hansetag!«

»Wie könnte ich das vergessen«, knurrte der Bürgermeister.

»Und für alle hier, denen ich nie zuvor begegnet bin: Mein Name ist Herward von Ranneberg, und ich bin Ratsgesandter aus Köln!«

»Also ein Verbündeter!«, stellte Endreß Frixlin laut und deutlich klar – was umso auffälliger war, als Endreß sich sonst in Ratsdebatten ja eher zurückhielt und andere für sich sprechen ließ.

Brun Warendorps Augen wurden schmal. Für einen Moment zeigte sich unübersehbar Misstrauen in seinen Zügen, ehe er sie wieder so unter Kontrolle hatte, dass sie undurchdringlich wirkten. »Sprecht Ihr für den Rat der Stadt Köln, oder seid Ihr aus eigenem Interesse nach Lübeck gekommen?«

»Ihr wisst doch noch viel besser als ich, werter Brun, dass das eine vom anderen nicht zu trennen ist, oder?«

»Bisweilen muss man es sehr scharf voneinander trennen.«

»Ich will Eure Versammlung nicht länger als notwendig stören, aber man sollte hören, was ich zu sagen habe, denn das ist auch für die Bürger Lübecks wichtig.«

»So sprecht!«

»Ich weiß nicht, wie viel man in dieser Versammlung über den Tod unseres Diplomaten Pieter van Brugsma dem Jüngeren aus Antwerpen weiß. Er war unterwegs, um eine möglichst breite Unterstützung für die Konföderation gegen König Waldemar zu erhalten, und ich war dabei, als er von einem Mörder erschlagen wurde. Das Haupt hat man ihm vom Hals getrennt, wie man es mit einem gemeinen Schurken zu tun pflegt.«

»Ihr habt diese Geschichte ausführlich auf dem Hansetag geschildert«, unterbrach ihn Brun Warendorp. »Ich sehe keinen Anlass, warum Ihr Euch vor dieser Versammlung nun wiederholen müsst!«

»Oh, der Anlass ist schon da!«, widersprach Herward. »Er hat mit Verrat gegen die Stadt Lübeck, gegen die Hanse und gegen unser Bündnis zu tun!«

Ein Raunen ging jetzt durch den Raum.

»Wir sollten diese Angelegenheit hinter verschlossenen Türen besprechen und alle des Saals verweisen, die keine Ratsherren sind!«, verlangte nun Ratsherr Breno Lührsen der Ältere. Doch dagegen gab es heftigen Widerstand.

»Damit nichts davon bekannt wird und der Schmutz unter den Teppich gekehrt werden kann?«, rief Endreß Frixlin ganz gegen seine gewohnte Zurückhaltung. »Das kommt nicht in Frage! Es soll jeder wissen, was es zu beklagen gibt!«

»Jawohl, heraus damit!«, forderten mehrere andere Stimmen.

»Der Mann, der diesen schändlichen Mord beging, um sich selbst Vorteile durch König Waldemar zu erkaufen, trägt den Namen Frederik von Blekinge. Er floh auf geheimnisvolle Weise aus dem Kerker in Köln und muss dabei Helfer gehabt haben. Und die Spur dieser Helfer führt hierher, nach Lübeck!«

Jetzt redeten alle durcheinander, und Johanna schlug das Herz bis zum Hals. So langsam offenbarte sich, welchen Plan Herward verfolgte.

»Hört mich weiter an, denn auch wenn die lübischen Ratsgesandten sich immer für eine Konföderation gegen Waldemar ausgesprochen haben, so scheint es doch selbst unter denen Verräter zu geben, die dieser Rat nach Köln sandte.«

»Das ist unerhört!«, meldete sich nun Moritz von Dören zu Wort. Er war kreidebleich geworden.

»Eure Tochter, Moritz von Dören, hat mit diesem Frederik

in den Mauern des Doms Unzucht getrieben!«, setzte Herward nun hinzu.

Moritz öffnete zwar den Mund, konnte aber nichts sagen. Die Worte blieben ihm buchstäblich im Hals stecken.

»Sie ist dabei gesehen worden! Aber diese Dinge mag sie mit Gott, ihrem Herrn, ausmachen! Tatsache ist, dass sie ihm geholfen hat zu entfliehen, denn sie war es, die seine Waffen aufbewahrte, nachdem er in den Kerker geworfen wurde! Und genau mit diesen Waffen – darunter ein Schwert, dessen Knauf die Form des Wappentieres derer von Blekinge hat –, wurde er später in Helsingborg gesehen! Ich bin eigens in den Norden gereist, um einen Zeugen zu treffen, der in Helsingborg war und Frederik kennt. Dieser Zeuge, dessen Namen ich versprochen habe nicht zu nennen, hat sogar mit Frederik selbst geredet, der inzwischen übrigens auch von König Albrecht von Schweden als Verräter eingestuft wird!«

»Wart Ihr nicht in Wahrheit deswegen im Norden, weil Ihr selbst in den Diensten von Waldemar steht?«, rief ihm Johanna nun gegen alle Regeln und Gepflogenheiten, die in diesem Saal üblich waren, entgegen. »Seid Ihr nicht in aller Heimlichkeit aufgebrochen und habt sogar einen großen Umweg in Kauf genommen, nur um zu verbergen, dass Ihr in Richtung der holsteinischen Ödnis reiten wolltet?«

Für einige Augenblicke herrschte ein beklemmendes Schweigen. Bürgermeister Brun Warendorp hätte eigentlich eingreifen müssen, aber ihm war die Leitung dieser Versammlung ohnehin vollkommen entglitten. So geschickt er auch bei anderer Gelegenheit zu agieren pflegte – in diesem Fall war er wohl selbst wie vor den Kopf gestoßen und daher nicht in der Lage, die Situation in den Griff zu bekommen.

»Ich war im Norden, um diesen Zeugen zu sprechen«, widersprach Herward. »Und darüber hinaus gibt es noch einen Beweis dafür, dass Ihr, Johanna von Dören, mit dem Mörder des Pieter van Brugsma noch immer in Verbindung steht!«

Er zog ein Pergament unter dem Wams hervor und hielt es in die Höhe, während ein erneutes Raunen durch den Saal ging.

»Was kann er da vorbringen?«, fragte Moritz seine Tochter.

Johanna spürte einen Kloß im Hals. Sie ahnte etwas Schreckliches.

»Dies ist die Abschrift eines Briefes, den der Mörder an die Tochter des Ratsgesandten Moritz von Dören gerichtet hat! Er konnte abgefangen und kopiert werden, bevor er weitergeleitet wurde!« Mit höhnischem Unterton begann Herward nun, aus dem Brief vorzulesen, und sagte dann mit einem hässlichen Grinsen: »Zarte Gefühle scheinen hier im Spiel gewesen zu sein – aber offenbar auch Verrat!«

»Wie könnt Ihr so etwas behaupten!«, rief Johanna.

Doch in diesem Moment griff sich ihr Vater mit schmerzverzerrtem Gesicht an die Brust und stöhnte auf.

»Vater!«, entfuhr es Johanna, die gerade noch verhindern konnte, dass er zu Boden schlug. Sie stützte ihn, und Magnus Bredels half ihr dabei – ausgerechnet er, der doch sonst immer Moritz' Rivale gewesen war. Aber vielleicht würde ja das Amt des Ältermannes der Schonenfahrer nun sehr bald frei werden, sodass für ihn eine neue Möglichkeit bestand, sich darum zu bewerben.

»Einen Arzt!«, rief Johanna. »Holt Cornelius Medicus! Schnell!«

Man brachte Moritz von Dören mit dem zweispännigen Wagen des Bürgermeisters nach Hause. Der eiligst herbeigerufene Cornelius Medicus hatte noch im Wagen durch den Einsatz eines ätherischen Öls zu verhindern versucht, dass Moritz in die Bewusstlosigkeit hinüberdämmerte. Mehrere Männer, darunter sogar Bürgermeister Brun Warendorp selbst, trugen Moritz ins Haus und legten ihn in sein Bett. Cornelius Medicus wollte Moritz noch zur Ader lassen, aber dazu kam es nicht mehr. Das Herz des Ratsgesandten und weithin geachteten Lübecker Kaufmanns hatte aufgehört zu schlagen. Betretenes Schweigen herrschte, als Cornelius Medicus ihm die erstarrten Augen schloss. Johanna betete. Und sogar Grete, die inzwischen auch im Raum war, begann zu beten.

Tränen rannen über Johannas Gesicht. Dass ihr Vater jetzt unwiderruflich von ihnen gegangen war, konnte sie nicht fassen. Sie fühlte sich wie betäubt. Ihre Lippen formten die Worte des Gebets wie von selbst, und der Klang ihrer eigenen Stimme war ihr plötzlich so fremd, als würde jemand anderes sprechen. Erinnerungen stiegen in Johanna auf. Sie dachte an all die vergangenen Jahre, vor allem jene seit dem Tod ihrer Mutter, in denen ihr Vater für sie gesorgt hatte. So lange war er der Mittelpunkt ihrer durch die Pest dezimierten Familie gewesen. Und jetzt war er nicht mehr da. Und auch wenn Johanna sich sagte, dass er nun beim Herrn war und der Eingang in dessen himmlische Herrlichkeit für ihn ganz gewiss offen stand, so war das selbst für eine tiefgläubige junge Frau wie Johanna kein richtiger Trost.

Schließlich wandte sich Johanna ihrer Schwester zu, deren Gesicht ebenfalls von Tränen überdeckt war. Sie sahen sich an, und dann nahm Johanna sie in den Arm. Mochte auch so manches Mal etwas zwischen ihnen gestanden haben, so war ihnen jetzt das, was sie miteinander verband, viel wichtiger. Sie hatten nun nur noch einander. Mehr war von der Familie von Dören nicht geblieben.

Cornelius Medicus verabschiedete sich unterdessen.

»Wo ist Bruder Emmerhart?«, fragte Brun Warendorp sichtlich irritiert. »Ich hätte erwartet, dass er ebenfalls mit zum Haus von Dören kommt, um für die Erteilung der Totensakramente bereitzustehen. Schließlich war er doch immer der Priester, dem Moritz vertraute.«

Johanna ließ ihre Schwester los und wischte sich die Tränen ab. »Ich glaube nicht, dass Bruder Emmerhart noch den Weg in dieses Haus findet«, sagte sie. »Und wenn doch, so weiß ich nicht einmal, ob er willkommen wäre.«

»Verzeiht, Johanna, dass wir über solche Dinge im Angesicht Eures toten Vaters sprechen müssen – aber wie soll ich das verstehen?«

»Am besten so, wie ich es gesagt habe! Ich traue ihm schon seit einiger Zeit nicht mehr – und ich habe versucht, meinen Vater vor ihm zu warnen.«

»Euer Vater hat ein paar Andeutungen über eine Verschwörung gemacht …«

»… zu der außer Bruder Emmerhart wohl auch Herward von Ranneberg, Endreß Frixlin und Auke Carstens der Ältere gehören, ja!«, bestätigte Johanna. »Er wollte in der Tat mit Euch darüber reden, und dass er es wirklich getan hat, beruhigt mich zumindest.«

»Ich gebe zu, dass ich diese Andeutungen nicht besonders ernst genommen habe.«

»Ab heute müsst Ihr es. Denn dieser Schlag mag meinem Vater gegolten haben – aber in Wahrheit seid Ihr gemeint, Bürgermeister!«

Brun Warendorp nickte langsam. »Das ist gut möglich, was Ihr sagt. Allerdings muss ich Euch noch ein paar weitere, höchst unangenehme Fragen stellen.«

»So stellt sie! Und haltet Euch dabei nicht zurück. Es sind schon so viele Lügen in der Welt, dass ich sie ohnehin kaum alle richtigstellen kann.«

»Entspricht es der Wahrheit, dass Ihr einen Brief von Frederik von Blekinge erhalten habt?«

»Ja, das tut es. Und den müssen diese Schurken abgefangen haben, um ihn zu kopieren und in aller Öffentlichkeit zu präsentieren.«

»Wie sollte Herward und denen, die mit ihm gemeinsame Sache machen, dies gelungen sein?«

»Das frage ich mich auch.«

»Habt Ihr den Brief noch?«

»Gewiss.«

»Dann will ich ihn sehen«, verlangte der Bürgermeister.

»Sein Inhalt ist sehr persönlich und betrifft nur mich und Frederik, der im Übrigen vollkommen unschuldig ist. Aber da Herward von Ranneberg über eine Abschrift verfügt, kann wohl ohnehin nichts davon verborgen bleiben!«

Johanna ging zusammen mit Brun Warendorp in das Schreibzimmer. Den Brief hatte sie in einer verschließbaren Schublade aufbewahrt. Sie übergab ihn dem Bürgermeister, der das Pergament auseinanderfaltete und durchlas. Eine tiefe Furche erschien auf seiner Stirn. »Dieser Brief war gesiegelt.«

»Ja, aber auf eine sehr seltsame Weise. Ich hatte mich von Anfang an gewundert, dass das Wappen der Familie von Blekinge fehlte.«

»Und das hat Euch nicht misstrauisch gemacht?«

»Doch, aber ich habe geglaubt, dass dies um der Geheimhaltung willen geschah. Aber das war nicht der Fall.«

»Ihr werdet sicher verstehen, dass ich diesen Brief an mich nehmen muss – schon, um ihn mit der Abschrift zu vergleichen.«

Es fiel Johanna schwer, diese einzige Nachricht von Frederik aus der Hand zu geben. Andererseits hatte sie den Brief in der Zwischenzeit ohnehin dutzendfach gelesen. Jedes Wort, das dort stand, kannte sie in- und auswendig. Und angesichts der Umstände blieb ihr wohl gar keine andere Wahl, als ihn dem Bürgermeister zu überlassen.

»Immerhin kann so jeder sehen, dass es wirklich nur um eine Verbindung zwischen zwei Menschen und nicht um den Verrat von Geheimnissen oder dergleichen geht.«

»Genau das wird man aber behaupten«, widersprach Warendorp. »Denn wer will ausschließen, dass dieser Brief nicht in Wahrheit die Antwort auf ein Schreiben ist, das Ihr ausgesandt habt, um unsere Feinde über den Stand unseres Flottenbaus und die Anzahl der angeworbenen Waffenknechte zu informieren.«

»Aber dazu brauchte es doch keiner geheimen Nachrichten! Waldemar muss nur einen seiner Getreuen auf ein paar Meilen an Lübeck heransenden, dann wird der überall sehen können, was geschieht! Schiffe sind schließlich so groß, dass man sie nicht im Verborgenen anfertigen kann!«

»Man wird sagen, dass jemand, der bereit ist, einen heiligen Ort hemmungslos zu entweihen, wie Ihr es offenbar bedenkenlos getan habt, auch bereit ist zu lügen oder sonst alles Mögliche zu tun, was den Geboten des Herrn widerspricht.«

Johanna schluckte. Sie war sich nicht sicher, was den Bürgermeister mehr empörte: die frevelhaften Dinge, die die Tochter eines seiner engsten Vertrauten wohl getan hatte, oder die Tatsache, dass er nun auch selbst in arge Bedrängnis geraten konnte, da sich seine Gegner als Reaktion auf das Geschehene zusammenschlossen.

»Was wird aus alledem werden?«, fragte Johanna nun offen heraus. Sie wollte wissen, ob sie sich auf den Schutz und die Hilfe des Bürgermeisters verlassen konnte – so wie es ihr Vater so lange Jahre getan hatte.

»Das kann ich Euch nicht sagen!«

»Ihr müsst mir glauben, dass ...«

»Glauben?«, echote Brun Warendorp. »Ich will ganz offen sein: Ich weiß nicht mehr, was ich glauben soll.«

»Ich hoffe, Ihr vergesst nicht, dass mein Vater immer treu

zu Euch gestanden hat, ganz gleich, wie hoch die Wogen auch steigen mochten!«

Er musterte Johanna auf eine Weise, die man wohl nur prüfend nennen konnte. »Ja, was Euren Vater betrifft, so habt Ihr recht. Und Ihr könnt sicher sein, dass ich niemals vergessen werde, was er in all den Jahren für mich getan hat.«

»Mehr kann ich nicht verlangen.«

»Allerdings kann ich auch nicht vergessen, was ich über Euch gehört habe, und ich weiß ehrlich gesagt nicht, was ich davon halten soll. Eine Heilige, die vom Herrn gesegnet wurde, indem sie die Pest überlebte, und es ihm dann dadurch gedankt hat, dass sie etwas wurde, was mit dem Wort Heilige wirklich nicht mehr beschrieben werden kann …«

»Ich …«

Eine Handbewegung des Bürgermeisters brachte sie zum Schweigen. Sie wusste, dass es sinnlos war, noch irgendetwas erklären oder richtigstellen zu wollen. Vielleicht würde das zu einem späteren Zeitpunkt möglich sein, aber nicht jetzt.

»Ich halte es für möglich, dass Euch ein Anflug von kurzfristiger Raserei für die Wirklichkeit hat blind werden lassen. Blind auch dafür, dass Ihr vielleicht einem Mörder und Intriganten gedient habt.«

»Das ist nicht wahr«, flüsterte Johanna.

»Die andere Möglichkeit ist, dass Ihr tatsächlich die Wahrheit sprecht. Immerhin habt Ihr – zumindest zum Teil – Euren Vater davon überzeugen können. Und dessen Urteil habe ich immer als scharfsinnig angesehen und geschätzt.«

»Ich verstehe«, murmelte sie.

»Das wiederum bezweifle ich. Ganz gleich, was nun die Wahrheit ist: Ihr wisst wahrscheinlich gar nicht, welchen Orkan Ihr durch Euer unbedachtes Handeln ausgelöst habt. Und ich werde jetzt zusehen müssen, wie ich in diesem Sturm das

Ruder nicht aus der Hand gleiten lasse, was mich vermutlich sehr viel Kraft kosten wird. Kraft, die eigentlich dem Kampf gegen Waldemar gewidmet werden sollte, denn diese Auseinandersetzung wird noch schwer genug, und ihr Ausgang ist alles andere als gewiss!«

Brun Warendorp atmete tief durch, und Johanna wusste auf die Worte des Bürgermeisters nichts mehr zu sagen. Trauer mischte sich mit Scham. Und gleichzeitig war da die tiefe Empfindung in ihr, dass sie doch nichts Falsches getan hatte. Nichts, außer einem anderen Menschen ihre größte Liebe und Zuneigung zu geben, woran doch nichts Verwerfliches sein konnte.

»Es tut mir leid, Johanna«, fuhr Brun Warendorp dann in gedämpftem Tonfall fort und wich dabei Johannas Blick aus. »Ich weiß nicht, ob ich in Zukunft noch viel für Euch werde tun können!«

Plötzlich ließ ein Geräusch Johanna zusammenschrecken. Die Tür bewegte sich knarrend, und im nächsten Moment erkannte Johanna, wer dort war.

»Hintz!«, entfuhr es ihr überrascht. »Was machst du da?«

»Ich wollte nur fragen, ob vielleicht noch heute eine Botschaft auszutragen ist – anlässlich des Todes Eures … Ich meine … Es spricht sich gewiss auch so herum, aber … Möglicherweise …« Der Junge stotterte, bis der etwas wirre Strom seiner Worte schließlich verebbte.

»Wir brauchen einen Kaplan für die Totenmesse«, sagte Johanna.

»Wird das nicht Bruder Emmerhart sein?«

»Ich möchte, dass Pater Marcus Josephus die Totenmesse liest. Aber ich glaube, ich werde ihn lieber persönlich darum bitten.«

»Der Kaplan von St. Johannis?«, warf Brun Warendorp überrascht ein.

»Ja, denn ich werde auf gar keinen Fall zulassen, dass Bruder Emmerhart dies tut.«

»Nun, das ist wohl Eure Entscheidung. Ob sie wirklich klug ist, wird sich herausstellen. Aber da werde ich mich nicht einmischen.«

»Es reicht völlig, wenn Ihr meinem Vater auch bei seinem letzten Gang die Ehre erweist, die ihm zusteht.«

Darauf gab der Bürgermeister keine Antwort. Stattdessen verabschiedete er sich mit der etwas steif wirkenden Höflichkeit, die vielen ehrbaren lübischen Kaufleuten eigen war, und verließ den Raum. Als er durch die Tür trat, musterte er Hintz noch kurz, dann war er fort.

Hintz wartete noch immer an der Tür.

Vielleicht lag es an ihrem eigenen Schmerz über den so plötzlichen Verlust ihres Vaters, dass sie nicht früher erkannte, was mit dem Jungen los war. *Er hat noch irgendetwas auf dem Herzen.*

»Du brauchst dir keine Sorgen zu machen, Hintz«, sagte Johanna. »Wir werden weiterhin einen Laufburschen brauchen und dich auch in Zukunft beschäftigen, falls dich das beruhigt. Ich kann dir noch nicht genau sagen, wie alles werden wird, aber das Ende meines Vaters soll keineswegs auch das Ende des Hauses von Dören sein.«

Ein zurückhaltendes, aber sehr verkrampft wirkendes Lächeln erschien jetzt im Gesicht des Jungen. »Ich danke Euch, Herrin«, sagte Hintz.

»Ich hoffe nur, du bist weiterhin so zuverlässig, wie du es immer warst.«

»Ich gebe mir alle Mühe.«

»Das ist gut. Wenn du willst, kannst du gerne gehen.«

»Ich danke Euch.«

Hintz neigte sein Haupt. Er blickte für einen sehr kurzen Moment empor und anschließend wieder nach unten, als würde er irgendetwas auf dem Boden suchen. Er drehte sich halb herum und schien gehen zu wollen, aber irgendeine geheimnisvolle Kraft erlaubte es ihm noch immer nicht, sich zu entfernen. Johanna erkannte das sehr wohl, konnte sich allerdings keinen Reim darauf machen.

»Worauf wartest du noch, Hintz?«, fragte sie.

»Ich ... habe gehört, was im Rathaus geschehen ist. Die ganze Stadt redet darüber.«

»Nichts von den Anschuldigungen ist wahr!«

»Ich weiß«, sagte Hintz mit großer Ernsthaftigkeit.

Johanna glaubte im ersten Moment, sich verhört zu haben.

Der Junge kam jetzt näher.

»Ich verstehe nicht, was du genau meinst, Hintz.« Und dann dämmerte es ihr. *Es muss etwas mit dem Brief zu tun haben.*

»Ich muss Euch etwas beichten, obwohl ich weiß, dass Ihr mir das vermutlich nie verzeihen könnt, denn vielleicht bin ich schuld am Tod Eures Vaters.«

»Ich bin kein Priester, der dir Vergebung versprechen kann. Aber das Beste wird sein, du sagst mir jetzt, was du auf dem Herzen hast. Alles andere ist Gottes Entscheidung.«

Hintz schluckte. »Vor einiger Zeit sprach mich jemand an, ich müsse doch irgendwann sicher eine Nachricht überbringen. Einen wichtigen Brief, der mit einem Schiff aus dem Norden käme. Vielleicht würde man nicht erkennen können, von wem er verfasst sei, vielleicht würde er aber auch ein Siegel tragen. Auf jeden Fall sei er nicht für Herrn Moritz bestimmt, sondern für Euch, Johanna.«

»Wer war es, der dich angesprochen hat?«

»Ihr kennt ihn gut. Ein Mönch, der auch die Priesterweihe hat und eine Apotheke betreibt, in der eine unvergleichlich süße Medizin angeboten wird, von der ich kosten durfte. Das ist ein Geschmack, den ich nie vergessen werde.«

»Emmerhart!«

»Ja, es war Emmerhart, aber nicht er allein. Er war nur der, der mich ansprach. Bezahlt haben mich andere. Es ist eine ganze Gruppe, die sich im Gasthaus ›Zum Einhorn‹ trifft und zu der wichtige Bürger der Stadt gehören. Endreß Frixlin und Auke Carstens der Ältere zum Beispiel. Und der Wirt gehört auch dazu. Und dieser Mann aus Köln mit seinen Reitern.«

»Rede weiter. Was hast du tun sollen?«

»Jeden Brief, auf den das zutrifft, was ich Euch soeben gesagt habe, sollte ich zunächst in das Gasthaus bringen. Es kam nur ein Brief. Sie haben ihn gelesen und abgeschrieben. Dann erst hat er Euch erreicht.«

»Das erklärt einiges …«

»Es tut mir leid. Euer Vater hat sich vielleicht so aufgeregt, dass ihn der Schlag traf und eine Schwäche zurückkehrte, die er schon überwunden hatte. Ich weiß, dass Ihr mir das niemals werdet verzeihen können, aber ich konnte es auch nicht länger für mich behalten. Glaubt mir, ich habe nicht geahnt, welche Folgen das alles haben wird …«

»Und das alles für eine Messerspitze süßer Medizin?«

Johannas Stimme war fast tonlos. Sie spürte einen dicken Kloß in ihrem Hals. Was Hintz gesagt hatte, war das fehlende Mosaiksteinchen in dieser Intrige. Emmerhart hatte die Stärke des unsichtbaren Bandes zwischen ihr und Frederik von Anfang an richtig eingeschätzt. Und er wusste wie kein Zweiter, wie man Menschen gegeneinander ausspielen konnte. Ehe der Betreffende merkte, dass er zu einem Werkzeug geworden war, war es schon zu spät.

»Es war nicht nur eine Messerspitze süßer Medizin«, sagte Hintz jetzt, denn er wollte anscheinend reinen Tisch machen und alles offenbaren. Er holte etwas hervor. Ein Goldstück.

»Da hat jemand einen hohen Preis bezahlt.«

»Ich will es nicht mehr haben. Nehmt Ihr es.«

Er reichte Johanna das Goldstück, aber sie schüttelte den Kopf. »Behalte es. Bewahre die Münze gut auf, denn irgendwann wirst du sie vielleicht dringend brauchen und für etwas einsetzen können, das dir wichtig ist.«

»Ich habe nicht das Gefühl, dass sie mir zusteht.«

»Es ist ein Goldtaler weniger, mit dem diese Männer Böses anrichten können. Behalte ihn!«

Hintz sah die Münze an und steckte sie wieder ein. »Ich hatte erwartet, dass Ihr zorniger wärt.«

»Wie wahrscheinlich die ganze Stadt bald weiß, bin ich auch nicht ohne Sünde. Also werde ich auf dich nicht den ersten Stein werfen.«

»Wenn Ihr meint ...«

»Hör zu, Hintz: Es kommen schwere Zeiten auf das Haus von Dören zu. Und wir werden jede Hilfe brauchen, auch deine.«

»An Eurer Stelle würde ich jemandem wie mir nicht mehr über den Weg trauen«, wandte Hintz ein.

»Nach dem, was du mir gerade offenbart hast, traue ich dir mehr als so manch anderem, Hintz.«

»Wenn ich rede, wird es mir schlecht ergehen, haben sie gesagt. Aber das ist mir gleichgültig. Ich werde nicht mehr zu ihnen hingehen. Und der Herr mag mich schützen.«

»Doch, du wirst alles so weitermachen wie bisher«, widersprach Johanna. »Du berichtest den Verschwörern, was immer sie von dir wissen wollen.«

»Aber ...«

»Sie dürfen keinen Verdacht schöpfen! Geh so oft zu ihnen, wie du kannst, und wenn sie dir noch mal ein Goldstück anbieten, dann sei kein Narr und nimm es. Aber halte die Ohren offen und berichte *mir* alles, was du erfährst!«

Hintz nickte. »Ja, das will ich tun«, versprach er.

Später sprach Johanna noch mit ihrer Schwester Grete und Jorgen Ullrych. »Es werden schwere Zeiten auf das Haus von Dören zukommen«, kündigte sie an. »Aber ich werde alles tun, damit das Erbe unseres Vaters nicht zerstört wird, denn er hat seinerseits auch alles getan, um es zu erhalten.«

»Ihr könnt Euch auf meine Unterstützung verlassen«, versuchte Jorgen Ullrych, sie zu beruhigen.

»Die laufenden Geschäfte müssen in aller Gewohnheit abgewickelt werden«, fuhr Johanna fort. »Alle, mit denen wir Handelsbeziehungen haben, müssen wissen, dass sie sich weiterhin auf uns verlassen können.«

»Im Moment sind die Geschäfte ohnehin fast zum Erliegen gekommen«, berichtete Jorgen Ullrych, der in den letzten Monaten immer mehr in die Rolle Wolfgang Prebendonks geschlüpft war.

»Man wird vieles über mich und unseren Vater hören. Manches wird der Wahrheit entsprechen, aber in einen falschen Zusammenhang gebracht werden, anderes wird einfach nur erlogen sein.« Johanna sah Jorgen an und sagte nach einer etwas längeren Pause: »Wenn Ihr Zweifel daran habt, ob Ihr dem richtigen Haus dient, dann solltet Ihr das offen und ehrlich sagen.«

»Bislang gibt es für solche Zweifel keinen Grund.«

»Wir müssen jederzeit damit rechnen, dass uns wichtige Personen den Rücken zudrehen werden. Und vielleicht wird dieser Herward noch weitere Schläge gegen uns zu führen versuchen. Schläge, auf die wir nicht vorbereitet sein und die uns schwer treffen können.«

»Ich muss sagen, ich bewundere Euren Mut, Johanna«, erklärte Jorgen. »Ich habe ja auch Ohren, und wenn nur die Hälfte von dem wahr ist, was allein heute so alles geredet wurde, dann braut sich da ein Sturm zusammen.«

»Ein Sturm, den wir gemeinsam überstehen werden, wenn wir zusammenhalten«, mischte sich Grete nun ein.

Nachdem Jorgen Ullrych gegangen war, um sich den dringendsten Geschäften zu widmen, wandte sich Grete an ihre Schwester. »Wir haben jetzt nur noch uns beide, Johanna.«

»Ja, das ist mir sehr wohl bewusst.« Ein mattes, abgekämpftes Lächeln spielte kurz um Johannas Lippen. »Genauso, wie es nicht einer gewissen Ironie entbehrt, dass ausgerechnet ich, deren Ziel es doch war, eine arme Nonne zu werden, jetzt alles tue, um den Reichtum unseres Vaters zusammenzuhalten!«

»Unser Vater wüsste das sehr zu schätzen«, sagte Grete. »Ich verstehe leider nichts vom Geschäft, sonst könnte ich dir mehr von deiner Last abnehmen.«

»Danke«, murmelte Johanna.

»Ich glaube, dass unser Vater, wenn er dir jetzt zusehen könnte, sehr stolz auf dich wäre.« Grete unterdrückte die Tränen, die ihr gerade wieder in die Augen treten wollten. »Und wenn doch alle Stricke reißen und alles den Bach hinunterzugehen droht, dann kann ich immer noch Auke den Jüngeren heiraten, auch wenn es unserem Vater sicher nicht gefallen würde, wenn Auke seine schäbigen Wesenszüge an die Enkel vererbt.«

»So weit werden wir es nicht kommen lassen«, versprach Johanna. »Ganz bestimmt nicht.« Sie sagte diese Worte im Tonfall eines Schwurs und musste daran denken, dass sie erst vor kurzem einen Schwur gebrochen hatte.

Neunundzwanzigstes Kapitel

Bei Nacht und Nebel

Als Moritz von Dören zu Grabe getragen wurde, folgte kaum jemand dem Sarg. Sosehr man ihn, den großen und erfolgreichen Lübecker Kaufmann, auch in den vergangenen Jahren mit Ehrungen überhäuft hatte – jetzt hatte kaum jemand den Mut, ihm die letzte Ehre zu erweisen.

Pater Marcus Josephus, der Kaplan von St. Johannis, hatte erst von Johanna dazu überredet werden müssen, die Zeremonie durchzuführen. Der Trauergottesdienst fand auch nicht in St. Johannis statt, sondern in einer kleinen Kapelle.

Immerhin war die Grabstätte des einstigen Ratsherrn so repräsentativ, wie es seinem Leben und seinem Stand entsprach.

Grete schluchzte vor sich hin und wurde von Jorgen Ullrych gestützt. Johanna versuchte die Fassung zu bewahren, als der Sarg in die Erde gesenkt wurde.

Zu den wenigen, die den Patrizier auf seinem letzten Weg begleiteten, gehörten neben einigen Bediensteten und Angestellten des Hauses von Dören auch der eine oder andere Kapitän, der für Moritz gefahren war. Kilian Roth zum Beispiel, dessen wettergegerbtem Gesicht die Erschütterung über den plötzlichen Tod Moritz von Dörens überdeutlich anzusehen war.

Und auch der Laufbursche Hintz war dabei. Er hielt sich etwas abseits, so als würde er nicht wirklich zu der kleinen Trauergemeinde dazugehören.

In der nächsten Woche tagte der Rat hinter verschlossenen Türen. Man beschäftigte sich offenbar ausführlich mit der Frage, ob man Johanna von Dören oder gar ihrem toten Vater einen Verstoß gegen das in Lübeck geltende Recht vorwerfen könnte. Niemand legte Wert darauf, Johanna zu befragen.

Anscheinend ging der Rat auseinander, ohne dass man sich in dieser Frage einigen konnte. Magnus Bredels vom Unterwerder kam ein paar Tage später zum Haus von Dören. Es war schon spät, als er an der Tür klopfte. Er war in einen Umhang mit Kapuze gehüllt, sodass man ihn kaum erkennen konnte. Aber gerade das schien auch durchaus die Absicht zu sein.

Johanna hatte noch bis spätabends über den Büchern des Handelshauses gesessen. Als sie Magnus Bredels jetzt empfing, war sie völlig übermüdet. Sie hatte manche Nacht durchgearbeitet, um alles zu schaffen. Aber das empfand sie nicht als ganz so schlimm. Im Gegenteil: Es lenkte sie ab und sorgte dafür, dass sie nicht unentwegt über das Verhängnis nachdenken musste, das so unvermittelt über ihre Familie gekommen war. Und auch nicht darüber, wie Gott all diese Ungerechtigkeit zulassen konnte, oder ob die Ursache dafür vielleicht doch bei ihr selbst lag und sie sich die Gnade des Herrn, die ihr früher so gewiss war, durch ihre eigene Schuld verscherzt hatte.

Magnus Bredels schlug die Kapuze zurück. Es herrschte ein nasskaltes Wetter. Der Wind blies aus dem Norden und brachte viel Regen und ziemlich heftigen Wind. Immer wieder hörte man, dass in der Stadt Hausdächer teilweise abgedeckt worden waren.

Jeremias führte Magnus Bredels geradewegs in das Schreibzimmer, in dem Johanna gearbeitet hatte. Sie legte die Feder zur Seite und klappte das Buch, in das sie gerade die letzten Zahlen eingetragen hatte, zu. Johanna unterdrückte ein Gähnen und erhob sich von ihrem Platz.

»Ich weiß, dass es spät ist«, begann Magnus Bredels, der ihrem gleichermaßen prüfenden wie verwunderten Blick zunächst auswich und nicht so recht zu wissen schien, wie er sein Anliegen am besten vortragen konnte.

Dann muss es wohl etwas Unangenehmes sein, erkannte Johanna sofort.

»Ich habe gehört, dass Ihr zum Ältermann der Schonenfahrer gewählt worden seid und damit die Nachfolge meines Vaters in diesem Amt antreten werdet.«

»Ja, das trifft zu«, nickte Magnus. »Einen Vertreter des Hauses von Dören hat man dabei allerdings leider vermisst.«

»Ich bin über die Zusammenkunft der Bruderschaft nicht unterrichtet worden«, erwiderte Johanna und versuchte, ihrem Tonfall jeden Anflug von Gekränktheit zu nehmen. Rein formal gesehen war alles rechtens, denn einzig und allein Moritz von Dören war Mitglied dieser ehrwürdigen Kaufmannsbruderschaft gewesen. Und die Umstände waren wohl im Moment nicht so, dass Johanna oder irgendein anderer Vertreter des Hauses Entgegenkommen erwarten konnte. Das musste Johanna akzeptieren, auch wenn es ihr schwerfiel – vor allem angesichts der unbestrittenen Verdienste, die sich ihr Vater nicht nur um die Stadt Lübeck, sondern auch um die Schonenfahrer-Bruderschaft erworben hatte. Aber es war eben wie so oft: Die Verdienste der Vergangenheit zählten nichts. Und viele, die sich zuvor mit der Freundschaft des Hauses von Dören gebrüstet hatten, wollten daran inzwischen nur noch ungern erinnert werden. Vielleicht änderte sich das wieder, wenn erst die schrecklichen Anschuldigungen des Herward von Ranneberg ausgeräumt waren. Aber was das betraf, hatte Johanna kein gutes Gefühl.

»Werte Johanna, Ihr wisst, dass Euer Vater und ich in vielen Dingen verschiedener Meinung waren und ich zu seinen Lebzeiten mehrfach versucht habe, ihn als Ältermann unserer Bruderschaft abzulösen.«

»Ich will gerne zugeben, dass er Euch mehr als einmal verflucht hat, Magnus. Aber ich hoffe, dass Ihr ihm das im Angesicht des Grabes verzeihen werdet.«

Magnus machte eine wegwerfende Handbewegung. »Ich habe mich ebenso oft über Moritz aufgeregt. Und ich denke nicht daran, mich dafür zu entschuldigen, denn soweit ich mich erinnere, war ich immer im Recht.«

»Wie schön, wenn man dies mit so großer Gewissheit von sich zu sagen vermag.«

»Ich bin nicht der alten Geschichten wegen hier – sondern der Zukunft wegen. Ich muss Euch warnen, Johanna! Es braut sich da etwas zusammen. Ein Sturm, den niemand aufhalten kann – auch nicht der Bürgermeister, der ja immer ein Freund Eurer Familie war!«

»Wenn Ihr diese Anschuldigungen meint …«

»Es geht nicht um die Wahrheit, Johanna. Es geht darum, dass man versuchen wird, den Bürgermeister zu stürzen. Und dagegen hätte ich nichts einzuwenden!«

»Dass Ihr den Plänen von Brun Warendorp ablehnend gegenübersteht, ist wohlbekannt.«

»Trotzdem finde ich es nicht richtig, was dieser Herward von Ranneberg und die Männer, die mit ihm unter einer Decke stecken, da für ein Spiel treiben!«

»Er versucht, seine eigenen Interessen zu wahren, und vielleicht hat man ihm auf dänischer Seite etwas versprochen.«

»Ganz sicher sogar! Aber mir geht es um Euch! Man wird Euch und das Haus von Dören in diesem Streit opfern.«

»Aber der Bürgermeister …«

»Der Bürgermeister wird es zulassen, weil er sonst Gefahr läuft, selbst in den Strudel hineingerissen zu werden. Also werde ich Euch jetzt einen guten Rat geben. Einen Rat, wie man ihn nur den Feinden zu geben pflegt, vor denen man Respekt hat – und vor Eurem Vater hatte ich trotz allem, was uns trennte, Respekt: Verschwindet, so schnell Ihr könnt, aus Lübeck. Nehmt mit, was Ihr an Gold und Silber mitnehmen könnt, und bleibt eine Weile an einem anderen Ort, bis sich die Wogen hier geglättet haben.«

»Aber …«

»Ich darf Euch nichts Näheres sagen. Aber glaubt mir eins. Manchmal kann man besser seinen ehemaligen Feinden als seinen falschen Freunden trauen!«

Johanna schluckte. Sie war sich zunächst nicht ganz schlüssig darüber, was sie von dieser Warnung zu halten hatte. Aber andererseits klangen die Worte von Magnus Bredels offen und ehrlich. Auch konnte sie keinerlei Eigeninteresse erkennen, das ihn vielleicht leiten mochte. Das, wovon er immer geträumt hatte, hatte er ja nun erreicht. Er war Ältermann der Schonenfahrer geworden, obwohl Johanna sich beim besten Willen nicht vorstellen konnte, dass er es auch lange blieb. Dazu hatte Magnus ein zu aufbrausendes und zu wenig auf Ausgleich bedachtes Wesen. Und genau das musste jemand haben, der über Jahre hinweg die verschiedenen Interessen innerhalb einer Kaufmannsbruderschaft unter einen Hut bringen wollte.

»Ich danke Euch sehr für Euren selbstlosen Rat, Magnus …«

»Dankt mir nicht! Haltet Euch besser einfach daran, Johanna!«, unterbrach Magnus sie.

»Es ist nicht meine Art davonzulaufen. Ich habe nichts gegen unsere Stadt verbrochen, und alles, was ich tat, habe ich mit reinem Herzen getan.«

»Danach wird niemand fragen, Johanna.«

»Und davon abgesehen könnte ich es meinem Vater gegenüber nicht übers Herz bringen, alles, was er über so viele schwere Jahre hinweg bewahrt hat, einfach sich selbst zu überlassen!«

»Ihr mögt mutig sein, Johanna. Aber Mut ist nicht immer eine Tugend. Glaubt es mir! Ich bin oft genug da draußen auf See gewesen und habe erlebt, was es heißt, Sturm und Wellen zu trotzen. Man sollte es niemals darauf anlegen, sich mit Mächten zu messen, die man nicht beherrschen kann!«

Magnus wandte sich zum Gehen. Er verabschiedete sich mit einem kurzen Nicken. Dann brachte Jeremias ihn wieder zur Tür hinaus.

In dieser Nacht schlief Johanna sehr schlecht. Sie wurde immer wieder von wirren Alpträumen heimgesucht und erwachte am Morgen schweißgebadet.

Während des Vormittags fand sich Jorgen Ullrych ein – aber nicht, um wie gewohnt seiner Arbeit für das Haus von Dören nachzugehen, sondern um Johanna etwas zu eröffnen, womit sie nun wirklich nicht gerechnet hatte: »Es tut mir leid, aber ich werde künftig nicht weiter für Euer Haus tätig sein können.«

»Aber warum nicht? Habt Ihr nicht immer bekommen, was Euch zustand?«

»Man kann nicht zwei Herren dienen, so sagt man. Und mir ist ein Angebot unterbreitet worden, in die Dienste von Auke Carstens dem Älteren zu treten.«

»Ausgerechnet«, entgegnete Johanna etwas unbeherrschter, als sie wollte. Aber es war ihr ja immer schon schwergefallen, mit ihren Gedanken hinter dem Berg zu halten. *Das ist also der nächste Schlag. Sie locken unsere Leute weg – und einer nach dem anderen wird das sinkende Schiff verlassen.*

»Es tut mir leid. Ich hoffe, Ihr findet bald Ersatz für meine Dienste.«

Jorgen Ullrych verneigte sich und verließ dann, so schnell es die Höflichkeit gerade noch zuließ, das Haus von Dören. *Wir stehen am Abgrund,* wurde es Johanna jetzt in aller Deutlichkeit klar.

Den Tag über geschah nicht viel. Allerdings wunderte sich Johanna, dass der Laufbursche Hintz nirgends aufzutreiben war, obwohl sie doch einiges an Besorgungen für ihn vorgesehen hatte.

»Möglicherweise hat er ebenfalls bereits das Weite gesucht«, vermutete Jeremias.

»Ja, es scheinen im Moment alle unser Haus zu meiden oder die Flucht zu ergreifen.«

»Von mir dürft Ihr das nicht erwarten.«

»Es ist schön, das zu wissen«, gab Johanna zurück. Aber nachdem auch Jorgen Ullrych sie inzwischen im Stich gelassen hatte, wusste sie nicht, wie viel sie auf Treueschwüre aller Art noch geben sollte. Womöglich hatte Hintz die Gelegenheit bekommen, sich ein weiteres Goldstück zu verdienen. Und so konnte Johanna gut verstehen, dass der halbwüchsige Junge diese Gelegenheit auch ergriffen hatte.

Mit Grete hatte Johanna bisher nicht über die Warnung gesprochen, die Magnus Bredels ihr hatte zukommen lassen. Dies holte sie nun nach, und Grete wirkte wie versteinert.

»Vielleicht ist es wirklich das Beste, wenn wir die Stadt verlassen, bis sich hier alles beruhigt hat.«

»Hier wird sich nichts beruhigen, Grete. Es wird alles zusammenbrechen, und das Haus von Dören wird einer ausgebrannten Ruine gleichen!«

»Aber es geht doch auch so nicht weiter! Ich verstehe zwar zugegebenermaßen nichts vom Geschäft, aber auch ich sehe, dass wir zurzeit wie Aussätzige sind, mit denen niemand etwas zu tun haben will.«

»Und wohin sollten wir uns wenden?«, fragte Johanna. »Es dürfte gleichgültig sein, wohin wir gehen: Unsere Freunde werden uns nicht mehr kennen, sobald sie erfahren, weswegen wir Lübeck verlassen haben. Und das würde schneller geschehen, als wir fliehen könnten! Böse Gerüchte wären immer mindestens gleichauf mit uns, wenn sie uns nicht sogar überholten!«

»Wir könnten nach Stralsund gehen«, schlug Grete vor.

»Und wieso Stralsund?«

»Wolfgang ist dort! Er würde uns sicher weiterhelfen, bei alledem, was unser Vater für ihn getan hat!«

Wolfgang Prebendonk – Johanna hatte an den ehemaligen Prokuristen des Hauses von Dören, der jetzt in Diensten des sogenannten Pharaos von Stralsund stand, gar nicht mehr gedacht. Grete aber anscheinend umso mehr. *Obwohl sie ihn nach unserer Rückkehr aus Köln einfach so hat ziehen lassen und obwohl sie ihn vielleicht hätte aufhalten können*, dachte Johanna.

»Ich bin niemand, der einfach so davonläuft«, sagte sie schließlich. »Wenn du lieber nach Stralsund aufbrechen willst, dann tue das.« Und in Gedanken setzte sie noch hinzu: *Gleichgültig, was nun auch der wahre Grund dafür sein mag. Eine bessere Wahl, als sich auf die plumpe Werbung von Auke Carstens dem Jüngeren einzulassen, wäre es allemal ...* Laut sagte sie dazu allerdings kein einziges Wort. Es war jetzt nicht der richtige Zeitpunkt, um solche Dinge mit Grete zu besprechen.

»Glaubst du, ich will dich hier im Stich lassen?«

»Ich meinte es ernst, Grete.«

»Das weiß ich. Aber da wir nur noch einander haben, würde ich dich unter den gegebenen Umständen niemals allein in Lübeck zurücklassen.«

Johanna lächelte matt. »Es ist schön, dass wenigstens eine auf meiner Seite ist.«

Es war Abend, als Hintz endlich wieder auftauchte. Er wirkte vollkommen außer Atem und wollte unbedingt sofort mit Johanna sprechen, und zwar unter vier Augen. Nicht einmal Jeremias sollte dabei sein, obwohl Johanna bisher immer den Eindruck gehabt hatte, dass Hintz sich mit dem alten Hausdiener gut verstand.

Johanna blieb also allein mit Hintz in ihrem Schreibzimmer. »Du bist lange fort gewesen«, stellte sie fest.

»Ja, ja, ich weiß«, murmelte Hintz, so als ob er dazu lieber nichts weiter sagen wollte. Sein Gesicht war gerötet. Die Augen glänzten. Es musste irgendetwas geschehen sein, das ihn sehr aufregte.

»Wir haben dich gesucht.«

»Ihr müsst aus der Stadt fliehen! Noch heute Abend, sobald es dunkel ist. Ihr kennt doch jemanden bei der Stadtwache, sodass man Euch durch das Tor lassen wird!«

Johanna runzelte die Stirn. »Nun mal der Reihe nach! Wieso meinst du, wir müssten …«

»Man wird Euer gesamtes Eigentum beschlagnahmen, und Ihr selbst müsst damit rechnen eingesperrt zu werden!«

»Das würde in Lübeck niemand wagen.«

»Es wird geschehen.«

»Woher willst du das wissen?«

»Ich habe es gehört. Die Männer, bei denen ich das Goldstück verdient habe, sprachen darüber, und ich habe sie belauscht. Sie haben mit Wein darauf angestoßen.« Er machte eine Pause und rang nach Atem. Dann fuhr er schließlich fort: »Ihr selbst habt doch gesagt, dass ich Ohren und Augen offen halten soll! Und das habe ich getan. Morgen vor Sonnenaufgang wird man an der Tür Eures Hauses klopfen – zu einer Zeit, da Ihr normalerweise noch schlaft.«

Die Gedanken rasten nur so in Johannas Kopf. War es das, was Magnus Bredels gemeint hatte? Vielleicht war nun wirklich der Augenblick gekommen, dass es das Beste war, Lübeck zu verlassen. Das Handelshaus war im Moment nicht zu retten. Aber vielleicht ließ sich mit etwas Glück die Freiheit bewahren.

»Wir müssen alles zusammenpacken, was wir brauchen, und dann nichts wie los«, verlangte Hintz.

»Wir?«, fragte Johanna.

»Ich werde natürlich mit Euch kommen. Hier kann ich nicht bleiben, denn man hat mir ja angedroht, dass es mir schlecht ergehen würde, wenn ich nicht schweige. Wir sollten die besten Pferde nehmen. Keinen Wagen, der ist zu langsam! Und außerdem wären wir dann auf gute Wege und Straßen angewiesen! Sagt niemandem ein Wort. Weiht nicht einmal Jorgen Ullrych ein, denn den habe ich zusammen mit Auke Carstens dem Älteren gesehen …«

»Ja, er hat sich bereits verabschiedet und wird in die Dienste des älteren Auke treten.«

Hintz wirkte überrascht. »Oh, das wisst Ihr schon?«

Einen Augenblick lang überlegte Johanna. Es musste jetzt eine Entscheidung getroffen werden. Eine Entscheidung, die im Grunde auf der Hand lag. Viel Spielraum blieb nicht. Und an Hintz' Worten zweifelte sie nicht einen Moment. Der Junge war klug und hatte gewiss nichts von dem, was er mitbekommen hatte, falsch verstanden.

»Du hast dir dein Goldstück wirklich verdient«, sagte Johanna schließlich. »Geh in den Stall und sattel die besten Pferde. Möglichst so, dass es kein Aufsehen gibt. Wir sollten mit dem Aufbruch noch warten. Und außerdem muss ich noch mit meiner Schwester sprechen.«

»Und mit Jeremias. Oder wollt Ihr ihn hier zurücklassen? Ihm könnt Ihr trauen.«

»Dann werde ich mich mal auf deine Menschenkenntnis verlassen, Hintz«, gab Johanna zur Antwort.

Grete musste Johanna nicht lange von der Notwendigkeit überzeugen, in dieser Nacht noch die Stadt zu verlassen.

»Endlich bist du zur Vernunft gekommen«, meinte sie. »Ich brauche nicht lange, um die wichtigsten Dinge zusammenzupacken. Ehrlich gesagt habe ich damit längst angefangen, denn ich dachte mir, dass es irgendwann nötig sein würde, sehr schnell die Stadt zu verlassen.«

»Dann können wir nur hoffen, dass Wolfgang Prebendonk sich daran erinnert, was er unserem Vater verdankt.«

»Das wird er.«

»So?«

»Er hat ein gutes Herz.«

»Das hast du früher nicht bemerkt.«

»Doch«, widersprach Grete. »Aber vielleicht habe ich nicht gewusst, wie wichtig das sein kann.«

Dreissigstes Kapitel

Ein Dach über dem Kopf

Es war lange nach Mitternacht, als sie schließlich aufbrachen. Sie hatten nur das Nötigste mitgenommen und natürlich alles Geld und Gold, das sie zu Hause aufbewahrt hatten. Jeremias führte ein zusätzliches Packpferd am Zügel. Hintz war an der Spitze der kleinen Gruppe, dann folgten Grete und Johanna und schließlich Jeremias. Ihr erstes Ziel war die Unterkunft von Busso, die sich in der Nähe des Mühlentors befand, des südlichen Stadttors. Er wohnte mit seiner Familie in einem winzigen Haus. Nachdem Johanna an seiner Tür geklopft hatte, war Busso schnell auf den Beinen und öffnete ihr. Er trug sogar noch seinen Harnisch und die Livree der Stadt. Offenbar hatte er bis vor kurzem noch Wachdienst getan. Busso unterdrückte ein Gähnen. »Was führt Euch zu mir, Johanna von Dören?«, fragte er.

»Wir müssen heute Nacht noch das Tor passieren«, sagte sie. Sie gab ihm ein paar Münzen. »Ich denke, das wird reichen.«

»Das denke ich nicht«, widersprach Busso. »Es hat sich herumgesprochen, wie sehr Ihr in Ungnade gefallen seid, und ich werde das Schweigen und die Mithilfe von ein paar weiteren Männern erkaufen müssen, um Euch helfen zu können.«

So gab ihm Johanna noch mehr Gold- und Silberstücke aus dem Beutel, den sie am Gürtel trug.

Busso zählte nach und hielt einige der Münzen ins fahle Mondlicht, das auf Lübeck herabschien und das Dach des benachbarten Doms in einem geisterhaften Licht erscheinen ließ.

»Gut«, sagte er schließlich. »Wartet hier so lange, bis die Domuhr das nächste Mal schlägt. Dann könnt Ihr unbehelligt durch das Tor reiten. Ihr solltet Euch in Eure Mäntel hüllen – das gilt auch für Eure Begleiter. Es braucht sich niemand daran zu erinnern, wer in der Nacht noch in aller Eile die Stadt verlassen wollte.«

»Ich werde tun, was Ihr sagt«, versprach Johanna.

»Ich nehme an, wir werden uns so bald nicht wiedersehen.«

»Das weiß nur Gott, Busso. Falls man Euch beauftragen sollte, uns zu folgen, oder Ihr irgendeinen Einfluss darauf haben solltet ...«

»Naheliegend wäre es, Euch im Norden zu suchen. In der holsteinischen Ödnis ...«, meinte Busso.

Ganz so, wie man es von einer Verräterin erwarten würde, die auf Waldemars Seite steht, dachte Johanna.

»Gut«, sagte sie. »Sucht uns in der holsteinischen Ödnis.«

»Es ist schwer, dort jemanden zu finden – in diesem unwirtlichen, öden Land, in dem nicht umsonst niemand wohnt.«

»Dann wird es Euch ja wohl auch niemand übelnehmen, falls Ihr unverrichteter Dinge zurückkehren solltet!«

»So wird es sein.«

Kurz nachdem die Domuhr geschlagen hatte, ritten sie durch das hochgezogene Fallgatter des Mühlentors über die Brücke, über die man das von Wasser umgebene Lübeck verlassen konnte. Mitten auf der Brücke blickte Johanna kurz zurück. Der Dom ragte hinter dem Mühlentor wie ein riesenhafter, dunkler Schatten in den klaren Nachthimmel. Ein Schatten, der die Sterne verdeckte. *Sei nicht wie Lots Frau, die zur Salzsäule erstarrte, als sie auf Sodom zurücksah,* ging es Johanna durch den Kopf. *Sieh nach vorn. Was auch immer da auf dich warten mag!*

Sie ritten die ganze restliche Nacht durch – und so schnell, wie die Kraft der Pferde es zuließ. Gegen Morgen legten sie eine Rast an einem Wasserlauf ein. Johanna hatte sich doch immer wieder umgedreht. Trotz der Übereinkunft mit Busso erwartete sie, dass man ihnen folgte. Schließlich konnte es ja auch sein, dass nicht Busso nach ihnen suchen sollte, sondern dass dies Herward von Ranneberg tat. Und der würde sicherlich nicht in der holsteinischen Ödnis nach ihnen Ausschau halten. *Andererseits hat er auch keinen Anlass zu vermuten, dass wir auf dem Weg nach Stralsund sind,* überlegte Johanna dann aber.

Grete beugte sich zum Bach hinunter, formte mit ihren Händen eine Schüssel und trank etwas.

Dann wandte sie sich an ihre Schwester. »Ich darf gar nicht daran denken, dass jetzt irgendwelche Schergen in das Haus eindringen, in dem wir aufgewachsen sind.«

»Dann denke nicht daran«, gab Johanna zurück.

»Ich kann nun mal nicht anders. Die ganze Zeit über, seitdem wir das Mühlentor hinter uns gelassen haben, hatte ich diese Bilder vor Augen.«

»Wir sollten froh über das sein, was wir noch haben, und nicht das beklagen, was wir verloren haben – ob nun für immer oder nur auf Zeit.«

Grete lächelte mild. »Jetzt versuchst du wohl, wieder zu der Heiligen zu werden, die du angeblich mal gewesen bist.«

Johanna hob die Augenbrauen. »Angeblich?«

»Nun, in Wahrheit steckt ja etwas ganz anderes in dir. Erst, als ich dich in Köln in der Begleitung von zwei Schweden sah, dachte ich ... na, ist auch egal!«

»Was?«

»Und jetzt weiß ich inzwischen, was meine Schwester wirklich ist, die doch eine bettelarme Nonne werden wollte: eine Krämerseele, wie unser Vater es war! Jemand, der dem Teufel noch seinen eigenen Pferdefuß verkaufen und ihn glauben lassen würde, es sei ein wirklich gutes Geschäft, wie man es im Leben kein zweites Mal macht!«

»Du übertreibst!«

»Vielleicht ein bisschen. Aber wirklich nur ein bisschen. Mag sein, dass du die Pest überlebt hast und dass Gott es damals sehr gut mit dir meinte. Aber du solltest ihm auch dafür danken, dass man dich an der Klosterpforte abgewiesen hat.«

»Da bin ich mir nicht so sicher.«

»Ich mir schon.«

»Wir sollten uns beeilen, wenn wir noch in absehbarer Zeit Stralsund erreichen wollen«, meinte Johanna. »Das Land, das wir zu durchqueren haben, ist ziemlich unwegsam.«

»Umso besser. Dann werden wir nicht so auffallen.«

»Aber mit einem bequemen Nachtlager werden wir so bald wohl auch nicht zu rechnen haben.«

Sie setzten den Weg fort, kamen durch Wälder und ritten an den Ufern von Seen entlang. Tagelang begegnete ihnen nicht ein einziger Mensch, und manchmal war Johanna sich auch nicht sicher, ob sie noch auf dem richtigen Weg waren. Aber der alte Jeremias glaubte zu wissen, wohin sie reiten mussten.

»Vor vielen Jahren – noch bevor Ihr geboren wurdet, bin ich schon einmal in Stralsund gewesen«, erzählte er. »Ich war damals noch sehr jung und hatte für Euren Großvater eine wichtige Botschaft an einen Händler in Stralsund zu überbringen.«

»Worum ging es da?«

»Um eine Verlobung. Euer Großvater wollte Euren Vater mit einer Stralsunder Kaufmannstochter verheiraten. Die Gelegenheit schien günstig zu sein, und es hätte sicherlich dem Geschäft gut gedient. Aber es gab damals wohl ein besseres Angebot, und so bin ich erfolglos zurückgekehrt. Ich weiß noch, dass ich lange darüber nachgedacht habe, wie ich die schlechte Nachricht am besten überbringen könnte.«

»Und? Was war das Ergebnis dieses Nachdenkens?«, fragte Johanna.

Jeremias lächelte in sich gekehrt. »Ich habe es einfach so gesagt, wie es eben war. Ohne um die Sache herumzureden. Und siehe da, auch wenn Euer Großvater gewiss sehr enttäuscht gewesen ist – Euer Vater war es keineswegs. Er hatte nämlich schon länger ein Auge auf Eure Mutter geworfen, die er wirklich mochte – und so blieb es ihm erspart, diese Stralsunderin zu nehmen. Ich habe diese Kaufmannstochter übrigens bei meinem Aufenthalt gesehen.«

»Und? Wie sah sie aus?«

»Eurem Vater ist einiges erspart geblieben, Johanna.«

»Weshalb?«

»Sie hatte ein zänkisches Wesen und außerdem eine Knollennase, aber angesichts ihres Reichtums fiel das wohl bei den möglichen Bewerbern nicht ganz so stark ins Gewicht.«

»Dann müssen wir ja froh sein, dass du damals keinen Erfolg hattest«, mischte sich nun Grete in das Gespräch ein und ließ ihr Pferd etwas schneller gehen, sodass es aufholte und sie neben Johanna und Jeremias ritt. »So haben wir zumindest keine Knollennase geerbt. Oder ein zänkisches Wesen ...« Sie hörte zu sprechen auf und sah stirnrunzelnd zu Johanna hinüber. »Na ja, was das zänkische Wesen betrifft, so muss das dann wohl woanders herkommen.«

»Was für ein zänkisches Wesen, Grete? So schlimm ist das bei dir gar nicht!«

Grete lächelte. Dann wurde ihr Gesicht wieder ernst. »Es ist eigenartig, über solche Dinge zu reden, jetzt, da wir die letzten Überlebenden unserer Familie sind, Johanna.«

»Solange wir sie in Ehren halten und uns an sie erinnern, wird es so sein, als wären unsere Eltern nie gestorben, Grete.«

»Ja«, antwortete Grete leise.

Tage vergingen. Sie hielten sich abseits von Ortschaften, damit sich später niemand an sie erinnern konnte. Auch von den Häfen an der Küste hielten sie sich fern.

Weit abseits der florierenden Hansestädte Rostock und Wismar wie auch der Residenzen der Herren von Mecklenburg und Pommern setzten sie ihren Weg fort. Das Wetter wurde schlecht. Es regnete tagelang, und schließlich war ihre Kleidung so durchnässt und schmutzig, dass sie wohl unter den Bauern gar nicht weiter aufgefallen wären. Die meisten Nächte hatten sie im Freien zugebracht.

Als sie dann Stralsund erreichten, wurde das Wetter besser. Es war ein sonniger Tag, und als sie am späten Nachmittag in Sichtweite der Stadt kamen, waren ihrer Kleider zum ersten Mal seit Tagen wieder einigermaßen trocken.

In den Werften und im Hafen herrschte ebenso Hochbetrieb, wie sie es aus Lübeck kannten. In Stralsund schien man ebenfalls die Flotte auszubauen, und viele Schiffe standen wohl kurz vor der Fertigstellung. Das Schlagen der Hämmer war weithin zu hören und mischte sich mit den Möwenschreien und dem Meeresrauschen. Über eine der Brücken, die Stralsund mit dem pommerschen Festland verband, gelangten sie in die Stadt. In den Straßen herrschte geschäftiges Treiben.

»Ich hoffe, Jeremias kann uns zeigen, wohin wir uns wenden müssen«, meinte Grete.

»Es ist lange her, dass ich hier war«, sagte Jeremias daraufhin. »Und auch wenn vieles gleich geblieben ist, so hat sich doch noch mehr verändert.«

»Wir sollten nach Wolfgang Prebendonk fragen! Es wird ihn doch sicher jemand kennen«, schlug Grete vor. »Nein, am besten fragen wir gleich nach Berthold Metzger, dem Pharao von Stralsund! Und dort werden wir dann auch Wolfgang finden.«

»Nein«, widersprach Johanna so bestimmend, dass Grete nicht zu widersprechen wagte. »Noch auffälliger könnten wir uns nicht verhalten! Es könnte gut sein, dass die Kunde über uns bereits hier angekommen ist und man an entscheidender Stelle sehr wohl darüber Bescheid weiß, wessen man uns beschuldigt!«

»Ach, Johanna!«

»Koggen sind schneller als Reiter, Grete. Und das Wetter ist gut. Es werden andauernd Schiffe aus Lübeck hier in Stralsund anlegen. Nein, wir müssen uns verborgen halten und erst einmal sehen, wie die Lage ist. Vielleicht kann Wolfgang uns helfen. Genauso gut könnten wir aber auch in eine Falle tappen, ohne es rechtzeitig zu merken.«

»Und was schlägst du dann vor, Schwester?«

Johanna zügelte ihr Pferd. Der kleine Reitertrupp kam mitten auf dem Marktplatz zum Stehen, im Angesicht der ehrfurchtgebietenden Mauern von St. Nikolai. Johanna drehte sich im Sattel halb herum und strich die Kapuze ihres Umhangs zumindest so weit zurück, dass ihre Stirn zu sehen war. »Keiner von euch erwähnt den Namen unserer Familie. Wir sind Flüchtlinge, deren Haus und Hof von einem Feuer vernichtet wurden, das umherziehende Räuber gelegt haben. Wir konnten mit knapper Not entkommen. Mehr werden wir nicht offenbaren.«

»Damit haben wir noch nicht das Problem gelöst, wie wir Wolfgang finden.«

»Wir lassen ihn uns finden«, erwiderte Johanna.

»Und wie soll das geschehen?«

»Als Erstes suchen wir uns ein Gasthaus. Es sollte nicht zu

prächtig ein. Keine Herberge, in der zu viele vornehme und reiche Reisende zu finden sind, die unsere Familie vielleicht kennen oder sogar in Lübeck in unserem Haus gewesen sind. Nein, es muss etwas Einfaches sein.«

Grete seufzte. »Und ich hatte mich schon darauf gefreut, dass wir irgendwo standesgemäß unterkommen.«

»Es ist standesgemäß, Grete.«

»So?«

»Standesgemäß für Leute, die jeden Stand verloren haben. Und genau in dieser Lage sind wir im Moment, Schwester. Alles, was war, ist Vergangenheit. Es ist wie ein abgebranntes Haus, das sich nicht wiederaufbauen lässt. Wir werden ganz von vorn beginnen müssen.«

Sie zogen in der Stadt umher, fragten mal hier und mal da nach einer geeigneten Herberge, bis sie schließlich ein Haus fanden, dem Johanna zustimmte. Der Wirt hieß Jelmer und war blind. Er betrieb das Gasthaus zusammen mit seiner Frau und einem Sohn – und der riesige graue Hund, der dem blinden Jelmer aufs Wort gehorchte, sorgte dafür, dass es niemandem, der bei Verstand war, eingefallen wäre, in dieses Haus einzubrechen.

Die Geschichte von dem abgebrannten Haus, die Johanna ihm erzählte, hörte sich Jelmer wortlos an. »Du brauchst mir nichts zu erzählen, Frau«, unterbrach er sie schließlich. »In der Stadt bist du frei. Und selbst dein Grundherr hätte hier nicht die Macht, dich und die Deinen zurückzuholen.«

Johanna sagte nichts weiter dazu. Sollte der blinde Wirt nur denken, dass dies der Grund war, weshalb sie nach Stralsund gekommen waren.

»Ganz, wie du meinst.«

Jelmer nahm das Silber, das Johanna ihm vorab für die nächsten Nächte gegeben hatte, und zählte es nach. Er hielt es offenbar nicht für nötig, die Münzen seiner Frau oder seinem Sohn zur Prüfung zu geben. Er fuhr mit den Fingerspitzen über jede einzelne Münze. Manche nahm er auch kurz in den Mund, leckte darüber oder drückte mit den Zähnen darauf herum. Es schien alles in Ordnung zu sein, denn er steckte das Geld schließlich weg. »Lübische Mark«, meinte er. »Von vielen nachgemacht und doch unverwechselbar, wenn man schon einmal eine echte in den Händen hatte.«

Hintz blickte ziemlich erstaunt zu Jeremias. Dieser lächelte nur, während man Grete ansehen konnte, dass ihr die Fähigkeiten dieses Blinden offensichtlich unheimlich waren. Allerdings ließ der Zustand seiner Augen keinen Zweifel daran, dass er wirklich nicht sehen konnte. Da er kein Bettler war, der versuchte, an die Barmherzigkeit seiner Mitchristen zu appellieren, hätte es wohl auch keinen Grund für Jelmer gegeben, nur so zu tun, als sei er mit dieser schrecklichen Behinderung geschlagen.

Er beugte sich über den Tresen. »Du kommst aus Lübeck …«

»Ich habe dir alles gesagt, was du wissen sollst!«

»… und du sprichst auch nicht wie eine einfache Frau. Und ihr habt Pferde, aber keinen Karren. Jedenfalls habe ich keine quietschenden Reifen gehört – und wenn ihr euch Schmierpech für die Achsen leisten könntet, würdet ihr nicht bei mir einkehren.«

»Ich wusste nicht, dass ich hier einer schlimmeren Befragung unterzogen werde als Ketzer von der Inquisition!«

»Ich will gar nicht mehr wissen, und du brauchst mir auch gar nichts weiter sagen. Ich teile dir nur mit, was schon ein Blinder zu sehen vermag. Aber vielleicht kann ich dir weiterhelfen.«

»Inwiefern?«

»Ein Frauenwirt in unserer Stadt sucht verzweifelt nach Hübschlerinnen, die nicht nur ansehnlich aussehen, sondern sich auch unterhalten können. Ob du hübsch genug bist, kann ich leider nicht beurteilen – aber immerhin stinkst du nicht, und dass du jung bist, hört man an deiner Stimme.«

Johanna schluckte. »Auf dieses Angebot werde ich dankend verzichten.«

»Du kannst gerne darauf zurückkommen, falls dir und den Deinen das Geld knapp werden sollte.« Der Blinde kicherte. »Ganz gleich, wie reich du mal gewesen bist, irgendwann ist jeder angesparte Schatz aufgebraucht.«

Zwei winzige Räume gab es für die vier Flüchtlinge aus Lübeck. Und wie Jeremias später von einem Zecher im Schankraum erfuhr, nahm der blinde Jelmer sonst nur die Hälfte des Preises für größere Räume. Offenbar hatte Jelmer gleich erkannt, dass er von diesen Gästen mehr nehmen konnte.

Hintz und Jeremias nächtigten in einer kleinen, schrägen Abstellkammer, Johanna und Grete in einem kleinen Raum daneben, in dem außer einem Bett, das sie sich teilen mussten, kaum etwas anderes Platz hatte.

»Da haben es unsere Pferde ja besser«, meinte Grete. »Der Stall war zumindest geräumig und gut gelüftet!«

»Wir haben ein Dach über dem Kopf, und das ist alles, was wir im Moment brauchen«, erwiderte Johanna. »Und jetzt sollten wir keine Zeit verlieren.«

»Was meinst du damit?«

»Schreib einen Brief an Wolfgang Prebendonk. Schütte ihm dein Herz aus und erkläre ihm, dass es ein Fehler war, ihn ziehen zu lassen, ohne wenigstens versucht zu haben, ihn davon abzuhalten. Dir werden schon die richtigen Worte einfallen.«

»Und dann?«

»… wird Hintz ihn bei Wolfgang abgeben. Er wird ihn schon finden, schließlich wird er ja wohl immer noch in den Diensten von Berthold Metzger stehen.«

Grete überlegte kurz und seufzte. »Ein Schreibpult gibt es in diesem Haus natürlich nicht.«

»Ich habe Pergament und Tinte mitgenommen – und auch einen Bleistift, wenn dir der Umgang mit der Tinte zu ungewohnt ist!«

»Soll ich vielleicht auch erwähnen, in welch scheußlichem Gasthaus wir hausen müssen?«

»Mit keinem Wort! Wolfgang kennt schließlich unseren Hintz sehr gut – und er wird ihn danach fragen, wo er dich finden kann.«

»Vorausgesetzt er möchte das.«

»Sicher.«

Grete seufzte. »Dann gib mir das Schreibzeug! Ich werde gleich anfangen.«

Einunddreissigstes Kapitel

Ein Wiedersehen

Johanna ging an diesem Abend in die Kirche von St. Nikolai. Es war ihr ein Bedürfnis, Zwiesprache mit dem Herrn zu halten. Und sie suchte auch Rat, wie es denn jetzt weitergehen sollte. So vieles war in den letzten Monaten geschehen. Tiefgreifende Veränderungen hatten ihr Leben vollkommen auf den Kopf gestellt, und kaum etwas von dem, wovon sie noch vor einem halben Jahr felsenfest überzeugt gewesen war, hatte jetzt noch Bestand.

Ein Leben in Klostermauern war nicht der richtige Weg für sie. Das hatte sie inzwischen verstanden, auch wenn erst ein das Beichtgeheimnis brechender Priester und eine gegen alle Regeln ins Vertrauen gezogene Äbtissin ihr die Augen öffnen mussten.

Sie dachte an Frederik. Alles in ihr sehnte sich danach, ihn wiederzusehen, ihn in die Arme schließen und vielleicht ein neues, ganz anderes Leben beginnen zu können. Mochte im Moment auch noch viel dagegensprechen, so fühlte sich zumindest der Gedanke gut und hoffnungsvoll an. Johanna musste unwillkürlich lächeln.

Ein um das andere Mal wiederholte sie die Worte, die sie in seinem Brief gelesen hatte.

Helsingborg – dort war er nun. Oder zumindest war er dort gewesen, als er den Brief geschrieben hatte. *Bis zum Öresund ist es gar nicht so weit,* überlegte sie. *Eine gute Kogge ist in ein paar Tagen dort, und auch wenn sich der Krieg überall mehr als deutlich ankündigt, fahren ab und zu immer noch Schiffe dorthin.*

Noch …

Nein, der Gedanke, sich an Bord eines solchen Schiffes zu begeben, um der unerfüllten Sehnsucht ihres Herzens zu folgen, war einfach zu verrückt, zu abwegig. Und doch wollte er nicht weichen. Immer wieder drängte er sich in den Vordergrund, ohne dass Johanna dagegen irgendetwas tun konnte.

Gott sei auch mit dir, Frederik, betete sie schließlich stumm. *Du wirst seinen Beistand mindestens so nötig haben wie ich.*

Als Johanna zum Gasthaus des blinden Jelmer zurückkehrte, war es schon dunkel. Erstaunlicherweise befand sich niemand im Schankraum außer dem blinden Wirt. Sein Sohn versorgte um diese Zeit wohl die Pferde, denn Johanna hatte ihn vor den Stallungen gesehen. Die Wirtin schien gerade etwas zu essen zuzubereiten. Zumindest verbreitete sich aus der offen stehenden Tür zum Nachbarraum ein würziger Geruch.

Dass allerdings überhaupt niemand an den Tischen saß, war sehr ungewöhnlich.

»Guten Abend, Frau aus Lübeck«, sagte Jelmer, nachdem Johanna den Raum betreten hatte.

»Woher …?«

»Ich erkenne dich an deinen Schritten. Ich erkenne *jeden Menschen,* der schon mal seinen Fuß über meine Schwelle gesetzt hat, an seinen Schritten und daran, wie der Boden unter dem jeweiligen Gewicht mehr oder weniger ächzt.« Er zuckte die Schultern. »Wer nicht sehen kann, sollte zumindest gut hören.«

»Du hast wirklich sehr gute Ohren.«

»Vermutlich wunderst du dich, weshalb niemand hier ist.«

»Nun …«

»Nicht einmal der junge und der alte Mann, die dich begleiten.«

»Wo sind sie?«

»Im Hafen wird eine neue Kogge zu Wasser gelassen, und man braucht jeden Mann, dessen Hände ein Seil umklammern können. Ein paar Kupferstücke kann man da schon verdienen.« Er lachte. »Und umso hungriger werden sie alle später wieder hier einkehren. Aber dafür ist vorgesorgt.«

»Dann weiß ich immerhin, wo sie sind«, sagte Johanna. Das bedeutete auch, dass Hintz inzwischen zurückgekehrt war. *Ich werde Grete fragen, was er zu berichten hatte,* nahm sie sich vor.

Sie war schon beinahe an dem blinden Wirt vorbeigegangen und hatte die Treppe, die in die oberen Stockwerke des Hauses führte, fast erreicht. Aber sie zögerte, blieb schließlich stehen.

»Ich weiß, dass du mich etwas fragen willst«, sagte Jelmer.

»Du scheinst nicht nur gut zu hören, sondern auch Gedanken lesen zu können.«

»Ich gebe mir Mühe.«

Es macht ihm offensichtlich eine besondere Freude, andere in Erstaunen zu versetzen, ging es Johanna durch den Kopf.

»Wenn du diese Gabe wirklich hättest, brauchte ich dir meine Frage aber gar nicht erst zu stellen, denn du wüsstest sie bereits«, stellte sie dann aber fest.

Er grinste. »Ich habe nur gehört, wie dein Schritt zögerte und wie du dir nicht sicher warst, ob du nun hinaufgehen oder mich doch fragen sollst, was du eben fragen möchtest.«

»Gut, dann hör zu. Aber du musst es für dich behalten.«

Er lachte. »Die Antwort ist: ja.«

Johanna war verblüfft. »Auf welche Frage denn?«

»Meine Frau sagt, du seist hübsch genug. Der Frauenwirt würde dich nehmen.«

»Ich muss dich enttäuschen, das war nicht die Frage, die ich dir stellen wollte.«

Der blonde Wirt zog die ziemlich buschigen, leicht nach oben gebogenen Augenbrauen zusammen. Zum ersten Mal, seit Johanna den Schankraum betreten hatte, war das etwas selbstzufriedene Lächeln, das die ganze Zeit sein Gesicht gekennzeichnet hatte, verschwunden und hatte einem Ausdruck von Verwunderung Platz gemacht. »Nicht?«, echote er.

»Du scheinst gut Bescheid zu wissen hier in Stralsund und beste Beziehungen zu haben.«

»Das ist richtig.«

»Weißt du, ob und wann ein Schiff ablegt, das nach Helsingborg fährt?«

»Im Moment wüsste ich keins. Aber wenn du willst, dann höre ich mich um. Gute Ohren habe ich ja, allerdings ...«

»Willst du dir wohl auch eine goldene Nase verdienen«, vollendete Johanna den angefangenen Satz des blinden Wirts und legte eine Münze auf den Tisch.

Jelmer prüfte sie auf die bekannte Weise und steckte sie dann ein. »Frag mich morgen oder übermorgen wieder. Dann werde ich es wissen.«

»Gut.«

»Allerdings könnte es sein, dass du kein Glück hast. Du wirst sicher gehört haben, was in der Luft liegt.« Jelmer machte ein bedeutungsvolles Gesicht. »Krieg! Und Helsingborg ist nicht gerade ein Ort, an den ein Hansekaufmann im Moment gerne fährt.«

In diesem Augenblick schnaubte draußen ein Pferd. Jelmer merkte sofort auf. Schritte waren zu hören, dann öffnete sich die Tür, und ein vornehm gekleideter Mann trat ein. Er trug einen Mantel mit Pelzbesatz am Kragen, darunter ein Wams, das doppelreihig mit vergoldeten Knöpfen geschlossen wurde. Das kurze Schwert an seiner Seite hatte eher eine Zierfunktion, als dass es sich wirklich als Waffe geeignet hätte.

Das Gesicht unter der tellerförmigen Lederkappe war bärtig – trotzdem erkannte Johanna den Mann sofort wieder.

Es war niemand anderes als Wolfgang Prebendonk.

»Johanna«, murmelte Wolfgang. »Ich …«

»Grete müsste oben in ihrer Kammer sein.« Johanna musterte Wolfgang kurz. »Es geht Euch offenbar gut – und der Bart gibt Euch etwas …« Sie suchte nach dem richtigen Wort. »… Herrschaftliches!«

»Ich hatte Glück und bekam die Gelegenheit, mein Geschick zu beweisen«, antwortete Wolfgang. »Es hat eine schlechte Ernte gegeben, aber Berthold Metzger, den man nicht umsonst den Pharao nennt, hatte vorgesorgt, und ich habe ihm geholfen, sein Getreide zu Preisen zu verkaufen, die alle reich gemacht haben, die an dem Geschäft beteiligt waren.«

»Euch anscheinend auch.«

»Es hört sich vielleicht so an, als hätte ich vom Hunger anderer profitiert.«

»Das habe ich nicht gesagt.«

»Es ist in Wahrheit aber so, dass viele nur deshalb nicht zu hungern brauchten, weil wir da waren und ihnen etwas anbieten konnten.«

»Ich bin kein Kaplan, vor dem Ihr beichten und Euer Gewissen erleichtern müsstet, Wolfgang.«

Aber genau das scheint er tief im Inneren zu glauben, überlegte Johanna.

Sein Lächeln wirkte etwas gezwungen. »Nun, da habt Ihr natürlich recht. Aber wisst Ihr, als Kind habt Ihr die Pest überlebt, und daher wart Ihr für mich immer so etwas wie ein Beweis dafür, dass es Gott nicht nur gibt, sondern dass er sich tatsächlich um die Menschen kümmert.«

»Eine Heilige«, murmelte Johanna.

»Ja, das ist nicht übertrieben. Ihr wart immer so tiefgründig und rechtschaffen. Neben Euch wirkte jeder andere wie ein armer Sünder, während Ihr selbst ein schlichtes Brokatkleid wie ein Nonnengewand zu tragen pflegtet.«

Johanna wollte etwas erwidern, sah dann aber zu Jelmer hinüber, der interessiert zugehört hatte. Vermutlich behielt er jedes einzelne Wort und ordnete es dem Bild zu, das er sich in der Zwischenzeit gemacht hatte. Es war auf jeden Fall besser, die Unterhaltung nicht weiterzuführen. Nicht hier jedenfalls.

»Ich schlage vor, ich bringe Euch die Treppe hinauf, und Ihr begrüßt meine Schwester – denn sie hat Euch schließlich geschrieben, nicht ich.«

»Ich weiß.«

»Und sie freut sich ganz gewiss noch mehr, Euch wiederzusehen.«

Johanna führte Wolfgang die Treppe hinauf. Der blinde Wirt wandte den Kopf in ihre Richtung. »Zu einer Übernachtung sollte es hier aber nicht kommen«, meinte er. »Nicht, dass ich für gewisse Dinge kein Verständnis hätte, aber wenn ich auch nur den Anschein erweckte, dem hiesigen Frauenwirt Konkurrenz zu machen, bedeutete das großen Ärger für mich! Der würde nicht mal davor zurückschrecken, einen Blinden zu schlagen! Habt Ihr gehört, hoher Herr?«

Wolfgang bejahte, ging die Treppe hoch, blieb auf dem oberen Treppenabsatz aber stehen und blickte noch einmal zurück. »Dieses Haus ist kein Aufenthaltsort für Euch«, meinte er an Johanna gewandt.

»Es ist das, was für uns im Augenblick das Beste ist«, gab sie zurück.

Als sie schließlich vor der Tür der kleinen Kammer standen, klopfte Johanna. »Grete! Es ist hoher Besuch für dich da!«

Grete öffnete, sah Wolfgang an und wollte etwas sagen. Aber ihr Mund blieb offen, ohne dass sie sprach. Sie setzte zweimal an, und zweimal kam nichts weiter als ein heftiges Atmen über ihre Lippen.

»Ich weiß, ich habe mich etwas verändert – auch wenn so viel

Zeit gar nicht vergangen ist, als wir uns das letzte Mal sahen, so ist doch sehr viel geschehen.«

»Wem sagt Ihr das, Wolfgang?«, murmelte Grete nun mit belegter Stimme. »Ich würde Euch gerne hereinbitten, aber Ihr seht ja, wie eng und ungastlich es hier ist!« Sie richtete notdürftig ihr Haar und fühlte sich unbehaglich in ihrem Aufzug, der natürlich während der Reise sehr gelitten hatte. »Aber vielleicht«, fuhr sie fort, »ist es doch besser, sich hier zu unterhalten als unten im Schankraum, wo uns ein ziemlich neugieriger blinder Wirt zuhören würde, der garantiert jedes Wort behält und sich dann Dinge zusammenreimen könnte.«

»Ich bin jedenfalls sehr froh, Euch wiedergefunden zu haben, Grete.«

»Habt Ihr von den Ereignissen in Lübeck gehört?«

»Es gibt Gerüchte, aber das ist jetzt nicht so wichtig.«

»Unser Vater ist gestorben.«

»Das weiß ich. Und es heißt, dass man ihn schlimmer Dinge verdächtigt und Johanna einem flüchtigen Hochverräter und Mörder in Köln zur Flucht verhalf. Aber ich glaube kein Wort davon.« Wolfgang wandte sich nun noch einmal an Johanna. »Hier in Stralsund seid ihr in jedem Fall sicher. Man beugt sich hier weder den pommerschen Herzögen oder irgendwelchen anderen Fürsten noch den unsinnigen Beschlüssen des Landtages oder irgendwem sonst. Und schon gar nicht würde man jemanden nach Lübeck ausliefern. Bei aller Bündnistreue nicht!«

»Da wäre ich mir nicht allzu sicher«, widersprach Johanna. »Ich habe in den letzten Wochen gesehen, wie schnell sich der Status eines Menschen, einer Familie, eines Hauses verändern kann. Im Handumdrehen geschieht das, wenn es jemand wirklich darauf anlegt. Und dann steht man plötzlich vollkommen schutzlos da.«

Wolfgang ergriff plötzlich Gretes Hände. Es geschah so

schnell und entschlossen, dass sie gar nichts dagegen tun konnte – und vielleicht wollte sie das auch nicht. »Es kann dir nicht entgangen sein, dass ich dich schon seit langem sehr mag, Grete«, sagte er und sprach nicht mehr förmlich mit ihr, wie er es zuvor getan hatte. »Ich bin aus Lübeck nicht nur deshalb fortgegangen, weil sich mir eine einmalige Möglichkeit bot. Ich hatte vielmehr den Eindruck, etwas Neues beginnen zu müssen. Ein neues Leben, da ich keine Hoffnung mehr sah, dass unser beider Wege vielleicht doch noch zusammenführen könnten.«

»Jetzt tun sie es«, sagte Grete. »Allerdings unter ganz anderen Umständen, als sich das irgendjemand von uns erhofft hätte!«

»Ich muss dich warnen: Ich bin nicht Pieter van Brugsma der Jüngere, der irgendwann einmal der Erbe eines immensen Vermögens geworden wäre. Ich werde mir alles selbst erarbeiten müssen, und das, was ich bereits habe, ist nur ein Bruchteil dessen, was du gewohnt bist.«

»Diese Dinge sind nicht mehr so wichtig für mich«, sagte Grete. »Nicht nur du hast dich verändert. Das gilt für uns alle.«

»Auf jeden Fall werden du und deine Schwester keine einzige Nacht in diesem finsteren Rattenloch verbringen!«

»Aber …«

»Das Haus, das mir Berthold Metzger zur Verfügung gestellt hat, ist nicht so groß, wie du es aus Lübeck gewohnt bist – aber es ist Platz genug dort. Und was Jeremias und Hintz angeht: Ich brauche dringend ein paar Hände, die mir helfen – und zuverlässige Laufburschen sind seltener, als man annehmen möchte!«

»Nein, nicht so schnell!«, widersprach Grete. »Du sollst nicht denken, dass ich den Brief mit falschen Absichten an dich gerichtet habe. Es geht mir nicht darum, nur ein bequemeres Lager zu haben. Wir besuchen dich gerne morgen in deinem Haus. Und dann werden wir weitersehen.«

»Das ist wirklich dein Wunsch?«, wunderte sich Wolfgang.

Dann zuckte er mit den Schultern. »In das Haus eines Pieter van Brugsma wärst du ohne Bedenken eingezogen, obwohl du ihn kaum gekannt hast. Mich dagegen kennst du fast dein ganzes Leben lang und ...«

»Diesmal will ich alles richtig machen, Wolfgang.«

Wolfgang sah sie an und nickte schließlich. »Gut, wie du meinst. Dann freue ich mich, wenn ihr alle morgen Gast in meinem Haus seid.«

Als Wolfgang schließlich ging, erbot sich Grete noch, ihn bis vor die Tür der Herberge zu seinem Pferd zu begleiten.

»Ich wollte dich nicht vor den Kopf stoßen«, sagte sie.

»Das habe ich auch nicht so aufgefasst«, antwortete Wolfgang. »Vor den Kopf gestoßen hast du mich bei ganz anderer, schon länger zurückliegender Gelegenheit. Und ich glaube, da hast du es nicht einmal bemerkt.«

»Ja, das mag wohl sein«, musste Grete zugeben. »Aber andererseits sollte man doch jedem zugestehen, dass er auch etwas dazulernen kann, oder?«

»Gewiss.«

»Dann gestatte dies auch mir.«

»Dagegen ist nichts einzuwenden.«

Sie sahen sich an. Das Mondlicht spiegelte sich in Wolfgang Prebendonks Augen. Er hatte die Zügel seines Pferdes bereits vom Pflock gelöst und wirkte etwas unschlüssig. Aber Grete schlang plötzlich ihre Arme um seinen Hals und küsste ihn.

»Bis morgen«, sagte sie. »Ich will hoffen, dass du ein standesgemäßer Gastgeber bist.«

»Worauf du dich verlassen kannst.«

Dann stieg er in den Sattel und ritt davon. Grete sah ihn hinter St. Nikolai einbiegen, dann war er ihren Augen entschwunden.

Im Gasthaus des blinden Jelmer ging es später noch hoch her. Es war genau so, wie der Wirt es prophezeit hatte. Nachdem das Schiff zu Wasser gelassen worden war, kehrten die Männer zurück. Sie waren bereit, die paar Münzen, die man ihnen für ihre Dienste gegeben hatte, sofort wieder auszugeben. Das Bier floss in Strömen, und die Suppe, die die Frau des blinden Wirts zubereitet hatte, wurde genauso gierig verkonsumiert.

Hintz und Jeremias waren auch unter den Rückkehrern. Sie saßen zusammen mit Johanna und Grete an einem Tisch. Während Hintz und Jeremias die Suppe probierten, entschied sich Johanna dafür, später etwas von dem mitgebrachten Proviant zu essen. So nahm sie nur einen halben Krug voll Bier.

»Es war eine gewaltige Kogge – so etwas habt Ihr noch nicht gesehen«, berichtete Hintz.

»Eine ganze Reihe weiterer davon stehen kurz vor dem Stapellauf«, ergänzte Jeremias. »Und unter den Männern, die mitangefasst haben, waren viele, die die Stadt als Waffenknechte angeworben hat.«

»Dann gleicht die Lage ja der in Lübeck«, kommentierte Johanna.

»Ich habe gehört, dass es bald losgehen soll«, sagte Jeremias. »Und noch ein Gerücht macht die Runde: Waldemar sei noch immer im Süden. Manche sagen sogar, in Italien. Und zurzeit hätte sein Reichsdrost Henning Podebusk die Befehlsgewalt.«

Den Namen Henning Podebusk hatte Johanna wiederholt auf dem Kölner Hansetag gehört. Der Drost des Königs von Dänemark galt als durchtriebener Diplomat von großem Geschick und ebenso großer Skrupellosigkeit. Angeblich stammte seine Familie aus Putbus auf Rügen, und die jetzige Fassung seines Namens, unter dem er weithin bekannt geworden war, war nichts anderes als eine der dänischen Sprache angepasste Bezeichnung seiner Herkunft.

Vermutlich ging ein großer Anteil an Waldemars Erfolgen auch auf die Rechnung des Drostes. »Wenn Waldemar wirklich nicht im Land ist, hat man das gut verborgen«, meinte Johanna. »Eigentlich kann das aber nur bedeuten, dass seine Suche nach Verbündeten nicht besonders von Erfolg gekrönt ist. Denn wieso sollte er sonst noch im Süden sein?«

Jeremias beugte sich etwas vor. »Die Leute sagen, weil er Angst vor der Hanse hat und den Krieg lieber in der warmen Sonne abwarten will!«

Am nächsten Tag besuchten sie das Haus von Wolfgang Prebendonk. Es lag in unmittelbarer Nachbarschaft eines der prächtigsten Patrizierhäuser von Stralsund, in dem Berthold Metzger, der sogenannte Pharao, residierte und von wo aus er seine Geschäfte führte.

Das Haus von Wolfgang Prebendonk wirkte dagegen winzig. Es schien als Nebengebäude für die Unterbringung von Bediensteten errichtet worden zu sein – und diesem Zweck diente es jetzt in gewisser Weise wieder. Denn mochte Wolfgang viele Geschäfte für Berthold Metzger auch in großer Selbstständigkeit abwickeln, so blieb er doch sein Untergebener und Angestellter, wenn auch mit herausgehobener Bedeutung.

»Seid willkommen«, sagte Wolfgang. »Auch wenn ich zurzeit Herr dieses Hauses bin, gehört es mir nicht, sondern wurde mir zur Verfügung gestellt. Aber wenn ich zehn Jahre in den Diensten von Berthold Metzger bleibe, wird es in mein Eigentum übergehen.«

»Bei deinem Geschick in Geschäftsdingen wirst du dir bis dahin längst ein eigenes und größeres Haus leisten können«, glaubte Grete.

»Mir gefällt es bislang. Und es ist auch vollkommen ausreichend.«

»Es ist wunderschön«, beeilte sich Grete zu erwidern, als sie merkte, dass ihre Worte vielleicht missverständlich gewesen waren. »Ich wollte damit eigentlich nur ausdrücken, dass dir große Dinge zuzutrauen sind. Und schon unser Vater hatte das ja geahnt und dir nicht umsonst einen so herausragenden Platz in unserem Haus überlassen.«

»Wir werden sehen«, sagte Wolfgang. »Ich bin guten Mutes, und bislang läuft alles, wie es besser nicht hätte laufen können.«

»Dann könntest du doch zufrieden sein!«

»Mir ist sehr wohl bewusst, dass alles, was man erreicht, im Handumdrehen wieder verloren sein kann.«

Ja, dachte Johanna, die dieses Gespräch mitangehört hatte. *Das haben wir ja selbst gerade erfahren müssen.*

Nach dem ersten Besuch ging Grete täglich zu Wolfgang, und da sich im Haus von Berthold Metzger sowohl für Jeremias als auch für Hintz genug Arbeit fand, verließen sie schließlich nach einer guten Woche die Herberge des blinden Jelmer und zogen allesamt in Wolfgangs Haus. Dieser hatte inzwischen auch mit dem Pharao darüber gesprochen, der immer eine hohe Meinung von Moritz von Dören gehabt hatte.

»Bis jetzt sind nur Gerüchte über die Vorgänge in Lübeck bis nach Stralsund gedrungen«, sagte Berthold Metzger, als er Grete und Johanna empfing. »Und Euch, Grete von Dören, wird man danach kaum Vorwürfe machen können. Ihr habt bereits alles verloren, was man Euch wegnehmen konnte, und ich will Euch auch sagen, dass Ihr kaum damit rechnen könnt, jemals wieder in Eure alten Rechte eingesetzt zu werden.«

»Das weiß ich sehr wohl«, antwortete Grete. Sie sah kurz zu Wolfgang hinüber, der bei der Zusammenkunft in der großen Halle des Metzger'schen Hauses anwesend war, und fügte dann hinzu: »Ich denke jetzt an die Zukunft und werde nicht meine

Zeit damit verbringen, über die Verluste der Vergangenheit zu trauern.«

»Sicher eine weise Entscheidung«, sagte der Pharao, der im Gegensatz dazu, wie er von anderen oft beschrieben wurde, wie ein gütiger und großzügiger Mann wirkte. Ein grauer Bart bedeckte den Großteil seines Gesichts, in dessen Mitte zwei freundliche blaue Augen leuchteten. Eine tiefe Furche erschien jetzt allerdings auf seiner Stirn, als er sich an Johanna wandte. »Euch wird man jedoch eines Tages vielleicht auch hier verfolgen. Zwar rühmen sich die Stralsunder, dass sie sich von niemandem Vorschriften machen lassen – und schon gar nicht von den Lübischen, die schließlich unsere Stadt vor zwei Menschenaltern dem Erdboden gleichmachten! –, aber die Wirklichkeit sieht manchmal anders aus. Ich weiß nicht, was geschieht, wenn tatsächlich Sendboten aus Lübeck hierherkommen sollten und Eure Festnahme und Auslieferung forderten.«

»Es muss ja niemand erfahren, dass ich hier bin«, sagte Johanna.

»Für eine Weile wird das gut gehen. Aber nicht für immer. Und dann könnt Ihr nur hoffen, dass man Eure Sache in Lübeck nicht mehr allzu wichtig nimmt. Jedenfalls nicht wichtig genug, um Euch Waffenknechte auf den Hals zu schicken.«

Johanna erwiderte den Blick des Pharaos offen und sagte schließlich: »Mag sein, dass andere diese Sache irgendwann nicht mehr wichtig nehmen und mich vergessen. Aber ich werde das nicht tun. Irgendwann werde ich dafür sorgen, dass die Wahrheit ans Licht kommt und die Ehre meines Vaters wiederhergestellt wird.«

Bertgold Metzger strich sich bedächtig über den Bart, der seinen Kragen und die obersten Knöpfe seines Wamses vollkommen verdeckte.

»Irgendwann«, echote er.

Die Tage gingen dahin, und es wurde wärmer und sonniger. Johanna ging des Öfteren zum Hansehafen, wo die Waren entladen und gestapelt wurden. Der Betrieb in den Werften, die vor allem auf dem nahen pommerschen Festland zu finden waren, hatte sich vermindert. Die Hammerschläge waren nicht mehr das beherrschende Geräusch, das die Stadt umgab. Stattdessen lagen jetzt eine ganze Reihe frisch zu Stapel gelassener Koggen im Hafen, die mit allerlei Kriegsgerät beladen wurden. Es war unübersehbar, dass diese Schiffe keinem friedlichen Zweck dienen und nicht auf Handelsfahrt gehen würden. Rammsporne waren in den Spitzen der Schiffe eingearbeitet worden. Auf manchen waren kleinere Springalds, Trebuchets und andere Katapulte festmontiert worden, und es gab Schießscharten und Brustwehren für Bogen- und Armbrustschützen. Der Handel hingegen schien mehr und mehr zum Erliegen zu kommen, zumindest was Schiffsladungen betraf, die durch den Öresund hätten gebracht werden müssen. Schiffe aus Riga, Danzig oder Schweden waren häufiger zu finden. Johanna bemerkte auch Koggen aus Lübeck, die im Hafen angelegt hatten. Sie zog sich die Kapuze ihres Umhangs tiefer ins Gesicht, was angesichts des freundlicher gewordenen Wetters etwas auffällig war. Aber es war immer noch möglich, dass sie jemand, der sie aus Lübeck kannte, hier sah. Und das wollte sie auf jeden Fall vermeiden.

Immer wenn sie zum Hafen ging, hielt sie nach einem Schiff Ausschau, das nach Helsingborg fuhr. Der blinde Wirt hatte ihr nicht von einem solchen berichten können, als sie noch in seiner Herberge wohnte. Was sie tun würde, wenn sie tatsächlich auf so ein Schiff stieß, wusste sie nicht. Aber seit ihrer Ankunft in Stralsund nahm der Gedanke immer mehr Gestalt an, dorthin aufzubrechen, wo Frederik war. Oder wo er zumindest zu jener Zeit gewesen war, als er den Brief geschrieben hatte. Niemand konnte ihr garantieren, dass er sich immer noch in der

Stadt am Öresund aufhielt. Aber das war zumindest der letzte Anhaltspunkt, und je schneller sie dorthin gelangte, desto leichter war es, Frederiks Spur aufzunehmen, falls er die Stadt bereits wieder verlassen hatte.

Du musst wahnsinnig sein, so einen Plan auch nur zu erwägen, dachte Johanna. Aber hatte sie nicht schon ganz andere Dinge getan, die man ebenfalls als wahnwitzig hätte bezeichnen können? Schon auf ihre Liebe zu Frederik traf das zu. Und erst recht auf die Hilfe, die sie bei seiner Flucht geleistet hatte.

Und jetzt wollte sie dem Mann, den sie liebte, an einen Ort folgen, den im Moment kein Hansekaufmann mehr ansteuern wollte. Sie hatte das Gefühl, diese Reise unbedingt machen zu müssen, gleichgültig, unter welchen Umständen das geschah und welche Folgen daraus erwachsen mochten.

Was soll schon noch Schreckliches geschehen?, dachte sie. Hatte sie nicht ohnehin nahezu alles verloren, was ihr in ihrem Leben etwas bedeutet hatte?

Es schien kaum möglich, noch tiefer zu sinken. Und dieser Umstand sorgte andererseits dafür, dass sie sich so frei wie selten zuvor in ihrem Leben fühlte. Dass Grete im Haus von Wolfgang Prebendonk gut aufgehoben war und selbst Jeremias und Hintz für die nächste Zeit ihr Auskommen haben würden, bestärkte Johanna noch.

Mit ihrer Schwester hatte sie darüber noch nicht gesprochen – und auch die Hilfe von Wolfgang Prebendonk oder gar von Berthold Metzger wollte sie auf gar keinen Fall in Anspruch nehmen.

Diese Menschen hatten ihnen selbstlos geholfen, und es wäre nicht richtig gewesen, sie noch mehr in diese Angelegenheit hineinzuziehen. Und davon abgesehen war es besser, wenn so wenige wie möglich von ihrem Plan wussten.

Vielleicht ist es sogar das Beste, ich mache mich einfach auf den

Weg, wenn sich die Gelegenheit ergibt, und hinterlasse Grete nur einen Brief ...

Aber bislang fehlte das Wichtigste: ein Schiff, das sie nach Helsingborg brachte.

Ein paar Tage später besuchte sie noch einmal das Gasthaus des blinden Jelmer. Noch bevor sie auch nur ein einziges Wort gesagt hatte, wusste dieser, wer eingetreten war.

»Du bist gekommen, weil du nach einem Schiff fragen willst, das nach Helsingborg segelt?«

»Ja, das trifft zu«, antwortete Johanna und musste zugeben, dass es der Blinde erneut geschafft hatte, sie zu verblüffen. »Anscheinend sind meine Schritte so auffällig, dass du mich sofort erkannt hast.«

Johanna trat zum Schanktisch. Der Blinde lächelte. »Ehrlich gesagt habe ich gerade geraten«, gestand er. »Wenn du nichts gesagt hättest, wäre es mir erst jetzt möglich gewesen, wirklich sicher zu sein.«

»Weshalb?«

»Dein Geruch. Der war mir schon gleich am Anfang aufgefallen. Du benutzt Seife, und die ist nicht billig. Dass ihr keine geflohenen Leute vom Land seid, riecht man auf ein paar Schritt Entfernung!«

»Kommen wir zurück zu dem Schiff nach Helsingborg«, erinnerte ihn Johanna.

»Du weißt schon, dass im Moment kein Hansekaufmann so dumm wäre, den Öresund befahren zu wollen.«

»Natürlich.«

»Dementsprechend ist das Schiff, das ich dir anbieten kann, auch kein richtiges Schiff.«

»Sondern?«

»Man könnte es ein größeres Boot nennen. Es hat keine Aufbauten, und sein Besitzer fährt zunächst an die Rügenküste. Dann segelt er weiter nach Seeland, zur Schonenküste und danach nach Helsingborg.«

»Wem gehört das Boot?«

»Linus de Groot. Das ist einer der Holländer, die sich in der Gegend von Göteborg angesiedelt haben. Es wird keine gemütliche Reise, Linus verlangt einen hohen Preis, und ich habe ihm auch nicht gesagt, dass er eine Frau mitnehmen soll, was er vielleicht prinzipiell ablehnt.«

»Wo finde ich diesen Linus de Groot?«

»Du? Gar nicht. Ich verhandele mit ihm. Lass mir etwas Silber für eine Anzahlung hier. Und noch was: Er wird auf gar keinen Fall auf dich warten. Du wirst bereitstehen müssen, wenn es losgeht.«

»Das werde ich«, versprach Johanna.

Die Entscheidung war nun gefallen. Eine Entscheidung, von der es wohl kein Zurück mehr geben würde.

Zweiunddreissigstes Kapitel

Dem Herzen folgen

Helsingborg, Wochen später.

Kaum Schiffe lagen in dem unter dänischer Herrschaft stehenden Hafen. Der Krieg war der Feind des Handels – und mittlerweile war auch längst Krieg erklärt worden. Die Hanse und der König von Schweden gegen Waldemar von Dänemark, der wohl immer noch auf Suche nach Verbündeten war. Seine guten Beziehungen zum Kaiser schienen doch nicht gut genug zu sein, um ihn zu einem Eingreifen zu seinen Gunsten bewegen zu können.

Johanna war nach einer langen, unbequemen Reise auf einem winzigen Schiff, das zudem noch den holländischen Namen »De Notedop« – »Die Nussschale« – trug, in Helsingborg angekommen. Noch Tage, nachdem sie festes Land betreten hatte, war ihr oft schwindelig gewesen, und sie hatte das Gefühl gehabt, der Boden unter ihren Füßen würde schwanken.

In der Nähe des Hafens war sie in einem Gasthaus untergekommen, dessen Ausstattung noch um einiges einfacher war als bei dem blinden Jelmer in Stralsund. Die Stadt selbst war von keiner Schutzmauer umgeben. Dafür gab es eine hochgerüstete, massive Festung, in die sich die Bewohner bei Gefahr zurückziehen konnten. Sie hatte imposante Ausmaße, und ihre Türme dienten nicht zuletzt der Überwachung des Öresunds. Schließlich sollte kein Schiff passieren, ohne den fälligen Zoll zu entrichten.

Da man die Zimmertür im Gasthaus nicht abschließen konnte, gewöhnte Johanna sich an, alles, was sie zurzeit besaß, bei sich zu tragen. Viel war das ohnehin nicht. Abgesehen von ihrer Kleidung passten die wenigen Dinge, die sie mit sich führte, in eine Tasche, die sie an einem Riemen um die Schultern trug. Außerdem hatte sie Münzen in ihren Hüftgürtel eingenäht und auch einige in ihren Stiefeln versteckt. Man konnte ja nie wissen. Auch wenn sie sehr einfach gekleidet war und ihre Sachen während der Fahrt mit der »Notedop« stark gelitten hatten, war trotzdem nicht ausgeschlossen, dass jemand sie überfiel, um sie auszurauben.

Die vorherrschende Sprache auf den Märkten der Stadt war Plattdeutsch. Und selbst diejenigen mit anderer Muttersprache verstanden es und konnten sich verständlich machen. Auf jeden Fall gab es keine Verständigungsschwierigkeiten. Zu oft hatten Hansekaufleute in der Stadt angelegt, ihre Waren dort verkauft oder sich sogar dort angesiedelt.

Johanna erkundigte sich bei einigen Kaufleuten nach Frederik und beschrieb ihn so gut wie möglich.

»Es sind viele Kriegsleute hier in Helsingborg«, meinte einer, ein Holländer, wie sich herausstellte. »Einen einzelnen Mann hier zu finden wird nicht ganz leicht, andererseits gibt es nun wirklich größere Städte als Helsingborg. Vielleicht lauft Ihr ihm zufällig über den Weg.«

»Ja, man sollte auf den Herrn vertrauen«, antwortete Johanna.

»Seid Ihr sicher, dass dieser Mann noch in Helsingborg ist?«

»Sicher bin ich nicht.«

»Vielleicht ist er ein paar Meilen weitergezogen – nach Ellenbogen zum Beispiel.«

»Wie heißt dieser Ort?«

»Ellenbogen. So nennen die Hanseleute ihn, weil ein Vorgebirge den Hafen wie ein Ellenbogen schützt. Die Einheimischen nennen das Dorf, glaube ich, Malmö oder so ähnlich. Aber ich bin mir nicht sicher, ob ich das richtig ausspreche.« Der Holländer zuckte mit den Schultern. »Wenn der Kerl, den Ihr sucht, Euch nicht spätestens nach einer Woche über den Weg gelaufen ist, dann solltet Ihr mal in Ellenbogen nach ihm fragen.«

»Ich danke Euch.«

Johanna sah sich auch in der Festung um. Sie glich einer Stadt in der Stadt. Ein Vogt des Königs von Dänemark residierte hier und regierte von hier aus das Umland. Und das hieß wohl vor allem, dass er die Steuern eintrieb und dafür sorgte, dass der Sundzoll von den Schiffen eingetrieben wurde, die die Meerenge passierten. Auf der Festung gab es eine Kirche, die größer war als jene, die Johanna in der Stadt gesehen hatte. Unübersehbar waren die Katapulte, die überall aufgebaut und kriegsfertig gemacht wurden. Gewaltige Springalds, die riesenhaften Armbrüsten glichen und mit balkendicken Pfeilen, nicht selten vorne mit Eisen verstärkt, bestückt wurden. Von der Festung aus konnten solche Geschosse Schiffe treffen, die sich vom Öresund aus näherten. Für die Trebuchets wurde mit zahlreichen Ochsenkarren die passende Munition herangefahren. Diese Schleudern wurden mit Gesteinsbrocken bestückt. Manche der Brocken waren so schwer, dass sie gerade noch von einem halben Dutzend Männern gehoben und in die Schleuderpfanne gelegt werden konnten.

Außerdem fiel die große Zahl an Waffenknechten auf.

Vielleicht finde ich Frederik hier irgendwo, dachte sie. Nun, da man ihn ja ohnehin für einen Verräter und Feind der Hanse hielt, war es vermutlich das Sinnvollste für ihn, sich den Dänen anzuschließen, auch wenn die seiner Familie so schlimm mitgespielt hatten.

Überall schaute sich Johanna um. Manchmal sah sie einen

Edelmann im gleichen Alter und ebenfalls hellhaarig – dann glaubte sie schon, Frederik vor sich zu sehen, und fühlte, wie ihr Herz wie wild zu schlagen begann. Aber die Ernüchterung folgte zumeist recht schnell. Hellhaarige Männer, deren Kleidung der ähnelte, wie Frederik von Blekinge sie zu tragen pflegte, gab es hier nicht wenige.

Im Hof der Festung übten Bogenschützen sich in ihrer Kunst. Es war offensichtlich, dass man sich für den kommenden Krieg vorbereitete und damit rechnete, dass auch Helsingborg ein Angriffsziel sein konnte, denn schließlich war ja der Sundzoll ein Stein des Anstoßes gewesen.

»He, du!«, sprach eine Männerstimme Johanna plötzlich an. Sie drehte sich um.

Es war ein Waffenknecht, er trug Harnisch und Schwert.

»Was wollt Ihr?«, fragte Johanna.

Aber ihr Gegenüber verstand sie nicht. Er redete sie in der Sprache der Dänen an und gestikulierte dabei aufgeregt mit den Händen. Johanna bemerkte, dass weitere Waffenknechte einige der grell geschminkten Hübschlerinnen zusammengetrieben hatten. Und ehe Johanna sich's versah, wurde sie ebenfalls gepackt und abgeführt. Sie wurde gestoßen, und Johanna sah schnell ein, dass es wenig Sinn hatte, sich zu wehren. Ein großes Geschrei begann. Die schrillen Stimmen der Hübschlerinnen waren ohrenbetäubend. Aber das nützte ihnen nichts. Dutzende von Waffenknechten hatten sie umringt. Der Livree nach, die sie trugen, waren es keine zusätzlich angeworbenen Söldner, sondern Angehörige der Stadtwache. Ihre Stimmen waren bald genauso aufgebracht und ärgerlich wie jene der Frauen.

Johanna wurde mit den anderen Frauen durch eine Tür gedrängt. Ein dunkler Gang lag vor ihnen, man konnte kaum die Hand vor den Augen sehen. Auch wenn Johanna kein Wort von dem, was gerufen und geschrien wurde, verstand, hatte sie inzwischen doch begriffen, wohin es ging: geradewegs in ein Kerkergewölbe. Die sahen wohl überall gleich aus.

Man trieb die Frauen in eine Zelle, die kaum für die Hälfte von ihnen genügend Platz geboten hätte. Die Tür fiel ins Schloss, die Riegel wurden vorgeschoben.

Ein paar der Frauen riefen unflätige Schimpfwörter, die sich schon durch den Ton, in dem sie hervorgestoßen wurden, nahezu selbst erklärten und Johanna nicht übersetzt zu werden brauchten.

Die Wächter gingen schließlich davon. Es wurden weitere Türen verschlossen, und die Frauen blieben in der engen Zelle zurück. Der Boden war notdürftig mit Stroh bedeckt. Es gab ein kleines, vergittertes Fenster, durch das etwas Licht drang. Es war so hoch, dass eine der Frauen auf die Schultern der anderen hatte steigen müssen, um es zu erreichen.

Johanna schob ihre Tasche etwas nach hinten, sodass sie unter ihrem Mantel verborgen wurde. Man hatte ihr nichts von ihrer ohnehin bescheidenen Habe weggenommen.

Bis jetzt zumindest.

Den Frauen, mit denen sie nun allerdings zusammen eingesperrt war, traute sie nicht über den Weg, keiner von ihnen. Und der Grund dafür, dass sie alle eingesperrt worden waren, war ihr auch nicht klar.

Es war so eng, dass gar nicht daran zu denken war, hier zu schlafen. Kaum ein Drittel der Frauen hätte sich hinlegen können. Es war nicht einmal Platz genug, dass alle sich hinsetzen konnten.

Von dem Stroh auf dem Boden ging ein scharfer Geruch aus, der so penetrant und unangenehm war, dass Johanna ohnehin nicht daran gedacht hätte, sich hinzusetzen. Nicht, wenn es sich irgendwie vermeiden ließ. Es war der Geruch von Rattenurin.

Johanna erinnerte sich an den Kerker in Köln, wo sie Frederik besucht hatte. Dort hatte es ähnlich gerochen.

Eine ganze Weile herrschte Schweigen unter den Frauen. Dann fing eine von ihnen an zu sprechen. Was sie sagte, verstand Johanna nicht – nur einzelne Wörter, die ihrer eigenen Sprache ähnlich klangen oder sogar aus dem Hanseplatt übernommen worden waren.

Stunden vergingen. Die Stimmung unter den Frauen wurde immer gereizter.

Eine von ihnen sprach Johanna schließlich an.

»Tut mir leid, ich verstehe dich nicht«, sagte Johanna.

»Eine Plattdeutsche?«

»Ja.«

»Ich kann deine Sprache – ein bisschen«, sagte die Frau. »Es sind immer viele Männer in der Stadt, die sprechen wie du. Früher. Jetzt nicht mehr.«

»Es ist Krieg.«

»Daran liegt es«, sagte die Frau. Sie hatte rotes Haar, und die Schminke in ihrem Gesicht war im Handgemenge mit den Waffenknechten verschmiert worden. Irgendeiner von ihnen musste jetzt wohl eine zusätzliche Farbe in seiner Livree haben.

»Warum sind wir eingesperrt?«, fragte Johanna die Rothaarige schließlich, nachdem sie noch ein paar Worte miteinander gewechselt hatten, wovon Johanna nicht immer alles verstanden hatte.

Die Rothaarige sah Johanna ungläubig an, tauschte dann ein paar Blicke mit einigen der anderen Frauen aus, von denen wohl auch einige Johannas Worte ganz gut verstanden hatten.

Dann brach lautes Gelächter im Kerker aus.

Es wurde so laut, dass schließlich die barsche Stimme eines Wächters dafür sorgen musste, dass es aufhörte.

»Was ist so lustig daran?«, fragte Johanna.

»Weißt du es wirklich nicht?«, fragte die Rothaarige grinsend. Sie hatte noch gute Zähne. Offenbar war sie viel jünger, als ihre Schminke vermuten ließ.

Anscheinend bin ich hier wirklich die einzige Ahnungslose, dachte Johanna.

»Am Tag keine Huren in der Festung«, sagte die Rothaarige dann. »So heißt die Regel. Männer sollen arbeiten, nicht andere Sache denken und abgelenkt werden.«

Jetzt dämmerte es Johanna, was geschehen war. Man hatte sie für eine Hübschlerin gehalten und deswegen zusammen mit den anderen eingesperrt.

»Ja, aber es gab viele Hübschlerinnen dort«, meinte sie.

Die Rothaarige nickte. »Niemand hat sich an die Regel gehalten – bis jetzt! Und niemand hat durchgesetzt, dass sie befolgt wird.«

»Und warum dann heute?«

»Warum? Ich weiß es nicht! Niemand weiß das. Vielleicht waren es zu viele von uns.«

»Der Vogt will unsere Frauenwirte bezahlen lassen«, vermutete eine der anderen Frauen. »Es ist doch immer dasselbe. Wenn zu wenig Schiffe vorbeikommen oder er aus einem anderen Grund ein Loch in seiner Börse hat, dann gelten plötzlich die Regeln.«

Die anderen raunten etwas Zustimmendes, soweit sie die Worte dieser Frau verstanden hatten. Aber die meisten von ihnen sprachen wohl gut genug Platt, um sich immerhin mit den Hanse'schen Seeleuten verständigen zu können.

»Jetzt dauert es ein paar Stunden, die wir in diesem Loch zubringen müssen. Dann lösen unsere Wirte uns aus, und man lässt uns wieder frei.«

»Und ... was ist, wenn man keinen *Wirt* hat?«, fragte Johanna.

Die anderen Frauen sahen sich gegenseitig an. Einige wechselten ein paar Worte in der Dänensprache, und schließlich sagte die Rothaarige: »Dann hast du Pech gehabt.«

Es dämmerte schon, und selbst das bisschen Licht, das durch das vergitterte Fenster in die Zelle schien, drohte nun zu verlöschen. Da wurde die äußere Kerkertür aufgeschlossen, und wenig später holten die Waffenknechte die erste Hübschlerin aus der Zelle, die von ihrem Wirt ausgelöst worden war. Dreimal musste sie daraufhin schwören, nicht mehr gegen die Regeln zu verstoßen.

»Sie wird es trotzdem wieder tun«, raunte die Rothaarige Johanna zu. »Wir gehen halt dorthin, wo die Männer sind. Und die sind zurzeit eben auf der Festung.« Sie zuckte mit den Schultern. Es dauerte nicht lange, und auch sie wurde ausgelöst.

»Kann man sich auch selbst auslösen?«, fragte Johanna die Rothaarige, bevor sie abgeholt wurde.

»Was meinst du damit?«

»Wenn man selbst Geld hat.«

»Wenn dich kein Wirt auslöst, bleibst du hier.«

»Aber …«

»Der Wirt muss dafür sorgen, dass du nicht wieder hierherkommst.« Die Rothaarige beugte sich etwas näher zu Johanna. »Wenn du Geld hast, sag nichts davon. Sonst nehmen sie es dir weg. Und zwar alles. Habe ich schon erlebt.«

Nach und nach leerte sich die Zelle. Schließlich löste ein Wirt gleich ein ganzes Dutzend der Frauen aus.

Es sah ganz so aus, als würde Johanna nun allein zurückbleiben – und als Einzige die Nacht in diesem finsteren, feuchtkalten Loch verbringen müssen. Da kam einer der Wächter herein.

»Du!«, sagte er.

»Was willst du von mir?«

»Komm!«

»Aber ...«

»Komm! Frei – jetzt«, sagte der Waffenträger, der offenbar begriffen hatte, dass sie seine Sprache nicht verstand. Er selbst konnte nur ein wenig Niederdeutsch.

Johanna folgte ihm. Im Kerkergang stand eine finster wirkende Gestalt. Der Waffenknecht hatte eine Fackel an der Wand befestigt, und im Licht der Fackel wirkte die Gestalt unheimlich. Ein kuttenähnliches Gewand reichte fast bis zum Boden. Die Kapuze war so tief ins Gesicht gezogen, dass das durch die Zugluft unruhige Licht der Fackel das Dunkel darunter nicht zu erhellen vermochte. *Es fehlt nur noch die Sense in der Hand, dann sähe er aus wie der Schnitter Tod.*

Aber dann fiel ihr etwas auf, was ihre Angst verfliegen ließ.

Unter dem langen Gewand ragte etwas hervor. Es war die Spitze eines Schwertes. Sie wurde sofort an eine Waffe erinnert, die sie mal in Aufbewahrung hatte nehmen müssen ...

Frederik, durchfuhr es sie.

Aus dem Dunkel unter der Kutte drang eine Stimme, und obwohl die Worte in der Sprache des Nordens gesprochen wurden, war nun jeder Zweifel ausgeräumt. *Er ist es!*

Frederik sprach mit dem Waffenknecht, gab ihm einige Münzen und wandte sich dann an Johanna. »Komm!«, sagte er.

»Wohin immer du willst«, brachte Johanna aufgeregt und erleichtert hervor.

Sie gelangten schließlich ins Freie. Johanna drehte sich noch mal um, weil sie sehen wollte, ob einer der Waffenknechte ihnen folgte. Aber das war nicht der Fall.

Vom Haupttor der Festung aus war noch das Gelächter einiger Hübschlerinnen zu hören, die mit Johanna zusammen eingesperrt gewesen waren und jetzt mit ihrem Wirt in die Stadt zurückkehrten.

»Frederik!«, stieß Johanna hervor und griff nach seiner Hand.

»Sprich diesen Namen nicht aus«, erwiderte er. »Und komm jetzt, ohne Aufsehen zu erregen.«

»Wohin?«

»Auf jeden Fall muss ich dich aus der Festung hinausbringen. Und ich bürge dafür, dass du nicht in eindeutiger Absicht dorthin zurückkehrst!«

»In eindeutiger Absicht? Wofür hältst du mich?«

»Für die wunderbarste Frau, die mir je begegnet ist. Aber jetzt müssen wir erst einmal zusehen, dass wir nicht beide in Schwierigkeiten kommen.«

»Ich …«

»Später. Ich werde dir alles erklären – und du mir vielleicht auch einiges. Bis dahin sei einfach still. Hier sind überall Ohren – und wie du vielleicht inzwischen bemerkt haben dürftest, verstehen sehr viele mehr deine Sprache, als man gemeinhin denken könnte!«

Dreiunddreissigstes Kapitel

Eine Nacht des Glücks

Sie näherten sich dem Festungstor. Ein paar bewaffnete Wächter taten gelangweilt ihren Dienst. Das Fallgatter war hochgezogen und würde es in der Regel auch bis spät in der Nacht bleiben. In Helsingborg war kaum ein Angriff zu befürchten. Und wenn doch, dann kam er von der Seeseite und war lange im Voraus zu erkennen, selbst bei Nacht, wenn sich das Mondlicht im Meer spiegelte und die Sterne für genug Helligkeit sorgten. Bei gutem Wetter sah man auf der anderen Seite des Öresunds die Feuer brennen.

Normalerweise hätte die Arbeit um diese Zeit längst geruht. Aber es herrschten keine normalen Zeiten – weder in Helsingborg noch anderswo. Die Kriegsvorbereitungen duldeten keinen Aufschub, und so kam Frederik und Johanna selbst jetzt noch ein Ochsenkarren entgegen, der mit Steingeschossen beladen war, die später als Katapultmunition wieder den entgegengesetzten Weg antreten würden, sobald die Festung angegriffen wurde.

Johanna und Frederik wichen zur Seite und drängten sich an dem Ochsenkarren vorbei, der zusätzlich noch von ein paar kräftigen Männern angeschoben wurde.

»Ich habe eine Unterkunft in einer Herberge«, sagte Johanna.

»Dann sollten wir jetzt dort hingehen«, schlug Frederik vor.

»Nenn mich Ole.«

»Einfach Ole?«

»Ole aus Dalarna, der im Ordensland gegen die Heiden auf dem Kreuzzug war.«

»Kleidest du dich deswegen wie ein Mönch?«

»Nein, dieses Gewand habe ich von den Mönchen auf der Festung bekommen, deren Schlafsaal ich seit geraumer Zeit benutzen darf. Und in der Tat lässt es mich unauffälliger erscheinen, als wenn ich hier wie ein Edelmann herumliefe und jedem zeigte, dass ich vielleicht noch einen Anspruch gegen die dänische Krone zu stellen habe!«

Johanna verstand diese Zusammenhänge noch immer nicht. Aber das würde sich wohl alles sehr bald aufklären, so lautete ihre Überzeugung. Wichtig war im Moment nur eins: Sie hatte Frederik wiedergefunden – besser gesagt: er sie. Diesmal war er es gewesen, der sie aus einem Kerker herausgeholt hatte. So schien sich letztlich alles auszugleichen. Der Herr musste sie beide tatsächlich füreinander bestimmt haben.

Sie gingen durch die Straßen, und Frederik drehte sich immer wieder nach allen Seiten um, als habe er Angst, verfolgt zu werden.

»Wen fürchtest du?«

»Alle und jeden«, sagte Frederik. »König Albrecht hält mich für einen Verräter. Er ist inzwischen offenbar auch ein Opfer des Intrigengespinstes geworden, das Herward von Ranneberg gewoben hat. Und jemand wie ich taugt offenbar gut für die Rolle eines Opferlamms, dem man jede nur erdenkliche Schuld anlasten kann. Aber das werde ich mir keineswegs gefallen lassen!«

Johanna spürte sehr deutlich den unterschwelligen Grimm, der aus diesen Worten sprach.

Dann berichtete Frederik in knappen Worten, dass man ihn im Reich von König Waldemar keinesfalls freundlich willkommen heißen würde, nur weil er bereit war, die Seiten zu wechseln. »Glücklicherweise bin ich durch einen Bekannten unserer

Familie, der lange hier in Helsingborg ausgeharrt hatte, gewarnt worden. Und so habe ich mich nicht zu erkennen gegeben, sondern bin als Ole aus Dalarna nach Helsingborg gekommen, der vom Kreuzzug zurückgekehrt ist. Ich wollte erst einmal sehen, wie hier die Verhältnisse sind.«

»Und? Was konntest du darüber feststellen?«, fragte Johanna.

»Dass Mönche recht leichtgläubige Menschen sind.«

»Auf die, die ich kennengelernt habe, scheint das nicht zuzutreffen«, widersprach Johanna.

»Jedenfalls bin ich im Schlafsaal der Mönche bisher ganz gut aufgehoben gewesen. Anscheinend sucht man überall nach mir. Für die Dänen gelte ich nach wie vor als Feind – und wie ich diejenigen verlor, die eigentlich auf meiner Seite stehen sollten, weißt du ja.«

Sie erreichten schließlich die Herberge, in der Johanna untergekommen war. »Komm mit mir«, sagte sie. »Es ist keine vornehme Bleibe, und es ist auch nicht unüblich, dass Frauen dort Besuch über Nacht empfangen, sodass niemand daran Anstoß nehmen wird! Und die Mönche, bei denen du bisher geschlafen hast, werden sicher eine Nacht auf dich verzichten können!«

Im Schankraum der Herberge herrschte lautstarkes Gezeche. Es wurde gelacht, und ein Gaukler spielte auf einer vollkommen verstimmten Laute und sang dazu Lieder, deren Texte offenbar lustig klangen. Zumindest schienen sich die Anwesenden heftig zu amüsieren. Johanna und Frederik gingen die Treppe hinauf bis zu der Kammer, in der Johanna die letzten Nächte versucht hatte, Ruhe zu finden. Frederik nahm sie bei der Hand und zog sie in die Kammer. Dort strich sie ihm endlich die Kapuze vom Kopf. Sein Gesicht endlich wiederzusehen ließ ihr Herz aufgehen. Sie sah in seine Augen, und für einen Moment verschmolzen ihrer beider Blicke miteinander. Dann schlang sie die Arme um seinen Hals, und sie küssten sich. Er nahm sie bei den Schultern und drückte sie an sich. *Wie lange habe ich darauf gewartet*, dachte sie dabei.

»Ich habe lange Zeit geglaubt, dass wir uns niemals wiedersehen würden«, hauchte sie.

»Das habe ich nie geglaubt«, sagte Frederik.

»Dann scheint dein Glaube viel stärker zu sein als der meine«, antwortete sie.

Wieder küssten sie sich. Sie genoss es, wie er sie umfasste und kraftvoll an sich zog, und spürte, wie die lange angestaute Sehnsucht nun die Oberhand gewann. Es gab einfach kein Halten mehr, und sie fühlte sich an jenen Moment erinnert, als sie sich zum ersten Mal im Dom zu Köln begegnet und dann sehr nahe gewesen waren. Seine Hände wanderten über ihren Körper, strichen ihr über den Rücken, das Gesäß, wanderten dann nach vorn, so als müssten sie sich wieder dessen vergewissern, was sie doch schon besessen hatten.

Johanna hatte noch so viele Fragen, aber die mochten ihr noch so sehr auf der Zunge brennen, jetzt schienen sie ihr so unwichtig wie alles andere. In diesem Augenblick zählte nichts anderes, als dass sie sich nahe waren. Sie sanken auf das einfache Lager herab. Nach und nach streiften sie die Kleider ab. Johanna schmiegte sich an ihn, spürte einen wohligen Schauer, als sie seine Haut an ihrer fühlte. Dann schlang sie ihre Beine um seine Hüften und öffnete sich ihm.

Ermattet lagen sie später auf dem Lager. Der Mond schien herein und schimmerte durch den Alabaster vor dem Fenster. Johanna hatte vollkommen vergessen, den Fensterladen zu schließen. Jetzt war es empfindlich kalt geworden, aber die Wärme zwischen ihren Körpern ließ sie auch das zunächst vergessen. Sie lagen zusammen unter der Decke, und Frederik griff nach ihrem Mantel, den sie achtlos zu Boden hatte sinken lassen, und breitete ihn über der Decke aus. Eng umschlungen lagen sie beieinander.

»Ich liebe dich«, sagte er, »und ich bin unendlich froh, dich wiedergefunden zu haben.«

»Ich hoffe, dass unsere Wege sich nie mehr trennen werden«, flüsterte Johanna. »Zumindest so lange nicht, wie der Herr uns hier auf Erden Zeit gibt.«

»Niemand weiß, wie lange das ist«, sagte Frederik. Er küsste sie und strich ihr dann zärtlich das vollkommen zerzauste Haar aus dem Gesicht. »Darum sollten wir jeden Augenblick, den er uns zugesteht, als Geschenk betrachten.«

»Ja«, murmelte sie. »Das wollen wir.« Ihre Hand glitt voller Zärtlichkeit über seine Brust und seine Schulter. *Eines Tages werden wir sagen, dass heute unser gemeinsames Leben begann*, hoffte sie.

»Warum hast du mich so lange in dieser Zelle warten lassen?«, fragte sie plötzlich. »Ich war die Letzte, die ausgelöst wurde, und im ersten Moment dachte ich schon, ich wäre soeben in die Leibeigenschaft eines dieser Wirte übergegangen …«

»Ich musste erst die Waffenknechte davon überzeugen, dass ich auch einer dieser Wirte bin, obwohl Helsingborg eine kleine Stadt ist und jeder dieser Wächter eigentlich hätte wissen müssen, dass ich nicht zu diesem erlauchten Kreis gehöre.«

»Wie hast du sie dann überzeugt?«

»Mit einem der letzten Goldstücke, die ich besaß.«

»Und woher hast du überhaupt gewusst, dass ich in diesem Hurenkerker eingesperrt war?«

Er lächelte. »Ich habe dich schon vorher gesehen.«

»Und du hast mich nicht angesprochen?«

»Ich habe den Mönchen dabei geholfen, Holz für das Signalfeuer, an dem sich die Schiffe orientieren sollen, den Turm hinaufzutragen. Da ging unten im Festungshof der Tumult los. Ich war auf halber Turmhöhe, habe durch ein Fenster gesehen und traute meinen Augen nicht, als ich dich sah.«

»Diese groben Kerle haben mich ganz schön herumgestoßen.«

»Die Kapuze deines Mantels fiel dabei zurück. Ich hätte dich sonst vielleicht nicht erkannt. Danach habe ich dann alles versucht. Aber ich glaube, der Festungsvogt hatte die Anordnung gegeben, die Gefangenen mindestens bis zum Abend in der Zelle schmoren zu lassen, damit sie sich künftig nur noch auf die Festung begeben, wenn die Hörner sie rufen.«

»Die Hörner?«, fragte Johanna.

»Bei einem Angriff wird mit Hörnern das Signal für die Bewohner gegeben, sich in die Festung zurückzuziehen. Aber nun erzähl mir, wie du um alles in der Welt nach Helsingborg kommst, wo doch deine Heimatstadt in den Krieg gegen jenes Königreich zieht, zu dem dieser Hafen zurzeit gehört.«

»Das ist eine lange Geschichte.«

»Ich will sie hören.«

So begann Johanna, von alledem zu berichten, was sich zugetragen hatte, seit sie sich in Köln auf dem Totenacker zum letzten Mal begegnet waren. Sie erzählte von den Intrigen des Herward von Ranneberg, dem Tod ihres Vaters und auch von ihrer Flucht nach Stralsund. »Ich habe alles zurücklassen müssen und besitze nichts mehr außer den Dingen, die ich bei mir trage«, sagte sie.

»Dann geht es dir inzwischen wie mir«, gab Frederik zurück. »Der Tod deines Vaters bekümmert mich sehr. Er wird nicht nur dir und deiner Schwester fehlen, sondern ganz gewiss auch deiner Stadt.«

»Da ist man zurzeit anderer Ansicht. Man hat ihn angegriffen, weil man den Bürgermeister vom Stuhl stoßen wollte, sich aber nicht getraut hat, diesen geradewegs und mit offenem Visier zu bekämpfen.«

Johanna schlief so gut und tief wie schon lange nicht mehr, obwohl der Lärm aus dem Schankraum erst im Morgengrauen aufhörte. Aber in dieser Nacht hatte sie das Gefühl, dass ihr nichts etwas anhaben konnte. Alles schien in einer seltenen Übereinstimmung zu sein: ihr Leben, ihre Wünsche und das, wovon sie glaubte, dass es ihre eigentliche Bestimmung war. Zwischen all dem gab es in diesem Augenblick keinen schmerzlich fühlbaren Unterschied mehr.

Der Tag war längst angebrochen, als der ferne Klang von Hörnern sie weckte. Die Hornsignale schallten aus verschiedenen Richtungen und waren von so ungewöhnlichem Klang, dass Johanna ganz aufgeregt war.

»Frederik, was bedeutet das?«, fragte sie.

Frederik schlief noch, und sie musste ihn wachrütteln. Aber dann war er sofort hellwach und setzte sich auf. »Das ist der Festungsalarm!«

»Was heißt das?«

»Man rechnet mit einem Angriff. Seit gestern berichten Fischer davon, dass Hanseschiffe Kopenhagen angegriffen haben und die Stadt brennt – und das ist nicht weit von hier entfernt.«

Sie zogen sich rasch an. »Nimm alles mit, was dir gehört«, sagte Frederik.

»Ich habe hier auch sonst nie etwas zurückgelassen, weil man die Tür nicht abschließen kann.«

Als sie fertig waren, ging Johanna kurz zum Fenster und schob den Alabastervorhang zur Seite. Auf den Straßen herrschte hektisches Treiben. Überall waren Menschen. Die Bewohner der ungeschützten Stadt nahmen das Wichtigste mit, um sich in die Festung zu retten. Hier und da liefen Schweine, Ziegen und

Hühner zwischen den zur Festung strebenden Menschen. Karren wurden hastig mit dem Nötigsten gepackt. Jeder wollte so viel wie möglich vor zu befürchtenden Plünderungen der Angreifer retten. Und alles, was als Waffe zu verwenden war – Äxte, Messer, Hacken und Sensen –, wurde auch mitgenommen.

»Jetzt wollen wir tatsächlich in die Festung zurückkehren, aus der ich gestern erst entkommen bin«, meinte Johanna.

»Welche andere Wahl haben wir?«, gab Frederik zurück.

»Keine«, wusste Johanna. »Selbst wenn Bürgermeister Brun Warendorp persönlich die Flotte der Hanse anführen und befehligen sollte, würde er uns beide sofort gefangen nehmen und in Ketten legen lassen, wenn wir ihm in die Hände fielen ...«

Johanna und Frederik verließen das Gasthaus, beide hatten die Kapuzen ihrer Mäntel tief ins Gesicht gezogen. Zusammen mit einem großen Strom von Menschen machten sie sich auf den Weg zum Haupttor der Festung. Auf dem Innenhof herrschte bereits Gedränge. Die großen Gebäude und Hallen der Festung konnten den Bewohnern Helsingsborgs notfalls monatelang Unterschlupf bieten. Es gab tiefe Brunnen, die dafür sorgten, dass die Versorgung mit Trinkwasser so schnell nicht in Gefahr geraten konnte. Zudem war die Gegend für ihren Regenreichtum bekannt, weshalb auch die Zisternen stets gefüllt waren. Und an Vorräten hatten die Helsingborger alles mitgeschleppt, was sie tragen konnten. Aber auch in der Zeit davor war vom Festungsvogt Stockfisch in großen Mengen eingelagert worden. Es war nicht unwahrscheinlich, dass eher den Angreifern die Nahrungs- und Trinkwasservorräte ausgingen als den Verteidigern und sie unverrichteter Dinge wieder abziehen mussten.

Innerhalb der Festung bot sich zunächst ein teilweise chaotisches Bild. Söldner des Festungsvogtes gaben Waffen an diejenigen Stadtbewohner aus, die fähig waren, sie zu führen, aber nicht schon selbst bewaffnet waren.

»Was machen wir jetzt?«, fragte Johanna.

»Abwarten, was geschieht. Aber ich würde gerne etwas mehr darüber wissen, welche Bedrohung da herannaht«, meinte Frederik.

»Und wie willst du das erfahren?«

»Komm mit. Es gibt ein paar sehr gute Aussichtspunkte hier auf der Festung.«

»Zum Beispiel der, von dem aus du gesehen hast, wie ein paar ungehobelte Waffenknechte mich herumgestoßen haben!«

»Zum Beispiel.«

Frederik führte Johanna zum Aufgang eines Turms. Sie stiegen ungehindert empor. Ein Mönch kam ihnen von oben entgegen, den Frederik offenbar kannte. Sie wechselten einige Worte in der Sprache des Nordens. Dann setzte jeder von ihnen den Weg fort – der Mönch abwärts und Frederik aufwärts.

»Was hat er gesagt?«, fragte Johanna, während sie Frederik folgte.

»Die Lübecker sollen Kopenhagen erobert und zerstört haben – und in der letzten Nacht wohl auch die Festung Helsingör auf der anderen Seite des Öresunds.«

»Und jetzt …«

»… ist Helsingborg dran, so scheint es.«

Sie hatten schließlich die Zinnen des Turms erreicht. Dort hielten Mönche während der Nacht ein Signalfeuer in Flamme, um den Schiffen auf dem Öresund zur Orientierung zu dienen. Bei Tag war es wohl eher eine Mahnung, nicht die Zahlung des Sundzolls zu vergessen und sich somit der Verfolgung durch König Waldemars Schergen auszusetzen. Gerade wenn starker Nebel herrschte, kam wohl immer mal wieder ein Kapitän in

Versuchung, es doch zu versuchen – was in den meisten Fällen fehlschlug und mit strengen Strafen geahndet wurde.

Frederik und Johanna betraten die zinnenumwehrte Plattform und schauten in die Ferne. Das andere Ufer des Öresunds war deutlich zu sehen. Ein grünes Band, das den Küstenverlauf auf der seeländischen Seite andeutete. Und man sah eine schwarze Säule in den Himmel steigen. Wie ein gewaltiges Menetekel kommenden Unheils schraubte sie sich den Wolken entgegen. Dort, wo ihr Ursprung war, loderten Flammen.

»Das ist Helsingör«, sagte Frederik.

Ungefähr drei Dutzend Segel waren etwa in der Mitte zwischen der seeländischen und der schonischen Küste zu sehen: Hansekoggen. Selbst auf diese Entfernung erkannte Johanna dies sofort. *Jetzt wird es ernst mit allem, was damals in Köln verhandelt wurde!*, ging es ihr durch den Kopf.

Vierunddreissigstes Kapitel

Helsingborg soll fallen

Ein wahrer Geschosshagel empfing die Schiffe der Hanse. Mehrere Segel wurden durch Brandpfeile entzündet, aber die meisten der schwereren Steingeschosse und Springaldbolzen verfehlten ihre Ziele und fielen ins Wasser der Nordsee. Andere Geschosse gingen zu früh nieder und zerstörten einige Häuser in der Stadt oder die wenigen eigenen Schiffe, die noch im Hafen lagen. An einer Landung konnten die Lübecker jedenfalls nicht gehindert werden.

Bürgermeister Brun Warendorp persönlich befehligte die Flotte. Als er zusammen mit seinem neuen Stellvertreter Casjen Hinrichs an Land ging, hatten mehr als zweitausend Söldner bereits die ganze Stadt kampflos eingenommen. Es war so gut wie niemand dort zurückgeblieben. Selbst die streunenden Hunde schienen sich in die höher gelegene Festung zurückgezogen zu haben.

Immer noch flogen Katapultgeschosse durch die Luft und schlugen wahllos ein. Aber dieser Beschuss verebbte bald, denn man wollte nicht unnötig die eigene Stadt zerstören, die den Angreifern jetzt zur Deckung diente. Außerdem musste man mit dem Verschießen der eigenen Munition zurückhaltend sein, schließlich konnte ja niemand voraussagen, ob man sich nicht auf eine lange Belagerung einzustellen hatte.

»Ich will, dass auch die Landseite der Festung abgeriegelt wird«, wandte sich Brun Warendorp an Casjen Hinrichs.

»Sollen nicht die Truppen von König Albrecht von Norden her vordringen?«, fragte Hinrichs, dem ein Auge fehlte und der daher eine mit dem Wappen Lübecks verzierte Lederklappe trug.

»Keiner von uns weiß, ob der Schwede sein Wort hält oder ob seine Männer nicht doch noch irgendwo durch ein paar Dänen aufgehalten wurden. Ich will da lieber sichergehen. Und Männer genug haben wir ja, um dafür zu sorgen, dass keine Maus die Festung zu verlassen vermag.«

»Wie Ihr meint, Bürgermeister.«

Brun Warendorp ballte die Hände zu Fäusten. »Helsingborg muss übergeben werden«, sagte er. »Koste es, was es wolle. Das ist entscheidend für den gesamten Krieg.«

»Wir hatten keine Schwierigkeiten, Kopenhagen und Helsingör zu nehmen«, erwiderte Hinrichs.

»Aber Helsingborg ist schwieriger zu nehmen«, gab Brun Warendorp zu bedenken. Er sagte das nicht einfach so dahin. Schon vor langer Zeit hatte er sich über Mittelsmänner und Spione Pläne der Festungsanlage zeichnen lassen. Und so hatte er von Anfang an sehr genau gewusst, worauf er sich bei diesem Unternehmen einließ.

Nicht umsonst hatte Warendorp dafür gesorgt, dass die Flotte zahlreiche Belagerungsmaschinen mit sich führte. Dafür war er zuvor im Rat stark kritisiert worden, man hielt das für überflüssig und kostspielig. Aber Warendorp hatte darauf bestanden, denn ihm war klar gewesen, dass man Helsingborg nicht einfach mit ein paar entschlossenen Söldnern überrennen konnte. Die Verteidiger der Festung hatten viel bessere Bedingungen, um einer Belagerung länger standzuhalten. Und vor allem waren sie darauf eingestellt, denn auch Waldemar wusste um die entscheidende Bedeutung dieser Festung. Nicht umsonst hatte er sie in den Jahren, seit er den Ort den Schweden weggenommen hatte, massiv verstärkt und ausgebaut. Stärker als jede andere Befestigungsanlage seines Reiches war sie nun – und das galt selbst für seinen Königssitz in Roskilde.

Zusammen mit weiteren Söldnern, die in Lübeck angeworben worden waren, kam auch ein Mann an Land, dem die hinter ihm liegende Seefahrt nicht so gut bekommen war. Herward von Ranneberg wirkte blass und im Gang unsicher. Sein falkenhafter Blick glitt über die Gebäude der Stadt. Ihm gehörte noch ein Lagerhaus und ein weiteres Gebäude in Helsingborg, deren Rückgabe ihm von dänischer Seite versprochen worden war, wenn er seinen Teil der Vereinbarungen einhielt. Und zudem hatte ihn die Aussicht auf umfangreiche Handelsprivilegien gelockt, die man ihm in Roskilde versprochen hatte – namentlich war es Henning Podebusk, der Reichsdrost, gewesen, der ihm diese Zusagen verbindlich gegeben hatte.

Ob sich das noch so in die Tat umsetzen ließ, wie es einst geplant war, musste sich zeigen. Im Moment standen die Zeichen eher auf einem Sieg der Hanse. Und Herwards Gönner Waldemar war entweder noch immer im Süden oder – falls er doch zwischenzeitlich zurückgekehrt war – bereits auf der Flucht vor den Hanse-Söldnern und den Truppen des Königs von Schweden.

Möglicherweise war also der Zeitpunkt gekommen, die Seiten zu wechseln, so hatte Herward überlegt, als sich abzuzeichnen begann, mit welch gewaltiger Kriegsmacht die Hansestädte gegen Waldemar ziehen würden – und dass dessen Bemühungen um Bundesgenossen wohl allesamt mehr oder weniger vergeblich gewesen waren.

Auch deshalb hatte Herward darauf bestanden, den Bürgermeister von Lübeck auf seinem Feldzug zu begleiten. Es ging ihm darum, die Entwicklung, so gut es irgend möglich war, unter seiner Kontrolle zu halten und wenn möglich sein Gewicht in die Waagschale zu werfen, das die Entscheidung bringen konnte.

»Ihr seht so blass aus, Herward«, stellte Brun Warendorp fest. »Ich hoffe, Ihr habt während unserer bisherigen Fahrt keinen ernsthaften Schaden genommen – denn einen Medicus werdet Ihr weit und breit nicht finden.«

»Es geht schon«, versicherte Herward. Sein Versuch, Warendorp mit Hilfe von Männern wie Auke Carstens dem Älteren oder Endreß Frixlin zu stürzen und damit den ganzen hanseatischen Kriegszug zu schwächen, war gescheitert. Das musste Herward sich eingestehen. Und auch der Angriff auf Moritz von Dören hatte letztlich nicht zum gewünschten Resultat geführt. *Der Einzige, der am Ende was davon gehabt hat, ist dieser gerissene Mönch Emmerhart,* ging es Herward ärgerlich durch den Kopf. *Der hat sich einen Großteil des von Dören'schen Vermögens unter den Nagel gerissen – auch wenn er es formal gesehen nur treuhänderisch verwaltet! – und vertreibt jetzt das Marzipan dieses falschen Venezianers auf eigene Rechnung. Geschickt von ihm eingefädelt, das muss der Neid ihm lassen.*

Emmerhart wusste, wie man andere so beeinflusste, dass ihr Handeln den eigenen Interessen diente. In diesem Punkt hatte Herward durchaus noch etwas zu lernen, wie ihm selbst klar geworden war.

Herward wechselte einen Blick mit Brun Warendorp.

Für den Fall, dass Ihr jetzt noch Bürgermeister und Befehlshaber der lübischen Flotte seid, war eigentlich etwas anderes geplant gewesen, überlegte Herward, und gleichzeitig stiegen die Erinnerungen an sein Treffen mit Henning Podebusk in ihm auf, der ihn in Roskilde fast wie einen Staatsgast empfangen hatte. Herward hatte noch gut die Worte des Reichsdrosts im Ohr. »*Wir sind Euch sehr zu Dank verpflichtet für die Beseitigung des Pieter van Brugsma, der unsere Interessen doch arg zu beeinträchtigen drohte. Und wir wären Euch noch viel dankbarer für die Beseitigung eines anderen, noch viel ärgeren Störenfrieds.«*

Der Reichsdrost hatte nicht einmal den Namen auszusprechen brauchen. Es war mehr als deutlich gewesen, wen er damit nur meinen konnte: Brun Warendorp.

»Wenn sich die Gelegenheit ergibt, werde ich tun, was die Notwendigkeit gebietet«, hatte Herward dem Reichsdrost erwidert.

Die Gelegenheit hätte Herward inzwischen längst gehabt. Aber er war sich nicht mehr sicher, ob die Notwendigkeit noch bestand, dies zu tun, da sich das Kriegsglück zu Ungunsten desjenigen neigte, der den Meuchelmörder doch später für seine Dienste reich entlohnen sollte.

Also war es das Beste abzuwarten, so hatte Herward inzwischen beschlossen. Er würde abwarten, bis er sein eigenes kleines Gewicht – oder vielleicht auch nur das seines Dolches – am wirkungsvollsten einzusetzen vermochte, und zwar so, dass er selbst den größtmöglichen Nutzen davontrug. Die Nachrichten aus Dänemark hatten ihn nämlich sehr nachdenklich gemacht. Insbesondere, was den unklaren Aufenthaltsort des Königs selbst betraf, der offenbar kein besonderes Zutrauen mehr zum Geschick jener hatte, die für ihn auf den Schlachtfeldern standen.

»Reißt ein paar Häuser ab!«, rief jetzt Brun Warendorp. »Wir brauchen Platz für die Katapulte!«

Tage vergingen, sammelten sich zu Wochen und schließlich zu Monaten. Die Festung blieb eingeschlossen, und die Hansetruppen schienen sich darauf eingestellt zu haben, länger zu bleiben. Ein Angriff, bei dem des Nachts Söldner der Hanse versucht hatten, mit Seilen und Steigeisen die Mauern zu überwinden, war blutig abgewehrt worden. Tageweise wurden daraufhin mit den inzwischen an Land verbrachten Belagerungsmaschinen und Katapulten Steine auf die Festungsmauern geschleudert. Steine, die zum Teil aus den Mauern der wenigen massiven Häuser herausgebrochen worden waren, die es in der Stadt gab. Die meisten Gebäude waren in Fachwerkbauweise errichtet worden, auch sie wurden zum Teil niedergerissen. Das Holz wurde für die Lagerfeuer oder als Rohmaterial für die Herstellung von Pfeilen oder Lanzen benutzt.

Der Festungsvogt hatte die Devise ausgegeben, dass Helsingborg unbedingt zu halten war. So zumindest hatte Frederik dessen Worte für Johanna übersetzt, als er zu den Söldnern sprach, die zur Verteidigung bereitstanden.

»Wollen wir hoffen, dass er das auch so meint«, sagte Frederik dazu.

»Wieso sollte er denn nicht?«, wollte Johanna wissen. Frederik hob die Schultern. »Der Festungsvogt ist mit Sicherheit besser informiert als wir. Er empfängt Botschaften mit Hilfe von Brieftauben. Und stell dir vor, er könnte von nirgendwoher noch Hilfe erwarten und nicht nur der König, sondern auch sein Reichsdrost wären plötzlich unauffindbar …«

»Hältst du das für möglich?«

»Nachdem Kopenhagen gefallen ist – ja sicher!«

»Dann könnte hier alles im Handumdrehen vorbei sein.«

»Richtig.«

»Und wir sitzen in der Falle.«

»Wir können nicht viel mehr tun als abwarten, was geschieht, und dann das Beste daraus machen.«

Es waren so viele Menschen in der Festung, dass kaum genug Platz für alle zum Schlafen vorhanden war. Der Schlafsaal der Mönche, in dem Frederik übernachtet hatte, seit er in Helsingborg war, war inzwischen durch Familien aus der Stadt überfüllt. Die Unterkünfte der Söldner waren ohnehin belegt, sogar der Kerker, den Johanna schon kennengelernt hatte, wurde von Flüchtlingen aus der Stadt bewohnt.

Um nicht draußen schlafen zu müssen, verbrachten Frederik und Johanna die Nacht oft auf den Aufgangstreppen der Türme oder in der Kirche, die zur Festung gehörte und in deren Mittelschiff ebenfalls Hunderte von Männern, Frauen und Kindern kampierten. Das einzig Gute war, dass Johanna und Frederik in diesem Chaos nicht weiter auffielen und sich niemand fragte, wer die beiden seien.

Täglich hielt der Kaplan einen Bittgottesdienst ab. Seine Aussprache der lateinischen Texte unterschied sich zwar stark von dem, was Johanna aus den Kirchen in Lübeck, Stralsund oder sogar Köln gewohnt war, aber es waren die gleichen Texte. Und die gaben ihr ein Gefühl der Vertrautheit und des Trostes.

Oft wurden in der Kirche auch Speisungen durchgeführt. An Nahrungsmitteln herrschte noch kein Mangel. Vor allem Stockfisch wurde ausgegeben.

»Etwas eintönig, aber es knurrt einem nicht der Magen«, meinte Frederik. »Bei den Mönchen gab es das auch oft – und man hatte das Gefühl, dass andauernd Fastenzeit ist.«

»Besser als dieses überwürzte Fleisch, das mein Wirt immer seinen Gästen angeboten hat.«

»Immerhin hat er weder am Fleisch noch an Gewürzen gespart.«

»Ja, aber an Letzterem nur deswegen nicht, damit niemand schmecken konnte, dass das Fleisch schon halb verdorben war.«

Sie saßen auf einer Bank in der Kirche, sahen ein paar Kindern beim Spielen zu, die so unbeschwert wirkten, dass man kaum glauben konnte, mitten im Krieg in einer belagerten Festung gefangen zu sein.

In einer der nächsten Nächte folgte ein heftiger Angriff durch die Katapulte der Hanse. Mit Springalds wurden mit Pech versehene, balkendicke Brandpfeile abgeschossen, die in die Dächer einschlugen. Die Dachstühle mehrerer Gebäude der Festung standen in hellen Flammen. Und während alle schwer damit beschäftigt waren, den Brand zu löschen und dafür genug Wasser aus den Brunnen im Festungshof heranzuschaffen, kam es zu einem weiteren Angriff, der sich diesmal gegen das Haupttor richtete. Mit einem Rammbock setzten die Angreifer dem Tor schwer zu, ehe sie sich schließlich unter schweren Verlusten zurückziehen mussten.

Der Brand konnte erst Tage später wirklich gelöscht werden, und das vor allem, weil ein heftiges Unwetter einsetzte, dem ein mehrere Tage anhaltender Dauerregen folgte.

Die Kämpfe hatten daraufhin zunächst ein vorläufiges Ende. Als das Wetter besser wurde, wurden wieder täglich Steinbrocken auf die äußeren Festungsmauern geschleudert. Hier und da wurden Zinnen zerstört und Stücke aus den Mauern förmlich herausgehauen, allerdings ohne dass es wirklich irgendwo einen Durchbruch gegeben hätte.

Und dann begann das Warten von Neuem. Tagelang geschah nichts. Das Leben in der Festung normalisierte sich beinahe, sah man einmal davon ab, dass es nachts in der Kirche, in den Türmen und auch der großen Festhalle des Palas noch voller wurde. Viele Stadtbewohner, die in den nun abgebrannten Häusern einquartiert gewesen waren, mussten jetzt anderswo unterkommen.

Eines Nachts traf Johanna die rothaarige Hübschlerin, mit der sie sich im Kerker unterhalten hatte, in der Kirche wieder, wo sie sich wie alle anderen auch einen Platz zum Schlafen suchte. Die Rothaarige erkannte Johanna wieder und blickte dann kurz zu Frederik hinüber. »Ein Gutes hat die Belagerung«, sagte sie dann. »Hier können uns die Männer nicht weglaufen, und niemand denkt daran, uns aus der Festung zu werfen.«

Sie hält mich noch immer für eine von ihnen, wurde es Johanna klar. *Und wahrscheinlich ist es sinnlos, das richtigstellen zu wollen.*

»Wir werden hier sicher noch eine ganze Weile eingeschlossen sein«, sagte Johanna und versuchte, dabei so viele Wörter aus der Sprache des Nordens zu benutzen, wie sie inzwischen aufgeschnappt hatte. Frederik hatte ihr einiges beigebracht, und da sie damit rechnen musste, länger hierzubleiben, hatte sie beschlossen, so reden zu lernen wie die Einheimischen. Es konnte zumindest nicht schaden.

Die Rothaarige sah Johanna erstaunt an. »Du lernst schnell«, stellte sie in ihrer eigenen Sprache fest, und Johanna verstand sie. »Eigentlich hätte ich dir empfohlen, dich stärker anzumalen und mehr herauszuputzen«, fügte sie dann noch hinzu und sah abermals kurz zu Frederik hinüber, bevor sie schließlich fortfuhr: »Aber vielleicht lass' ich das lieber. Wie man sieht, bekommst du ja anscheinend auch so genug Aufmerksamkeit.«

In diesem Moment erzitterte das Kirchengemäuer. Schreie des Entsetzens gellten durch das hohe Gewölbe. Grauer Staub rieselte herab. Und dann hörte es sich an, als würde es Steine regnen.

Vor Angst knieten viele der hier Untergekommenen nieder und begannen zu beten. Johanna tat dies auch.

Frederik nahm sie bei den Schultern, hob sie empor und stellte sie wieder auf ihre Füße.

»Komm, lass uns dieses Gemäuer verlassen, ehe es einstürzt!«
»Aber ...«
»Oder willst du erst warten, bis wir unter einem Haufen Steinen und Schutt begraben sind?«

Johanna löste sich von dem Anblick der rothaarigen Hübschlerin, die ebenfalls auf die Knie gefallen war und zu beten begonnen hatte.

An der Tür drängten sich bereits etliche Männer, Frauen und Kinder, die ins Freie wollten, weil sie ebenfalls damit rechneten, dass die Kirche jeden Moment einstürzte.

Als sie schließlich ins Freie gelangt waren, atmeten Johanna und Frederik auf. Eine große Menschenmenge hatte sich um die Kirche herum gebildet. Darunter waren sowohl jene, die aus dem Inneren in panischer Angst ins Freie gestürmt waren, als auch Schaulustige, Neugierige und um Angehörige besorgte Helsingborger, die aus anderen Teilen der Festung herbeigeeilt waren. Livrierte Söldner, deren Kleidung in den Farben des Festungsvogtes gehalten war, mischten sich mit notdürftig bewaffneten Handwerkern, Kaufleuten und Fischern aus dem ungeschützten Teil der Stadt.

»Was ist passiert?«, fragte Frederik einen der Söldner.

Dieser blickte mit einem sehr skeptischen Gesicht hinauf zum Dach. Er hatte seinen Helm ein Stück in den Nacken geschoben und stützte sich auf seine Hellebarde, während er zunächst nur stumm und fassungslos den Kopf schüttelte.

»Ein Katapultgeschoss«, wandte er sich dann mit einer etwas ruckartigen Bewegung an Frederik. »Es hat einen der kleineren Türme weggerissen.«

Ein Hagel von Brandpfeilen ging nun über der Festung nieder. Wie Sternschnuppen zogen sie über den Nachthimmel und bohrten sich in das Dachgebälk einiger Gebäude. Aber der Regen der letzten Zeit verhinderte Schlimmeres. Das Holz hatte sich so voller Feuchtigkeit gesogen, dass die meisten Flammen wieder verloschen, kaum dass sie richtig aufgelodert waren.

Auch auf Seiten der Verteidiger wurde nun geschossen. Armbrustschützen standen an den Zinnen und schossen in das Dunkel der Nacht hinein auf alles, was sich bewegte, oder dahin, wo

Fackeln zu sehen waren. Und die großen Katapulte ließen es wenig später Steine regnen.

Die Belagerung zog sich weiter hin, und Brun Warendorp wusste, dass die Zeit nicht für ihn arbeitete, sondern gegen ihn. Die Söldner murrten schon, obwohl es dazu eigentlich keinen Grund gab. Schließlich garantierte die Stadt Lübeck ihre Bezahlung, und die war geradezu fürstlich. Nur die besten Männer des Kriegshandwerks hatte man für dieses Unternehmen angeworben. Und die Sorgfalt, die man bei der Auswahl aufgebracht hatte, machte sich bezahlt. Trotz einiger heftiger Kämpfe und riskanter Angriffe auf die massiven Mauern der Festung waren die eigenen Verluste sehr gering geblieben.

Viel zermürbender waren die Wartezeiten, in denen gar nichts geschah. Natürlich sollte das in erster Linie die Belagerten zermürben und nicht die Angreifer. Auf Letztere hatte das aber auch seine Auswirkungen. Tagein, tagaus vor hohen, unüberwindbar scheinenden Mauern zu stehen und in einer vorgelagerten Stadt zu leben, die sich durch den beiderseitigen Katapultbeschuss mehr und mehr in eine Trümmerwüste verwandelt hatte, machte die Männer mit der Zeit unwillig und gereizt. Außerdem war die Versorgung schlechter geworden. Die Vorräte der Belagerer gingen schneller zur Neige als jene der Verteidiger, die sich auf dieses Gefecht durch eine ausreichende Vorratshaltung gut vorbereitet hatten.

Inzwischen hatte Brun Warendorp ein Schiff losgeschickt, das frische Verpflegung herbeiholen sollte. Es war noch nicht zurück, wurde aber von allen mehr als sehnsüchtig erwartet.

Brun Warendorp hatte sich in einem der größeren Häuser Helsingborgs eingerichtet, dessen Bewohner wohl mit den anderen in die Festung geflohen waren. Von hier aus kommandierte er die Lübecker Truppen. Und hier beriet er sich auch mit den Kapitänen und Befehlshabern der Söldner, von denen die meisten inzwischen die Ansicht vertraten, es sei besser, die Belagerung aufzugeben und stattdessen die Herrschaft auf See auszuüben und dafür zu sorgen, dass sich kein einziges dänisches Schiff mehr in der Ostsee blicken ließ. Schon bevor Warendorp Kopenhagen angegriffen hatte, waren die Herzöge von Mecklenburg und Holstein dem Bündnis beigetreten und führten einen Landkrieg gegen die Dänen, in der Hoffnung, deren Einfluss deutlich zurückzudrängen.

War es nicht vielleicht wichtiger, König Waldemar oder wenigstens seinen Reichsdrost Henning Podebusk gefangen zu nehmen, als monatelang vor einer Festung auszuharren, die einfach nicht fallen wollte?

Aber in diesem Punkt war Warendorp anderer Ansicht.

Wenn Helsingborg fiel, dann würde Waldemar nachgeben. Und falls der doch, wie man gerüchteweise vernehmen konnte, längst in den sicheren Süden geflohen war und auch gar nicht daran dachte, sich nach seiner vielleicht sowieso nur vorgeschobenen Suche nach Verbündeten wieder zurück in sein eigenes Land zu begeben, dann bekam man den König Dänemarks ohnehin nicht zu fassen.

Aber wenn Helsingborg in lübische Hand geriet, dann würde der Sundzoll in Zukunft so oder so nicht mehr Waldemar zufließen. Alles, was Waldemars Reich bisher zusammengehalten hatte, würde dann zerfallen wie ein morscher Baumstamm.

Aber dazu war es nun einmal unbedingt notwendig, dass die dicken Mauern dieser Festung überwunden wurden.

Die Tür zu Brun Warendorps improvisiertem Arbeitszimmer ging knarrend auf. Herward von Ranneberg trat ein. Warendorp konnte diesen Mann aus Köln nicht leiden. Schon bei seinem Auftreten vor dem Hansetag war er ihm unsympathisch gewesen. Dass Herward ihn auf dem Kriegszug begleitete, war eher ein Zugeständnis an die Kölner. Er selbst hatte ihn nur widerstrebend mitgenommen.

Andererseits war Herward in Begleitung einiger wirklich hervorragend ausgebildeter Waffenknechte nach Lübeck gekommen, und die Dienste dieses kleinen Reitertrupps finsterer Gesellen konnte man sicher auch hier vor Helsingborg gut gebrauchen. Jeder Mann, jede Klinge und jede Armbrust zählten hier.

»Habt Ihr Euch inzwischen entschieden, ob Ihr den Angriff morgen durchführen lassen wollt, Bürgermeister?«, fragte Herward von Ranneberg.

Brun Warendorp nickte. »Es ist wahrscheinlich das letzte Mal, dass wir die Kraft aufbringen«, bekannte er. »Wenn wir morgen nicht angreifen, dann werden wir es nie mehr tun, fürchte ich, und Waldemar wird triumphieren. Da können die Herren von Holstein und Mecklenburg den Dänen noch so viel Grund und Boden wegnehmen. Hier in Helsingborg entscheidet sich alles.«

»Wenn Ihr jetzt umdreht, wird man Euch trotz allem als Bezwinger Waldemars feiern, und ich bin mir sicher, dass man ihn zu Verhandlungen und zu einem Friedensvertrag bewegen könnte.«

»Ja, das mag sein«, nickte Brun Warendorp. »Aber das ist mir nicht genug. Ich will Helsingborg eingenommen haben.«

»Habt Ihr vor, es danach dauerhaft besetzt zu halten?«, fragte Herward.

»Mindestens für die nächsten zehn Jahre!«

»Auch das wird einiges kosten! Mehr vielleicht, als Ihr an Sundzoll einspart.«

Brun Warendorp drehte sich um und sah Herward erstaunt an. »Seid Ihr der Advocatus von Waldemar?«

»Ich versuche nur, Klarheit in die Dinge zu bekommen.«

»Die sind aus meiner Sicht klar – auch wenn es in meinen eigenen Reihen Männer gibt, die das anders sehen, zu denen Ihr anscheinend auch gehört.«

Herward von Ranneberg trat näher. Der Bürgermeister hatte sich unterdessen einer großen Bleistiftzeichnung zugewandt. Sie zeigte die vor ihnen liegende Festung. Warendorp hatte alle schweren Treffer, die er zu erkennen geglaubt hatte, dort penibel eingetragen.

Den Dolch, den Herward von Ranneberg blitzschnell gezogen hatte, sah er daher nicht kommen. Erst als ihm die Klinge mit einem sehr schnell ausgeführten Stich bis zum Heft in den Rücken getrieben wurde, merkte er, was die Stunde geschlagen hatte. Brun Warendorp drehte sich noch halb herum und sah Herward mit einem vollkommen überraschten und verständnislosen Blick an. Doch dann sackte sein Körper mit einem dumpfen Laut zu Boden und blieb dort in eigenartig verrenkter Haltung liegen. Blut sickerte aus der Stichwunde und bildete einen kleinen Strom, der durch die Fugen des Steinbodens mäanderte.

Jetzt wird es wohl keinen Angriff mehr geben, dachte Herward. Der Krieg war damit vermutlich beendet. In ein paar Tagen begann man vielleicht schon mit dem Beladen der Schiffe, um mit der frohen Kunde nach Lübeck zurückzukehren, dass die Dänen besiegt waren, auch wenn man Helsingborg nicht erobern konnte.

Ein zufriedenes Lächeln erschien auf Herward von Rannebergs Gesicht, während er den Dolch wieder an sich nahm und sorgfältig an den Kleidern des Toten abwischte.

Es war Casjen Hinrichs, der den toten Bürgermeister am Morgen fand. Er beugte sich über ihn, drehte ihn herum und schloss ihm die Augen. Dann erhob er sich und wandte sich an den Söldnerhauptmann, der zusammen mit ihm eingetreten war.

»Kein Wort über das, was du hier gesehen hast.«

»Aber …«

»Jetzt zumindest noch nicht.«

»Herr, ich weiß nicht …«

»Der Angriff soll wie geplant stattfinden. Später können wir dann um den Bürgermeister trauern und ihm die Ehre erweisen, die er verdient hat.«

»Wie Ihr meint, Herr.«

»Dann wollen wir keine Zeit verlieren.«

Es ist die letzte Chance, Helsingborg zu nehmen, erkannte Casjen Hinrichs. *Und wer immer ihn umgebracht hat, wollte genau dies verhindern.*

Aber Brun Warendorps Stellvertreter war fest entschlossen, dies nicht zuzulassen. Da er Warendorp schon öfters vertreten hatte, würden die Männer auch seinen Befehlen folgen.

Der Angriff begann mit einem starken Beschuss durch die Katapulte. Casjen Hinrichs hatte den Befehl gegeben, keinerlei Munition mehr zurückzuhalten. Alles, was jetzt an Gesteinsbrocken zur Verfügung stand, konnte auch benutzt werden.

Auf Brandpfeile wurde wegen der feuchten Witterung verzichtet, aber man richtete mehrere Springalds so aus, dass ihre Bolzen das Haupttor trafen. Ein wahrer Hagel von Geschossen ging auf die Festung nieder, weshalb es für die Verteidiger zeitweilig kaum noch möglich war, sich im Festungshof aufzuhalten.

Dreimal stießen Söldner der Hanse mit einem Rammbock bis zum Haupttor vor. Aber es hielt stand und wurde hastig durch Balken verstärkt. Erst beim vierten Vorstoß drohte es zu brechen. Da inzwischen der massive Beschuss durch die Katapulte auch mehrere, immer größer werdende Löcher in die Mauern geschlagen hatte und die wenigen schweren Eisenkugeln, die man zu diesem Zweck aus Lübeck mitgebracht hatte, noch größere Schäden anrichteten, entschloss sich der Festungsvogt schließlich zur Übergabe.

Der Beschuss durch die Katapulte endete erst wenige Stunden, nachdem auf dem höchsten Festungsturm die weiße Flagge gehisst worden war. Der Festungsvogt schickte einen Unterhändler zu den Lübeckern. Wenig später wurde das Haupttor geöffnet.

Fünfunddreissigstes Kapitel

Das Blatt hat sich gewendet

Johanna und Frederik liefen in einem langen Zug an den Belagerern vorbei. Alle Waffen hatten in der Festung zurückgelassen werden müssen, und nun waren die Lübecker offensichtlich auf der Suche nach Angehörigen von dänischen Adelshäusern und reichen Bürgern, die sich gegen ein Lösegeld eintauschen ließen. Da unter den Lübecker Seeleuten nicht wenige waren, die in Friedenszeiten auf Handelsschiffen durch den Öresund fuhren und sich mit den Verhältnissen von Helsingborg auskannten, gelang es kaum einem der in Frage Kommenden, sich zu verbergen.

Johanna fiel auf, dass einige der Hübschlerinnen, mit denen zusammen sie eingesperrt gewesen war, geradezu darum bettelten, auch mitgenommen zu werden. Sie hofften wohl darauf, in einer größeren und bedeutenderen Stadt wie Lübeck ihrem Gewerbe besser nachgehen zu können als in dem erbärmlichen Trümmerhaufen, zu dem Helsingborg nun geworden war.

Aber es gab offenbar strenge Anweisungen, keine von ihnen mitzunehmen, denn ein Lösegeld würde man für sie wohl nicht erzielen können.

»He, du!«, rief plötzlich eine barsche Stimme, deren Klang Johanna zusammenzucken ließ.

Bis jetzt waren Frederik und sie unentdeckt geblieben. Der Schatten ihrer Kapuzen hatte ihre Gesichter weitgehend verborgen. Ihre Kleidung war so verschmutzt und abgerissen wie bei allen anderen, die aus der Festung kamen, und so waren sie in der Menge nicht weiter aufgefallen. Vielleicht, so ihre Hoffnung, gelang es ihnen ja, irgendwie durch die Masche des Netzes zu schlüpfen, das man ausgelegt hatte.

»Ja, dich meine ich!«, wiederholte die Stimme. »Und den Mann dort auch!«

Es war Herward von Ranneberg.

Nie würde sie den schneidenden Klang vergessen, den die Worte dieses Mannes hatten. Zu lebhaft erinnerte sie sich daran, wie er vor der Versammlung des Hansetages im Langen Saal des Rathauses zu Köln seine Anschuldigungen gegen Frederik erhoben hatte.

Im Handumdrehen waren Frederik und Johanna von Söldnern umstellt. Schwertspitzen und Hellebarden waren auf sie beide gerichtet. Die Kapuzen wurden ihnen von den Köpfen gerissen. Der ganze Zug kam ins Stocken. Und dann bildete sich eine Gasse zwischen den Waffenknechten, und Herward von Ranneberg trat vor. »Hat mich mein sicherer Blick doch nicht getrogen«, lächelte er triumphierend. »So wird dem Mörder von Pieter van Brugsma dem Jüngeren und seiner Helfershelferin doch noch die Gerechtigkeit Gottes zuteilwerden! Wer hätte das gedacht ...«

»Auch Euch wird die Gerechtigkeit Gottes irgendwann ereilen«, erwiderte Johanna. »Niemand kann ihr entfliehen, Herward von Ranneberg. Und wenn es erst beim Jüngsten Gericht sein sollte.«

Herward verzog höhnisch das Gesicht. »Dann habe ich – im Gegensatz zu euch beiden – ja noch etwas Zeit!« Ein heiseres Gelächter folgte, während Johanna und Frederik gepackt und abgeführt wurden.

Eine Woche später, in Lübeck ...

Herward von Ranneberg suchte das Gasthaus »Zum Einhorn« auf, wo an diesem späten Abend bereits mehrere Männer auf ihn warteten. Der Wirt hatte alle anderen Gäste fortgeschickt, sodass sie den Schankraum für sich allein hatten, denn es gab Wichtiges zu besprechen.

»Seid gegrüßt, meine Freunde«, sagte Herward.

Die Stimmung unter den Anwesenden war sehr ernst, das fiel Herward sofort auf. Endreß Frixlin wich seinem Blick aus, das Gesicht von Auke Carstens dem Älteren wirkte so zerfurcht wie schon lange nicht mehr, und selbst Bruder Emmerhart schien das breite Lächeln, das ansonsten sein Gesicht zeichnete, vergangen zu sein.

»Setzt Euch«, sagte Emmerhart, und Herward zog einen der Stühle zurück, um darauf Platz zu nehmen.

»Vielleicht habt Ihr schon gehört, dass Frederik von Blekinge, der Mörder von Pieter van Brugsma, und Johanna von Dören in Helsingborg gefasst werden konnten und jetzt im städtischen Kerker sitzen – zusammen mit hundertzwanzig weiteren Geiseln, für die Lübeck wohl bei den Friedensverhandlungen ein ordentliches Lösegeld bekommen wird.«

»Ja, davon haben wir gehört«, sagte Emmerhart kühl. Aus irgendeinem Grund war er davon gar nicht begeistert.

»Allerdings wird noch mehr vom Tod unseres Bürgermeisters geredet«, ergänzte Endreß Frixlin.

»Ja, anscheinend ist es einem feindlichen Meuchelmörder gelungen, ihn zu töten«, bestätigte Herward. »Und zwar noch am Vorabend des letzten Angriffs.«

»Und doch gilt Brun Warendorp jetzt als großer Held der Hanse«, stellte Auke Carstens fest. »Dass er seinen größten Sieg nicht mehr erlebte, gibt ihm die Größe eines tragischen Helden. Die Leute auf der Straße vergleichen ihn schon mit König Artus.«

»Es soll eine Straße nach ihm benannt werden«, ergänzte Endreß Frixlin. »Jedenfalls ist das der Plan einer nicht gerade kleinen Gruppe von Ratsherren. Und ich wette, irgendwann gibt es ein Standbild von ihm.« Endreß machte eine wegwerfende Handbewegung. »Wir wollten ihn stürzen – und nicht noch mehr erhöhen!«

»Jo, so is dat nun mal«, sagte Auke im breitesten Platt, das man sich denken konnte. »Der Wind hat sich gedreht, und wir müssen mit ihm segeln. Das war schon immer so, und das wird immer so bleiben.«

»Ich nehme an, Helsingborg wird in den Besitz Lübecks gehen«, wechselte Herward das Thema.

»Damit ist zu rechnen«, meinte Endreß. »Zumindest für eine gewisse Zeit. Vielleicht für ein paar Jahrzehnte. Man wird sich die Rückgabe dann teuer bezahlen lassen und in der Zwischenzeit den Sundzoll nach Lübeck anstatt nach Roskilde fließen lassen. Es wird unter den Ratsherren bereits darüber gesprochen.«

»Ich kann doch hoffen, dass meine Privilegien und Besitzstände …«

»Ihr könnt ganz unbesorgt sein, werter Herward«, mischte sich nun Bruder Emmerhart ein, der bisher ungewöhnlich schweigsam gewesen war.

Herward erhob sich. »Dann bin ich ja erleichtert«, sagte er. »Die Herren mögen mich entschuldigen. Es gibt noch Dringendes zu erledigen, was keinen Aufschub duldet.«

»Geht mit Gott«, sagte Bruder Emmerhart.

Der Kölner verneigte sich leicht und verließ das Gasthaus.

»Glaubt Ihr, dass wir das Richtige tun?«, fragte Auke Carstens dann.

»Wir haben keine andere Wahl«, behauptete Bruder Emmerhart. »Herward von Ranneberg könnte für uns alle zu einer Gefahr werden, wenn unsere Verbindung zu ihm offenbar wird und man vielleicht sogar feststellt, dass er unseren Bürgermeister umgebracht hat.«

»Einen Freibrief aus Roskilde hatte er ja dazu«, bestätigte Auke.

»Dann gehe ich davon aus, dass Herward den Dolch führte, der Lübecks neuen Helden traf und um das Erlebnis seines Sieges brachte. So wie er ja auch bei Pieter van Brugsma dem Jüngeren keinerlei Skrupel hatte, als es darauf ankam.«

»Ein Grund, warum er so nützlich war«, nickte Auke.

»Und jetzt ein Grund, weshalb er aus dem Weg geschafft werden muss«, äußerte sich Endreß.

Emmerhart wandte den Blick in Endreß' Richtung. »Ich hoffe nur, dass Ihr den richtigen Mann dafür ausgesucht habt. Davon hängt vieles ab!«

»Er kommt aus Hamburg. Hier kennt ihn niemand.«

»Das ist gut.«

»Und er weiß, wie man den Dolch führt. Vor Jahren, als ich mal hohe Schulden bei einem Frauenwirt hatte, hat er mir schon einmal geholfen. Man kann sich auf ihn verlassen.«

Das Lächeln kehrte in Bruder Emmerharts Gesicht zurück. »Dann kann man ja die Hoffnung haben, dass sich alles zu unseren Gunsten wendet und wir glimpflich davonkommen.«

»Jetzt müsst Ihr nur noch Euer Problem lösen, damit es nicht zu unserem wird«, sagte Endreß nach einer kurzen Pause; seine Worte hatten einen Unterton, den empfindsamere Menschen als Bruder Emmerhart sicherlich als Drohung wahrgenommen hätten. »Man hört, dass Ihr Euch das Vermögen der von Dörens gewissermaßen angeeignet und dazu benutzt habt, aus der Katastrophe mit Eurem Marzipangeschäft herauszukommen …«

»Treuhänderisch verwaltet – nicht angeeignet«, korrigierte Emmerhart. »Und im Übrigen: Was kann ich dafür, dass sich dieser falsche Venezianer plötzlich für einen sündhaft hohen

Betrag vom Lauenburger Herrscher abwerben lässt, nachdem der in meiner Apotheke etwas von der süßen Medizin gekostet hat! Bei Nacht und Nebel hat sich der Betrüger davongestohlen und außerdem noch den Großteil der teuren Zutaten und der fertig hergestellten Medizin mitgenommen!«

»Wie gesagt«, wiederholte Endreß. »Ich hoffe, Ihr habt für Euer Problem eine Lösung.«

Am nächsten Morgen fand man Herward von Ranneberg erstochen vor der Lübecker Stadtmauer, genau an der Grenze zwischen dem See- und dem Binnenhafen. Niemand hatte die Tat beobachtet. Es gab nur einen Bettler, der später behauptete, eine Gestalt, die nur als Schatten zu sehen gewesen war, sei mit einem Leichnam auf den Schultern zu den Zinnen der Stadtmauer hochgestiegen und hätte einen menschlichen Körper hinübergeworfen.

Johanna erwachte durch einen lauten Schrei.

Sie saß halb aufgerichtet auf dem kalten Steinboden des Kerkers und lehnte gegen Frederiks Schulter, wo sie schließlich vor Erschöpfung eingenickt war. Ihr Magen knurrte. Sie fror, und die Luft war so stickig, dass man kaum zu atmen vermochte.

Alle Geiseln aus Helsingborg waren im städtischen Kerker zusammengepfercht worden. Es war mindestens so eng wie in dem kalten Loch in Helsingborg, in das man sie zusammen mit den Hübschlerinnen gesteckt hatte.

Der Schrei wiederholte sich. Er kam von einer der Geiseln, einem Mann mit hellgrauem Bart, dessen Wams keinen Zweifel daran ließ, dass er von höherem Stand war. Schon am Vorabend hatte er sich lautstark darüber beklagt, dass die Unterbringung nicht standesgemäß sei. Ein Verstoß gegen alle Regeln, die es selbst in Kriegszeiten gab! Er sprach eine Mischung aus Dänisch und Platt und hatte lange und eindringlich auf die Wächter und auf die Hauptleute der Stadtwache eingeredet – ohne Erfolg.

»Der soll sich nicht so anstellen«, meinte Frederik. »Für den wird auf jeden Fall jemand ein Lösegeld zahlen – für dich wohl kaum. Und bei mir würden sie es wahrscheinlich gar nicht annehmen, da man mich immer noch für den Mörder eines Hansediplomaten hält.«

Gegen Mittag gab es wenigstens für alle Einsitzenden Stockfisch und etwas Wasser.

Johanna hatte das ihr zugeteilte Stück Fisch kaum zur Hälfte hinuntergeschlungen, da kamen Wächter in den Kerkergang. Die Tür wurde aufgeschlossen. »Johanna von Dören und Frederik von Blekinge – mitkommen!«, sagte einer von ihnen.

Frederik und Johanna wurden von den Wächtern in die Mitte genommen und hinausgeführt. Sie wurden in einen Raum gebracht, wo ein Bekannter auf sie wartete. Es war Magnus Bredels vom Unterwerder.

»Seid gegrüßt, Johanna von Dören«, sagte der neue Ältermann der Schonenfahrer. »Und auch Ihr, Frederik von Blekinge. Ich bin vom Rat ermächtigt worden, Euch, Johanna, zu sagen, dass Ihr frei und wieder in Eure alten Rechte eingesetzt seid. Euer Vermögen, das in der Zwischenzeit treuhänderisch verwaltet wurde, wird Euch zurückgegeben.«

Johanna war im ersten Moment sprachlos. »Wie kann das sein?«

Magnus gab darauf zunächst keine Antwort, sondern wandte sich Frederik zu. »Auch gegen Euch liegt nichts vor. Der wahre Mörder von Pieter van Brugsma ist ein anderer, wie sich nun aus sicherer Quelle herausgestellt hat.«

»Und was ist das für eine sichere Quelle, aus der plötzlich solche Erkenntnisse sprudeln?«, fragte Frederik.

»Bruder Emmerhart wurden offenbar durch Herward von Ranneberg einige Dinge zur Aufbewahrung gegeben. Darunter auch ein Brief des Reichsdrosts von Dänemark, in dem dieser ihm – für gewisse Dienste – die Rückgabe seines Helsingborger Besitzes in Aussicht stellt. Und es gibt einen Brief, der niemals überbracht wurde, in dem Herward sich rühmt, alle seine Aufträge sorgfältig und zuverlässig ausgeführt zu haben. Bruder Emmerhart lässt Euch ausrichten, dass es ihm sehr leidtue, was Euch ungerechterweise widerfuhr. Aber erst jetzt, nach Herwards Tod, konnte er die Siegel der Dokumente, die ihm anvertraut waren, unter Zeugen brechen. Und er sagte auch, dass er nie an Eure Schuld geglaubt hat, Frederik von Blekinge. Schon in Köln nicht.«

»Herward ist tot?«, fragte Johanna ungläubig.

»Man fand ihn erstochen im Hafen. Und eigentlich erhoffte man sich aus den Dokumenten Aufklärung darüber, wer gegen ihn einen Groll gehabt haben könnte, der tief genug ist, ihn zu ermorden.« Magnus zuckte mit den Schultern. »Er scheint wohl doch nur in nächtliche Händel mit zwielichtigen Gestalten geraten zu sein. Man sollte überlegen, die Zahl der Nachtwächter zu erhöhen. Dafür plädiere ich im Rat schon seit Jahren vergeblich.«

»Eigenartig«, murmelte Johanna und runzelte die Stirn.

»Ich soll Euch noch etwas ausrichten«, fuhr Magnus fort. »Bruder Emmerhart sagte, Ihr mögt Euch daran erinnern, dass er Euch bereits in Köln beigestanden habe.«

»Das ist wahr«, murmelte Johanna.

Als Johanna und Frederik nach einem Fußweg durch die halbe Stadt zum von Dören'schen Haus gelangten, war die Tür nicht verschlossen. Sie traten ein. Es war kalt und klamm wie in einem Haus, dessen Kamin lange nicht befeuert worden war.

Bruder Emmerhart erwartete sie in der Eingangshalle. Er hatte auf einem der Stühle Platz genommen.

»Es freut mich, dass Ihr mit Gottes Hilfe wohlbehalten nach Lübeck zurückgekehrt seid«, sagte Emmerhart. Sein Lächeln war so breit und maskenhaft, wie man es bei ihm gewohnt war. »Ich bin in der Zeit Eurer Abwesenheit mit der Verwaltung Eures Vermögens betraut worden und habe es, so gut es ging, zu erhalten versucht.«

»Dann will ich hoffen, dass Euch das gelungen ist«, sagte Johanna kühl, die ebenso wie Frederik noch immer nicht so recht wusste, was sie von dem Mönch zu halten hatte. Welches Spiel mochte er spielen? Was bezweckte er mit all den Winkelzügen, die er zu verantworten hatte? *Er will sich nur selbst schützen,* erkannte Johanna. *Emmerhart hilft uns nicht, weil er unser Freund ist, sondern weil es ihm nützt. Und vielleicht werde ich nie ganz genau erfahren, worin dieser Nutzen besteht.*

»Die Zeiten waren schwierig«, sagte Emmerhart. »Geschäftlich ging nicht alles so glatt, wie Ihr oder ich uns das erträumt haben.«

»Geschäftliche Sorgen waren in letzter Zeit wohl das geringste Übel, mit dem ich zu kämpfen hatte«, gab Johanna zurück.

»Mag sein. Wir beide waren ja in Köln voller Begeisterung für die Künste dieses Marzipanmachers, der von sich behauptete, aus Venedig zu stammen, und in Wahrheit am Niederrhein zu Hause war.«

»Was ist mit ihm?«

»Auf und davon. Wir hätten die Bedenken Eures Vaters damals vielleicht ernster nehmen sollen. Die Zeit für diese Medizin scheint in Lübeck noch nicht reif zu sein. Zumindest nicht, wenn man damit Gewinn erzielen will.«

Er hat selbst etwas mit dem Tod von Pieter van Brugsma dem Jüngeren zu tun oder stand mit dem Mörder in Verbindung, dachte Johanna. *Wie gut es sich doch fügt, jetzt alle Schuld auf einen Toten abwälzen zu können.*

Wer mochte schon wissen, ob die Dokumente, die Emmerhart vorgelegt hatte, nicht gefälscht waren. Wenn jemand dazu in der Lage war, dann zweifellos ein Mann, der des Schreibens und Lesens so kundig war wie Emmerhart.

»Ich gehe davon aus, dass die Schulden, die sich auf meiner Apotheke durch unsere gemeinsamen Geschäfte angehäuft haben, vom Haus von Dören rechtmäßig beglichen wurden«, erklärte Emmerhart.

»Damit wollt Ihr mir sagen, dass einiges in der Schatztruhe des Hauses fehlt«, stellte Johanna fest.

»Das war unvermeidlich. Aber ich bin froh, dass Ihr wieder in Freiheit seid und sich alle Vorwürfe gegen Euch und Herrn Frederik in Wohlgefallen aufgelöst haben.«

»Da das Vermögen sonst der Stadt zugefallen wäre und Ihr auf Euren Schulden sitzen geblieben wärt?«, fragte Frederik nun.

Emmerhart bedachte Frederik nur mit einem kurzen Blick und faltete die Hände. »Manchmal fügt der Herr die Dinge wunderbar zusammen.«

»Ja, das tut er«, sagte Johanna.

»So will ich mich nun zurückziehen und überlasse Euch Euren Plänen und Eurer Zukunft.«

Noch bevor Emmerhart die Tür erreicht hatte, sprach Johanna ihn noch einmal an. »Bruder Emmerhart ...«

Er drehte sich halb herum. »Gibt es noch etwas zu besprechen?«

»Ihr erwähntet, dass Ihr Euch zurückziehen wollt.«

»Für den Moment – ja.«

»Wie wäre es, wenn Ihr in näherer Zukunft einen noch weitergehenden und dauerhafteren Rückzug in Erwägung ziehen würdet? Einen Rückzug, wie er für einen Priester und Mönch angemessen erscheint, den die Ablenkung der Stadt vergessen ließ, was die Nachfolge Christi bedeutet ...«

»Wie bitte?«

»... und der wohl auch vergaß, dass ein Priester das Beichtgeheimnis nicht brechen darf. Die Mönche von St. Johannis wählten vor langer Zeit die Einsamkeit der holsteinischen Ödnis, um der Sünde zu entsagen. Vielleicht solltet Ihr das auch in Erwägung ziehen. Und für Eure verschuldete Apotheke wäre gesorgt – treuhänderisch.«

Der Blick, den Emmerhart Johanna nun zuwandte, war so eiskalt wie die Steine der Kerkerwände, denen Johanna gerade entkommen war. Sein Lächeln wirkte wie gefroren.

»Ich werde es in Erwägung ziehen«, versprach er.

Epilog

Lübeck, den 8. August 1369

Liebe Grete, meine Schwester!
Diesen Brief lasse ich dir durch einen besonders zuverlässigen Boten überbringen und antworte dir auf den ausführlichen Bericht, den du mir über dein Leben in Stralsund gegeben hast. Es ist bedauerlich, dass ich bei deiner Hochzeit mit Wolfgang nicht dabei sein konnte. Zu viele Dinge waren hier in Lübeck in Unordnung geraten und bedurften dringend meiner Anwesenheit. Das Haus von Dören hat arg gelitten, aber ich habe mir alle Mühe gegeben, es trotz aller Unbilden, die nun hinter uns liegen, zu retten, wie es im Sinne unseres Vaters gewesen wäre. Frederik steht mir dabei mit Rat und Tat zur Seite.

Ganz ist der Schaden nicht wiedergutzumachen. Und wenn mich schiefe Blicke von hohen Herrschaften treffen, dann weiß ich, dass ich für diese Leute in erster Linie eine Frau bin, die an einem heiligen Ort unheilige Dinge tat. Mein Ruf wird nie wieder der alte sein. Aber ich sehe das als Prüfung des Herrn, und glücklicherweise werde ich von einem Mann geliebt, dem diese Dinge gleichgültig sind.

Ich kann es kaum erwarten, dass wir uns wiedersehen, wenn Frederik und ich in zwei Monaten hier in Lübeck vor den Altar treten.

Harte Schläge des Schicksals können Menschen auseinander-

reißen oder aber zusammenführen. Uns beide haben sie einander näher gebracht und nicht voneinander entfernt. Dafür sollten wir dem Herrn danken.

Ich umarme dich ganz herzlich.
Deine Schwester Johanna

Conny Walden

ist das Pseudonym für das Autorenduo Alfred und Silke Bekker. Alfred Bekker schreibt Fantasy, historische Romane, Kinder- und Jugendbücher. Seine Frau Silke Bekker veröffentlicht vor allem Humoresken und Erzählungen. Unter dem Pseudonym Conny Walden schreiben sie gemeinsam historische Romane.

Außerdem von Conny Walden bei Goldmann lieferbar:

Die Bernsteinhändlerin. Roman (als E-Book erhältlich)
Die Papiermacherin. Roman (als E-Book erhältlich)
Der Medicus von Konstantinopel. Roman (als E-Book erhältlich)

GOLDMANN
Lesen erleben

„So muss ein historischer Roman sein!" Iny Lorentz

419 Seiten
ISBN 978-3-442-47639-8
auch als E-Book erhältlich

Das ergreifende Schicksal einer jungen Frau, die in Zeiten von Krieg und Pest um ihr Leben kämpft.

448 Seiten
ISBN 978-3-442-47641-1
auch als E-Book erhältlich

Von Krieg und Hexenverfolgungen bedroht, begegnet eine junge Frau einer Liebe, die nicht sein darf...

www.goldmann-verlag.de
www.facebook.com/goldmannverlag

(G) GOLDMANN
Lesen erleben

Um die ganze Welt des
GOLDMANN Verlages
kennenzulernen, besuchen Sie uns doch
im **Internet** unter:

www.goldmann-verlag.de

Dort können Sie
nach weiteren interessanten Büchern *stöbern*,
Näheres über unsere *Autoren* erfahren,
in *Leseproben* blättern, alle *Termine* zu Lesungen und
Events finden und den *Newsletter* mit interessanten
Neuigkeiten, Gewinnspielen etc. abonnieren.

Ein *Gesamtverzeichnis* aller Goldmann Bücher finden
Sie dort ebenfalls.

Sehen Sie sich auch unsere *Videos* auf YouTube an und
werden Sie ein *Facebook*-Fan des Goldmann Verlags!

www.goldmann-verlag.de
www.facebook.com/goldmannverlag

GOLDMANN
Lesen erleben